中國古典文學基本叢書

王惲全集彙校

第九册

〔元〕王惲 著
楊亮 鍾彦飛 點校

中華書局

王惲全集彙校卷第八十九

烏臺筆補

舉河南士人陳天祥事狀

今體訪得：河南府士人陳天祥，沈正有爲，達於從政，隱居嵩少①相近十年，讀書種田，不求仕進。中統三年，大名宣慰司曾將天祥擢充新軍千户勾當，鎮守三汊等處，聊復效用，已有能稱。今國家經略江漢，得才爲急，其陳天祥久播學優之譽，適丁强仕之年，合無就令河南行中書省舉用，以試所長。

【校】

①「少」，抄本、四庫本同元刊明補本；薈要本作「山」。

爲盜賊糾治真定官吏事狀

今體訪得：真定府即目羣盜公行，或竊或劫，無所畏避。據前月上半月内，一夜之間失事者凡二十餘處，如高奴千户①，任子齊等家，縱火恐喝，盜取財物是也。其府官司巡捕無方，但薄暮聲鐘，辨明啓閉，使闔城之民遇夜驚懼，寢處不安。顯見府司官吏罷懦不職，威令莫行，不能消弭擒制，以至如此。且真定爲燕南劇鎮，又連年蝗旱，艱於衣食者衆，此風大不可長。參詳：上司若不早爲規畫，督責官吏嚴行禁止，切恐因而别生事端，深繫利害。據此合行糾呈。

【校】

①「高奴」，抄本、薈要本同元刊明補本；四庫本作「高努」。

請禁治穢惡語言事狀①

切見中都市井小民行言立語多作穢談，以至父子兄弟不能迴避行歷，切恐久而成俗，以爲尋常。據穢濁風俗，莫此爲重②。參詳係有司不能肅清所部，以至如此，兼京兆風俗之厚③，合行禁止以革薄俗。

【校】

①「事」，元刊明補本、抄本脱，據薈要本、四庫本補。

②「莫此爲重」，抄本同元刊明補本；薈要本作「莫此爲盛甚」；四庫本作「莫此爲甚」。

③「厚」，抄本同元刊明補本；薈要本、四庫本作「原」，形似而誤。

論居官身故等官員子孫承廕事狀

會驗中書省欽奉聖旨條畫内一款：「諸取廕官，不以居官、去任、致仕、身故，其承廕人年及二十五以上者聽。」照得今者身故官員子孫已擬敍廕，其居官、去任子孫應廕者，至今未見施行①。外據致仕官子孫往往亦未蒙定奪，如真定張宣撫子復、前泰安州尹趙德庸子符是也。卑職參詳，即今貪冒成風，恬不知退，如一二以理致仕者，宜蒙顯異。若應廕子孫返爲遲疑，不蒙定擬，秖以身故者聽敍，是使爲子孫者得父祖早故爲幸，非所以進廉隅而激貪鄙也。兼照得舊例，諸養素丘園、徵聘不赴者，子孫尚得以徵官爲廕，況職官清要、歷年深遠之者②？理合比父祖身故者，即令敍廕爲當。其居官、去任子孫亦合依奉聖旨條畫定奪施行。

【校】

①「未」，弘治本、薈要本同元刊明補本；四庫本作「本」，形似而誤。

②「職」，弘治本、薈要本同元刊明補本；四庫本作「識」，形似而誤。「歷年深遠之者」，弘治本同元刊明補本；薈要本作「歷年深遠者之人乎」；四庫本作「歷年深遠之人乎」。

爲救治蟲蝗事狀

蓋聞天災流行，國家代有，氣和則致祥，氣乖則致異，此必然之理也。然災有大小，而蝗旱爲最。今會驗得隨路節次申蝗蝻生發，至今月内計二萬一千九百三十三頃四十三畝，除已絶外，未絶一萬五千八百六十二頃三十三畝，又有不見頃畝一百餘處①。炎炎不已，深爲可憂。如比年以來，山東等處連值蝗旱，民至有麪橡實、掘黄精、煮野菜而食者，雖包銀權停而盡徵到官②，課額訴難而依前恢辦③，向非聖恩賑濟，鮮不飢殍轉死溝壑。今者蝗之氣勢滋盛如此，是上天之意儆戒深至，誠不可不謹。苟非以德勝妖，全藉人力，恐百姓重困過於前日，其爲利害，孰大於斯！今來參詳：其或大臣不和，政事有闕，官吏不公，百姓失所，刑賞雖行而或戾，風俗極惡而未醇。又如各路見禁一千三百餘人，幽閉囹圄④，不無寃滯。加之用兵興役，僉軍屯田，包添絲銀，協濟軍力，分房益户，輸粟餉邊，遠近騷然，未爲無事。從是而觀，致傷和氣，恐此之由。而又迤南州郡蠶麥薄收，嗷嗷之民止望秋成以供王事。不幸繼以蝗旱，萬一成災，將若之何？豈惟經費不足，貧民衣食先乏，衣食乏則飢寒至，飢寒迫則盜賊生，盜賊滋則非國家之便也。竊見朝省近年已來救捕雖力，終莫殄絶，不過差官督責州郡併功撲滅⑤，不致流胤而已⑥，未有以時事言者。以某愚見，爲大臣者當恐懼修省，恪謹天戒⑦，任責極言，陳其所以。不然，切慮朝廷不能盡知。何則？方今明天子在上，聖慈仁惠⑧，子愛兆民，哀矜憫卹，軫慮惟切。今災異如此，又恐遠方小民不知存恤之意，誠宜緩不急之務，下寬大之詔，發倉廩，振貧乏⑨，致禱山川，爲民祈謝，據被災去處，驗其輕重，量減今歲差税。又宜先遣相臣分省中都，使鎮撫中外，規畫事宜，以安以慰。庶望京畿之間民心妥帖，物不踴貴，災沴漸消，民易爲力，不致重困，因而别作事端。

【校】

①「頃」，元刊明補本作「滇」，形似而誤；據抄本、薈要本、四庫本改。

②「停」，元刊明補本、抄本、薈要本作「倚」，形似而誤；據四庫本改。

③「辦」，弘治本、四庫本同元刊明補本；薈要本作「刅」，非。

④「閉」，弘治本同元刊明補本；薈要本、四庫本作「禁」。

⑤「功」，弘治本同元刊明補本；薈要本、四庫本作「力」。

⑥「胤」，弘治本、薈要本同元刊明補本；四庫本作「散」。

⑦「謹」，弘治本同元刊明補本；薈要本、四庫本作「儆」。
⑧「仁」，弘治本同元刊明補本；薈要本、四庫本作「神」。
⑨「振」，弘治本同元刊明補本；薈要本、四庫本作「賑」，亦可通。

爲犧牲在滌不及九旬事狀

蓋聞國之大事，實先祀典。祀禮以敬爲主①，物品以潔爲先。故唐、金之制，大祀，養牲在滌九旬；中祀，二旬。今體知得：太廟歲祀犧牲，有司臨時取辦，在滌不及兩月，即用就事。看詳：三牲之養，遠期三月，本欲盡誠敬而極精潔也。今者大祀之禮降而甫踰中制，於理寔爲未應，誠有司之慢也。合無照依舊例改正施行。

【校】

①「主」，抄本、薈要本同元刊明補本；四庫本作「至」，非。

舉陝西儒士楊元甫事狀①

伏聞國朝議國學教胄子，遴選師儒以充司業、助教、博士之職。切見京兆儒士楊恭懿資稟高明，學淹經史，千言過目，成誦不遺。今年幾知命，教授鄉閭，其孝行足以化服一方，其廉介足以振勵薄俗。隱德丘園，不求仕進，如往者兩省交辟，欲置之幕府庶諮論議，以勸將來，至職名禄養辭皆不受。德業日新，簞瓢自若，誠清廟之珪璋，士林之杞梓也。其或擢彼國庠，置之館閣，試其行能，可收實用。又念即今上而監司，下而州郡，凡所薦舉，多蒙省録，其在憲臺，尤宜獎率。伏乞詳酌施行。

【校】

①「事」，元刊明補本、弘治本脱，據薈要本、四庫本補。

爲罪囚醫藥事狀

許獄丞行

體訪得：大興府在禁罪囚自今年二月初至今月二十日①，節次死訖二十一人②，俱係因病身故。切詳見禁四百餘人，又照得隨路已立司獄官三十餘處，即目暑氣蒸騰，病者甚衆，雖官差醫工輪流看治，合用藥物悉皆自備，如遇重證，止是依例應付，實非對證條合③，以致往往躭誤人命。又念犯得罪當死，不可於未鞫問及抵法以前因醫庸藥闕而以病殺之也，其間雖有寃濫當宥之人，悔將何及？檢會舊例，獄囚病患，官給醫藥救療。合無將應用藥餌，官爲收買，給付獄官，臨時對證用度，庶望不致躭誤，死損人命。

【校】

①「在」，抄本同元刊明補本；薈要本作「監」；四庫本作「收」。

②「一」，抄本、薈要本同元刊明補本；四庫本作「二」。

③「條」，弘治本、四庫本同元刊明補本；抄本作「修」；薈要本作「調」。

論成造衣甲不宜責辦附餘物料事狀

伏見國家即目征伐四出，所除甲器最爲重事。緣甲不如法，所係人心勇怯，勝負關於一時。故晁錯有云①：「甲不堅密，與袒裼同②。」今體察得：在都甲局并外路今年納到至元六年常課皮甲，斤重不同者，在都局有三十五斤及三十七八斤者，真定、順天、東平等處卻重四十斤、四十一二斤者。斤重既是爭懸，生活不無好弱。又體知得，省、部遍下隨路四十餘局，取要排年附餘數目，似有未便者。若上司元降物料一切合宜，不當取要附餘；既取附餘，是元降物料上司不曾確實計料，有無相應，致有多餘之數。若此，是在有司立法當與不當耳。至如弓局舊例，每弓一張，物料錢鈔兩貫，又有傳忽都告減作一貫二百文③，聖旨爲久遠生活上，定作一貫四百文造弓一張，上司既無打筭，工匠又甚便當。卑職參詳：今後亦合將衣甲事理再行定奪實用酌中物料，使一切合宜，及甲之斤兩定擬畫一體例，管得成造如法。其少有不中程度者，嚴行究治可也，不宜責辦附餘，以致官匠兩難。兼衣甲難比其餘器械，所貴堅良精緻，乃主者之功，匠氏之能也④。若事以要取附餘爲功，不以甲之好弱爲念，一旦用之陣敵，斷不能遮護身體。有誤人命，是有司以附餘爲重，以人命爲輕也。據此合行具呈。

【校】

①「晁」，抄本、四庫本同元刊明補本；薈要本作「鼂」，亦可通。

②「祖禓」，元刊明補本作「祖楊」，據抄本、薈要本、四庫本改。

③「又」，元刊明補本、抄本作「文」，據薈要本、四庫本改。「傳忽都」，抄本、薈要本同元刊明補本；四庫本作「呼圖克」。

④「氏」，抄本同元刊明補本；薈要本、四庫本作「民」，妄改。

彈阿海萬户屯田軍人侵占民田事狀①

欽奉聖旨條畫内一款該：「兼并縱暴，及貧窮冤苦不能自伸者，委監察並行糾察。欽此。」今察到：武清縣北鄉等處，有阿海萬户下屯田軍人，於至元二年倚賴形勢，於上司元撥屯田地段四至外，强將諸人莊子及開耕作熟桑棗地土侵奪訖二十餘頃，俱是各家係税地數。往年雖經陳告，總管府行下本縣歸着，本縣累次約會本官不到，至今不曾吐退②。就責得各地主狀供，與所察相同。卑職看詳，本鄉兩面河占，中間地土窄狹，今者强爲軍人奪占，使農民至有失業者。所謂「兼并縱暴，貧弱寃苦不能自伸者」，莫此爲甚。據此合行糾彈，伏乞御史臺照詳施行。今將侵占訖諸人地段數目開具如後③。

【校】

①「阿海」，抄本、薈要本同元刊明補本；四庫本作「河海」，下同。

②「退」，抄本同元刊明補本；薈要本、四庫本作「追」，形似而誤。

③「後」，抄本同元刊明補本；薈要本、四庫本作「右」。

彈西夏按察司行移違錯事狀①

今體察得：西夏中興提刑按察司，於今年二月內，爲本處納憐等站脱脱禾孫等告鋪馬瘦弱、見無料食事②，備詞申覆户部。爲此追照行卷，與所察相同。今來參詳：各道按察司凡有合申事理，即令申臺照詳，即與六部元無行移體例③。今有西夏中興提刑按察司官署銜連名，不經御史臺，徑爲申覆尚書户部，似爲不應。據此合行具呈。

【校】

①「司」，抄本、薈要本同元刊明補本；四庫本作「使」，非。

②「納憐」，抄本同元刊明補本；薈要本、四庫本作「納琳」。「站」，抄本、四庫本同元刊明補本；薈要本闕。「脱脱禾孫」，抄本同元刊明補本；薈要本作「托克托和斯」；四庫本作「托克托和遜」。

③「無」，抄本同元刊明補本；薈要本闕；四庫本作「符」，非。

論渾河泛溢請修治堤堰事狀

伏自今月内，武清縣北鄉按部回至洪濟鎮，值渾河泛漲①，其瀕水民家已爲渰没，若湯湯不已，大有可慮者。因行視堤堰水勢，東南至孫家務，西北至本鎮南，東西横亘約十五餘里。其堤堰低狹，高闊不過丈餘，又年深，頹剥衝渲，一土埨而已。河水伏槽時，視堤南平地尚下數尺，兼土脈疏弱②，水性善崩③，黄猫野鼠穿穴又多，固不足以禦大患、捍水衝。萬一泛決，沛然莫禦，而堤南二十餘村人畜田廬盡爲漂没，其害又非蟲蝗之可比也。就問得孫家務一帶，去年秋已被災傷，但不致太甚耳。外據瀠陰縣東北沙渦口等處，略與武清縣北鄉事勢相同，即目縣西北近河堤南田禾已在水中，及有渰死頭畜。合無專令各縣正官一員晝夜巡防，隄備破決④，似望不致疏虞。才候農隙，令都水監官相視堤岸疏惡去處，如法修築，使一方永逸，以絶水患，寔畿内兩縣之大利也。某職當司察，親覩利害，不敢緘默自取言責。據此合行具陳⑤。

【校】

①「漲」，抄本同元刊明補本；薈要本、四庫本作「溢」。

②「兼」，抄本同元刊明補本；薈要本作「東」，形似而誤；四庫本作「況」。

③「水」，抄本同元刊明補本；薈要本、四庫本作「土」，非。

④「隄」，抄本同元刊明補本；薈要本、四庫本作「堤」，亦可通。

⑤「陳」，抄本同元刊明補本；薈要本、四庫本作「呈」。

請立四方館事狀

伏見遠方朝貢使人每歲至京師者，既無館舍之安①，輒於民間豪貴之家倉皇安置②，似有未便者三③：堂堂大國④，不以全盛之勢昭示遠人，一也；既擇朝官館伴⑤，豈非示其文物有人？然處之民家，殆非得體，又兼不無窺測民間事情以見淺深⑥，二也；至於騰移房室⑦，紛争與奪之際⑧，致被竊笑，三也。如近日交趾使人通侍大夫黎仲陀、中散大夫丁拱垣等館于王子華宅，比及安置⑨，使貢物狼籍于外者是也。合無建立四方館，以一切奉使處之。如此不惟聖朝盡懷遠遇下之禮，抑使遠方來者觀上國之光⑩，我免夫三者之虞⑪，寔爲便當。

【校】

①「之安」，元刊明補本、弘治本作「以□」；薈要本作「以頓」；四庫本作「安頓」；據抄本補。
②「貴」，抄本同元刊明補本；薈要本、四庫本作「富」。
③「者三」，元刊明補本闕；抄本作「蓋」；據薈要本、四庫本補。
④「堂」，元刊明補本闕；據抄本、薈要本、四庫本補。
⑤「館伴」，元刊明補本闕；薈要本、四庫本作「陪位」；據抄本補。
⑥「兼不」，元刊明補本闕；薈要本、四庫本作「慮不」；據抄本補。
⑦「室」，元刊明補本闕；薈要本、四庫本作「屋」；據抄本補。
⑧「紛」，元刊明補本闕；薈要本、四庫本作「相」；據抄本補。

⑨「通侍」，元刊明補本闕；薈要本、四庫本作「大中」；據抄本補。「宅，比」，元刊明補本闕；薈要本、四庫本作「家以」；據抄本補。

⑩「之」，元刊明補本闕；據抄本、薈要本、四庫本補。

⑪「我」，抄本同元刊明補本；薈要本、四庫本作「寵」。

彈漕司失陷官糧事狀

欽奉聖旨條畫節該：「倉廪減耗，爲私蠹害，委監察並行相察。欽此。」伏見國家歲計糧儲，必須百有餘萬方可足用。朝廷爲恐中間失誤，爰自往年，特改漕司，併令劉晸等提舉一切勾當。故合設官吏内外必備，奉委又爲不輕①，所期盡心，俾稱厥職。今體察得：數年之間，其盜用、失陷、短少及糜爛等糧一十六萬四千餘石。又察得：至元五年未到倉糧一十五萬餘石，除已納失陷外②，八萬九千餘石至今不知運納所在。就問得知事朱英③，與所察相同，間者省部摘差部官親詣④，盡知真本司欺昧⑤，止將六年糧數總作已運入納⑥。隨倉別無見在⑦，冒詞破説，用相抵牾⑧，中間虚飾⑨，明不可信，緣爲至元五年守凍糧斛一十五萬餘石⑩，於本年終俱報作楊球守人數目。至今年二月終，尚八萬九千餘石不知所向⑪，卻稱至元六年糧數至今年九月終隨倉起運交納，止有二千餘石。且綱運先後、交輸程期自有次第，不應攙亂如此。豈有五年未畢，委棄不問，而復越漕六年新糧？恐萬無此理。詳此一端，其虛冒飾説，概可見矣。參詳上項事理，不過非其人故也。蓋自古錢穀大計，莫不精選才能清慎明著、善於其職者充⑫，固非素不綜練、挾私蠹公之人可以倚辦。因體察得本司官屬，其聶者拔自行間⑬，素乏心計，剛愎自用，不有同僚⑭；佐貳者因不和同，互相雄長，上下苟且，因仍耽誤⑮。遂失關鈐，致綱紐解弛廢壞如此。至於中外聞者莫不憤嘆，其在有司，理當云何？其劉聶又於通州等處，爲起蓋倉敖⑯，用便己私，營置物業，撤橋梁而阻滯驛程，奪民利而一空舊渡。倉司既非久計⑰，運道又不快便，公私之間兩有所害，今復改作⑱，重費國用⑲，其爲私蠹害，又所當問⑳。照得欽奉聖旨節文該：「勾當了的公事，不稱所倚付的心。」據劉聶等廢亂職務，不稱所倚，孰大於斯？據本司官吏不爲盡心，大失關鈐，宜一切替罷，公選廉能清慎、善於其職者充。**及隨**路河倉、楊村守凍失陷損壞已、未納見在糧數，乞選差清幹職官親詣盤點㉑。如此庶望上下一新，積弊可革。不然無以敕勵其餘㉒，以救將來。外據都城内外倉分，有無照依漢、唐故事，隸屬司農司兼行管領，深爲長便。某職司言責，利害深重，愚衷所激，誠不敢避忌，罔盡所言，合行一就糾呈。

【校】

①「委」，元刊明補本、抄本闕；據薈要本、四庫本補。

②「納失」，元刊明補本闕；薈要本、四庫本作「經失」；據抄本補。

③「就間得知事朱英」，元刊明補本作「就間□□□朱英」；薈要本作「就問得實亦未必」；四庫本作「就問得本司官吏」；據抄本補。

④「間」，元刊明補本作「問」，據抄本、薈要本、四庫本改。「部」，元刊明補本闕；薈要本、四庫本作「幹」；據抄本補。

⑤「知」，元刊明補本、薈要本闕；抄本作「點」；據四庫本補。

⑥「已運」，元刊明補本闕；薈要本、四庫本作「常數」；據抄本補。

⑦「別無」，元刊明補本闕；薈要本、四庫本作「所收」；據抄本補。

⑧「抵」，抄本同元刊明補本；薈要本、四庫本作「牴」，亦通。

⑨「飾」，元刊明補本闕；據鈔本、薈要本、四庫本補。

⑩「信，緣爲至元」，元刊明補本、薈要本、四庫本俱闕，據抄本補。「石」，元刊明補本闕；據抄本、薈要本、四庫本補。

⑪「終俱報作楊球守」，元刊明補本、薈要本、四庫本俱闕，據抄本補。「終」，元刊明補本闕；薈要本、四庫本作

「內」；據抄本補。「八萬九千」，元刊明補本作「□□□□」；薈要本、四庫本作「有二萬」；據抄本補。

⑫「充」，抄本同元刊明補本；薈要本、四庫本作「充之」，衍。

⑬「最」，抄本同元刊明補本；薈要本、四庫本作「劉最」。

⑭「不」，抄本、薈要本同元刊明補本；四庫本作「所」，非。

⑮「因」，抄本、四庫本同元刊明補本；薈要本作「用」，形似而誤。

⑯「敖」，抄本同元刊明補本；薈要本、四庫本作「廒」，亦可通。

⑰「計」，弘治本作「許」，形似而誤；薈要本、四庫本作「諳」，非。

⑱「改」，弘治本同元刊明補本；薈要本、四庫本作「故」。

⑲「費」，弘治本同元刊明補本；薈要本、四庫本作「賣」，形似而誤。

⑳「又」，弘治本同元刊明補本；薈要本、四庫本作「人」，形似而誤。

㉑「點」，元刊明補本、弘治本作「點」，薈要本、四庫本作「詰」。

㉒「敕」，弘治本同元刊明補本；薈要本、四庫本作「飭」，亦可通。

論復立博野縣事狀

照得至元三年欽奉聖旨節該：「州城畸零去處，不滿千户者斟酌改併，民户多者從長定奪，更當衝要驛程，不須改併。欽此。」今體知得：自去年新抄户後，隨路州縣往往有至三四千户者，至今依舊合併管領，極有不便當者。略舉順天路祁州博野縣併入蒲陰縣分是也①。其博野縣即目諸色人户二千八百餘户，中間百姓事不便當者非一。如科着船户補闕蒲陰縣弓兵，故將本處上户商堅等六户取充，及撥降一切差役，往往偏向不均。至於送納賦税，勾攝聚集詞訟等事，不惟往復遠窎。其沙、溏、磁三河，經值秋夏水發，瀰漫相接，抵祁州迤東，一概流行，阻滯人難。又兼本縣蠡州南至安平界首，相去七十餘里，正當衝要驛程，爰自合併已來，節次失過盜賊截劫訖官民財物，致傷人命者無慮十數。就問得本處人户賈佐等，與所察相同。參詳：博野正縣，理合依舊復立縣事，深爲安便。外據隨路見併州縣，如新抄户後數滿千户之上者，亦合從長定奪，復立舊治爲當。至於隨路在先曾合併縣分，爲中間百姓不便，已有復立去處，如上都縉山、平灤、撫寧、真定、贊皇、太原、樂平②，俱係三五百户縣道。又如無城邑者亦復設立③，如河間無棣縣於八湖口置司④，延州延津縣於史迵店置司，順德廣宗止於本鎮置司是也⑤。據此合行舉呈。

【校】

①「祁」，元刊明補本、弘治本、薈要本作「初」，據四庫本改。

②「灤」，弘治本、薈要本同元刊明補本；四庫本作「灣」，形似而誤。

③「亦」，弘治本同元刊明補本；薈要本、四庫本作「又」。

④「棣」，弘治本同元刊明補本；薈要本作「棟」；四庫本作「極」。

⑤「司」，弘治本、四庫本同元刊明補本；薈要本脱。

論科舉事宜狀

伏見朝廷發明詔，議科舉，以取進士。蓋欲明公道，廣仕途，以革徼競之風；選人材，收實用，致隆平之化。然聞禮部所擬，止以經義、詞賦兩科取人。伏慮淺狹拘窒，於國於士兩有未盡。必期登俊良，遠庸鄙，總覽羣材①，經理世務，蓋有後其所先，先其所後者矣。鴻惟聖天子渴於文治，聽言如流，凡所制作，取唐爲多。兼國朝科舉之設，自戊戌以後未遑再議，天下之士往往留心時務，講明經史，捉筆著述，一尚古文，顧惟舉業多未素習，一旦取非其人②，不適於用，返爲科舉之累矣。今檢會到李唐之制，其取士科目不常，率相時置科，以待非常之材③。其初試、殿試，止以策問取人。如時務，則試方略，止五道直言極諫等策；秀才則博學宏辭，及道侔伊、吕，才堪郡縣，下筆成章，茂材異等，皆其選之首也。故得士之多，唐最爲盛。以某愚見，審量時勢，必欲急得人材以收實用，莫若以時務對策，直言極諫，切中利病，有經畫之略者爲首選。何則？試以殘宋爲言，自渡江以來，以一隅之地偷生百年者，正以多士濟濟④，崇尚議論有用之學故也。其次，以博學宏詞兼試典禮，議一道如禘祫、齋郎之議者爲中選。其經義、詞賦兩科，乞轉經出題，先爲布告中外，使學者明知所嚮，謂如今年書，明年詩，限以幾時，然後赴試。其格律略除苛細，如故實、景象、明水、干羽、金在鎔之類，例皆爲命題。如此，不致隔礙長材，使得展手筆以盡其器能，不數年，則五經可以通治矣。然後使天下之人知大聖人制作出於尋常萬萬，其有用實學爲聖朝英特之選，一洗遼、金衰薾不振之氣⑤，其不盛歟⑥！如此，當國計者上可以副朝廷用儒之實，下可以待俊造非常之士，盡遺賢於網羅，收實用於中外，則文治之功，隆平之化，可計日而待矣。某職當言責，事或未便，不敢緘默，輒冒昧敷陳。

【校】

①「覽」，弘治本同元刊明補本；薈要本、四庫本作「攬」，亦可通。

②「取」，弘治本同元刊明補本；薈要本、四庫本作「舉」。

③「材」，弘治本同元刊明補本；薈要本、四庫本作「士」。

④「濟」，薈要本、四庫本同元刊明補本；弘治本作「齊」。

⑤「遼金」，弘治本、薈要本同元刊明補本；四庫本作「晚近」。

⑥「其」，弘治本同元刊明補本；薈要本、四庫本作「豈」，亦可通。

彈博州路烏總管老病狀①

今體察得：烏古論居貞殘忍嗜殺②，貪冒無厭。向列東曹，已尸禄位；及審囚徒，大致違錯。今年近八十，氣志昏耄，當官臨事，轉首遺忘③。就問得本路司吏張玠，與所察相同。而又不時昏發④，頭目調眩⑤，至提視衣物，略不知識，庶望裁斷如流⑥，神明其政，不可得已⑦。兼照得博州路轄管軍民三萬三千餘户⑧，一方休戚，繫在師帥，今而若此⑨，其於大小事爲少有蹉跌，斯民何辜，横被抑屈。若以老病不勝，本官首宜論列，合行糾舉，以勵其餘。

【校】

①「烏」，弘治本、薈要本同元刊明補本；四庫本作「烏庫哩」。

②「烏古論居貞」，弘治本作「烏古論居真」；薈要本作「烏庫哩奇辰」；四庫本作「烏庫哩居真」。

③「首」，弘治本同元刊明補本；薈要本、四庫本作「瞬」，亦可通。

④「又」，弘治本同元刊明補本；薈要本、四庫本作「復」。「發」，弘治本同元刊明補本；薈要本、四庫本作「彙」。

⑤「調」，弘治本同元刊明補本；薈要本、四庫本作「發」。

⑥「庶」，弘治本同元刊明補本；薈要本、四庫本作「欲」。

⑦「已」，弘治本同元刊明補本；薈要本、四庫本作「矣」。

⑧「轄」，弘治本、薈要本同元刊明補本；四庫本作「所」。

⑨「而」，弘治本同元刊明補本；薈要本、四庫本作「乃」。

冬旱請祈雪事狀

切見隨路蝗災，經今數年，山東、河南，其勢尤甚。今遺種遍地，儻災更不已，飢荒盜賊，何所不有？若比及出冬已來得三兩大雪①，庶可消弭，以絶根種。古語有云：「冬雪一尺，蝗子入地可丈。」今去春節僅三十餘日，照得中都及迤南路分，自八月至今天不雨雪，小麥青黄，半掩乾土，雖雲陰屢作，終無大潤。參詳：唯有以精誠感格神明，致禱岳瀆，爲民祈謝而已。不然，令各路總管府官或郡守躬親祀禱部内山川并社稷等神，以示朝廷憂卹元元至意②。庶望和氣一回，普霑嘉瑞，使民心慰安，且忘積年飢乏撲滅之苦。

【校】

①「比及」，弘治本同元刊明補本；薈要本、四庫本作「及此」，妄改而形誤。

②「憂」，弘治本同元刊明補本；薈要本、四庫本作「優」，亦可通。

太廟祭器合改造事狀

伏念古之君子，朝服、祭器不假於人，況太廟之祭器乎？今體訪得：太宫大祭所用鼎彝等器，多係殘宋賜功臣家物，如臣京、敏中、邦昌等器是也。參詳：自古有國有家者，未聞祖宗神靈而以人臣所用遺器陳列爲享，於禮誠爲未宜。然嚮者清廟初建，每事草次，未遑一新，不得不爾。今後合無改造新器，張皇一代縟典，且極夫尊嚴無上之義，使聖子神孫傳之無窮，不其盛且當歟！

論求仕官就家聽候宣敕事狀

體知得吏部先奉中書省劄付該：「求仕官員每季遷轉，在後慮恐生受，擬令每月銓注。」今切見隨路求仕官員，有自去年八月間摘勾到部，經今七箇月餘，未蒙銓轉①。中間百端生受，客寄守待，措借無所，以致典賣鞍馬等物。供給盤費尚然不足，不幸更值病疾，因而身故，尤可矜卹。即目在都聽除等官約二百餘員，少者不下半載。又州縣闕員甚多，似此淹延，兩爲未便。今後合無將求仕人員自到部月日爲始，限以旬月，對憑引驗既畢，省會還家。若有合祇受宣命官員，依舊例差人擎送②。外據授敕官員③，將合授敕命發付各路總管府收管④，令本路祇授，照依定去裝束，省限催督赴任，庶免人難。據此合行呈覆。

【校】

①「銓」，弘治本同元刊明補本；薈要本、四庫本作「遷」。

②「依」，抄本同元刊明補本；薈要本、四庫本作「將合授依」。

③「據」，抄本同元刊明補本；薈要本、四庫本脱。

④「合授」，抄本同元刊明補本；薈要本、四庫本脱。

彈大興府擅注案牘官事狀

今照得，隨路總管府元設提領案牘官已是罷去①。今體察得：大興府卻將司吏韓仲禮充案牘官勾當。參詳：總府司吏除額設外，尚不得增添人數。今來本府擅自將報過司吏韓仲禮擬作首領官，與朝省差設經歷、知事一同繫歷勾當，豈惟干名犯分，其於格制，是屬違錯②。據此合行糾呈。

【校】

①「罷去」，抄本同元刊明補本；薈要本、四庫本作「汰罷」。

②「是」，抄本、薈要本同元刊明補本；四庫本作「事」。

彈四州濫給解由事狀

欽奉聖旨條畫内一款：「諸監臨之官知所部有犯法不舉劾者，爲欺蔽①，罪五等；糾彈之官知而不舉劾者，爲徇蒙，亦罪五等②。欽此。」又會到中書省條畫内一款節該：「各路、州、府、司、縣任滿官員，當該官司循情濫給解由③，體究得實，申臺呈省。」今察到涿州等處州縣去官，於任内侵使訖鹽錢工俸，累蒙上司追徵，並不還繳④，其代官到任亦不依公理問，卻行循情濫給與無粘帶解由。如此遞互欺昧上司，致將合追錢鈔至今不能到官。事屬違錯，據此合行開坐糾彈。

【校】

①「爲欺蔽」，元刊明補本闕；抄本作「減罪人」；據薈要本、四庫本補。

②「爲徇蒙，亦罪五」，元刊明補本闕；抄本作「亦減罪人」；據薈要本、四庫本補。

③「循」，抄本同元刊明補本；薈要本、四庫本作「徇」，亦可通。後依此不悉出校記。

④「繳」，元刊明補本、抄本作「家」，據薈要本、四庫本改。

彈甲局官玉魯等抵搪造甲皮貨①

欽奉聖旨條畫内一款節該：「造作不如法者，委監察糾察。欽此。」又照得，上司元料每甲一副，舉吊并裁線古貍皮一十張四分②。前制府劄付下甲局總管府該：「依年例計料，厘勒人匠如法成造③，無致用別色低歹皮貨抵搪成造。」卑職於今年八月内體察得：中都管甲局官玉魯、楊三合，自今年二月内造作至元五年常課，已造訖甲一百二十副，依已料關訖古貍皮一千二百四十八張④，於内卻用馬項子抵搪。即問得玉魯等招説，爲闕少古貍皮上，是用馬項子作線是實。卻問得守支古貍皮人高庭傑、熟皮提控菜榮稱，自至元六年六月内收支成造五年皮甲古貍皮，至七年八月内計收到古貍皮一千二百五十三張，俱係甲局王知事支訖。又問得王知事名居實稱⑤，實關訖古羫皮一千二百三十張。據已造了底甲數内委的四次用訖馬項子八十五箇⑥，折訖古貍皮一百七十張是實。今來卑職參詳：既知事王君實依料節次關支訖上項古羫皮貨，玉魯等不合卻用馬項抵搪。事屬違錯，合行糾呈。

【校】

①「玉魯」，抄本、薈要本同元刊明補本；四庫本作「裕嚕」，下同。
②「羫」，抄本同元刊明補本；薈要本、四庫本作「貍」，下同。
③「厘」，抄本同元刊明補本；薈要本、四庫本作「釐」，亦通。
④「已」，抄本、四庫本同元刊明補本；薈要本作「元」。
⑤「居」，抄本、四庫本同元刊明補本；薈要本脱。
⑥「底」，抄本同元刊明補本；薈要本、四庫本作「的」。

論革罷撥户興煽爐冶事狀①

今切見各處鐵冶撥出户計，設立頭目管領，周歲額辦鐵貨，令人户常川煽煉納官，官民兩便。今略舉綦陽并乞石烈、楊都事、高撒合所管四處鐵冶②，見分管户九千五百五十户，驗每户包鈔四兩，計該鈔七百六十四定。今總青黄鐵二百四十七萬五千六百九十三斤半，價直不等，該價鈔四百六十八定二十三兩三錢三分半，比包鈔虧官二百九十五定二十六兩六錢半。及其人户俱各漫散住坐③，每遇秋冬煽煉，逐旋勾集，往復人難④，豈爲官民有辦？如將上項户計罷去當差，許從諸人自治窑冶煽煉，據官用鐵貨給價和買，深是官民兩便。據此合行具呈，伏乞御史臺照詳施行。須至呈者：

綦陽

户二千七百六十四户，每户四兩，計鈔二百二十一定單六兩⑤。

辦鐵七十五萬斤，每十斤價鈔一錢，計鈔一百五十定。

乞石烈

户一千七百八十六户，每户四兩，計鈔一百四十二定四十四兩。

辦鐵二十六萬斤，每十斤價鈔一錢，計鈔五十二定。

楊都事

户二千户，每户四兩，計鈔一百六十定。

辦鐵五十三萬二千三百三十三斤半，每十斤價鈔一錢，該一百六定二十三兩三錢半。

高撒合

户三千户，每户四兩，計鈔二百四十定。

辦鐵九十三萬三千三百四十斤，計鈔一百六十定。

内青鐵五十三萬三千三百四十斤，每十斤價鈔一錢，計鈔一百單六定三十三兩四錢。

黄鐵四十萬斤，每十五斤價鈔一錢，計鈔五十三定一十六兩六錢。

【校】

①「狀」，元刊明補本、抄本脱，據薈要本、四庫本補。

②「乞石烈、高撒合」，抄本、薈要本同元刊明補本；四庫本作「赫舍哩、高薩哈」。

③「漫散」，抄本同元刊明補本；薈要本、四庫本作「散漫」，妄改。
④「往復」，抄本同元刊明補本；薈要本、四庫本作「復往」。
⑤「二百」，元刊明補本作「一百」，據抄本、薈要本、四庫本改。

糾彈良鄉尉司非理拷勘劉德林事狀①

欽奉聖旨條畫内一款節該：「巡尉捕盜官捉獲盜賊，隨時發與本縣，圓坐推問是實，解赴本州再行鞫勘施行，不得轉委吏人及弓手人等拷問。欽此。」今體察得：良鄉縣尉司於至元七年九月内夜本縣館驛内失盜，於當月二十五日，有弓手高伯山涉疑捉到涿州人户張德林，不曾申官，私下拷勘②，仰令虚招③，及妄指姐夫劉德林寄藏上項贓物。將劉德林拿到④，亦不申官，一面拷打。爲無證佐，在後撒放，於二十七日止將張德林申發到縣尉司。有縣尉楊仲玉，又將劉德林勾追到官，重復拷問，非理加刑，上爲無指證明白事跡⑤，於當月三十日保放還家，有劉德林於閏十一月十三日因拷瘡身死。今問得尉司司吏劉君祥并苦主劉德林妻阿張并當元被摭人劉德用詞因，俱與所察相同。今來參詳，高伯山止是本縣弓兵，别無拷勘問人體例；及縣尉楊仲玉止憑張德林妄指，便加拷勘，以致本人因瘡身死，又於劉德林、劉德用等處掠取交鈔衣物。有此違錯，據此合行糾彈。

【校】

①「拷」，抄本、薈要本同元刊明補本；四庫本作「考」，亦可通。

②「拷」，元刊明補本、弘治本作「栲」，形似而誤；據薈要本、四庫本改。後依此不悉出校記。

③「仰」，弘治本同元刊明補本；薈要本、四庫本作「勒」，亦可通。

④「德」，元刊明補本、弘治本作「得」，據薈要本、四庫本改，以下文中俱改。

⑤「上」，弘治本同元刊明補本；薈要本、四庫本作「尚」，亦可通。「指證」，弘治本、四庫本同元刊明補本；薈要本作「措証」，形似而誤。

論肅山住等局人匠偏負事狀

伏見呂合剌兒管民户内①，撥出人匠二百二十五户，内謂如真定路蒫參謀、甄榮祖、吴信、魏友，係納三定包銀户計，餘者雖是不及，例各酌中户計。然則一丁入局，全家絲銀盡行除免。近又將上項户計撥付本局另行管領，其人匠自來按月支請米四斗、鹽半斤，不時更有賞賜錢物，其爲幸民，無甚於此。且如肅山住、儲普花兩局人匠②，俱係迤北人匠，抛失家業，移來中都。今全家入局造作，又爲衣食不給，致有庸力、將男女質典者，至甚生受。按月支請，又無食鹽，每口止得官糧二斗五升。今來切詳，造作乃一體工役，然成造之物固有輕重，工役各無閑歇，何其鹽糧不一？若將上項局分相比，據肅山住、儲普花兩局實爲偏負。外據吕合剌所管民匠二百二十五户月支鹽糧③，合行從長定奪。據此須合具呈。

【校】

①「吕合剌兒」，弘治本同元刊明補本；薈要本作「吕哈喇威」；四庫本作「吕哈扎爾」。

②「儲普花」，弘治本同元刊明補本；薈要本、四庫本作「儲普化」，下同。

③「吕合剌」，弘治本、薈要本同元刊明補本；四庫本作「哈喇爾」。

論六部職掌繁簡事狀

伏見朝廷設立六部，其官吏品秩相同而職掌繁簡有異。如禮、兵二部，禮以祭祀爲大而有太常寺，兵以軍旅爲重而有樞密院。今者錢穀造作一切等事，盡歸户、工，至甚繁劇，若曹務不有所分，則緩急難於辦集。合無酌量繁簡①，令兵、禮二部將可分之事一以兼管，似爲便當，又且職掌均一②，使兩部官吏免尸素之責。不然，繁者愈繁而簡者日簡矣。據此合行糾呈③。

【校】

①「合」，薈要本、四庫本同元刊明補本；弘治本作「令」，形似而誤。

②「又且」，弘治本同元刊明補本；薈要本、四庫本作「且又」，倒。

③「糾」，弘治本同元刊明補本；薈要本、四庫本作「舉」，亦可通。

論霸州道路事狀

切見霸州部分俱該河流陂浸地面，其驛程卻係山東正路。據本州南至保定縣見行西道，相去四十五里，中間經過橋梁七座，每歲必須依時拆蓋，更有修疊水口去處，其功役不細①，須旁縣挾濟方可辦集②，甚是生受。兼西道元係前代阻障溏泊堤堰，本非正路，近一十七里止蓋橋梁三座③。若行莫金口東道，官民寔爲兩便。據此合行呈覆。

【校】

①「功」，弘治本同元刊明補本；薈要本、四庫本作「工」，亦可通。

②「挾」，弘治本同元刊明補本；薈要本、四庫本作「協」，亦通。

③「近」，弘治本同元刊明補本；薈要本、四庫本作「僅」，聲近而誤。

論革罷魚牙岸例事狀

伏見魚牙岸例等錢，比年以來，隨路俱無。今體察得：中都通判等一十一處，其魚牙岸例一依宣課，三十分取一，至今徵收。參詳：魚貨、蓆葦一切諸物①，於所在已納數重課程，今者於上更爲收分此等錢穀②，寔是重併。兼見蒙聖恩，免差發，減課額，正爲百姓生受故也。據上項等錢理宜罷去，不然，亦不當依宣課一體分收③。有此不應，合行糾呈。

【校】

①「蓆」，抄本、薈要本同元刊明補本；四庫本作「席」，亦可通。

②「收」，抄本同元刊明補本；薈要本、四庫本作「抽」。

③「收」，抄本同元刊明補本；薈要本、四庫本作「役」。

彈不孝子楊大事狀

蓋聞父母有婢，子甚愛之，雖父母没，終身敬之不衰，況父在之姬妾乎？今體察得：懷孟路總管子某，冥頑無知，悖逆有迹。近者將父之妾就於寢所輒行毆擊①，父方營護，隨即推仆，致令乃父牒發本路究治。其同僚看徇②，視爲細微，在後略無施行，雖行路聞之，莫不憤疾。參詳：禮義由賢者出，豈有衣冠之胄而爲禽犢之行？如是，其敗壞風化，孰大於此？合行糾彈，乞痛加懲戒，以勵薄俗。

【校】

①「父之」，元刊明補本、抄本作「父才」，形似而誤；薈要本作「文才」，形似而誤；據四庫本改。

②「看」，抄本、薈要本同元刊明補本；四庫本作「私」，妄改。

舉三道按察使事狀

今山東東西、河北河南、山北遼東三道提刑按察使見行闕員，未經選注。如山東道前任陳祐，苟非其選，罔繼前聲；河北道近爲元維新事①，闔司被問，威望沮弱；山北道上係重地，闕員日久。此三使舉惟其人，能復震疊安靖。切見前中書省給事中賈居真②，楊歷朝省③，積有歲年，夙夜在公，練達政體；又廉訪得濟南府總管趙炳，莅政迤④來，民安盜息，强幹著稱；及吏部侍郎王椅，通儻才能，和而有守，既掌銓衡，又稱公當。論其才品，俱各相應，如任以監司，必能振舉綱維，不負輿望。據此合行舉呈。

【校】

①「北」，抄本同元刊明補本；薈要本、四庫本作「東」。

②「真」，抄本同元刊明補本；薈要本、四庫本作「貞」。

③「楊」，抄本同元刊明補本；薈要本、四庫本作「揚」。

④「迤」，抄本同元刊明補本；薈要本、四庫本作「以」。

論順天清苑縣尉石昌璞繫獄事狀

切見隨路州縣官如縣尉人員，職小責重，最爲不易。其合捕盜賊，有任終不獲①，至經年累月停罰俸給者。幸有一二强幹肅清所部，宜加遷賞，以勵其餘。或事有罣誤，情寔可恕。今體訪得，順天路清苑縣尉石昌璞，强幹有爲，巡捕得法，察賊推情，遂破窟穴。自到任已來，甫及一年，擒捕强竊及印造僞鈔知名劇賊郝榮、楊留兒等凡一十七起，計賊黨九十八名，俱係積年作過，流毒數州，所在官府皆不能制，所謂「不待教而誅者」也。致使保州方數百里間道途清寧，稱頌在路，誠消弭安静，巡捕之最者也。今止爲郝榮等事被問到部，本部即行枷收，同重囚繫獄，寔爲未當。參詳：據已結案强賊郝榮等，反獄殺人，情理深重。舊例，劫死囚殺人者，無首從皆處絞斬。彼郝榮拘執死囚，已成悍劫②，況石昌璞依奉府命，摧拉凶威，誤有折傷，因之損死。度其情節，誠可恕原。蓋公心除害之理多，私計故殺之意無。據所犯設若抵罪，理合照依舊例，量情施行，似爲相應。兼本官前後敗獲賊數③，合得未給賞賚甚多，將功贖過，亦不至此。不然，恐當斯職者遠近聞之，因以解體。使賊輩潛知，幸快禍心，且長其剽劫侵牟之勢，深爲未便。據此合行申理。至元八年六月初三日，尚書省陳放訖④。

【校】

①「有」，抄本、四庫本同元刊明補本；薈要本作「百」，形似而誤。

②「悍」，元刊明補本作「捍」；薈要本、四庫本作「得」；據抄本改。

③「敗」，抄本、薈要本同元刊明補本；四庫本作「擒」。「賊」，抄本同元刊明補本；薈要本、四庫本作「罪」。

④「放」，元刊明補本模糊不清；薈要本、四庫本作「赦」；據抄本補。

論隨路交鈔庫令總管府提點事狀

夫時有通塞，事貴改更，故古人因時制宜，不拘常法，而惲變更也。切見隨路鈔庫行用元寶鈔數，多者三五千定，少者不下二三千定。每歲差設庫官，止憑一二保官，即聽注擬。近年已來，如失陷去處，雖監督正人及着落元保須管陪納數足①，至經涉數年，往往有破家不能結絶圓備者。兼保官多不親即故，出於一時面分，又何嘗計保者家産之虚實，錢穀之果能通曉也？方今鈔法極是通快，但委用非人，少有侵陷，便是一路鈔法因人爲累，少有澀滯，足滋長姦弊。與其治於已然無可耐之後，何若防於未然易爲力之前？愚見今後合無公同選舉其抵業信實、委通錢穀人員勾當，就令本路總管府官每月以次計點見在題押赤曆②。其府官卻不得因而恃勢借貸官錢，違者許庫司申覆上司照驗。如此，使朝夕得相臨視，上下遞互關防，官無失陷之虞，人遠姦欺之弊。照中統元年已來，已曾依上施行，至是便當③。今各庫雖按月赴提舉司申報單狀赤曆，於關防寔無所係，蓋非切近臨視，中間作弊既無畏避，又不能即時知覺究治，是申押本司徒常例虛行而已。據此合行舉呈，伏乞照詳，定奪施行。

【校】

①「須」，抄本同元刊明補本；薈要本、四庫本作「領」。

②「題」，抄本同元刊明補本；薈要本、四庫本作「提」。

③「是」，抄本同元刊明補本；薈要本、四庫本作「甚」。

論待闕官預爲照會各處事狀

切見省、部將隨路守闕官員不計月日遠近，受除後即行下各路照會曰：「某年月日某代某。」甚者至於預往任所守待要結。所在風俗凋弊，致一方吏民將舊官輕視滅裂。或督責所行，則曰：「汝計日去官耳。」見任者既爲齟齬，不苟且保禄爲心以俟其去者幾何？人斯如此，是官府吏民上下離合。且使無事，猶云不可，況軍民、宣課、工匠一切事務今皆取辦州縣，中間脱有失誤，利害所關非輕。今後合無除將守闕人員令秪受還家聽候外，省部驗赴任月日既近，然後照會各路，似爲未晚。能然，庶幾官民去留之際兩得安便，不致上下苟且，躭誤一切事務，深爲便當。據此合行舉呈。

論外任官展裹公服事狀

切念古人制作冠服，蓋所以別上下而尊嚴也①。今者隨朝百官與隨路管民官，上自宰相、總府官，下至簿、尉，其品從、散官、俸禄、公田、子孫蔭敍等事，略皆備具，獨公服展裹之禮，未見施行。合無照依舊例，使各官自備冠服，公廳展裹理事②。如此，不惟見國家禮文有漸，其於官府威儀寔爲尊崇。

【校】

①「而」，抄本同元刊明補本；薈要本、四庫本作「立」。

②「理事」，抄本同元刊明補本；薈要本、四庫本作「事理」。

論撫勞襄陽軍士事奏狀

切惟古之用人，能盡力忘死者，不過下通物情，閔其勞苦①，説以使令而已。兼兵以氣爲主，所貴感發振作，不致有懈怠墮歸之意②，戍役雖久，事功可成。伏見襄陽之役，以十萬衆頓堅城之下，經今四年。暑天炎瘴，攻守暴露，不戰而疫死者無日無之。即目已屬炎瘴，江水向發，設如去歲夏，宋人復以舟師來援，内以窮寇，必出相應，其利害所關非輕。當此正帥臣籌畫之秋，將士竭忠之時也。今省官雖節制於上，朝廷固宜特與撫勞，感發人心，振作士氣，以愾所敵③，此以「夜戰聲相聞，晝戰目相見」之意也④。以某愚見，合無聞奏，選差近侍信臣，奉將恩命，詣彼軍前宣諭撫慰，使功過兩明，賞罰必信，然後序其情而閔其勞，使三軍之士僉曰：「我之生死有所歸矣，我之勤苦爲上知矣。」既喜如此，雖以歲月置之重地，人將奮發忠義，心力一殫，勇氣自倍，而親上死長以謂當然，所謂「說以使民，民忘其死」，且使煩暑可變爲清涼矣。兼襄陽窮寇，料其時勢日就困蹴，以宜重懸賞格⑤，射書城中，諭以禍福，有能禽致主帥或舉城出降者⑥，授以某官某賞。至於軍校預謀有功，各以次論授。外據老弱疾疫軍人，既非精壯可用，復使疫氣蒸染，又爲未便，有無分揀，暫還休養。如此則人有所望，去留兩安。故兵法云：「視卒如子，可與俱死。」兼丞相史公去歲已曾如此施行，師律軍心，兩寔真順⑦。以時勢觀之，據上項事理恐似是一法⑧。伏乞御史臺照詳，聞奏施行。

【校】

①「閔」，抄本同元刊明補本；薈要本、四庫本作「憫」，亦可通。

②「隳」，抄本同元刊明補本；薈要本作「思」；四庫本作「惰」。

③「慽所敵」，抄本、薈要本同元刊明補本；四庫本作「敵所慽」，倒。

④「以」，抄本、薈要本同元刊明補本；四庫本作「亦」，聲近而誤。「聞」，元刊明補本、抄本作「同」，涉上而妄改；據

薈要本、四庫本改。

⑤「以」，抄本同元刊明補本；薈要本、四庫本作「似」，亦可通。

⑥「禽」，抄本同元刊明補本；薈要本、四庫本作「擒」，亦可通。「舉」，元刊明補本、抄本、薈要本作「番」，據四庫本改。

⑦「真」，抄本同元刊明補本；薈要本、四庫本作「貞」。

⑧「似」，抄本同元刊明補本；薈要本、四庫本作「亦」。

論宣課折納米粟實常平倉狀

切見隨路起蓋常平倉敖二千餘間，已是功畢。今秋豐收，見得官爲和糴以實廩庾。然有未便者，如近年上都、中興、西京等處和糴糧斛，所委官吏往往作弊，官錢既爲欺隱，糧斛又不數足。隨復差輟省、部官打筭追徵，經隔數年，不能結絶，不惟官司紊煩，公家急無所濟。體訪得：去歲尚書省爲山東道軍闕乏糧儲，將附近州郡課程折納米粟接濟，甚是便益。合無照依已行事理，趁夏麥收成及向前秋收，將農民六色課程約量折納粟豆等物，公私寔爲兩便，免致有欺隱紊煩之弊。據此合行舉呈。

論州縣官經斷罰事狀

切惟禮義廉恥，國之四維。諺又云：「無瑕者，可以戮人。」今切見仕途之間廉恥道喪，贓濫公行。自立部以來，州縣職官往往贓濫不公①，經值斷罰者，每選不下數人，例皆遷敍，不過降等邊遠而已。參詳：爵禄者，勵世磨鈍之具②，據見行降遠格例，係亡金弊法③，固非懲惡勸善之道，似不足取。兼州縣字民之官，務要宣明教化，禮義興行乃所任責④。彼身經斷罰，處民之上，豈惟内懷慚德，先不自安，部内之民將何化服⑤？欲望四善具，五事備，難矣。照得唐例，職官任終，驗所犯輕重，有數年停勒之法。合無依倣定奪，如贓濫不公，罪應罰俸至幾貫以上及經斷及若干者，今後盡行停殿。庶幾懲一勸百，遠去甚者，不致敗羣，使士興廉恥之風，俗被肅清之化，四維張皇⑥，内外之職修矣。

【校】

①「職」，抄本同元刊明補本；薈要本、四庫本作「百」。

②「勵」，抄本同元刊明補本；薈要本、四庫本作「礪」。

③「亡金」，抄本、薈要本同元刊明補本；四庫本作「相沿」，妄改。

④「任責」，抄本、薈要本同元刊明補本；四庫本作「責任」，妄改。

⑤「化服」，抄本、薈要本同元刊明補本；四庫本作「服化」，妄改。

⑥「張皇」，抄本、薈要本同元刊明補本；四庫本作「既張」，妄改。

王惲全集彙校卷第九十

便民三十五事

自此係監司時建白

皇帝聖旨裏，中議大夫、治書侍御史、行御史臺事：伏見朝廷勵精爲治，百度從新，中外顒顒，有太平之望。然弊積日久，事端非一，必更張其大者、重者，使有定制，則實惠可及於民。今國家疆宇民數遠過漢、唐，歲入經費又爲不貲，所急者立法、選官、恤民、息兵力、養人材、節浮費之用、停不急之務而已。蓋大法立則宏綱振，庶官舉則萬務修，兵民安則邦本固，人材廣則任使周，省費用則百姓足，停不急則農務勸。至於侵奪民利，不便於時者，一切革去之。然此要須大臣力任其責，以經國遠圖爲念，使治體一定，始終無間，開誠心，布公道，授羣材而作行之，使上有所守而不勞，下知奉行而不亂。尚虞箝勒未嚴，吏有勤墮，明其賞罰黜陟，以威厲其不事事者，將見激昂奮發，人争立效，則治定功成可計日而待也。不然，究錢穀之已然，緩綱維之大柄，似未見其可也①。某以不材，繆當言責，區區之誠，有不能自已者。謹條陳切時便民三十五事，開列于後，伏乞御史臺備呈中書省照詳施行。

【校】

①「似」，弘治本同元刊明補本；薈要本、四庫本脱。

事目

立法

定法制　置發兵符契　通行奏事

選官

議保舉　立審官院　選參佐

䘏民

議䘏民　除軍户閃下差發①　捄災　秋税准喂養馬駞草料②

復常平倉　論匠户　括户土斷　七品已上官言任内利病事③

息兵力
軍人交番　緩遠征　合併十一年軍　定奪軍户析居地税④
養人材
設學校　議復立國子學⑤　用中選儒士⑥　試吏員
節費用古者因官府而立人；今因人而立官府⑦
併州縣省官吏　行券法減秖應⑧　禁醞酒　振武屯田
輸粟充監當官
停不急之務⑨
權停一切工役　省罷鐵冶户
侵奪民利不便等事
課程再不添額　論鈔法　論鹽法　輝竹還民　分間官占民田二事　定奪官地給民　禁約搔擾百姓五事⑩

【校】

①「閃」，元刊明補本、弘治本、薈要本作「拋」，據四庫本改。

②「准」，元刊明補本、弘治本、薈要本作「準」，據四庫本改。「驪」，弘治本、薈要本同元刊明補本；四庫本作「駝」，亦可通。

③「事」，弘治本、薈要本同元刊明補本；四庫本脱。

④「軍户」，元刊明補本、弘治本、薈要本脱；據四庫本補。

⑤「設學校議復立國子學」，元刊明補本、弘治本作「設學校」，脱；四庫本作「設學校附復立國子學議」；據薈要本補。

⑥「中選」，元刊明補本、弘治本作「試中」，據薈要本、四庫本改。

⑦「今」，弘治本同元刊明補本；薈要本作「今者」；四庫本作「今則」。

⑧「秖」，元刊明補本、薈要本作「祇」，形似而誤；弘治本作「祇」，形似而誤；據四庫本改。按：「減」，諸本「事目」皆同，正文作「省」。

⑨「務」，弘治本、薈要本同元刊明補本；四庫本作「之務」，衍。按：元刊明補本、弘治本、四庫本正文中皆有「之」字。

⑩「禁約搔擾百姓五事」，弘治本同元刊明補本；薈要本作「禁約騷擾百姓」；四庫本作「禁約侵擾百姓」。

立法

定法制

自古圖治之君，必立一定之法。君操於上，永作成憲①；吏行於下，視爲準式；民知其法，使之易避而難犯。若周之《三典》，漢之《九章》，一定不易，故刑罰省而治道成。今國家有天下六十餘年，大小之法尚遠定議②。內而憲臺，天子之執法；外而廉訪，州郡之刑司也。是有司理之官而闕所守之法。至平刑議獄，旋旋爲理③，不免有酌量準擬之差，彼此重輕之異。合無將奉敕删定到律令，須爲至元新法，使天下更始，永爲成憲，豈不盛哉！若中間或有不通行者，取國朝扎撒，如金制，别定敕條。如近年以來，審斷一切姦盜，省部略有條格者，州縣擬行特爲安便，此法令當亟定之明驗也。如此則法無二門，輕重當罪，吏無以高下其手，天下幸甚。

【校】

①「成」，弘治本、四庫本同元刊明補本；薈要本作「威」，形似而誤。

②「遠」，弘治本、薈要本同元刊明補本；四庫本作「未」，亦可通。

③「旋旋」，弘治本同元刊明補本；薈要本作「周旋」，非；四庫本作「輾轉」，非。

置發兵符契

竊見朝廷防馬劄妄濫也，御前給發奉使；欲遠方取信也，佩圓符爲徵。況兵戎大事乎？近者王著矯僞發兵，利害非細，合議關防。契勘歷代緩急，調遣軍馬皆驗符契①，然後得發。今後合無依上起置符契，庶免臨時别致事端。

【校】

①「軍」，弘治本同元刊明補本；薈要本、四庫本作「兵」，妄改。

通行奏事

竊見憲臺初立，遇有軍國重事，中書省、臺、院約會，一同聞奏，若事或不便，許庭議以從所長，其於朝廷大爲有益。近年稍乖舊制，至於大政大刑，其事已行，不得與聞。任言責者既不及論救，且得箝口不職之謗於天下。乞請申明舊例，不致似前闊略，以絶壅蔽，天下蒙幸。

選官

議保舉

夫親民之官，守令爲急。竊惟選法自近年大壞後，府、州、司、縣官例多阿權通賄，僥倖而得，其南選尤濫，至目之曰「海放」，此等賢否，不較可知。庸懦者因循苟且，奔走承奉外，政務盡廢；小材者視時所尚，營治己私，略不以官事爲念。爰自新政已來，外望雖聳，根源舊弊依前，未除易舊而新。今雖汰冗濫，選材能，然一或譽之則爲賢，一或毀之則爲否，是非惑亂，終無所憑。莫若將素有聲迹、資品實至者，令三品官入狀舉保，量短長之材，授小大之任。然後明察臧否，精覈殿最①，得人者行進賢之賞，謬舉者坐不當之罰。舉官自然精詳，受保者惟恐有累。如此則官得其人，庶事修舉。昔周世宗令除目仍署舉者姓名，若貪穢敗官，並當連坐。亡金正大間亦行此法②，當時號稱得人。方今教養無素，科舉未行，權宜矯弊，似爲良法。

【校】

①「殿」，薈要本、四庫本同元刊明補本；弘治本殘。

②「亡金」，弘治本、薈要本同元刊明補本；四庫本作「金朝」，妄改。

立審官院

竊詳省、院、臺、部皆得選署官屬，若公當則人心自服，少或未安，中外之人皆得指言。數年以來，省、臺壞亂，多此之由。夫省、臺大僚，近君之重臣也，古人稱投鼠忌器，當尚深戒。況天官天秩，一旦使羣小無知者得恣情阻壞①，非所以體重臣而存大體也。兼若輩處心鮮公，不爲己私，且泄怨謗。比之若此②，合無立審官院，選用有德望公正大臣，次取知典故、識大體、剛直而敢言者爲之輔，其中外一切選舉官員，通得論列而疏駁之，不猶愈於若此紛紜之不定也③？檢會亡金章宗時④，臺司用一諸科人爲監察，審官院竟奏而罷之，致臺望增重，遠近肅然，當時大爲有益。或曰：「若立此官，臺諫何爲？」曰：「臺諫論列至廣，審官係封駁之事。古人設立，本意以用人爲治之本⑤，惟其責之專，則事精詳而得實理，所爲開公道而庶人不私議也。」伏乞熟慮而深思之。

【校】

①「無知者」，弘治本同元刊明補本；薈要本、四庫本脱。

②「比之」，弘治本同元刊明補本；薈要本、四庫本作「比比」。

③「也」，弘治本同元刊明補本；薈要本、四庫本作「也耶」，衍。

④「亡金」，弘治本同元刊明補本；薈要本作「得亡金」，衍；四庫本作「得金朝」，既衍且妄改。

⑤「本意」，弘治本同元刊明補本；薈要本、四庫本脱。「爲」，弘治本同元刊明補本；薈要本、四庫本作「爲爲」，衍。

選參佐

近聞朝省選用隨路總管，其法甚妙，然參佐尤當精擇①。所謂掌司、經歷者，務要識大體，有議論，通案牘，臨事不疑，剛正有斷，振一路之紀綱，辨大小之衆務，下至調和官府，驅役吏人，上下伏從，官長有賴，方爲稱職。近年往往用非其人，不惟誤事，且復害事。如非流望者有之，不通文墨者有之，老病疲懦、不勝任者有之②。如得其人，斯弊盡絶。契勘至元二年，隨路總管許令帶行參佐二員，此固唐自辟所知良法。今既妙選大尹，亦宜令各官保所知職官以任參佐。卻恐朋黨成風，因時作弊，莫若將保到人員交相爲用，如真定府尹所保用之保定，保定所保用之他路之類是也。若本人任内汙濫不職，保官亦行坐罪。其各道按察司首領官亦當依上精選③，使出總府幕職之右。庶幾官吏推服，臺綱人望因之取重。

【校】

①「佐」，弘治本、四庫本同元刊明補本；薈要本作「伍」，形似而誤。「擇」，弘治本作「折」；薈要本、四庫本作「析」。

②「疲」，弘治本同元刊明補本；薈要本、四庫本作「痡」，亦可通。
③「亦當」，弘治本同元刊明補本；薈要本、四庫本作「非常」，非。

卹民

議卹民

竊見隨路百姓自攻取襄樊已來，節次將中强等户簽充軍站，其見在下户供給百色軍須，已是生受。及江南平定，中外佇望，庶得休息，復致前政煩苛，横取白著，急於星火。州縣官吏視其如此，因緣作弊，科歛無度。如遇和雇和買、夫役等事，即驗包銀分俵，每一兩週歲約出横泛錢三十餘貫，止以四兩户論之，是一歲着三十倍也①。又軍户、逃户閃下差税，復灑見户包納。割剥民肌②，未見如此之甚。致愁嘆不絶，感傷和氣，歲旱不收，百物踴貴，衣食艱得③，民安得不困？救之之方，在於將和雇和買必不可闕者盡時支價，兩平和買，雇賃併不科俵民間，飢荒去處，官爲賑濟；累年逋負，已徵入官者還民，未徵者盡免；其逃亡復業者，付元拋事産，量免三年差役。庶居者安集而去者樂還④，然後下寬大之詔，布告中外，使民曉然知朝廷憂恤元元本意。又聞阿合馬及其黨與所没贓賄不可勝計⑤，此物既非天來，皆係生民膏血，向肆威虐，聚爲己私，可謂贓穢不祥之物。昔漢籍梁冀家財，遂充國用，減天下租賦之半，散其苑囿，使業窮民。合無亦將上項財賄，全代今歲天下租賦之數⑥，使二十年愁怨之苦一旦消釋，誠國家結民心，感和氣，曠蕩希世之恩過於尋常萬萬也⑦。

一、照得近年和買、造作等事，其弊有三⑧：如立限甚促，晝時不支價錢，必須科配民間⑨，然後可辦，致百姓添價轉買，或官吏接攬⑩，多搭錢數，及取納使用糜費等錢，上下通同作弊，一也；縱降到價錢，止依各處虚報時估，比之百姓實費不及半價，虧損人户，二也；其官降不敷價錢内，官吏又行剋減，且有全不到民，或三五年間並不給降者，三也。如近日科下真定皮裘、皮袴，明該不得椿配百姓，官無見錢⑪，皮無見在，送納有程，卻恐躭誤，不免分科民間，其弊依前復作⑫。是上司實有愛民之意而百姓虚受其惠也⑬。欲革其弊，不過給降見錢⑭，從實支價，責委正官辦集其事。何則？蓋近年遇有工役，官長畏其利害，但領略而已⑮，一委本把里正、信實等人⑯，使之營辦⑰，將百姓恣行侵牟，無有紀極。或事發到官，止將上項人等量情追斷⑱，其事已然⑲，將何所益⑳？今若革去三弊㉑，將一切違錯明該，止坐正官，不究餘者，庶幾多方用心，顧恤百姓，不致諸人作弊㉒。

一、隨路遞運車仗脚錢，近者五六十貫，遠者不下百貫，官支價錢十不及二三，其不敷數，百姓盡行出備㉓，名爲和雇，其實分着，年來披擔，極是生受。乞請驛程去處，官立車甲頭，兩平雇覔㉔，從實支價，以抒民力㉕。

一、戊戌年中選儒户，比之僧、道百分無一，前省收入民編，卻有告難蠲除者。合無依舊除免，併十三年試中儒人，亦行一體定奪。

一、弛山林、河泊、材木、魚蒲之禁，令民恣得採取㉖，以捄飢乏不足。

【校】

①「三」，弘治本、薈要本、四庫本作「二」。

②「民」，元刊明補本模糊不清；據弘治本、薈要本、四庫本補。

③「得」，弘治本同元刊明補本；薈要本、四庫本作「難」，涉上而妄改

④「樂」，弘治本同元刊明補本；薈要本、四庫本作「思」。

⑤「聞」，弘治本、薈要本同元刊明補本；四庫本脱。

⑥「今歲天下」，弘治本同元刊明補本；薈要本、四庫本作「天下今歲」，倒。

⑦「曠」，弘治本同元刊明補本；薈要本、四庫本作「其曠」，衍。

⑧「三」，元刊明補本作「二」，形似而誤；據弘治本、薈要本、四庫本改。

⑨「配」，弘治本同元刊明補本；薈要本、四庫本作「派」，妄改。

⑩「接」，弘治本同元刊明補本；薈要本、四庫本作「搭」，涉下而誤。

⑪「官無見錢」，弘治本同元刊明補本；薈要本、四庫本作「官給見錢，官無見錢」，涉下而衍。

⑫「前」，弘治本同元刊明補本；薈要本、四庫本作「然」，涉上字而誤。

⑬「意」，弘治本同元刊明補本；薈要本、四庫本作「心」。「百姓虚受其惠也」，弘治本同元刊明補本；薈要本、四庫本作「百姓名受其惠而隱受其虐也」。

⑭「欲革其弊，不過給降見錢」，弘治本同元刊明補本；薈要本、四庫本作「今欲革弊，不過降給見錢」。

⑮「官長畏其利害，但領略而已」，弘治本同元刊明補本；薈要本、四庫本作「官長但領略其間」，脱。

⑯「一」，弘治本同元刊明補本；薈要本、四庫本作「率」。

⑰「使之」，弘治本同元刊明補本；薈要本、四庫本脱。

⑱「等」，弘治本同元刊明補本；薈要本、四庫本脱。

⑲「其事已然」，弘治本同元刊明補本；薈要本、四庫本作「民苦已受」。

⑳「益」，弘治本同元刊明補本；薈要本、四庫本作「補」。

㉑「今」，弘治本同元刊明補本；薈要本、四庫本脱。
㉒「諸人」，弘治本同元刊明補本；薈要本、四庫本作「里正諸人」。
㉓「出」，弘治本同元刊明補本；薈要本、四庫本作「賠」。
㉔「覓」，弘治本、薈要本同元刊明補本；四庫本作「募」。
㉕「抒」，弘治本同元刊明補本；薈要本、四庫本作「紓」，亦可通。
㉖「恣得」，弘治本同元刊明補本；薈要本、四庫本作「得恣」，倒。

除軍户閃下差發①

一②、爰自收復殘宋已來③，人皆有息肩之望。近年差役豈惟不蒙減免，卻又將九年、十一年元簽軍户差發④，每户止除四兩，餘上數目俱於見在户内樁科⑤。及自戊午年准申逃户之後，續逃户計，上司並不准申，州縣亦不敢申報，閃下差發，仍令見在户計包納。又至元七年取勘出協濟户計，元奉條畫⑥，止令協濟見當差户，近年卻行入額⑦，另行科差。加以和雇和買不絶如流⑧，比之初取襄樊差役，轉增數倍⑨。上司若不哀矜，量加優卹，恐不免轉徙流離之患。乞將元簽軍户氣力全行除豁，及取勘續逃户計蠲免分數。庶望貧民少得休息，實爲便益。

【校】

①「除」，元刊明補本、弘治本、薈要本作「蠲免」，據四庫本改。

②「一」，弘治本同元刊明補本；薈要本、四庫本作「查」，非。

③「收」，薈要本、四庫本同元刊明補本；弘治本作「牧」，形似而誤。

④「卻」，弘治本同元刊明補本；薈要本、四庫本脱。「年」，弘治本同元刊明補本；薈要本、四庫本作「年内」，妄加。

⑤「上」，弘治本同元刊明補本；薈要本、四庫本作「有」。

⑥「條」，元刊明補本殘；據弘治本、薈要本、四庫本補。

⑦「卻行」，弘治本同元刊明補本；薈要本、四庫本作「編造」。

⑧「加」，元刊明補本闕；據弘治本、薈要本、四庫本補。

⑨「數」，元刊明補本殘；據弘治本、薈要本、四庫本補。

救災

竊見今歲真定等處春夏亢旱，穀菜皆無，米價踴貴，小民久已闕食，往往採食青棘、槐花、榆葉、拂子等根，加之流竄驚擾，甚爲不安。諺云：「春旱泥倉，秋旱離鄉。」蓋言比接新來，歲月日遠故也。百姓多趁熟河南，今聞米粟亦貴①，又無所往②，是將坐視飢饉，以待其斃。其救之之術，宜在於早設，不然，不過發倉廩、散楮幣，倉廩所在皆空，寶鈔幾許得濟？莫若將被災州縣合納稅石并即今收糴事故等糧盡行倚免③，使百姓少寬，且謀自救④；責委按察司親臨官吏多方計置⑤，賑濟飢乏，及弛山林、河泊之禁，權停門攤、酒醋等課，庶幾不致流亡失所。

【校】

①「聞」，弘治本同元刊明補本；薈要本作「無」，非；四庫本作「者」。

②「又」，弘治本同元刊明補本；薈要本作「亦」；四庫本作「愈」，非。

③「倚」，弘治本、薈要本同元刊明補本；四庫本作「停」，亦可通。

④「謀」，弘治本同元刊明補本；薈要本、四庫本作「得」。

⑤「計置」，弘治本同元刊明補本；薈要本、四庫本作「置計」。

秋税准喂養馬駝草料

竊見保定等路百姓，每歲撥赴遠倉送納，又椿配、和買各位下馬驝所用草粟①，設立倉場官收支，中間官吏作弊，百姓重併生受。如按察司每歲各處追首鈔，有三五百定者②，盡係添答，多取於民。若於百姓所納秋税内盡行折作草粟，赴各處喂養馬驝倉場送納，使民免遠倉納税之勞，無和買椿配之擾，及革去給降剋減之弊③，實爲便益。

【校】

①「配」，弘治本同元刊明補本；薈要本、四庫本作「配各」。

②「有三五百定者」，弘治本同元刊明補本；薈要本、四庫本作「使民免遠倉納税之勞，有三五百錠者」。

③「降」，元刊明補本闕；據弘治本、薈要本、四庫本補。

復常平倉

竊見至元八年設立常平倉，驗隨路户數收貯米粟約八十萬石，以備緩急接濟支用。近年已來，起運盡絶，甚非朝廷恤民捄荒本意。如往年差官定奪時估以平物價，縱使能行，終非久遠通便之法。當時僉謂：「若常平有粟，各路不過依時價出糶三五千石，則物價自平，人心倚安，低昂權在有司兼併，不復高下其手。」向前收成去處依前收糴以實常平，恐亦恤民平估之一策也。

論匠户

一、省部爲各處富强之民往往投充人匠影占差役，以致靠損貧難户計，奏奉聖旨，差官與察司、總府一同磨勘到各户根脚氣力手狀，已是精當；類攢册帳，各路赴部分間①，寔爲善政，中外喜望。比及今歲科差，必得上項富户依應當差②，庶幾貧難稍得息肩。近聞省、部止爲外路帳册體式與大都不同，此上差官復同三家再行磨問，不惟中間動摇，寔恐遷延，有失人望。若將已分間定帳册③，勒令各路照依大都體式攢報，似望善政早得成就。或謂：「若依已行體例，將匠户富强者還民當差，其見當身役，止除一丁差稅，卻恐一家兩役，日久靠損人難，終致紛紜不定。」莫若將見行分間匠户④，委係高手人匠存者，存之。外據户眼高、手藝平常者，放罷爲民。若必須補添，再於民間將酌中户内取手藝極高者充，庶免紛紜不定且失民望。其江南户口，一家分作數户，其名甚多，其數不實。

【校】

①「間」，弘治本同元刊明補本；薈要本、四庫本作「簡」，聲近而誤。

②「應」，弘治本、四庫本同元刊明補本；薈要本作「舊」，涉上字而誤。

③「間」，元刊明補本作「問」，形似而誤；薈要本、四庫本作「簡」，聲近而誤；據弘治本改。

④「間」，弘治本同元刊明補本；薈要本作「見」，非；四庫本作「簡」，非。

括户土斷

國家自壬子歲抄數後，迄今未嘗通檢，中間等第高下，大成偏重。故唐制，三載一定户，每歲一團貌。恐因仍舊額，貧者轉貧，富者愈富，況三十年之久？稍候年歲豐收，民大安息，合行從實檢括，察其存亡，均其貧富，則庶功以興，國富家足。不然，是縱令州縣每歲增減高下，以滋官吏之弊。故前人云：「與其潛資於姦吏，何若均助於疲人，以免其偏苦哉？」其各路流徙户計拋下差賦①，即令盡行樁灑見户陪納②，往往靠損人難。今四海一家，民之去此則爲逋逃③，寓彼即爲見在，若通行括數，只令彼處土著當差，除此之逃額，實爲便當。此歷代遺制，我如行之，不爲無例。或曰：「恐涉動摇。」曾不思偏重包納不均之苦，甚於一動多矣。

【校】

①「賦」，弘治本、薈要本同元刊明補本；四庫本作「務」，聲近而誤。

②「陪」，弘治本同元刊明補本；薈要本、四庫本作「賠」，亦可通。

③「則」，弘治本同元刊明補本；薈要本、四庫本作「即」，亦可通。

七品已上官言任内利病事①

竊詳方今大弊②：國之惠化，下罔盡行；民之情僞，上不周知。今後合無令外路五品官，部内利病可以興除者，許令任内或秩滿赴部直言，要以指陳實事，一出己見。庶使民間疾苦艱難悉得上聞，其官之盡心與否，不校可知。其當興除者，即諭所司施行，日新政治，誠表裏相維、上下盡心之良法也。

【校】

①「已」，薈要本、四庫本作「以」。「事」，諸本皆脱，據《秋澗集》本卷「事目」補。

②「弊」，弘治本同元刊明補本；薈要本、四庫本作「病」，妄改。

息兵力

軍人交番①

一、隨路軍人爰自南征已來，城攻野戰②，萬死一生，及平定江南，舉望停征，稍得休息。今軍前勾起逃亡事故等軍，歲無虚月，如父死子繼，兄亡弟行，以至一户有病没、陳亡父子兄弟四五丁者③，又有死絶，止存老父母與妻孥者，尚然不蒙撫存。況征南將校，例多遷賞其軍士。合無將見屯戍軍士亦宜優卹④，或二年，或三年，使之分番相代省家，父母親戚歲時有相會之樂。所謂「悦以使民，民忘其死」。契勘唐制，征防軍年及者還民，父母八十者聽一子歸侍。況今四海一家，正息馬論道之秋，如兵戎少寢，天下幸甚。

【校】

①「軍人」，元刊明補本、弘治本作「征防軍」，據薈要本、四庫本改。

②「城攻」，弘治本同元刊明補本；薈要本、四庫本作「攻城」，倒。

③「陳」，弘治本同元刊明補本；薈要本、四庫本作「陣」，亦可通。

④「合無將見屯戍軍士亦宜優卹」，弘治本、薈要本同元刊明補本；四庫本作「亦宜優卹合無將見屯戍軍士」，妄改。

緩遠征

伏見方今聖德天覆，海宇一家，獨以日本未霑王化，致煩征討。竊詳倭奴自後漢始通中國，多以義懷來，未聞專事征伐。蓋限隔洋海數千里之遠，此與彼接①，我以衆命先嘗其險，嗚呼殆哉！　昔三苗來格，虞帝以修文爲先；彼倭始通②，光武以廣德爲務。伏望聖朝鑑法前代，先遣材辯綏遠之臣申之以文告，喻之以逆順，柔以文德，結以恩信，使民見包荒不遐遺之意。若猶未至，然後興師，未爲晚也。此係國家大事，任責者宜悉心以明其利害。

【校】

①「此」，元刊明補本作「比」，形似而誤；據弘治本、薈要本、四庫本改。

②「彼」，弘治本同元刊明補本；薈要本、四庫本作「後」。

合併十一年軍

竊見近年朝廷將舊軍與至元九年所簽軍貧難消乏之家皆行合併，甚爲便益。其十一年所簽軍人，當時已是近下户計，經今九年，多有生受不堪役者①。合無一體從實合併，使貧富難易兩得均平，又得兵力精强，且見國家同仁一視之意②。

【校】

①「受」，弘治本同元刊明補本；薈要本、四庫本作「手」，聲近而誤。

②「意」，弘治本同元刊明補本；薈要本、四庫本作「義」，亦可通。

定奪軍户析居地税

一、軍户析居貼户，即目見行取要地税。當間本是一户，謂如有田六頃，除四頃外納餘上税石，既是析居，其地兩分，各有地三頃，不在合納之數。即目止憑一户時取要餘上地税，理合分間，定奪除免。

養人材

設學校

夫自昔設立學校，非唯尊師重道，蓋欲養育人材，以備内外任使。方今名儒碩德既老且盡，晚生後輩以上乏教育，下無進望，例皆不學，而吾道不絶如綫。設若構一大厦，必用衆材可成，況治天下之廣居乎？今府、州、縣、道雖設立教官講書會課，止是虚名，皆無實效。其隨處教授名實學官①，餬口不給，奚暇治禮義而及人？若與醫學一體給降俸禄，復官撥學地，資贍生理②，然後選職官子弟及鄉民之秀異者使之入學，專以講明經史，以趨有用實學，不三五年間，一處止有成材五七人，則天下可得數百人以須國家之用，豈不偉哉！如已後設立科舉，尤須預先教養。不然，將見數年之後，非惟無材可取，則禮義廉恥掃地矣③，將何以論治乎？隨路醫學亦合一體整理施行，不致虚請俸錢，有名無實。

【校】

①「教授名實學官」，弘治本同元刊明補本；薈要本作「教官名實學黌」；四庫本作「教官冷署寒毡」。

②「生」，弘治本、四庫本同元刊明補本；薈要本作「主」，形似而誤。

③「則」，弘治本、薈要本同元刊明補本；四庫本作「恐」，妄改。

議復立國子學①

一②、竊見至元七年朝廷立國子學，命許衡爲祭酒，選朝右貴近子弟令教授之。不滿五歲，其諸生俱能通經達禮③，彬彬然爲文學之士。及其入仕，皆明敏通疏，果於從政。如子諒侍儀之正大，子金中丞之剛直，康提刑之仕優進學，弟親臣之經明行修，堅童君永之識事機，子亨待制之善書學，企中客省之貞幹，揚歷省臺，蔚爲國用，豈小補哉！必欲設學校，養人材，京師首善之地，宜先復立國學④，以風勵天下。

【校】

①「國子學」，弘治本、薈要本同元刊明補本；四庫本作「國子學附」。

②「一」，弘治本、薈要本同元刊明補本；四庫本脱。

③「禮」，弘治本同元刊明補本；薈要本、四庫本作「理」。

④「復立」，弘治本、四庫本同元刊明補本；薈要本作「立復」，倒。

用中選儒士

竊見十三年隨路試中儒人，於内多有材堪從政者，若委自各路并按察司取勘相驗得實①，申報上司，遇臺、院、六部百司，按察司令史、書史闕員，以憑補充勾當，是猶勝繆亂雜取州縣無例無學等人。此輩設若吏業非素②，終是通曉義理，例有文筆，使官事稍習，皆可勝用。假令學校吏試便行，需待歲月③，猝急不能得用。能此，不但捷於得人，亦是激厲天下爲學之方，豈爲小補！兼亡金舊例④，臺掾、書史皆於中場舉人内試補勾當⑤，但在有司持擇，使之精當，不致妄濫請托而已。

【校】

①「自」，薈要本、四庫本同元刊明補本；弘治本作「目」，形似而誤。

②「吏」，元刊明補本作「史」，形似而誤；據弘治本、薈要本、四庫本改。
③「需」，弘治本同元刊明補本；薈要本、四庫本作「須」，亦可通。
④「亡金」，弘治本、薈要本同元刊明補本；四庫本作「金人」，妄改。
⑤「書史」，弘治本、薈要本、四庫本作「書吏」，亦可通。「中」，弘治本、薈要本同元刊明補本；四庫本作「終」，亦可通。

試吏員

竊見方今内而省、部、臺、院、百司，外而按察司、府、州、司、縣，合用吏員俱出自州縣校書、帖寫等人①，因而上達，以至僥倖成風，廉恥掃地。只以學術無素，選取無方，中間求其廉慎可稱、熟煉吏事者甚鮮②。而天下之務繁，而詞訟錢穀重，而刑名銓選、生死曲直、高下與奪，悉出於乳臭若輩之手，欲望治道清明，風俗美好，難矣！合無講究近代考試法式③，從府州官公共保舉。其法律、刀筆、行止或不相應，罪及保官。其餘非此而進者，不許補充隨朝勾當。設法既嚴，人自力學。如此非惟用得羣材，禮義廉恥風動四方，下可以革去僥倖苟且之人，上可以成公平肅清之化。端本澄源，此最急務。

【校】

①「帖」，弘治本同元刊明補本；薈要本、四庫本作「貼」，聲近而誤。

②「練」，元刊明補本、弘治本作「煉」，偏旁類化；據薈要本、四庫本改。

③「式」，弘治本、四庫本同元刊明補本；薈要本作「試」，聲近而誤。

節費用

併州縣省官吏

伏見方今州而爲府，縣而作州，復有不必縣而縣者。此蓋王進建言，欲務爲誇大①，以示外方意也。以至增置人員，添給俸禄，無有虚歲。彼所臨户口，曾不加多，差税轉成虚耗，所謂「十羊九牧，爲政大弊」也。今四海一家，郡縣版籍何止數倍，誇大之名，將何所用？不若依舊便，將當省者省②，可併者併，豈惟事簡官清，不致國家緣虚名而受實費。既省其官，據禄薄者亦宜增而厚之。蓋清其吏而不厚其禄，則飾詐而不廉；知厚其禄而不省其官，則財費而不足；知省其官而不知選其能，則事壅而不理。此三者迭爲表裏，相須而成者也。又江淮興兵已來，諸道使府一切把軍官員權宜而置職，及見設提舉司官，及因聚賄妄立官府者多矣，亦宜減削，使職有常員，事不繁冗，則人無紛擾之勞矣。

【校】

①「誇」，弘治本同元刊明補本；薈要本、四庫本作「夸」，亦可通。

②「當」，元刊明補本作「常」，形似而誤；據弘治本、薈要本、四庫本改。

行券法省祗應

今訪聞得：真定路週歲祗應錢萬有五千餘定，以天下計之，不下數萬定矣。此緣省部差遣繁冗，及當該官吏因之作弊，致費用如此之廣。雖禁約關防甚悉，不若澄治本根。今後若路官得人，凡事公幹，并將急遞鋪整點如法，據行下事務嚴立程限，管得時刻不誤，如是則不必使者旁午而重費館穀也。若軍國大事必須差官者，照依前金給付券頭，據合得分例，令於上批寫某日經過、某日宿頓，回日繳納。年終將報到祗應文册摞照同否①，稍有差別②，多取與多與者同罪③。將見使人不敢多取，掌行者不能妄添分毫，節省費用，誠爲方今良法④。至於朝廷重使，別議給與。如此，減省故不少矣。

【校】

①「搽」，弘治本同元刊明補本；薈要本、四庫本作「查」。
②「稍有差別」，弘治本同元刊明補本；薈要本、四庫本移入「妄添分毫」作「妄添稍有分毫差別」，錯簡而乙文。
③「取與」，弘治本同元刊明補本；薈要本、四庫本作「取並」。
④「節省費用誠爲方今良法」，弘治本同元刊明補本；薈要本、四庫本作「誠爲方今節省費用良法」，妄改。

禁醞酒

一、目今自真定路已南直至大河，地方數千里，自春至秋，雨澤愆期，旱暵成災，致米麥踴貴，無處糴買，例皆闕食，百姓往往逃竄，莫能禁戢。有司誠宜多方計置，救災恤民。竊見民間醞造杯酒①，所用米麥日費極多。略舉真定一路，在城每日蒸湯一二百餘石，一月計該六千餘石，其他處所費比較可知。若依至元十五年例，將民間醞造杯酒權行禁止，庶幾省減物斛以滋百姓食用②，誠救災卹民之大事也③。

【校】

①「杯」，弘治本同元刊明補本；薈要本、四庫本作「秠」，形似而誤。

②「斛」，弘治本、薈要本同元刊明補本；四庫本作「料」，妄改。「食」，弘治本同元刊明補本；薈要本、四庫本作「實」，涉下字而聲誤。

③「衄」，弘治本同元刊明補本；薈要本、四庫本作「息」，亦可通。

振武屯田

竊見每歲北邊於新城、沙狸、靖州三倉和糴糧儲不下五七萬石①，如遇軍馬調遣，又豈特十萬石而已。近年穀價踴貴，且以十萬石爲率，所費不貲，用度終不寬廣。兼自古饋餉，雖有智者，終無良法，惟邊地屯營最爲長筭。契勘唐憲宗元和七年，李絳言天德、今豐州是也②。振武左右良田約萬餘頃，擇能吏可開置營田以省費足食，從之。四年間開田四千八百頃，收粟四十萬斛，歲省度支錢二十餘萬緡。今體訪得：振武并豐州界河兩傍地廣民稀③，除營帳牧放、百姓耕墾外，其餘荒閑地尚多④。若差公幹官僚踏視其宜留兵營田，一切取武清屯例，假以歲月，自非水旱不熟，田功稍集，國儲必有所濟。故陸宣公云：「緣邊土沃而久荒，所收必厚。」如此費省食足⑤，官無規措和糴之勞，民免輸納虛耗之費，恐亦安固邊防之一策也。

【校】

①「羾」，弘治本作「并」；薈要本、四庫本作「并」。

②「是也」，弘治本同元刊明補本；薈要本、四庫本脱。

③「并」，弘治本同元刊明補本；薈要本作「年」，形似而誤；四庫本作「與」。

④「荒閑地尚」，弘治本同元刊明補本；薈要本、四庫本作「閒荒地甚」。

⑤「費省食足」，弘治本同元刊明補本；薈要本作「費省足食」；四庫本作「省費足食」。

納粟除監當官①

竊見上都北邊，每歲臨幸及屯戍重兵，歲用糧斛甚廣，雖官爲和糴②，商旅興販，終是遠竄，不能多廣得濟。昔漢文景時，亦爲艱於轉致，令民輸粟塞下，賜與爵級，謂之賣爵級，遂致邊兵饒足。方今院務官别不見入仕格例③，以曩日論之，不過貨賂請托。若以弊革有益於國家，不若令辦課官驗額輕重，使輸粟上都及迤北州郡幾何者，則任某處監當官一年，立爲定制。謂如某處務場周歲課額十錠，設官二員，每員輸米或粟上都者若干，迤北州郡者如此④，不半歲，上都及緣邊州郡便得米數十萬石，豈不大便益哉？又如州府務官經營幹勾，比得差遣，所費不貲，一任之内必百方作計取償於民，羨餘復入於己，是使明損民力，暗將官錢盡入私門。若此法一行，將見私錢盡入公家，則息奔競⑤，官革請托，軍國坐收饒足之利。故令民輸粟充院務官，最爲當今良法。

【校】

①「納」，弘治本、薈要本同元刊明補本；四庫本作「輸」，亦可通。「除」，弘治本、四庫本同元刊明補本；薈要本作「輸」，非。

②「爲」，弘治本同元刊明補本；薈要本、四庫本作「司」，涉上字而妄改。

③「入」，弘治本、四庫本同元刊明補本；薈要本作「乂」，形似而誤。

④「此」，弘治本、薈要本同元刊明補本；四庫本作「之」，亦可通。

⑤「則」，弘治本、薈要本同元刊明補本；四庫本作「時」。

停不急之務①

權停一切工役

竊見大都雜役、五臺拖木等夫及諸寺院營造，比年已來未嘗停輟。古人有云：「工不使鬼，必待人興；財不天來，終須地出。」不動百姓，將何所求？況今真定至大河迤南，年穀不登，百姓嗷嗷，例皆乏食，自救不暇。據上項工役，似合權且停放，以見國家罷不急、節浮費、救災卹民至意。

省罷鐵冶户

竊見燕北、燕南通設立鐵冶提舉司大小一十七處，約用煽煉人户三萬有餘，週歲可煽課鐵約一千六百餘萬。自至元十三年復立運司以來，至今官爲支用本貨，每歲約支三五百萬斤。況此時供給邊用，雖所費浩大，尚不能支絕。爲各處本貨積垛數多，其窺利之人用官司氣力收買，其價不及一半。當時既是設立提舉司煽煉本貨以備支持，除支外止合存留積垛以備緩急，今來卻行盡數發賣。竊詳此事虧官損民，深爲未便。今來止合依驗舊日有名曾煽爐座，存留三五處依例興煽。據煽到本貨，除支持外，盡數存留積垛，並不許發賣。外據近年新添去處，悉行停罷，將所占百姓分撥所屬州縣依例當差。仍許諸人認辦課額，興煽小爐，或抽分本貨，或認辦鈔數，臨時定奪。如綦陽鐵官，中统二年省、部已曾將治户差發比較歲煉鐵貨，數甚争懸，以此罷去。其便與否，乞追照元卷，備見其詳。

【校】

①「之」，弘治本、四庫本同元刊明補本；薈要本脱。

侵奪民利不便等事

課程再不添額

契勘課程，自四十年前天下正額止萬有餘定，今者從萬至於十倍，可謂極致。每歲考較，尚有增餘，前省定奪，歲歲添作正額。且財不天來，皆自民出，恐亦困人之一節也①。兼商税金資、物貨湊集、買賣多寡、市肆遷移，皆趁州郡會合津要去處，歲各不常，若累累一體添答②，恐有輕重不等之弊。可依已定額數外，從實恢辦，或依相永法，增籌者量皆遷賞，否者黜罰停歇，期年告敍。所增等第，以五十定爲上，三十定爲中，二十定爲下。如此，民喜額定而不增，官樂有功而陞用，羨餘之數，自然盡實入官。

【校】

①「困」，元刊明補本、弘治本作「因」，據薈要本、四庫本改。

②「答」，弘治本、薈要本同元刊明補本；四庫本作「額」，妄改。

論鈔法

竊見元寶交鈔，民間流轉，不爲澀滯，但物重鈔輕，謂如今用一貫，纔當往日一百，其虚至此，可謂極矣。究其所以，法壞故也。其事有四：自至元十三年已後①，據各處平準行用庫倒到金銀，并元發下鈔本課銀，節次盡行起訖，是自廢相權大法。此致虚一也。其鈔法初立時，將印到料鈔止是發下隨路庫司换易爛鈔，以新行用，外據一切差發課程内支使，故印造有數②，儉而不溢，得權其輕重，令内外相制。以通流錢法爲本，致鈔常艱得，物必待鈔而後行③，如此鈔寧得不重哉？今則不然，印造無筭，一切支度雖千萬定，一於新印料鈔内支發，可謂有出而無入也。其無本鈔數，民間既多而易得，物因踴貴而難買。此致虚二也。又總庫行錢人等，物未收成，預先定買，惟恐或者先取，故視鈔輕易添買，物重幣輕，多此之由。此致虚三也。又外路行用庫令、庫子人等私下倒易，多取工墨，以圖利息。百姓昏鈔到庫，不得畫時回换④，民間必須行用，故昏者轉昏，爛者愈爛，流轉既難⑤，遂分作等級，其買市物必需上等⑥，除是則加擇鈔，羅紗巾鈔、□鈔之類⑦，然後肯接。此致虚四也⑧。今謂救其虚⑨，莫若用銀收鈔，大路止用得課銀一二千餘定⑩，小處一二百定。民間鈔儉，必須將銀赴庫以倒鈔貨⑪，是鈔自加重，銀復歸于官矣。今卻以鈔回換⑫，則愈致子虛矣。何是？又官只重銀不重其鈔⑬，此復致虛一也⑭。或更造銀鈔，以一伯當元寶二伯，迤漸收回見鈔⑮。蓋事久則變，變則通，輕重相濟之法也。不然，其利病又當問中統元議立法者⑯，如張介夫、王紹明等，講明舊法，以定新行。如此，年載間庶可復舊，使資財大柄常操於上⑰，權不移於下矣。

【校】

①「自」，弘治本同元刊明補本；薈要本、四庫本作「其」，涉上而誤。

②「印」，四庫本同元刊明補本；弘治本、薈要本作「即」，形似而誤。

③「後」，弘治本同元刊明補本；薈要本、四庫本脱。

④「畫」，弘治本同元刊明補本；薈要本、四庫本作「盡」，形似而誤。

⑤「轉」，薈要本、四庫本同元刊明補本；弘治本作「傳」，聲近而誤。

⑥「市物必需上」，元刊明補本作「□□□□」；抄本作「□□□驗」；薈要本闕；據四庫補。本作。「等」，抄本、四庫本同元刊明補本；薈要本闕。

⑦「除」，抄本、四庫本同元刊明補本；薈要本闕。「加擇鈔，羅紗巾鈔、□鈔之類」，元刊明補本、薈要本闕；四庫本

作「是則必需」，據抄本補。

⑧「也」，元刊明補本、抄本闕，據薈要本、四庫本補。

⑨「今」，元刊明補本、抄本闕，據薈要本、四庫本補。

⑩「二千」，元刊明補本、抄本闕，據薈要本、四庫本補。

⑪「以」，元刊明補本、抄本闕，據薈要本、四庫本補。「倒」，抄本同元刊明補本，薈要本、四庫本作「倒換」，衍。

⑫「换」，元刊明補本、抄本闕，據薈要本、四庫本補。

⑬「何是又」，抄本、薈要本同元刊明補本，四庫本作「則是當」。

⑭「致」，元刊明補本、抄本闕，據薈要本、四庫本補。

⑮「迤」，抄本同元刊明補本，薈要本、四庫本作「遞」。「回」，元刊明補本、抄本闕，據薈要本、四庫本補。

⑯「其」，元刊明補本、抄本、薈要本闕，據四庫本補。「問」，抄本同元刊明補本，薈要本作「間」，形似而誤；四庫本作「與」，非。

⑰「上」，元刊明補本作「二」，據抄本、薈要本、四庫本改。

論鹽法

竊詳：調度鹽法，以便民爲心者，莫若於所轄州縣，量户數多寡①，將元認課額均分。依已定價錢一十四兩一錢，仰各處管民官設立鹽官，赴運司關支鹽貨，置局發賣，納舊課，關新鹽，挨次送納。其沿路脚錢，於各處鹽局官用己錢出備②，卻於發賣鹽價上搭帶，仰各道按察司不時計點多餘之數③。

既分鹽課爲正額，聽從各處從實發賣。中有比別路賣不盡去處，督勒本處，須管驗合關數目，依限關支，課亦依期送納。何故？當元驗民户多寡均分。食鹽之家既等，緣何卻有不盡數目？防有私鹽生發。仰各路正官提調，不致阻滯正課，亦不須設立巡鹽官擾民。其先行賣訖去處，必須再來關支，是爲增餘。近年以來，人口增添④，食鹽既多，别無虧失，止有增羡，可不勞而辦也。

一、官爲調度者，從省、部差有根脚、慎行止、諳錢穀人充規措所官⑤，聽運司節制，於用糧去處設立。許諸人赴倉送納，或米或粟，納獲朱鈔⑥，赴規措所關引支鹽。近見運司官差規措官於南京等處，不問人之貧富、有無抵業，九一抽分，虚立文契，指於某處中納糧斛，其實將引到家，不問價直高低，貨賣了當。或償舊債，或納官錢，或別作營運⑦，至今五七年間，錢糧不能到官者不可勝計，深爲未便。今者止合明出榜文，召募諸人於所指倉分先行送納糧斛⑧，納獲朱鈔，然後赴規措所支引，次來關鹽⑨。厘勒監主毋得刁蹬停滯，立便支發。似此別無阻礙，鹽法大行，倉廩充實，不須和糴和中，豈小補哉！

一、長蘆本處，除收米粟外，並不得收受諸物，止收寶鈔，赴萬億庫送納。止收米粟者，以備御河上下官爲支持；不收諸物者，諸物官司無用中間作弊，不無阻礙鹽法。若以收鈔、納鈔，其便有三：一則鈔法通快，二則革去舊弊，三則官民兩便。

一、便商賈爲利者，許諸人赴場買引關鹽。厘勒監生不得刁蹬客旅⑩，最爲急務，蓋禁官吏不得買引賣引是也。既許諸人興販，官吏亦用己錢，何故不可？若使本管官吏得買，其間客旅深爲未便，課程不能恢辦⑪。何故？鹽價貴則官吏盡數拘買，客旅不能得買；鹽價賤則官吏並不收買，客旅爲曾赴倉場不能得買，嘗被躭誤，又知鹽價遲澀，亦不興販。虧損官課⑫，皆此之由。又官吏買鹽，先揀離場近便去處，次揀潔淨乾白好鹽，又不依序，先行攙支，使客旅人等無所措手，其弊不能一一偏舉。竊惟鹽場，天下號爲争利之所，況本管官吏乎？蓋防微杜漸，尚有不能禁者，以官物爲己有之資，放縱由己⑬，可不戒哉！

一、運司上下大小請俸人員近七百名，其中虚設者太半。行户部都轉運使之名⑭，可易爲提舉鹽使司大使、副使各一員，次以管勾催煎，足以辦集，自然官減俸省，亦便利之一端也。

一、解州池鹽天然自成⑮，不同清、滄犯本煎造，費用浩大。往年陝西運司爲課額重大，立法頗峻。山谷遠人不知禁忌，食既艱得，未免私煎冒販。事發到官，情罪不小，往往有破家殘生者⑯，良爲可哀。昔隋初罷酒坊，通池鹽，鹽井之利與民共之，至今稱爲仁政。若於見定解鹽價直内更爲減免分數，使民易得食用，亦國家惠民而不費之一端也。

【校】

①「户」，抄本同元刊明補本；薈要本、四庫本作「其」。

②「鹽局官」，抄本同元刊明補本；四庫本作「鹽局之官」，衍。

③「納舊課」至「多餘之數」，抄本、四庫本同元刊明補本；薈要本闕。

④「口」，抄本同元刊明補本；薈要本、四庫本作「人」，涉上而誤。

⑤「諳」，抄本、薈要本同元刊明補本；四庫本作「諸」，形似而誤。

⑥「朱」，抄本同元刊明補本；薈要本、四庫本作「米」，形似而誤。
⑦「運」，抄本同元刊明補本；薈要本、四庫本脱。
⑧「指」，抄本同元刊明補本；薈要本、四庫本作「措」。
⑨「次」，抄本同元刊明補本；薈要本、四庫本作「次後」，衍。
⑩「生」，抄本同元刊明補本；薈要本、四庫本作「主」。
⑪「恢」，元刊明補本、抄本、薈要本作「虧」，聲近而誤；據四庫本改。
⑫「課」，弘治本同元刊明補本；薈要本、四庫本作「庫」。
⑬「己」，弘治本同元刊明補本；薈要本、四庫本作「我」。
⑭「使」，弘治本同元刊明補本；薈要本、四庫本作「司」。
⑮「池」，弘治本、四庫本同元刊明補本；薈要本作「沈」，非。
⑯「殘」，弘治本同元刊明補本；薈要本、四庫本作「戕」。

輝竹還民①

竊見衛輝路輝州園竹皆係百姓自來栽植，置買物業、軍站差徭仰之出備。自姜毅建言，將頃畝官量見數斫伐，四六抽分，民得六分，官亦拘取②，量給價直，當時百姓已是不堪。近年已來，不依時月，不問去留，恣意斫伐，盡行殘廢③。其合得價錢，給既非時，多不完備。又巡竹人等經絲往來④，稍有疑似，恐嚇錢物，事非一端，往往有破家失業者，百姓至顧視竹植甚於仇讎⑤。竊詳：天之生物，本以養人，今乃爲害⑥，豈造物意哉？且量頃畝無多，抽取四分以之輸官，未爲大益，百姓得之，實非小補。合無將上項園竹依舊令民爲主，官不抽分，出備一切差役氣力，亦寬弛山澤之禁、不奪民利之美事也。若謂於係官竹法有礙⑦，據輝竹造到器物，令給引印烙，亦可通行。其見設提舉司並不將竹園優蒔⑧，名爲辦課，專以侵擾百姓、營治己私爲務⑨，亦宜罷去，令總府就便管領。其省官吏，息民擾，實爲便當。

【校】

①「還」，元刊明補本、弘治本作「屬」，據薈要本、四庫本改。

②「亦」，弘治本同元刊明補本；薈要本、四庫本作「又」。

③「殘」，弘治本同元刊明補本；薈要本、四庫本作「枯」。

④「經絲」，弘治本同元刊明補本；薈要本、四庫本作「絡繹」。

⑤「百姓至」，弘治本同元刊明補本；薈要本、四庫本作「致百姓」。「植」，薈要本同元刊明補本；弘治本作「柏」；四庫本作「值」。
⑥「今乃」，弘治本同元刊明補本；薈要本、四庫本作「乃反」。
⑦「係」，弘治本同元刊明補本；薈要本、四庫本作「干係」，既衍且誤。
⑧「優」，弘治本同元刊明補本；薈要本、四庫本作「糭」。
⑨「專」，弘治本同元刊明補本；薈要本、四庫本作「轉」。

分間官占民田 二事①

一、總庫將東鹿縣民田以爲官地，約一千四百餘頃，每歲包納麥課，每畝麪三斤。合無除免，明諭百姓，使爲永業。

一、去歲取勘到滑州御麥地畝約八百餘頃，中間多係軍站農民祖業莊産，種養年深。今來一例打入數内，理合分間民田，令依舊爲主。

【校】

①「二事」，諸本皆脱；據諸本「事目」處補。

定奪官地給民

一、京兆路州郡所有營盤草地極廣，舊爲探馬赤牧馬地面，近年遷往西州屯駐，其地悉爲閑田①，并隨路營盤草地寬闊去處②，量給側近無田農民種養③，併贍不足。

【校】

①「地悉爲閑田」，弘治本同元刊明補本；薈要本、四庫本作「悉爲開空地畝」。

②「寬」，弘治本同元刊明補本；薈要本、四庫本作「空」，非。

③「種養」，弘治本同元刊明補本；薈要本、四庫本作「耕種」。

禁約侵擾百姓　五事①

一、每歲鷹房子南來，所經州縣市井爲空，將官吏非理淩辱②，百姓畏之過於營馬。及去，又須打發撒花等物，深爲未便。乞嚴行禁約，以安吏民。

一、四萬户軍馬遇有調度，經過去處嚴加禁約，不得非理搔擾③，致驚農民。責所在達魯花赤巡護勾當，但有失事，坐所委官罪。

一、冀州管内河西軍户間處村鄉④，不時搔擾。如强耕田、白采桑、欺凌農民等事，告發到官，司縣不能追理。至元十七年，省、院已曾差官究治，此其顯然也。合行嚴切禁約，不致别有侵漁。

一、隨處監官，非奉上司文字⑤，不得一面將門攤定課額上擅行添搭數目。

一、御河上下一切官司，阻礙客旅船隻不能通快，如開關錢、漫河索岸例等事⑥，乞悉行禁約。

【校】

①「五事」，諸本皆脱；據諸本「事目」處補。

②「將」，弘治本同元刊明補本；薈要本、四庫本作「因」。

③「搔」，弘治本同元刊明補本；薈要本作「發」，非；四庫本作「騒」。

④「鄉」，弘治本同元刊明補本；薈要本、四庫本作「落」，妄改。

⑤「字」，弘治本同元刊明補本；薈要本、四庫本作「移」，亦可通。

⑥「等」，元刊明補本作「寺」，半脱；據弘治本、薈要本、四庫本改。

王惲全集彙校卷第九十一

事狀

翰林院不當以資例取人

竊惟人材不出政事、文章而已。政務但曾諳練[1]，尚可勉爲；至於文章，自非天材有學者，不可强爲。今翰院職掌人等[2]，樂其安簡，占處名位，守以歲月，以次而遷，有從書寫至修撰、待制者。今後合無從本院精選人材勾當[3]，不宜循遷，以塞賢路。

【校】

①「務」，弘治本同元刊明補本；薈要本、四庫本作「事」。

②「院」，弘治本同元刊明補本；薈要本、四庫本作「林」。

③「選人材」，弘治本同元刊明補本；薈要本、四庫本作「人材之選爲」。

定奪黄河退灘地

黄河兩岸多有退灘閑地，有塔察大王位下頭目人等①，冒占作投下稻田，令側近農民寫立種佃官文字，每歲出納租課，自餘不得開耕。竊詳河水走卧不常，今日河槽，明日退灘，安得爲投下屬地？今後合無將一切退灘地面許令諸人開耕種蒔，實爲便益。

【校】

①「人等」，弘治本同元刊明補本；薈要本、四庫本脱。

舉耶律張商焦四相事狀

竊見前中書左丞相耶律鑄、前中書左丞張文潛①、前安西王府王相商挺、秘書監焦仲益，皆係朝廷勳德，天下重望。方今之務，親賢爲急②，比之求訪疏遠，如四相者識達政體，綜練時宜，若使之參預大政，必能裨補闕漏，有所廣益。《傳》稱：「圖任舊人共政。」此之謂也。

【校】

①「前」，弘治本同元刊明補本；薈要本、四庫本脱。

②「親賢爲急」，弘治本同元刊明補本；薈要本脱；四庫本作「以親賢爲急」。

復許諸人陳言

一、中統元年，許諸人陳言，當時主意，不爲徒然。蓋一則舉知羣下休戚之情，二則視時政得失之弊，三則見人材可用之實。今政務方殷，惟慮廣求直言①，採議得失。今後合無復許諸人陳言，内設詳定奪等官使掌其事。

【校】

①「求」，元刊明補本作「來」；據薈要本、四庫本改。

舉明宣慰胡祇遹事狀①

竊見前荆湖路宣慰副使胡祇遹②，自中統元年至今，揚歷中外二十餘年，所至皆以能稱。其識時應務，通方有爲，求之時輩，不可多得，誠經濟之良材，時務之俊傑也，内外劇職，皆可迭居。今在閑日久③，理合起復，以應清朝之選。兹乃天下公論④，非卑職之所得私也。

【校】

①「祇」，弘治本、薈要本同元刊明補本；四庫本作「秖」，形似而誤。

②「宣慰副使」，弘治本同元刊明補本；薈要本、四庫本作「副使宣慰」，倒。

③「在」，弘治本同元刊明補本；薈要本、四庫本作「居」，非。

④「兹」，弘治本同元刊明補本；薈要本、四庫本脱。

議司獄官

竊見隨路所設司獄官，致恤囚徒，最爲切務。蓋使暮夜不致疏虞，寒暑罔令失所，飲食以時，醫藥無闕，比緣當罪，不使苦楚無聊損傷人命，此其職也。近年多以年老無能之人使充其任，至獄事狼藉，囚繫失所，是與不設等爾。若選得如往年大都路司獄劉彦禄十數人，使之盡心獄事，或今後應重囚未斷，非理獄死者，治司獄等罪。如此，庶仰副朝廷哀矜庶獄之本意也。

禁約興利無效等人

竊見近年開挑淄萊路石河①，致死損夫役甚衆，終不能成事。竊詳若輩妄開利孔，明知無成，萬一有效，功歸一己；不成，害及衆人，所該之家，其將何罪？山東之民至今咨怨。今後若復有如此妄言僥倖之者②，宜嚴行禁約。如見役興工者，將來無驗，合無量事重輕究治，庶免傷財害民之悔，又安知非姦人之計？可不審慎之哉！

【校】

①「挑」，薈要本、四庫本同元刊明補本；弘治本作「祧」。

②「者」，弘治本、薈要本同元刊明補本；四庫本作「人」。

議大名券軍

竊見大名見屯生券軍一萬二千餘人，不及三年，所費錢糧至甚浩大，米一十萬石，鈔七萬餘定。若上司近前別無驅用，宜同往年熟券軍發還南中，使分隸諸翼以備邊防。其中若有年老者①，放還爲民，不宜使仰食縣官，坐糜經費。總三萬，大名一萬二千②，衛輝路五千③，太原五千。

【校】

①「老」，元刊明補本作「及」，據弘治本、薈要本、四庫本改。

②「二」，弘治本同元刊明補本；薈要本、四庫本作「五」，涉下而誤。

③「五」，弘治本、四庫本同元刊明補本；薈要本作「三」。按：此處數字有誤，疑「總三萬」當作「總二萬」，「衛輝路

五千」亦當作「衛輝路三千」。

理財事狀

即今包銀課程，茶、鹽之數，歲入不貲，用度不患闕少。所當更張者，在於一切掌管之人染漬舊習①，中間多方掊取，盡入私門，官不得用，民實受弊，使國家虚受重利之名。切要立法革弊，使民力蘇息，取之不致困乏②。

【校】

①「掌管」，弘治本同元刊明補本；薈要本作「官掌」，既倒且誤；四庫本作「管掌」，倒。

②「困」，弘治本同元刊明補本；薈要本、四庫本作「用」。

馬政事狀

竊謂三軍之本，以馬爲先，今遇有用度，不免和買拘刷。和買官吏作弊①，拘刷則遠駭觀聽。乞請於塞垣水草宜收之地②，分立羣牧使，通政院專掌其事。

【校】

①「吏」，弘治本、四庫本同元刊明補本；薈要本作「支」，非。

②「收」，弘治本、薈要本同元刊明補本；四庫本作「牧」，形似而誤。

預備事狀

除有司常例支持外，振武屯田，輸粟補官，最爲上策。《易》稱：「君子儲戎器，以備不虞。」兼預備則造作如法，犀利可用，晁錯謂：「甲不能禦矢，與無甲同；矢不能入堅，與無矢同。」可不重慎！今後合無將隨路常課再行整點督勒，使成造如法，於上書寫官匠姓名以考其程，於所須去處起庫收貯①。如是，庶得造作如法，不致臨時併造，多不如法，朽鈍不堪用度。

【校】

①「收」，元刊明補本作「取」，據弘治本、薈要本、四庫本改。

爲審斷罪囚事狀①

竊見隨路淹禁罪囚極多，省、部自從以來，遠踰半歲②，今追銀者有人，填撫者有官，檢災亡者有使，未聞曾差一官審理罪囚者。古人稱：「遭遇旱災，多緣刑獄淹延所致。」即目已是秋分，乞請選精詳官員曉知刑名者③，同按察司官分路前去審録歸斷一切獄囚，恐亦感召和氣之一端，又使百姓具知省、部不獨於錢穀留意也。

【校】

①「囚」，薈要本、四庫本同元刊明補本；弘治本作「内」，形似而誤。

②「半」，弘治本、薈要本同元刊明補本；四庫本作「年」，涉下而形誤。

③「請」，弘治本同元刊明補本；薈要本、四庫本作「精」，涉下而形誤。

爲革部符聽偏辭下斷事狀

竊見部吏符文之弊，謂如甲以田宅告部，便以偏辭有理，斷付甲主；乙復上訴，新吏不照先行，卻以乙辭有理，即付乙主。路官知其徇弊，欲從理長者歸結①，二人各倚元符，互相不服。其兩造或赴察司陳告，照卷明見，亦欲與之改正，又緣省例，部斷者不許輒改，以致耽誤，有累年經歲不能杜絶者。乞請上司定奪歸一，毋令止憑偏辭輒下斷語，庶免人難。

【校】

①「結」，弘治本、薈要本同元刊明補本；四庫本作「給」，形似而誤。

開種兩淮地土事狀

一、竊見黄河迤南、大江迤北、漢水東西兩淮地面，係在前南北邊徼中間，歇閑歲久①，膏肥有餘②，雖有居民耕種，甚是稀少。宜設立大司農司，招集江南、北無産業人民③，驗丁力摽撥頃畝，令一定住坐爲主④，官給牛隻、農具，差税並不取要，若成就後別議定奪。如此不數年間，開耕作熟，貧民既得濟，虛地又行内實，萬一緩急，以食以兵，皆可倚用。

【校】

①「歇閑」，弘治本同元刊明補本；薈要本、四庫本作「閒歇」。

②「膏」，弘治本、四庫本同元刊明補本；薈要本作「高」，聲近而誤。

③「江」，弘治本同元刊明補本；薈要本、四庫本作「大江」，妄加。

④「主」，弘治本同元刊明補本；薈要本、四庫本作「立」，非。

祝香百門山神事狀

一、輝米準差者二千石①，和買又不下二三千石。又淇水係是御河上源，一切漕運供給大都，甚有功用，比之濟瀆及物，濟國潤民之功非細。據上源水神，似宜特降香火以答神休。

【校】

①「石」，弘治本同元刊明補本；薈要本、四庫本脱。

司官不勝任者即行奏代事狀

照得條畫内一款：「按察官聲迹不好者，即行奏代。」今南北察司廿道，每司正官與首領人員除新任未滿者，是遷調員數嘗幾於半。材不易知，安得人人而當之？然即其所知，於初選時稱停搭配，不致偏重可也。其已除而不勝者，若姑息待滿，是知其無能，今徒占位次，月費俸料，養資歷而已，於司事何益？乞請令監察上下半年巡行督察之，歲取其功罪之尤者，明著之以示天下，不次陞黜一二人。所謂「臺諫急則監司警，監司警則郡縣肅」，誠激勸賢否，振勵衰弊之一法也。

精選首領官員事狀

近年憲司首領官多取自雜流，於案牘文墨有絶不通曉者①，其儒者備員素餐，强者挾私害公，紊亂官府。若今後止於見任州縣八品、七品職官内選②，兼該儒吏通曉世務、風采人望出總幕之右者，使充可也。且憲司職雖糾彈③，其體面全是禮、法二者爲用，不同管民參佐衙撞辦集爲能。若必其取强梁跋扈、務尚口吻者，是無良之人假其重勢，使之行私耳。伏乞詳思，以存大體。

【校】

①「於案牘文墨有絶不通曉者」，弘治本同元刊明補本；薈要本、四庫本作「有案牘文墨絶不通曉者」，倒。

②「見」，弘治本同元刊明補本；薈要本、四庫本作「息」，形似而誤。

③「彈」，弘治本同元刊明補本；薈要本、四庫本作「强」，形似而誤。

添書吏奏差人員禄食資歷事狀

竊見按察司書吏、奏差人員，據掌照文案、糾察等事①，其品雖微，其職甚要。今百物踴貴，俸稍不足以育廉；賢愚混淆，資敍不足以激勸。循名責實，似有所難。惟其養之厚，故可責之重。乞請將禄食資歷再行定奪，稍得加重，久則人自爲勸，若責罰出退②，其將何辭？

【校】

①「掌照」，弘治本同元刊明補本；薈要本、四庫本作「照掌」。

②「出」，弘治本、薈要本同元刊明補本；四庫本作「黜」，亦可通。

關支俸錢事狀

竊見遷轉官吏例攜幼扶老，千里區區而就一官。照得十八年正月内，朝廷令州縣依舊與俸，卻爲各處官無見在，至今有未關支者。是國家露恩如常①，而州縣不蒙均惠。方餬口不贍，而責曰：「爾無貪，吾有法。」豈理也②？今後乞請將隨路百姓納到俸錢另行收貯，專以按月支付，庶幾官吏日得養廉，易於責辦。

【校】

①「露」，弘治本同元刊明補本；薈要本、四庫本作「霈」，妄改。

②「也」，弘治本同元刊明補本；薈要本、四庫本作「也哉」，衍。

罷孫招討户

一①、孫招討户自都督史權鎮鄧州時投拜，約八百餘户，名之曰射生户，即目散處襄、鄧西山一帶②。合行分屬所在州郡爲民當差，不致别生事端。

【校】

①「一」，弘治本、四庫本同元刊明補本；薈要本脱。

②「一」，弘治本、四庫本同元刊明補本；薈要本作「二」，非。

罷南陽屯田户

一、南陽府屯田三千户，往年亦曾言其當罷，其後省差官與河南宣慰司一同前往屯所勘當定奪，其本管官見户齊斂鈔四兩打發來官，以此卻言不罷，便至今依前屯種。理合罷散。兼南陽縣民該驛程在城見管當差户止十餘户，遇有一切遞轉差役，委不能當。若將上項屯田户放還爲民，甚爲便當。

罷規運硝減山楂等官

一、隨處見立規運所、硝減局并河泊、山楂、山場等官，侵漁百姓，其害非一。謂如一切販買山貨等物，其賣主已有認辦課程，買主赴務起税，及其貨賣，又行依例商税。今來山楂等官鎖闌山路，或半道巡捉，更行驗物抽分。至於來自它所，經過地方不憑關引，取要錢物，稍涉疑似，監收鎖索，百方侵擾。竊詳山野小民貲本輕微，仰之經營，以供一切差役，今者有此重併，實不聊生。所立州府，爲上司設置辦課衙門，坐視亂行，又不敢問，致内負既屈，控告無所。據上項一切創立局、司，侵奪民利等事，理合革罷，以慰民心。

定奪儒户差發

照得丁酉年欽奉聖旨節該：「中選儒生，若種田者，輸納地税；買賣者，出納商税；開張門面營運者，依行例供出差發。其餘差發，並行蠲免。」又照得中統二年欽奉聖旨節該：「已前聖旨裏，如今咱每的聖旨裏，和尚、也里可温、先生、荅失蠻體例裏①，漢兒人、河西秀才每，不揀甚麽差發，休着秀才的功業習者。欽此。」至元十三年，蒙上司差官試驗，分揀元籍除差儒人，該試中儒人内，兩丁近下户計撥充太常寺禮樂户②。竊見試中儒人户内，多有户下餘丁不曾就試，官司收係當差。又有因故不及就試儒人，亦行全户收差。若蒙將元籍試中儒人户下餘丁、不曾就試户計，照依丁酉年試驗儒人聖旨體例，全免本户差發，外及因故不及就試儒户，乞差官再行試驗，試中者依例免差，黜落者收係當差，實爲受賜。外有至元八年欽奉聖旨，保勘到委通文學、續報倚差儒人，於至元十三年亦行就試中選③，若蒙依例除差，以爲後勸。

【校】

①「和尚」，弘治本、薈要本同元刊明補本；四庫本作「華善」。「也里可温」，弘治本同元刊明補本；薈要本作「雅爾喀斡」；四庫本作「伊囉勒琨」。「荅失蠻」，弘治本同元刊明補本；薈要本作「達實蜜」；四庫本作「達實愛滿」。「體」，弘治本、薈要本同元刊明補本；四庫本脱。

②「撥」，弘治本同元刊明補本；薈要本、四庫本作「撰」。「太」，元刊明補本、弘治本作「大」，據薈要本、四庫本改。

③「三」，元刊明補本作「二」，據弘治本、薈要本、四庫本改。

薦前御史康天英狀

早膺劇任，備見長材，當官有通變之方，持論熟經事之慮，考據實迹，委號良能。如憲臺初立，首以材望擢拜御史，繼授南京幕職，時攻取襄樊，本官支持餽運，務繁益辦。若以才能可以從政，八路之間少見其比。自秩滿居閑，恬於仕進，于今四年，抱用未伸，中外歎惜①。伏惟聖朝方致理有爲之秋，如天英者，不宜使才德空老田間，以遺明時之用，理合舉明，以激貪鄙。

【校】

①「嘆」，元刊明補本、弘治本作「漢」，據薈要本、四庫本改。

保郝彩鱗狀①

竊見故翰林侍讀學士、國信使郝經，奉使亡宋，幽囚十有六年，以沉鬱致疾，還朝未幾，隨即物故。據以勞死事，誠當優恤其家。今嗣子彩鱗年長負學②，卓有所立，似宜超等擢用以酬父勞，且爲立功立事者之勸。

【校】

①「鱗」，弘治本同元刊明補本；薈要本、四庫本作「麟」，下同。

②「今」，元刊明補本、弘治本作「令」，據薈要本、四庫本改。

申明宣慰使陳祐狀

蓋聞忠義者，天下之大閑，聖王常推而褒之，所以砥礪生民，爲當世不忠者之勸。竊見故中奉大夫、浙東道宣慰使陳祐，歷事兩朝，家無儋石，迹其莅官①，舉皆善政，生而竭匡濟之忠，殁而有砥礪之效。孤身遇寇，無路可生，奮然不去，爲國扞賊，甘心白刃，正色就死，雖李司徒之握節死事，顔魯公之抗志捐軀，無以過也。至使越之部民感愴忠節，萬口一辭，願留葬會稽，世奉其祀。自非精誠洞貫，傲動一時，何能致此？其於助世教，厲薄俗，豈小補哉！況忠義者，國家之元氣，所宜養而不可衰也。今本官淪忠泉壤，不蒙顯異，切爲朝廷惜焉。伏惟哀憐推而褒之，不惟於贈典殊常，將見伏義守節之臣自兹爲不少矣②。嗣子夔今爲福建路行軍千户，蓋出特旨，不緣門資③。次子臯未仕，通文學，有孝行，如録之從政，必有可稱，亦旌顯之一端也。

【校】

①「莅」，元刊明補本闕；薈要本、四庫本作「爲」；據抄本補。

②「伏」，抄本同元刊明補本；薈要本、四庫本作「仗」，形似而誤。
③「緣」，抄本同元刊明補本；薈要本、四庫本作「由」，亦可通。

修理大都南京石經事狀

三聖人之教，其揆則一，尊其師，重其道①，此理之當然也。竊見大都、南京廟學所有九經石刻刊瑑極精②，近年已來，舊制既廢，舉皆散落於荒煙草棘間，日就摧圮，甚可寶惜。且經之遺制，自漢、唐至今，歷代聖王無不尊崇修理，蓋重夫經世大法故也。今海宇混一，方息馬論道之時，據上項石經，理合脩立，以彰國容。兼所費不過夫匠、灰石而已，只係有司一言力耳。

【校】

①「道」，抄本同元刊明補本；薈要本、四庫本作「教」。
②「瑑」，抄本同元刊明補本；薈要本、四庫本作「琢」，形似而誤。

論黄河利害事狀

夫古人作事慮未然，不治已然治未然，用力少而收功多。況預備不虞，古之善教也。河爲中國經瀆，遷徙不常，自古爲患，非小川細流可比。竊見今夏，自中堡村南卧，去京城廿里而近，撞圈水三百餘步，勢湍悍，舊築月堤一蕩而盡。又自河抵京北郊，地勢漸下，南北争懸七尺之上，中間土脈疏惡，素無堤防固護以悍水衝①。又見犯去處不下五六十步，南接陳橋六丈故溝，至甚寬浚。北勢既高，水性趨下，斷無北泛之理。故識者云「已隱犯京之勢」，似非過論也。若向前霖潦，大至瀑汎之際，意欲所之，崩摧潰決，其害有不可勝言者。每歲有司規畫，不過今夏役夫數千，明年興功半萬，縷水築堤以應一時。極其所至，僅能防備滸水，終非緩急可恃得濟之用，但幸其不爲菑耳。況大梁自古雄鎮，今又爲江淮總會要津，日當修理，不可任河作祟，視爲尋常。萬一侵犯，豈惟使民居蕩析，且廢通漕控制之利。民之大命又所係有重焉者，蓋開封、祥符、陳留、通許等數縣之地，耕種不暇數萬餘頃②，若漫爲淀濼，歲計先失，民何以生？此最可慮也。又聞往年兩次南犯酸棗、陳橋二門，止是支流小水③，京尹昔吉禿滿、行省崔斌等極力堵閉④，幾不能塞。況今大河正流直指南卧，常人尚慮將漸爲患，而增卑培薄、分流殺勢之議，其可後哉！今體訪得：河自臺頭寺西東接杞縣西界，兩勢平無槽岸，行流虚壤中，故卧南卧北大勢走作所以漸爲京城害者，不出此百里間而已。若能舍小就大，廣爲規制，如亡金新衛所修石岸者⑤，遮障奔衝，使東過三汊，散爲巨浸，可毋慮也。當職竊詳：每歲興功築隄防捍⑥，真成戲劇，恐徒費人功，損踐民田，其爲河防經久之事⑦，曾無少補。如蒙以國家大計論之，河防之議，其説甚多，合行重爲講究方來利害，舍小就大，廣爲規制，以圖一勞永逸之舉，寔爲便當。不然，據要害去處建立祠廟，專使以重禮禱祭，仰賴洪庥，庶回神眷，使河有定流，不致傷財動衆，亦捄災之一端也⑧。

【校】

①「悍」，抄本同元刊明補本；薈要本、四庫本作「捍」，亦可通。

②「暇」，弘治本同元刊明補本；薈要本、四庫本作「下」，亦可通。

③「小水」，弘治本同元刊明補本；薈要本、四庫本作「水小」，倒。

④「昔吉秃滿」，弘治本同元刊明補本；薈要本作「悉吉秃滿」；四庫本作「錫吉圖們」。

⑤「亡」，弘治本、薈要本同元刊明補本；四庫本作「前」，妄改。

⑥「捍」，薈要本、四庫本同元刊明補本；弘治本作「捍」，訛字。

⑦「河」，元刊明補本、弘治本、薈要本作「可」，半脱；據四庫本改。

⑧「捄災」，弘治本同元刊明補本；薈要本、四庫本作「捄災禳福」。

王惲全集彙校卷第九十二

事狀

郊祀圓丘配享祖宗事狀①

臣謹言：伏念我國家列聖相承，奄有天下，六十餘載，今海宇一統，自堯、舜、漢、唐以來，未有如此之盛。兹蓋陛下神聖天縱，孝治日隆，以不世出大有爲之資②，臨御有道故也。然所有未舉大典，在臣子分，禮宜建言。所謂方今大典，郊祀是也。何則？孝莫大於嚴父，嚴父莫大於配天。自堯、舜已來，至於金、宋，上下二十餘代之間，莫不郊祭天地及五方帝神以配父、祖，蓋尊之至也。祖宗之聖，重熙累洽，郊祀之事未既舉行者③，緣禮文弗備，有不遑及者。今陛下即位二十餘年，功成治定，昭事天地，尊禮百神，略無虚歲。若大禮一行，將咸秩之位合禘於圓丘④，豈不大通神明，降福穰穰者乎！又念自古偏方小國，尚皆力行尊顯祖宗，以爲天地百神之主。恭惟陛下大膺護助，際海内外盡付所覆，而上帝簡在陛下之心，又大可見矣。不於此時報本顯祖，以答天休⑤，其於繼繼承承之道，終爲曠闕。兼舊有典章，自金章宗一行之後，湮没遺逸，不絶如縷。即今就有三二老儒，并收拾到亡宋典册，講究張皇，一旦有成，將萬倍於尋常。使陛下垂旒被衮，對越上帝，與三五同功⑥，並接數千歲之统於上，新萬方耳目於下；使王道明而墜典興，天地察而上下順，聖政聖教，不待嚴肅，以成以治，所謂「聖人作而萬物覩」也，豈不盛哉！由是而觀，自古聖帝明王纘承先業，所任之責，未有重於此者。故《傳》曰：「國之大事，在祀與戎。」惟陛下裁察。

【校】

①「事」，元刊明補本、弘治本作「奏」，據薈要本、四庫本改。

②「世出」，元刊明補本作「出出」，據弘治本、薈要本、四庫本改。

③「既」，弘治本同元刊明補本；薈要本、四庫本作「曁」，亦通。

④「圓」，弘治本同元刊明補本；薈要本、四庫本作「圜」，亦通。

⑤「休」，弘治本、薈要本同元刊明補本；四庫本作「庥」，亦可通。

⑥「五」，元刊明補本作「石」，據弘治本、薈要本、四庫本改。

鈞州建先廟事狀①

蓋聞益廣宗廟，大孝之本。欽惟太上憲宗皇帝雖聖靈在天，而神功武烈見於郡國者，固當昭布遠暢，以盡中外臣民之敬。今河南鈞州係先太上皇帝王業所基、戰勝龍興之地，蓄靈擁休，赫焉斯在。宜營建原廟，俾親王歲奉嚴禋，以彰聖德。光昭造邦之本，誠嗣天子顯揚祖宗之至孝也。

【校】

①「先」，弘治本同元刊明補本；薈要本、四庫本作「原」。

牒司爲中丞王通議病愈狀

竊見前行臺中丞王通議，去歲春自揚州赴闕奏事回，偶患病疾①，百日作闕②。今過期年，已是平復。即目居家讀書，以教子爲事，其於己私，似爲安便③。若以方今選用人材之切，如王通議者，才術德望，理當起復④，未宜投置散地。若不舉明，伏慮憲臺未知，久遺録問。

【校】

①「偶」，元刊明補本作「備」，據弘治本、薈要本、四庫本改。

②「闕」，弘治本、四庫本同元刊明補本；薈要本作「□」。

③「安便」，弘治本同元刊明補本；薈要本、四庫本作「便安」，倒。

④「當」，弘治本同元刊明補本；薈要本、四庫本作「合」。

保士人杜之材賈宗傳狀

竊見新鄉縣布衣賈宗傳、胙城縣中選儒士杜之材二人，性沉厚端亮，有文辭而通世務，讀書三十餘年，安貧守道，以耕稼自給，未嘗枉己，妄有干進①。其於士論，略無瑕玷，誠丘園之秀民，廉退之良士也②。今者幸遭明時，選材爲急，理當薦舉③，使拔出民間，以備内外之用，必能行其所學，不負素守④。以之振士氣而抑僥風⑤，不爲於時無補。

【校】

①「妄」，弘治本、四庫本同元刊明補本；薈要本作「安」。

②「廉」，弘治本同元刊明補本；薈要本、四庫本作「恬」。

③「當」，弘治本同元刊明補本；薈要本、四庫本作「合」。

④「素」，弘治本同元刊明補本；薈要本、四庫本作「所」。

⑤「僥」，弘治本、四庫本同元刊明補本；薈要本作「澆」。

彈保定路總管侯守忠狀

檢會到中書省欽奉聖旨，定與提刑按察司條畫内一款節該：「所部内應有違枉，並聽糾察。」除欽遵外，今體察得：保定路總管侯守忠，麤魯無識，凶暴有名，恣意亂行，略無忌憚。不任以職，猶恐敗羣；重之以官，凶焰何奈？以致不遵朝省，對抗使人；詈辱同僚，穢言肆口；躭誤經賦，縱而不征；引帶私人，結而成黨；取能聲擅斷職官，樹威風敗壞官府。其吏民枉被凌暴者畏其凶惡，罔敢聲訴①。所望察司少爲抑按，今又爲阻壞如此，中外嗟嘆，莫不失色②。參詳本路近在都南，實爲要郡，所轄一十五處，軍民約十萬餘户，據根本内地③，首恩澤，固民心，非良吏莫可。今使凶暴如此之人臨民辦事，正猶以豺狼守羊，無不傷之理。據此合行糾彈。

【校】

①「罔」，弘治本同元刊明補本；薈要本、四庫本作「不」，妄改。

②「色」，弘治本同元刊明補本；薈要本、四庫本作「望」，涉上而誤。

③「地」，弘治本、薈要本同元刊明補本；四庫本作「北」。

體復教授李龍輔狀

今體復得：本官併與元保相同當職，又覵其爲人雅厚清純，臨事通方。有如修整廟學，訓導生徒，舉皆有法。雖淹滯年深，未嘗妄有干求，所謂有德有能，可以從政者也。兼知得，北京、南京教授俱蒙遷調。理合陞擢，以激士風。

舉楊德柔狀

竊見南京路録事司軍户楊德柔①，天姿秀穎，不妄干進，累歷筦庫，繼任本路照磨及奥魯府提控案牘、檢法等官，俱有廉能之稱。其爲書學，尤爲精妙②，方今少見其比。今名在兵籍，常以家貧執役行間，譬之象、犀、珠、玉，要以不宜溷跡泥沙③，此士論之所共也。卑職按巡河南，見之廣座，其學問行己，並與所聞相同。據此合行保呈，伏乞樞密院照詳施行。

【校】

①「京」，弘治本、薈要本同元刊明補本；四庫本脱。

②「爲」，弘治本同元刊明補本；薈要本、四庫本作「所」。

③「溷」，弘治本同元刊明補本；薈要本作「混」；四庫本作「塵」，非。

論王學士合陞承旨事狀

竊見翰林兼國史院承旨、中奉大夫姚樞今已身故。據本院翰林學士、嘉議大夫王磐，人品風節，追配前賢，議論文章，發明聖學。方崇儒重道之秋，膺養老乞言之眷。若陞授承旨職名，以德以材，實允中外之望①。據此合行具呈中書省照詳施行②。

【校】

①「允」，弘治本同元刊明補本；薈要本、四庫本作「孚」。

②「呈」，弘治本同元刊明補本；薈要本、四庫本作「陳」。

保舉提舉張從仕狀

竊見前綦陽鐵冶提舉司從仕郎同提舉張從裕①，賦性良明，爲人謹厚，兼通儒吏，歷仕年深，掌財賦而靄廉潔之稱②，論刀筆而有裁遣之敏，加之嫉邪處正，識達時宜，誠爲有用之材，皆係廉知之實。理合薦舉，以俟擢陞③。

【校】

①「裕」，弘治本同元刊明補本；薈要本、四庫本作「仕」，涉上字而誤。

②「靄」，弘治本同元刊明補本；薈要本、四庫本作「藹」，亦可通。

③「擢陞」，弘治本同元刊明補本；薈要本、四庫本作「陞擢」。

特選行省官事狀

竊見福建所轄八路、一州、四十八縣，連山負海，民情輕譎無常，困苦者多。其在邊隅，實爲重地，存心撫馭，尚慮失宜，縱暴侵漁，不無生事。緣收附已來，官吏以朝廷遠，貪圖賄賂，習以成風，行省差擬職官又多冗雜，擅科横斂，無所不至。致政壞民殘，草寇竊發，指以爲名，下愚無聊，因之蟻附。其嘯聚去處，附近平民盡爲剽掠①，内地軍興，不免蹂踐。中間雖有憲司糾治梢末，尚艱所行，其於根本，有無如之何者，甚非朝廷包荒一視同仁之意，求其治要，無過得人爲先。且府、州、司、縣等官，雖不能一一精擇，據見闕行省官僚，如平章、左丞二府名位，特選素著清望，簡在帝心，文足以撫綏遺黎，武足以折衝外侮，盡忠所事，籌策有方，不以利賄爲心，使剷除積弊②，矯正枉濫③，肅清邊陲。庶幾民安事靖，日趨治域。以之招諭，則彼心可服；以之進兵，則我直大信④。今賊之所以滋蔓爲梗者，正以内闕官僚，乘虚有名故也，可不深計而熟慮哉！設或不爾，雖濟濟布列，上下相蒙，以私害公，民之困弊，猶焚溺水⑤，日益深且熾矣。得失之機，實繫於此。卑職叨居風憲，覩其如是，有不敢自惜而緘默者⑥。

【校】

①「平」，弘治本同元刊明補本；薈要本、四庫本作「貧」，聲近而誤。

②「剷」，弘治本同元刊明補本；薈要本、四庫本作「刪」，妄改。

③「矯正枉濫」，弘治本同元刊明補本；薈要本、四庫本作「省剔寃濫」。

④「大」，弘治本同元刊明補本；薈要本、四庫本作「人」，非。

⑤「民之困弊猶焚溺水」，弘治本同元刊明補本；薈要本、四庫本作「民之用敝猶焚火溺水」。

⑥「覩其如是有不敢自惜而緘默者」，弘治本同元刊明補本；薈要本、四庫本作「覩此其敢緘默自惜」。

論草寇鍾明亮事狀

竊見福建一道，取附之後①，户幾百萬，黄華一變，十去其四。今劇賊鍾明亮，悍黠尤非華比，未可視爲尋常草竊，誠有當慮者。今雖兩省一院併力收捕，地皆溪嶺，囊橐其間，出没叵測，東擊則西走，西擊則東軼，兇焰所及，煽惑殺掠，爲害不淺。招降則賊心不一，攻圍則兵力不敷，又兼春氣動，時雨行，彼負固，我持久，恐猝難成功。似宜益兵力，置總戎，一節制，追奔合圍②，勢至窮蹙，其將自斃。惟復特差重臣宣示恩詔，招諭撫慰，以安中外。兩者之行，庶幾有一得③。

【校】

①「取」，弘治本、薈要本、四庫本作「收」。

②「追」，弘治本同元刊明補本；薈要本、四庫本作「進」。

③「有」，弘治本同元刊明補本；薈要本、四庫本作「必有」，衍。

保醫儒胡璉狀

竊見衛輝路醫儒胡璉資性詳明，學術有素，凡經治療，多獲痊安。據本路見闕醫學教官，若令璉補充勾當①，教育諸生，必有開益。據此合行移牒，請照驗施行。

【校】

①「勾」，弘治本同元刊明補本；薈要本、四庫本作「内」，形似而誤。

保儒生韓弘牒草

竊見衛輝路録事司後進儒生韓弘，性温雅，有士行，素明經學，兼習詞章。嘗試以事，議論、容止舉皆可觀。據兹良碩，宜備時用，以勸後來。今將本人所業文字録連在前，合行移牒，請照驗施行。

論教官俸給事狀

竊念天下之事，得其人則治，不然，雖有紀綱法制，將衰薾而不振，此必然之理。學校者，育材出治之本也。見承奉御史臺劄付該：「諸州府皆有受敕教授，仰免差儒户内選餘閑子弟入學修習儒業。仍令各路正官朔望省視，及按察司官選試行義修明、文筆優贍、可以從政者，然後解貢。」此誠爲國育材，以備文武内外之用，固非細務也。卻思各路教授①，多係老儒宿德，白首一官，不沾寸禄，良可哀也。今欲修習之業旬省月視，責有成效，亦已難矣。合無照依國子學、醫學教官，一體頒降俸給。不然，據見有學田去處，於每歲收到子粒内，官爲明定斗石，月充廩給，以濟貧乏。外無學田者②，唯復别議定奪③。如此卹勸，庶幾官無虚設之名，學有賓興之實，將見文風蔚興，有不期然而然者矣。

【校】

①「思各路」，元刊明補本模糊不清；弘治本闕；據薈要本、四庫本補。

②「者」，弘治本同元刊明補本；薈要本、四庫本作「去處」。
③「唯」，弘治本同元刊明補本；薈要本、四庫本作「准」。

論開光濟兩河事狀　省議即從所論罷役①

會驗近欽奉詔書内節該：「自今以始，煩民之事，一切革去；便民之政，次第舉行。欽此。」今體知得：省部符文准前工部尚書李奥魯赤等呈②，開洗東平、濟州等河道并創修閘堰，可役人夫一萬餘名，計該八十六萬五千餘工。合用石材地丁等物，且舉德州一處，所着該白棗木九千餘條，每條長六尺、徑四寸；石材九千二百八十餘段，每段長四尺、闊三尺、厚七尺。計其餘該着數目，比之德州，豈止數倍！雖云和買，目今驗户樁俵，上户十段，中户不下五七餘塊，並不見發下價錢，即要赴所止送納，日夜催併，殆不聊生。緣石材地丁非民間素有積蓄之物，計其採買工價、般運脚力③，上户已不能辦，下户將何以給？有破産逃竄而已，深爲未便。近年創開海道，益都、淄萊、濟南、東平、東昌等路百姓已是疲乏死損數多④，哀痛之聲至今未息。今又東平等一十餘處供辦上項夫役等物，比夫海道之役亦爲不輕，是齊、魯、魏、博數路之民被擾無遺。又念前政苛撓，去歲不收，民多流亡，加以今秋風、水、蟲蚄災傷，所在闕食。恐又聞此役⑤，復業者轉行不來，見在者又將逃避。山東重地，不可不慮。兼此役浩煩⑥，未審曾無奏聞，儻已後不能成功，虚費國力，百姓實受其弊，將來誰任其責？然此卻訪聞得李尚書等官見行安置土壩九座⑦。合無候來春土壩修成，更爲責委深知水利官員一同相視光、濟兩河，於深淺不常、時月斷流、走沙去處試驗土壩，委能積深浮重、轉漕糧船、迤久通行快便⑧，然後修理石壩，尚爲未晚。仍於出産石木去處，官爲差顧夫匠採打用度，不致取辦一時，逼迫靠損人難。卑職謬當言責，以鎮静爲職，親覩其事，不敢不言。合行移牒，請照驗備申御史臺照詳施行。

【校】

①「論」，弘治本同元刊明補本；薈要本、四庫本作「議」。

②「李奥魯赤」，弘治本、薈要本同元刊明補本；四庫本作「李鄂囉齊」。

③「般」，薈要本、四庫本作「搬」。「工」，元刊明補本、弘治本、薈要本作「上」，據四庫本改。

④「數」，弘治本、四庫本同元刊明補本；薈要本作「敗」，非。

⑤「役」，弘治本、四庫本同元刊明補本；薈要本作「投」，形似而誤。

⑥「煩」，元刊明補本作「頮」，據弘治本、薈要本、四庫本改。
⑦「座」，元刊明補本作「庫」，據弘治本、薈要本、四庫本改。
⑧「顧」，弘治本同元刊明補本；薈要本、四庫本作「雇」，亦可通。

論濟南路所轄達魯花赤合遷轉事狀

竊見濟南路所轄州縣見任達魯花赤内，承襲勾當及已滿年深未經遷轉者一十三員。今朝省庶政稍有未便務從一新，若將上項達魯花赤人員於本投下州縣内依例遷轉，寔爲便當。庶不致恃賴久任，樹黨行私，官吏因之受弊。據別路未經遷轉者，亦合一體定奪。

保李提學昌道狀

伏念俊造秀異，皆稟氣之清，造物者靳，固未嘗多得。今有其人，使徒老明時，誠爲可惜。竊見前上都路提舉學校官濟南李師聖，經明行修，不妄干進①，文筆性學皆有古風。及扣以政事②，議論通暢，皆切時之務。可謂年高德邁，學富才優，韜晦城市，不求聞達者也③。朝省以選才爲急，如師聖者，若擢以風憲，或置之館閣，俱有所長，可收實用。

【校】

①「干」，弘治本、四庫本同元刊明補本；薈要本作「於」，非。

②「扣」，元刊明補本作「世」，非；薈要本、四庫本作「叩」，亦可通；據弘治本改。

③「者也」，弘治本同元刊明補本；薈要本、四庫本作「當今」，非。

論濟南經歷闕員事狀

凡厥政務，必官吏相須而後能濟。若官有其人，或吏獲其用①，二者得一，則事無留難。竊見濟南路所轄州縣一十三處，路當山東要會，事務頗繁，所賴首領官調議規畫爲切②。今本路經歷、知事俱各闕員。問得經歷孔文貞③，省部別行差委東平等處勾當，卻於本司署銜請俸將近期年④。又本府憲司親臨於上，今照得簿書未完事理九百餘件⑤。久乏其人，責以事有未辦⑥，實上下之所難⑦。理合作急選注材能，使補其闕，庶不致有耽滯一切事務⑧。

【校】

①「或」，弘治本同元刊明補本；薈要本、四庫本作「而」，非。

②「切」，弘治本同元刊明補本；薈要本、四庫本作「功」，形似而誤。

③「得」，弘治本同元刊明補本；薈要本、四庫本作「有」。

④「銜」，元刊明補本、弘治本、薈要本作「御」，據四庫本改。

⑤「照」，弘治本同元刊明補本；薈要本、四庫本作「檢」。

⑥「未」，弘治本同元刊明補本；薈要本、四庫本作「兼」。

⑦「上下」，弘治本同元刊明補本；薈要本、四庫本作「亦勢」。

⑧「耽滯」，弘治本同元刊明補本；薈要本、四庫本作「躭誤」。

議盜賊①

民患莫甚于盜賊，不可視爲小事。近年作過者，皆於通涂大邑公然行刼，略無畏憚者，以應捕無方，弓兵數少故也。臨時力弱，既不能擒捕，既去，應命追趁，三限已過，恬然無事。乞請將州縣尉司重行整搠，所有弓兵，定其不應占破之數，悉歸所司，以重其威力，使潛消盜賊公然無畏之心。且盜賊竊發，正以衣食難□□□寒飢，若稍□年難，且有縱横不可制之勢，何則？大盜有形，而易爲之破；竊賊無迹，潛聚潛散，難爲之取也。彼盜賊料其物既易取，官無如□□，兇惡之人鮮不動念。我若度其如是，預爲備之，之□則將無能爲矣。

□縣尉雖責專一捕盜，然用得其材乃可。□□□□□所除多是承蔭子弟，不閑事務，又不習□□□□當處選擇一等舊曾作過不良人等充，□□□□□師問詰捉，雖頗有功效，中間作弊，有不勝言者，如□賭博櫃房、宰殺牛畜等，皆其事也。又有因盜將良□民俱被收禁，正賊反行出放，以致有與歹人暗行□□□及安□受要贓物爲務者。今後若令縣官□□行管領提調，或上下半月一視事，庶革前弊。

【校】

①「議盜賊」至本卷尾，弘治本同元刊明補本；薈要本、四庫本脱。按：據目録，此處底本尚脱「舉明山東運官狀」、「保兵部王郎中寅甫狀」二文，抄本俱有題目及部分文字，今據以補，不另出校記。

舉明山東運官狀

伏念方今錢穀之□，得人爲難。如廉而有守者，未□□□□□□□□□□□□。竊見山東東路都轉運□□□□□□□□，自管辦以來，奏□□勤廉，□□□□□□而□□□，舊弊革而□□舉。自山東□運□□□其□命謂□□□□□□□□□□□朝□□□□□□。宜加旌賞，以勸餘人。憲司職任，激□□□□□舉明□。

保兵部王郎中寅甫狀

□□□□□□兵□□□□德淵，早傳家學，□□□辭，其在輩流，實不多見。加以揚歷省臺，通介有守，照得例五品已上官，不限職掌，有文華者即命制誥，告本官於翰院學士内相應，名闕陞用，實爲允愜士論。合行移牒，請照驗備呈中書省定奪施行。

王惲全集彙校卷第九十三

玉堂嘉話序①

中統建元之明年辛酉夏五月，詔立翰林院於上都，故狀元文康王公授翰林學士承旨。已而，公謂不肖惲曰：「翰苑載言之職②，莫國史爲重。」遂復以建立本院爲言，允焉，仍命公兼領其事。時不肖侍筆中書，兩院故事，凡百草創，經營署置，略皆與知。其年秋七月，授翰林修撰、同知制誥，兼國史院編脩官。方帝澤鴻厖，賚及四海，誥命宣辭③，頗與定撰④。再閱月，蒙二府交辟，不妨供職，兼左司都事。自後由御史裏行調官晉府。秩滿，復入爲翰林待制。時則有若左丞相、監修國史耶律公⑤，承旨霍魯忽孫安藏，前左轄姚公，大學士鹿菴王公，侍講學士徒單公，河南李公⑥，待制楊恕，修撰趙庸，應奉李謙。不肖雖承乏，幾於一考。其獲從容侍接，仰其祖宗對天之鴻休，聖訓無窮之睿思，皆聞所未聞者。至於文章高下，典制沿革，朝夕饜飫，所得亦云多矣。今也年衰氣耄，盡負初心，因紬繹所記憶者凡若干言，輯爲八卷，題之曰《玉堂嘉話》。其或燈火茆堂之夜，尊罍心賞之間，吐嘉話於目前，想玉堂於天上。嗚息有時，盛年不再，良可歎也！然昔人有宅位鈞衡不得預天子私人爲恨，顧惟此生，不爲未遇，用藏家櫝，以貽將來。至元戊子冬季二日，前行臺侍御史秋澗老人謹序。

【校】

①「玉堂嘉話序」，弘治本、四庫本同元刊明補本；薈要本脱是序文。

②「職」，抄本同元刊明補本；四庫本作「職也」，衍。

③「宣辭」，抄本同元刊明補本；四庫本作「辭頌」。

④「頗與定撰」，抄本同元刊明補本；四庫本作「咸與撰定」，妄改。

⑤「若」，元刊明補本、抄本作「苦」，據四庫本改。

⑥「河南李公」，抄本同元刊明補本；四庫本作「河内李公」。

玉堂嘉話卷第一①

●大元中統二年秋七月，惲自中省詳定官用兩府薦，謂内外兩省。授翰林修撰，其宣詞云：「行己無忝，博學能文，顧超絶之逸材②，足鋪張於偉蹟。宜司綸命，以贊皇猷。可特授翰林修撰、同知制誥、兼國史院編修官。當振斯文，以宣朕命。」其修撰雷膺詞云：「昔年詩禮，已聞鯉過於庭前；今日絲綸，復見鳳毛於池上。」二詞參政楊公筆也③。既拜命，謁承旨王公於寓館，公曰：「唐人《題名記》爲：『三千佛名經④，其充詞臣者，即爲一佛出世。』國家文治伊始，汝等首膺是選，於士林有光矣。」八月，上都文廟告成⑤，公命某官作釋菜諸文，頗立論其間。公曰：「如此文字，有稱功頌德而已。」又云：「作文亦有三體，入作當如虎首，中如豕腹，終如蠆尾。虎首取其猛重，豕腹取其楦穰⑥，蠆尾取其螫而毒也。**此雖**常談，亦作文之法也。」初，公既草諸相宣辭，通作一卷實封，細銜書名，上用院印，付惲呈省。問焉，曰：「白麻蓋自中出，今實封防其漏泄，亦唐人鎖院之意也。」其立史院奏帖有云：「自古有可亡之國，無可亡之史。兼前代史纂⑦，必代興者與修，蓋是非與奪待後人而可公故也。」公又親筆作《金史大略》付惲⑧，如帝紀、列傳、志書，卷秩皆有定體⑨，其傳須三品有顯烈者立⑩。又云：「太史張中順，金一代天變皆有紀録。就此公未老，可亟與論定⑪，亦是志書中一件難措手者。切念。」公諱鶚⑫，字百一，曹之東明人。正大元年甲申獲承膀狀元第，遂應奉翰林文字，殊爲金主眷顧。天興二年，官通議右司員外郎。後遇聖上，寵光益隆。如諮大計，以斯道覺民爲先；論日蝕，以徹樂罷宴爲對。開禮樂之源，則釋菜先師⑬；明慶威之權，則張皇治本。又以葬祭故主爲請，允焉。後爲位，哭汝水上，哀動左右，天日爲變色。仍私謚爲「義宗」。據法，君死社稷曰義，其忠不忘君如此。

【校】

①「第」，抄本同元刊明補本；薈要本、四庫本脱。

②「逸」，抄本同元刊明補本；薈要本、四庫本作「軼」，亦可通。

③「二詞」，抄本同元刊明補本；薈要本、四庫本脱。

④「三」，抄本、薈要本同元刊明補本；四庫本作「之」，形似而誤。

⑤「上都」，元刊明補本作「三都」；據抄本、薈要本、四庫本改。

⑥「穰」，抄本同元刊明補本；薈要本、四庫本作「攘」，形似而誤。

⑦「纂」，抄本同元刊明補本；薈要本、四庫本作「册」。
⑧「金」，諸本俱無，據文義補。「付」，元刊明補本作「竹」，形似而誤；據抄本、薈要本、四庫本改。
⑨「秩」，弘治本同元刊明補本；薈要本、四庫本作「帙」，亦可通。
⑩「立」，弘治本同元刊明補本；薈要本、四庫本作「公」，形似而誤。
⑪「可」，弘治本同元刊明補本；薈要本、四庫本脱。
⑫「公」，弘治本、抄本、薈要本同元刊明補本；四庫本作「太史公」。
⑬「先」，弘治本、四庫本同元刊明補本；薈要本作「宣」，聲近而誤。

●冬十月，侍中和者思傳旨：「都堂與文字召静應姜真人去者。」惲時爲左司都事，宰相命具詔草，其詞曰：「静以知來，智能藏往。念前言之有效，方庶事之惟幾。遐想仙標，載勤馹傳。皤然而至①，暫辭嘉遁之鄉；罄爾所懷，與復細氈之論。」

【校】
①「皤」，弘治本同元刊明補本；薈要本、四庫本作「皤」，亦可通。

●至元十四年丁丑歲春二月庚申朔，復授翰林待制①，是日赴院供職。

【校】

①「復」，弘治本同元刊明補本；薈要本、四庫本作「獲」。

●爲春旱禁酒詔：「漢賜大酺，歲有常數；周申文誥，飲戒無彝①。况靡粟者莫甚於斯，崇飲者刑則無赦。近緣春旱，朝議上陳，宜禁市酤，以豐民食。朕許來奏②，寔爲䘏民。可自今年某月日，民間毋得醖造酒醴，俾暴殄天物，重傷時和。故兹詔示，想宜知悉。」

【校】

①「飲」，弘治本同元刊明補本；薈要本、四庫本作「欽」，形似而誤。

②「許」，元刊明補本、弘治本、薈要本作「詳」，據四庫本改。

●爲春旱祈雨青詞①：「伏以萬物盈於雨間②，亭毒必資於帝力；皇天佑于一德③，精誠可格於高穹。比者時雨愆常，秋種不下，重念無辜之者④，將罹荐至之災。循省自修，庶回哀眷，爰因雩祭，崇建靈壇。伏望列聖垂仁，九天降鑑，易陰陽之恒數，斡造化之玄機，下敕豐隆，霈流甘澍，蘇槁麥於南畝，播嘉穀於東郊，一滌旮霾，溥洽生意。豈惟大賚，三農免失業之憂；嘉與多方，高廩享有年之慶。」

【校】

①「旱」，弘治本同元刊明補本；薈要本、四庫本脱。

②「盈」，弘治本、薈要本同元刊明補本；四庫本作「並生」。

③「佑于」，弘治本同元刊明補本；薈要本作「佑命於」；四庫本作「佑命于」。

④「重」，弘治本同元刊明補本；薈要本、四庫本脱。「者」，弘治本同元刊明補本；薈要本、四庫本作「民」。

●同諸公觀唐張九齡等誥於玉堂①，其詞曰：「門下春秋之義，尚重卿才。王國克楨，莫先相位。用增其命，必正其名。中奉大夫、守黄門侍郎、同中書門下平章事、弘文館學士、賜紫金魚袋、上護軍裴耀卿②，正議大夫、中書侍郎、同中書門下平章事、集賢院學士、副知院事、兼修國史、賜紫金魚袋、上柱國、曲江縣開國男張九齡③，經濟之才，式是百辟④。正議大夫、檢校黄門侍郎、賜紫金魚袋、上柱國李林甫⑤，泉源之智，迪惟前人。既樞密載光，而親賢稱首。審能羣會，所莅有孚。寧惟是日疇咨，故以多年歷選。國鈞繄賴⑥，邦禮克清。宜命曰鼎臣，置之廊廟。耀卿可銀青光禄大夫、守侍中、學士，勳如故。九齡可銀青光禄大夫、守中書令、學士、知院事、修國史，勳、封如故。林甫可銀青光禄大夫、守禮部尚書、同中書門下三品，勳如故。主者施行。開元二十二年五月二十七日。」上用尚書吏部之印，凡五顆。「制可」下傍作細字，書⑦「某月日某時，都事某、左司郎中光奴⑧」。後細銜⑨，相臣與部官同列，去姓而名，名作大字，署曰「尚書左丞相」，曰「金紫光禄、守尚書右丞相、集賢院學士、修國史、上柱國徐國公嵩」，曰「吏部尚書、上柱國、武都縣開國伯暠」，曰「朝請大夫、檢校吏部侍郎、上柱國豫」，曰「吏部侍郎」，曰「朝議大夫、守尚書左丞、賜紫金魚袋挺之」，後書年月日，印同前。後稍下以細銜書「銀青光禄大夫、守中書令、集賢院學士、知院、兼修國史、上柱國、曲江縣開國男臣張九齡宣」，曰「中書侍郎」，曰「朝議大夫、中書舍人内供奉、集賢院修撰、上柱國臣徐安貞奉行」。復作高行，細銜曰「銀青光禄大夫、守侍中、弘文館學士、上柱國臣耀卿」，曰「黄門侍郎」，曰「朝請大夫、給侍中、内供奉臣昱等言⑩」。復大字，與銜平頭書：「制書如右，請奉制付外施行。謹言。」復大字，與前平書：「告銀青光禄大夫、守中書令、集賢院學士、知院事、兼修國史、上柱國、曲江縣開國男張九齡⑪，奉被制書如右，符到奉行。」自「告」字已下，作五行，用印二十九顆。唯「制」字上空。後上與前平頭書「郎中惲」⑫，下細字書「主事懷琛、令史王烈、書令史姚元。開元二十二年五月二十一日」，下印同前。用告用柿黄斗底綾作卷，凡七幅，上下約一尺。或者謂曲江與林甫通作一告除拜，以鸞梟並集、駑驥同皂爲嫌⑬。予曰：「帝堯在上，咎、夔與驩、鯀同列，恐自昔有所未免，正在明君别其賢否，用與不用耳。然唐自開元後，九齡竟罷而相林甫，治亂之分於斯已見矣。」二月壬戌題。

【校】

①「唐」，弘治本同元刊明補本；薈要本、四庫本脱。

②「館」，弘治本、薈要本同元刊明補本；四庫本作「閣」，非。

③「士」，元刊明補本作「子」，據弘治本、薈要本、四庫本改。

④「式」，薈要本、四庫本同元刊明補本；弘治本作「弍」，形似而誤。

⑤「正」，元刊明補本作「止」，據弘治本、薈要本、四庫本改。

⑥「繄」，弘治本同元刊明補本；薈要本、四庫本作「繫」，形似而誤。

⑦「書」，弘治本同元刊明補本；薈要本、四庫本脱。

⑧「光奴」，弘治本、薈要本同元刊明補本；四庫本闕。

⑨「後」，弘治本同元刊明補本；薈要本、四庫本作「又後」，衍。

⑩「侍」，弘治本同元刊明補本；薈要本、四庫本作「事」，聲近而誤。

⑪「院事」，弘治本、薈要本、四庫本作「除事」。

⑫「上」，弘治本、薈要本同元刊明補本；四庫本作「復」。

⑬「皂」，弘治本同元刊明補本；薈要本、四庫本作「槽」，亦可通。

●唐李紳拜相：後有徽宗御書跋。「門下興化致理，必資作礪之功；納誨弼違，實賴將明之效。苟非材標人傑①，道茂時宗，藴經濟之宏規，積巖廊之素望，則何以光我注意，允于具瞻？其惟至公，式舉成命②。淮南節度副大使、知節度事、管内營田觀察處置等使、銀青光禄大夫、檢校尚書右僕射、兼揚州大都督府長史、御史大夫、上柱國、贊皇縣開國男、食邑三百户李紳，氣稟清剛，體含沖用③。抱金石之正性，挺松桂之貞姿。識達古今，慮周微隱。詞源濬發④，洞學海之波瀾；智刃高揮，森武庫之矛戟。中立不倚，方嚴寡徒。長慶一朝，委遇斯極，入參禁密，出總紀綱。王猷多潤飾之能，邦憲著肅清之稱。洎領版圖之任⑤，尤彰均節之宜。而又寵辱靡驚，得喪齊致。河洛留神明之政，浚郊恢將帥之謀。威令播於軍戎，豪黠屏迹；惠祕洽於封部⑥，疲羸息肩。俗變阜安，人知禮義。日者錫其高第⑦，换彼雄藩。當淮海之要衝，控舟車之都會。風望並峻，僉諧莫踰。朕虔恭寶圖⑧，夢寐良輔，爰膺審像，果副虚求。爾宜踐台席之崇嚴，司中樞之密勿。外以底綏華夏，内以勤恤黎元。視同列猶塤篪，期君臣如魚水。無使仲山補衮，獨見美於周詩；汲黯匡時，常推高於漢史。祗率訓典，往惟戒哉。可守中書侍郎、同中書門下平章事，散官、勳、封如故。主者施行。會昌二年二月十二日。」年月日上下凡用印五顆，其文即尚書吏部之印。傍近下細銜書「中書令」，次「右僕射兼中書侍郎平章事臣珙宣奉」，次「中書舍人臣孔温業行」。復作高行，與告文齊，細銜曰「侍中」，次「司空兼門下侍郎平章事臣德裕」，次「給事中臣泰章等言」。作大字，與細銜齊：「制書如右，請奉制付外施行。謹言。會昌二年二月日。」印文同前。大字平書「制可」。下細書月日時、都事及左司郎中。復作高行與「制可」齊書，細銜曰「吏部尚書」，次「吏部侍郎」，次「尚書左丞」，已上皆闕。後大書，與銜平頭，曰「告銀青光禄大夫、守中書侍郎、同中書門下平章事、上柱國、贊皇縣開國男、食邑三百户李紳奉被制書如右。符到奉行。」自「告」字至「行」字用印一十九顆，全空「制」字。後復平書「司勳郎中判懿」，下細銜曰「書主事」，次「張弘亮」，次「令史楊温」，次「書令史。會昌二年二月日」。下印同前。徽宗御跋云：「恭讀《太祖皇帝實録》，載僞蜀李昊自言紳之後，仕孟昶至司空、趙國公。方昶與江南通好時，遣其臣趙季札使景。季札回，得李紳唐武宗朝《自淮南節度使入相告》以遺昊。昊欲誇詫其事，結綵爲樓，置告於中，朝服前導，盡呼聲妓，雜奏歌樂，迎歸私第。即召將相大臣宴飲，仍以帛二千疋謝季札。詳閲告文，正昊所詫之告也。然自武宗逮今三百年，苟人以忠諒功業聞於時，有不必金石而堅者，可不勉哉！因節文以載其實。」後有「復古殿寶⑨」四字，上用「御書之寶」，又有「范仲淹、富弼、吴中復、韓縝玉汝己未季秋觀於承旨東廳⑩」。先儒論漢人大綱正節目不備，唐人大備而純正，謂此等制耳。秋澗云。

【校】

①「標」，弘治本同元刊明補本；薈要本、四庫本作「擅」。

②「式」，元刊明補本、弘治本闕；薈要本、四庫本作「克」；據抄本補。

③「用」，弘治本同元刊明補本；薈要本、四庫本作「穆」。

④「濬」，元刊明補本、弘治本作「睿」，半脱；據薈要本、四庫本改。

⑤「洎」，薈要本、四庫本同元刊明補本；弘治本作「泊」，形似而誤。

⑥「祕」，弘治本同元刊明補本；薈要本、四庫本作「澤」。

⑦「錫」，元刊明補本模糊不清；弘治本闕；據薈要本、四庫本補。

⑧「虔」，元刊明補本作「處」，形似而誤；據弘治本、薈要本、四庫本改。

⑨「復古殿賓」，元刊明補本、弘治本作「復古殿」；薈要本作「復古殿□」；據四庫本補改。

⑩「縝玉」，元刊明補本、弘治本作「績玉」，形似而誤；薈要本、四庫本作「縝王」，形似而誤；徑改。按：韓縝，字玉汝。

●洛陽竹齋先生李得之云：「制、誥二體不同。宣辭必須散，誥詞乃用四六。今宣詞皆作四六，非也。蓋宣則王言親諭，誥則牒奉敕行。如蔡正甫作《道陵諭孟宗獻詞》云『朕新即大寶，詔有司以取天下士卿，自鄉選至於殿陛，四爲舉首。非材之高、學之博、識之優，何以臻此？今畀以北門應詔之職①。朕之待卿不薄，然君子志於遠者大者，無以此爲自足爾。其勉旃』，又《諭沁州刺史李楫》云『有司以卿資應未當得郡，朕以識卿最久，愛卿專對詳明②，進止審當，故有此授。卿當悉力爲民，政成以稱朕意，爾其勉之』是也。其誥如狄梁公、顔少師、李文饒等詞，唐人純用四六是也。」又云：「知制誥爲三字詞臣，故唐詩有云『三字詞臣求識面，九重天子望低顔』之句。」得之先生名國維，淄川人。

【校】

①「畀」，弘治本同元刊明補本；薈要本、四庫本作「陛」。

②「專」，元刊明補本、弘治本作「占」，據薈要本、四庫本改。

●浮陽王頔文叔説：「初，鹿菴先生奉敕定撰趙秘書先世碑文。纔畢，先生旋車過予於崇寧里①，迎視，若有喜色，未審何爲。坐定，出此文，至其論説：『噫！古人有言：「風霜別草木之性，危亂顯貞良之節。」夫危亂世常有，而全節死義之士不可常得。或相去數百年，或相望數千里，時有一二焉。獨趙氏一門之内，父子兄弟乃有四人，真可尚哉！昔比干效忠於殷，而受封於周；堯君素盡節於隋，而唐太宗爲文祭之。蓋天下之善一也，聖人一視同仁，寧有彼此之分哉！今趙氏父子兄弟盡忠於金②，而聖天子爲之立碑。淵衷睿監③，蓋與夫唐太宗、周武王之心不侔而同矣④。敢對揚休命，繫之以銘。』先生不覺自讀者再。公氣養素厚，且復爾耳，諒以自得用事切當爲喜。乃知文士氣習，至其適意，不知手舞足蹈，古今通一致也。」又記：「吕遜嘗談趙著、吕鯤以詩鳴燕朔間，二人皆出耶律相門下。虎巖每得一聯一詠，即提擲其帽於几，龍山從傍謂曰⑤：『不知李、杜平時費多少帽子！』聞者爲捧腹⑥。」

【校】

①「旋」，元刊明補本作「拖」，形似而誤；弘治本作「柂」，形似而誤；薈要本作「施」，形似而誤；據四庫本改。

②「於」，弘治本同元刊明補本；薈要本、四庫本作「乎」，亦可通。

③「監」，弘治本同元刊明補本；薈要本、四庫本作「鑑」，亦可通。

④「侔」，弘治本同元刊明補本；薈要本、四庫本作「謀」，亦可通。

⑤「龍」，弘治本同元刊明補本；薈要本、四庫本作「壟」。

⑥「爲」，弘治本同元刊明補本；薈要本、四庫本脱。

●待制楊恕，字誠之。金文獻公楊尚書子，嘗談其父正大間所陳奏議，今録於此①：

「臣伏讀聖旨節文②：『六品以下官有情見③，詣登聞檢院進奏帖者。』聖訓廣大，蓋將博詢兼覽，以盡羣下之智也④。臣實愚憒，無妙謀長策仰裨聖聽之萬一，獨取事之切於今日者，列爲二事以言之：一曰簡卒，二曰理財。簡卒之説，復有三焉⑤：一曰取人材，二曰募願爲，三曰括驅丁。理財之説，復有二焉：一曰納官從便，二曰和買可罷。臣請言簡兵之説⑥。臣去歲在鄉里，見其簡卒之時不以人材優劣爲等差，而以物力多寡爲次第。故所得富民之子弟，彼生長於衣食豐裕之中，居則役僕隸，行則策堅肥，未嘗諳習天下勞苦之事。使之負斗區之重，徒步數十里，則憊且顛矣，況能被堅執鋭以爲我軍之前行而逆戰哉？倉猝之際，非徒無益，適足爲我軍之累，不若無之之爲愈也。爲今之計，莫若行三説以簡卒，則庶乎其可用矣。何謂取人材？蓋十人所聚，必有爲之雄者在，千萬人亦然⑦。如總州縣之丁男⑧，不以物力多寡爲先後，惟軀榦勇壯是求⑨，則所得皆能戰之人矣。何謂募願爲？蓋天下之民，虚爲游手不業者甚衆，平日無事則使氣以侮人，無賴而犯法。其中或有果敢勇健，奮不顧身，良民所不及者，如願出身，如錫以束帛之賞⑩，募之爲兵，則所得皆樂戰之人矣。何謂括驅丁？蓋天下之奴隸，自幼及壯，備嘗勤勞艱苦之事，其筋體氣力之所服習，馳走負任之所慣狃，豈常人之所能及哉！如簡其人材之勝甲胄者，免當房之賤，籍之爲兵，則所得皆能戰之人，且有樂戰之心矣。簡卒如是，則與夫富民之子弟孱弱而不能戰、恇怯而不能樂戰者⑪，相去豈不遠哉！臣請言理財之説。臣切見數年前北邊有事之時，天下錢鈔遏塞不通⑫，交鈔庫不勝換易之多，乃邏卒持梃，力與勝之。當是時，小民有懋遷之艱，商旅有不行之病。比年以來漸無此弊者，但以多取故也。今以南鄙軍興，支給浩繁，户部乃日增印鈔之數⑬，以捄目前之急。然所出者方來而無窮，所入者歲增而有限⑭。以有限而待無窮，則鈔有時而不通矣。爲今之計，莫若行二説以理財，則庶乎其無滯矣。何謂納官從便？國家慮鈔之不行⑮，不若錢之通也，故院務所輸之課，皆使入之，其術固善矣。能限之以路分⑯，拘之以分數，則所入之鈔，傷太少耳。夫已收太半之鈔，而臣猶爲之少者，誠恐後日所出者太多故也。如使凡入官之數，銀、鈔、錢三者一聽民便⑰，或全以銀、鈔入者亦聽之。如此則三者之價常平而不偏，鈔法以通流矣。且以目前銀價論之⑱，不及錢、鈔者每兩該一千三百錢⑲。如納從民便，則銀入者多而價與錢鈔適平矣。此取之之法也。知所以收矣⑳，則所支之法又不可不知。臣切見國家之取於民，有曰和買，有曰和雇者，徒愛其虚名之美㉑，而不究其利害之實也㉒。蓋和雇、和買之有損於國㉓，無補於民，適足爲吏卒之利耳。且科斂之限方急，州縣之官以鞭笞捶楚從事於忽遽之間㉔，小民奔走趨命之不暇，故出數倍之直以應上之求，恐恐然惟以不得罪於州縣爲幸㉕。國家憫小民趨辨如是之勞，故出直以償之。意固善矣，奈何州縣官之明幹者少，胥吏、鄉里正、主首之屬因緣爲姦㉖，官直之及貧民者十纔二三。則是官有費損之實，民無饒益之利也。爲今之計，莫若罷和雇、和買之虚名，凡有科斂，一驗貧富多寡之數而均之，民不必出直以償之。國家方事殷之時，雖户賦口斂，亦不爲過，何必取公帑不及支之財，欲以益當賦之民，而要和雇、和買之名哉！且以括馬一事言之：前年馬之取於民者既議與之直，今歲所括之馬如又償之，則所費蓋不貲矣。況畜馬者皆有餘力之家，待南方平定之後而償之，亦未晚也。若夫邊方攻守之策，兵家奇正之術，固非愚臣所能識也。雖然，臣切料宋人爲此無名之舉者，上無奇謀秘策可以摇動中國者㉗，特以過聽逋逃之言，以爲彼軍朝發則我民夕應矣。然兵交已來所過敗衄，我民之心安然不動，則是狂狡之素計已屈矣㉘。如秋高馬肥之后，鼓行而進，則淮南可折捶而定也㉙。雖然，臣切有私憂過計者：國家之慮不在於未得淮南之前，而在於既得淮南之後。何以言之？蓋得淮南則江之南北盡爲戰地，進而相與争利於舟楫之間，我之勁弓洞貫之卒不得環寇而發，飛騎越蹂之足不得望風而騁。當是時，宋人扼江爲屯，潛師于淮以斷我軍之糧道，或決水以瀦淮南之地，則我軍當如何應接？使彼計不知出此，則固善矣。如使能爲此計，聖主豈可不與一二三大臣預爲之謀哉！雖臨敵制宜，千變萬化，然如臣子所言者，上宜先有成筭也。臣愚狂瞽，不識國之大計，冒昧陳列，不勝恐悚待罪之至。」

【校】

①「今録於此」，弘治本同元刊明補本；薈要本、四庫本作「曰」。

②「伏」，弘治本同元刊明補本；薈要本作「聞」，非；四庫本作「間」，非。

③「情」，弘治本、薈要本同元刊明補本；四庫本作「請」，妄改。

④「羣」，弘治本同元刊明補本；薈要本、四庫本作「臣」，亦可通。

⑤「復」，薈要本、四庫本同元刊明補本；弘治本作「後」。

⑥「臣」，弘治本同元刊明補本；薈要本、四庫本脱。

⑦「萬」，薈要本、四庫本同元刊明補本；弘治本作「方」，非。

⑧「丁」，元刊明補本作「下」，據弘治本、薈要本、四庫本改。

⑨「榦」，弘治本、薈要本同元刊明補本；四庫本作「幹」，亦可通。

⑩「如錫以束帛之賞」，元刊明補本作「如□心束帛之賞」；弘治本作「如□□□□束帛之賞」；薈要本、四庫本作「如願出身，加以束帛之賞」；據抄本改補。

⑪「能樂戰」，弘治本、薈要本、四庫本作「樂戰」，脱。

⑫「遏」，弘治本同元刊明補本；薈要本、四庫本作「遍」，形似而誤。

⑬「户部」，元刊明補本作「乃部」，據弘治本、薈要本、四庫本改。

⑭「所」，薈要本、四庫本同元刊明補本；弘治本作「雖」，涉下而誤。「歲」，元刊明補本、弘治本作「雖」，據薈要本、四庫本改。

⑮「慮」，弘治本、薈要本同元刊明補本作「利」；據四庫本改。

⑯「能」，弘治本同元刊明補本；薈要本、四庫本作「然」。

⑰「鈔、錢」，弘治本、薈要本、四庫本作「錢、鈔」。

⑱「銀」，弘治本、薈要本、四庫本作「行」，妄改。

⑲「該」，元刊明補本作「蓋」，聲近而誤；據弘治本、薈要本、四庫本改。「千」，元刊明補本、弘治本、薈要本脱，據四庫本補。

⑳「矣」，弘治本、薈要本、四庫本脱。

㉑「愛」，弘治本同元刊明補本；薈要本、四庫本作「被」，非。

㉒「究」，元刊明補本、弘治本作「捄」，據薈要本、四庫本改。

㉓「國」，弘治本同元刊明補本；薈要本、四庫本作「實」，非。

㉔「捶」，弘治本同元刊明補本；薈要本、四庫本作「撻」，亦可通。
㉕「罪」，弘治本同元刊明補本；薈要本、四庫本作「罹」，非。
㉖「鄉」，弘治本同元刊明補本；薈要本、四庫本作「鄉保」，衍。
㉗「者」，弘治本同元刊明補本；薈要本、四庫本脱。
㉘「計」，弘治本同元刊明補本；薈要本、四庫本作「智計」。
㉙「捶」，弘治本、薈要本同元刊明補本；四庫本作「箠」，亦可通。

●時每會集，日課讀平宋事跡若干編類者，其間機畫三二顯事，多歸賈、楊二人。安藏意不能平，至有言。鹿庵先生徐謂曰：「無庸①。異時修輯正書，豈容及此？從繁就簡，不得不然。」安公色爲夷：「予且會體要之有方也②。」

【校】

①「庸」，弘治本同元刊明補本；薈要本、四庫本作「容」，聲近而誤。
②「予」，弘治本同元刊明補本；薈要本、四庫本脱。

●跋僧花光梅後語①：「蜀僧超然，字仲仁，居衡陽花光山。避靖康亂，居江南之柯山，與參政陳簡齋並舍而居，山谷所謂『研墨作梅，超凡入聖，法當冠四海而名被世』。嘗有『移船來近花光住，寫盡南枝與北枝』之句，其丰度可想見矣。雲夢趙復題云：『如王謝子弟倒冠落珮、舉止欹傾，自有一種風味。」此蓋前金高丞相家藏。舊四幅②：《暗香》、《疏影》、《溪雪》、《春風》。今失其《溪雪》，見爲宋子玉所收。」

【校】

①「僧」，元刊明補本作「信」，據弘治本、薈要本、四庫本改。

②「藏舊」，弘治本、薈要本同元刊明補本；四庫本作「舊藏」，倒。

●古者婦人無謚，雖后妃之貴，止從其氏。至東漢顯宗，始加陰后以謚，自是遵爲定制。

●宋相李昉《春日玉堂即事》有云：「一院有花春晝永，四方無事簡書稀。」予《夏日玉堂即事》亦有二絶句①：「陰陰槐幄冪閑庭②，靜似藍田縣事廳。細草近緣春雨過，映階侵户一時青。」「日長上直玉堂廬，思入閑雲待卷舒。重爲明時難再遇，等閑羞老蠹書魚。」

【校】

①「事」，薈要本、四庫本同元刊明補本；弘治本作「日」，非。

②「幄」，弘治本同元刊明補本；薈要本、四庫本作「屋」，半脫。

●頒高麗曆日詔：「云云①。惟曆象日月星辰，乃能成歲；自侯甸男邦采衛，要欲同文。」高公學士詞也。

【校】

①「云云」，弘治本、四庫本同元刊明補本；薈要本脫。

●古墓中玉器血漬者，蓋尸以水銀烹，其血能漬。其尸沁者，蓋尸之膏油所沁也。其玉器以手拭光襯生白暈者，即尸沁也。

王惲全集彙校卷第九十四

玉堂嘉話卷之二①

【校】

①「之」，薈要本、四庫本同元刊明補本；弘治本脱。

●看古玉器，當解其刀刻、碾刻者，刀刻爲上，碾與刀蓋相去甚遠①。丞相史公嘗收太康墓中玉環，名曰「泥湫龍」，係昆吾刻也。

【校】

①「刀」，元刊明補本、弘治本作「刻」，據薈要本、四庫本改。「甚」，薈要本、四庫本同元刊明補本；弘治本作「其」，形似而誤。

●磨李廷珪墨法。商台符嘗云：「向抄合萬户用聚星玉版研磨李庭珪墨，求木菴書。研爲墨所畫，木菴亟止之曰：『用李氏墨有法。若用一分，先以水依分數漬一宿①，然後磨研，乃不傷研。』」

【校】

①「以」，弘治本同元刊明補本；薈要本、四庫本作「用」。「漬」，弘治本同元刊明補本；薈要本、四庫本作「漬隔」。

●論硯。先觀其石性麤細枯潤，不必須有眼者。其膩潤、視之有紫芒而不拒筆者，即端之佳者也。

●看畫當觀其氣，次觀神，而畫筆又次之。用漆點睛、朱砂紅、石緑者，皆唐畫也①。予嘗觀閻立本《老子西昇》如此。

【校】

①「睛」，元刊明補本作「晴」，據弘治本、薈要本、四庫本改。「朱砂紅」，弘治本、四庫本同元刊明補本；薈要本作「朱砂緑紅」，涉下而衍。

●許魯齋云：「古人看《漢書》皆有傳授，不然有難曉者。」豈律曆、天文之謂乎？①

【校】

①是條在《秋澗集》卷九六「天極謂南北極」條下重出。

●太康塚，或云漢梁孝王墓，或云晉何曾墓。以下埋物色攷之①，恐皆非也②。予向與吳教授會真定，因及此。吳曰：「此晉司馬文王陵也。」曰：「何據？」吳曰：「昔居太康時，塚前有廟『晉文王祠』，至田夫野叟皆以文王呼之。及發，其龜甓皆刻『南征』、『並壽』之字③，以史攷之，文王南征數矣。」豈其然歟？

【校】

①「下埋」，元刊明補本、弘治本作「下里」，半脱；四庫本作「地里」，妄改；據薈要本改。

②「恐皆」，元刊明補本、弘治本作「皆恐」，倒；據薈要本、四庫本改。

③「甓」，弘治本同元刊明補本；薈要本、四庫本作「趺」。「刻」，弘治本同元刊明補本；薈要本、四庫本作「有」。

●鹿庵先生曰：「前漢列傳多少好樣度，於後插一銘詞，篇篇是箇碑表、墓誌，作者觀此足矣，不必他求。」曹南湖亦嘗說作銘辭法度，謂如一人有數事好處，取其重者論之。及詳《史》、《漢》論贊，其原蓋出于此。

●坡詩雖二十字者，皆有莫大議論。

●歐公文尊經尚體①，於中和中做精神。

【校】

①「公」，弘治本、薈要本同元刊明補本；四庫本作「陽」，非。

●鹿庵曰：「文章以自得、不蹈襲前人一言爲貴。」曰：「取其意而不取其辭，恐終是踵人足迹，俱不若孟軻氏一字皆存經世大法①，其辭莊而有精彩也。」

【校】

①「孟軻」，弘治本、四庫本同元刊明補本；薈要本作「子輿」，非。

●南湖又云：「非《莊》無以雄其辯，非《騷》無以清其氣。」

●予嘗問匡衡相業於先生，先生曰：「汝以爲何如？」曰：「學術有餘而忠蹇不足①。」先生爲肯首②。

【校】

①「蹇」，弘治本、薈要本同元刊明補本；四庫本作「謇」，亦可通。

②「肯首」，弘治本同元刊明補本；薈要本、四庫本作「首肯」，亦可通。

●地震説。《周語》伯陽父曰：「陽伏而不能出，陰迫而不能烝①，於是有地震。」孔晁云：「陽氣伏於陰下，見迫於陰，故不能升，以至於動。以地道安静，返動爲異也。」又《靈臺秘苑》云：「地本於陰而生萬物，其形至厚，其德至静，定而不動者也。若忽震動，是謂臣强，陽伏而不能出，陰迫而不能入，陰有餘也。若外戚擅權，后妃專政，則土爲變異；小人用下有謀及民擾，則地震，其分多兵饑。若動於宗廟、宫庭，或動而不已者，國有叛臣，讒佞並進大臣；數動②，誅罰不以理，而上下不相親③。或政在女子，或秋行冬令，則地裂。若裂而有聲，四方不寧，地忽陷，乃專政④，民離散，亦爲失地⑤。若火燃者，乃爲陽精⑥，地爲陰主，若或燃，則越陰之道，行陽之政，傷而不克之象，臣專恣而終以自害也；若地忽生毛，爲金失其性，人將勞役。」又漢應奉云：「人氣内逆⑦，則感動天地，天變見於星氣日蝕，地變見於奇物震動者⑧，陽用其精，陰用其形，猶人之有五臟六體。五臟象天，六體象地，故臟病則氣色發於面，體病則欠申動於貌⑨。」

【校】

①「烝」，弘治本、四庫本同元刊明補本；薈要本作「蒸」，亦可通。

②「大臣數動」，弘治本、四庫本同元刊明補本；薈要本脱。
③「而」，弘治本、四庫本同元刊明補本；薈要本脱。
④「乃」，弘治本同元刊明補本；薈要本作「大臣」；四庫本作「臣」。
⑤「亦爲失」，弘治本、四庫本同元刊明補本；薈要本脱。
⑥「乃」，弘治本、薈要本同元刊明補本；四庫本作「火」，涉上而誤。
⑦「逆」，四庫本同元刊明補本；弘治本、薈要本作「通」。
⑧「者」，弘治本、四庫本同元刊明補本；薈要本脱。
⑨「申」，弘治本同元刊明補本；薈要本、四庫本作「伸」。

●前世術者，乃以日辰分配國土爲占。歲日月時辰及見災所在之地①，皆同用之。又有只以日時相加爲占者。如漢成建始三年，日蝕、地震，杜欽云：「殆爲後宮。何以言之②？日以戊申，蝕時加未。戊、未，土也；土者，中宮之部也。其夜，地震未央宮殿中。今本朝大臣無不安之人，外戚無乖剌之心，諸侯無强大之國，四方無逆理之節，此必適妾將有爭寵而相害者。」其法：甲爲齊，乙爲海外、東夷，丙爲楚，丁爲江淮、南蠻、海岱，戊爲宋、鄭、中州、河、濟③，巳爲韓、魏，庚爲秦，辛爲華山已西之國，壬爲燕、趙、衛，癸爲常山已北北方之國；子爲周，丑爲翟、魏④，亦主遼東，寅爲趙、楚，卯爲鄭，辰爲晉、邯鄲、趙，己爲衛，午爲秦，未爲中山、梁、宋之國，申爲齊、晉、魏，酉爲魯，戌爲趙、吴、越，亥爲燕。

【校】

①「見災」，弘治本同元刊明補本；薈要本、四庫本作「災見」。

②「以言」，弘治本、四庫本同元刊明補本；薈要本作「也蝕」，非。

③「宋鄭」，元刊明補本、弘治本、四庫本作「韓魏」，據薈要本改。「中」，元刊明補本、弘治本作「申」，據薈要本、四庫本改。

④「翟」，弘治本、薈要本同元刊明補本；四庫本作「狄」。

●天鳴有聲，人主驚憂，而百姓勞失厥土。

●五福太一所在①，每歲須利一事。大斿三十六年一交，十二年司天，十二年司地，十二年司人。小斿三年一交。大斿所在天開眼，小斿所在人相食。已上皆東平占星劉明之説如此②。

【校】

①「一」，弘治本同元刊明補本；薈要本、四庫本作「乙」，亦可通。

②「占」，元刊明補本、弘治本作「立」，據薈要本、四庫本改。按：元刊明補本「立」旁有一「占」字，當是後人校改之文。

●日月徑一千里，周三千里。何以知之？曰：周天三百六十有五度，以太陽日行一度攷之則知矣①。

【校】

①「則知矣」，弘治本同元刊明補本；薈要本、四庫本作「知之矣」。

●周公以陽城土圭測日。自王城四面去千里，則減一寸。凡日食，於窗隙間穿紙如錢許，取影視之，可見食之多寡。東缺則西見，西缺則東見。

●樞府典故。唐初典兵禁中，出於帷幄之議，故機密名官。開元中，設堂後五房，而樞密自爲一司。其職秘，獨宰相得知，舍人官屬無得預也。貞元之後，藩鎮旅拒，重以兵屬人，乃以中官分領左、右神策軍①，而樞密之職歸於北司，然常寄治省寺廡下。延英會議，則屏立殿西，勢猶厭厭②，傳道宫省語而已。至其盛時，其貴者號中尉，次則樞密使，皆得貼黄除吏③。唐末，乃除北司，并南北軍於樞密使，遂總天下之兵。五代以來，多以武人領使，而宰相知院事。至宋，復置副貳簽書直學士之名，大略文武參用。間以宰相兼領，故得進退大吏，預聞機政，其任職蓋重矣。陳繹《修西府記》④。

【校】

①「分」，薈要本、四庫本同元刊明補本；弘治本作「公」，形似而誤。

②「厭厭」，弘治本、薈要本同元刊明補本；四庫本作「奄奄」，亦可通。

③「皆」，弘治本同元刊明補本；薈要本、四庫本脱。

④「陳繹修西府記」，弘治本、薈要本、四庫本脱。

●《西使記》。壬子歲，皇弟旭烈統諸軍奉詔西征①，凡六年，拓境幾萬里。己未正月甲子，常德字仁卿馳馹西覲，自和林出兀孫中②，西北行二百餘里③，地漸高，入站。經瀚海，地極高寒，雖暑酷雪不消。山石皆松文。西南七日，過瀚海。行三百里，地漸下，有河闊數里，曰昏木輦④，夏漲，以舟楫濟。數日，過龍骨河。復西北行，與别失八里南以相直⑤，近五百里，多漢民，有二麥、黍、穀。河西注瀦爲海，約千餘里，曰乞則里八寺⑥。多魚，可食。有碾磑，亦以水激之。行漸西，有城曰業瞞⑦。又西南行，過孛羅城⑧。所種皆麥、稻。山多柏，不能株，絡石而長。城居肆囿間錯，土屋窗户皆琉璃⑨。城北有海，鐵山風出，往往吹行人墮海中。西南行二十里，有關曰鐵木兒懺察，守關者皆漢民。關徑崎嶇似棧道。出關，至阿里麻里城，市井皆流水交貫⑩，有諸果，唯瓜、蒲萄、石榴最佳。回紇與漢民雜居，其俗漸染，頗似中國。又南，有赤木兒城⑪。居民多并、汾人⑫。有獸似虎，毛厚，金色無文，善傷人。有蟲如蛛，毒中人，則煩渴，飲水立死，唯過醉蒲萄酒，吐則解。有嗇酒。孛羅城迤西，金銀銅爲錢，有文而無孔方。至麻阿中⑬，以馬捧拖牀遞鋪負重而行疾，或曰：「乞里乞四⑭，易馬以犬。」二月二十四日，過亦堵兩山間⑮。土平民夥，溝洫映帶，多故壘壞垣，問之，蓋契丹故居也。計其地，去和林萬五千里而近。有河曰亦運，流洶洶東注，土人云：「此黄河也。」二十八日，過塔剌寺⑯。三月一日，過賽藍城⑰。有浮圖，諸回紇祈拜之所⑱。三日，過別石蘭⑲。諸回紇貿易如上巳節。四日，過忽章河⑳，渡船如弓鞋然。土人云：「河源出南大山，地多産玉。」疑爲崑崙山。以西多龜蛇行相雜，郵亭客舍，甃如浴室，門户皆以琉璃飾之。民賦歲止輸金錢十文，然貧富有差。八日，檮思千㉑，城大而民繁。時羣花正坼㉒，花唯梨、薔薇、玫瑰如中國㉓，餘多不能名㉔。隅城之西㉕，所植皆蒲萄、粳稻，有麥，亦秋種。其乃滿地産藥十數種㉖，皆中國所無。藥物療疾甚效：曰阿只兒㉗，狀如苦參，治馬鼠瘡、婦人損胎及打撲内損，用豆許嚥之自消；曰阿息兒㉘，狀如地骨皮，治婦人産後衣不下，又治金瘡膿不出，嚼碎傅瘡上即出；曰奴哥撒兒㉙，形似桔梗，治金瘡及腸與筋斷者，嚼碎傅之自續㉚。餘不能盡録。十四日，過暗不河㉛。夏不雨，秋則雨，溉田以水。地多蝗，有鳥飛食之㉜。十九日，過里丑城㉝。其地有桑棗，征西奥魯屯駐於此。二十六日，過馬蘭城㉞。又過納商城㉟。草皆苜蓿，藩籬以柏㊱。二十九日，殢埽兒城㊲。山皆鹽㊳，如水晶狀。近西南六七里，新得國曰木乃奚㊴。牛皆駝峯，黑色。地無水，土人隔山嶺鑿井，相沿數十里，下通流以溉田。所屬山城三百六十，已而皆下，唯擔寒西一山城名乞都不㊵，孤峯峻絶，不能矢石。丙辰年，王師至城下，城絶高險，仰視之，帽爲墜㊶。諸道並進，敵大驚，令相大者納失兒來納款㊷。已而，兀魯兀乃筭灘出降㊸。筭灘，猶國王也。其父領兵別據山城，令其子取之，七日而陷。金寶物甚多，一帶有直銀千笏者。其國兵皆刺客。俗見男子勇壯者，以利誘之，令手刃父兄，然後充兵。醉酒，扶入窟室，娱以音樂美女。縱其慾數日，復置故處。既醒，問其所見，教之「能爲刺客，死則享福如此」。因授以經呪日誦，蓋使蠱其心志，死無悔也。令潛使未服之國，必刺其主而後已。雖婦人亦然。其木乃奚在西域中最爲兇悍㊹，威脅鄰國，霸四十餘年。王師既克，誅之無遺類。四月六日，過訖立兒城㊺。所産蛇皆四跗，長五尺餘，首黑身黄，皮如鯊魚，口吐紫豔。過阿剌丁城㊻。

禡咱蒼兒人被髮[47]，率以紅帕裹首[48]，衣青，如鬼然[49]。王師自入西域[50]，降者幾三十國。有佛國名乞石迷西[51]，在印毒西北[52]，蓋傳釋迦氏衣鉢者。其人儀狀甚古，如世所繪達摩像[53]。不茹葷酒，日啖粳一合。所談皆佛法，禪定，至暮方語。丁巳歲，取報達國[54]。南北二千里，其主曰合里法[55]。其城有東西，城中有大河，西城無壁壘，東城固之以甓，繪其上，甚盛。王師至城下[56]，一交戰，破勝兵四十餘萬。西城陷，皆盡屠其民。尋圍東城，六日而破，死者以數十萬。合里法以舸走，獲焉。其國俗富庶，爲西域冠[57]，宮殿皆以沉檀、烏木、降真爲之，壁皆以黑白玉爲之，金珠珍貝不可勝計[58]。其妃、后皆漢人。所産大珠曰太歲彈、蘭石、瑟瑟、金剛鑽之類[59]。帶有直千金者。其國六百餘年，傳四十主[60]，至合里法則亡。人物頗秀於諸國。所産馬名脱必察[61]。合里法不悦以橙漿和糖爲飲。琵琶三十六絃。初，合里法患頭痛，醫不能[62]，一伶人作新琵琶七十二絃，聽之立解。土人相傳：報達，諸胡之祖[63]，故諸胡皆臣服。報達之西馬行二十日[64]，有天房，内有天使神，胡之祖葬所也，師名癖顔八兒[65]。房中懸鐵絙，以手捫之，心誠可及，不誠者竟不得捫。經文甚多，皆癖顔八兒所作。轄大城數十，其民富實。西有密乞兒國[66]，尤富。地産金，人夜視有光處，誌之以灰，翼日發之[67]，有大如棗者。至報達六千餘里[68]，國西即海。海西有富浪國，婦人衣冠如世所畫菩薩狀，男子胡服[69]，皆善。寢不去衣，雖夫婦亦異處。有大鳥，駝蹄，蒼色，鼓翅而行，高丈餘，食火，其卵如升許⑳。其失羅子國出珍珠㉑，其王名摸思阿塔卑云㉒。西南，海也。採珠盛以革囊，止露兩手，腰絙石墜入海，手取蛤并泥沙貯于囊中，遇惡蟲㉓，以醋噀之即去。既得蛤滿囊㉔，撼絙，舟人引出之。往往有死者。印毒國去中國最近，軍民一千二百萬户㉕，所出細藥、大胡桃、珠寶、烏木、雞舌、賓鐵諸物㉖。國中懸大鐘，有訴者擊之，司鐘者紀其事及時，王官亦紀其名，以防姦欺。民居以蒲爲屋。夏大熱，人處水中。己未年七月，兀林國阿早丁算灘來降㉗，城大小一百二十，民一百七十萬。山産銀。黑契丹國名乞里彎㉘，王名忽教馬丁算灘㉙，聞王大賢㉚，亦來降其拔里寺大城㉛。獅子雄者，鬃尾如纓，拂傷人，吼則聲從腹中出，馬聞之，怖溺血。狼有鬃。孔雀如中國畫者，惟尾在翅内，每日中振羽。香猫似土豹㉜，糞溺皆香如麝㉝。鸚鵡多五色。風駝急使乘，日可千里。鵓鴿傳，日亦千里。珊瑚出西南海，取以鐵網，高有至三尺者。蘭赤生西南海山石中㉞。有五色鴨，思價最高㉟。金剛鑽出印毒，以肉投大澗底，飛鳥食其肉，糞中得之。撒八兒出西海中㊱，蓋瑇瑁之遺精㊲，蛟魚食之，吐出，年深結爲㊳，價如金㊴。其假者即犀牛糞爲之也。骨篤犀，大蛇之角也，解諸毒。龍種馬出西海中，有鱗角，牡馬有駒㊵，不敢同牧，騸馬引入海不復出㊶。皂鵰一産三卵，内一大者灰色而毛短㊷，隨母影而走，所逐禽無不獲者。䍧種羊出西海，羊臍種土中，溉以水，聞雷而生，臍系地中。及長，驚以木，臍斷囓草，至秋可食。臍内復有種。又一胡婦解馬語，即知吉凶，甚驗。其怪異等事不可彈紀㉓。往返凡一十四月。郁歎曰：「西域之開，始自張騫。其土地山川固在也，然世代寖遠㉔，國號變易，事亦難攷。今之所謂瀚海者，即古金山也；印毒即漢身毒也；曰駝鳥者，即安息所産大馬爵也；密昔兒㉕，即唐拂菻地也。觀其土産、風俗可知已。又《新唐書》載拂菻去京師肆萬里㉖，在西海上，所産珍異之物與今日地里正同，蓋無疑也。」中統四年三月渾源劉郁記。

【校】

①「旭烈」，弘治本同元刊明補本；薈要本作「錫喇」；四庫本作「實哷」。

②「林」，薈要本、四庫本同元刊明補本；弘治本作「株」，形似而誤。「兀孫」，弘治本同元刊明補本；薈要本作「約蘇」；四庫本作「烏孫」。

③「行」，弘治本同元刊明補本；薈要本、四庫本作「行有」，衍。

④「昏木輦」，弘治本、四庫本同元刊明補本；薈要本作「琿默能」。

⑤「別失八里」，弘治本同元刊明補本；薈要本作「伯什巴里」；四庫本作「伯實巴哩」。

⑥「乞則里八寺」，弘治本、薈要本同元刊明補本；四庫本作「赫色勒巴斯」。

⑦「業瞞」，弘治本、四庫本同元刊明補本；薈要本作「伊瑪」。

⑧「孛羅城」，弘治本同元刊明補本；薈要本作「博羅城」；四庫本作「博囉城」，下同。

⑨「皆」，弘治本、四庫本同元刊明補本；薈要本作「窗皆」，涉上而衍。

⑩「井」，薈要本、四庫本同元刊明補本；弘治本作「并」，形似而誤。

⑪「赤木兒城」，弘治本同元刊明補本；薈要本作「赤穆爾城」；四庫本作「察穆爾城」。

⑫「并」，元刊明補本作「井」，據弘治本、薈要本、四庫本改。

⑬「麻阿中」，弘治本、薈要本同元刊明補本；四庫本作「瑪哈中」。

⑭「乞里乞四」，弘治本同元刊明補本；薈要本作「奇爾奇蘇」；四庫本作「奇布密肆」。

⑮「亦堵」，弘治本、薈要本同元刊明補本；四庫本作「伊都」。

⑯「塔剌寺」，弘治本同元刊明補本；薈要本作「塔拉寺」；四庫本作「達喇寺」。

⑰「賽藍城」，弘治本同元刊明補本；薈要本、四庫本作「薩蘭城」。

⑱「祈」，弘治本、薈要本同元刊明補本；四庫本作「禮」，

⑲「別石蘭」，弘治本同元刊明補本；薈要本作「拜薩蘭」；四庫本作「伯什蘭」。

⑳「忽章河」，弘治本同元刊明補本；薈要本作「和珍河」；四庫本作「呼喇章河」。

㉑「槨思千」，弘治本作「撏思千」；薈要本作「過撏思千」；四庫本作「過撏思干」。

㉒「時」，弘治本、四庫本同元刊明補本；薈要本作「如」，非。
㉓「梨」，弘治本、薈要本同元刊明補本；四庫本作「梨花」，衍。
㉔「名」，弘治本、薈要本同元刊明補本；四庫本作「指名」，衍。
㉕「隅」，弘治本、薈要本同元刊明補本；四庫本脱。
㉖「其乃」，弘治本同元刊明補本；薈要本、四庫本作「又其」。
㉗「阿只兒」，弘治本同元刊明補本；薈要本作「按扎爾」；四庫本作「阿扎爾」。
㉘「阿息兒」，弘治本同元刊明補本；薈要本作「阿薩爾」；四庫本作「阿實爾」。
㉙「奴哥撒兒」，弘治本同元刊明補本；薈要本作「尼格薩喇」；四庫本作「努格薩爾」。
㉚「嚼」，薈要本、四庫本同元刊明補本；弘治本作「爵」，半脱。「傅」，弘治本同元刊明補本；薈要本、四庫本作「敷」，亦可通。
㉛「暗不」，弘治本同元刊明補本；薈要本作「按巴」；四庫本作「諳布」。
㉜「鳥飛」，弘治本、薈要本同元刊明補本；四庫本作「飛鳥」，倒。
㉝「里丑城」，弘治本、四庫本同元刊明補本；薈要本作「赫辰城」。
㉞「馬蘭城」，弘治本、四庫本同元刊明補本；薈要本作「馬蘭地」。
㉟「納商城」，弘治本、四庫本同元刊明補本；薈要本作「納新城」。

㊱「藩」，元刊明補本作「藻」，據弘治本、薈要本、四庫本改。

㊲「殢埽兒城」，弘治本、四庫本作「殢掃兒城」；薈要本作「過達蘇嚕城」。

㊳「山」，弘治本、薈要本同元刊明補本；四庫本作「滿山」，衍。

㊴「木乃奚」，弘治本同元刊明補本；薈要本作「穆納奚」；四庫本作「穆爾納延」，下同。

㊵「乞都不」，弘治本、四庫本同元刊明補本；薈要本作「奇爾達巴」。

㊶「帽爲墜」，弘治本、四庫本同元刊明補本；薈要本作「帽墜下」。

㊷「納失兒」，弘治本、四庫本同元刊明補本；薈要本作「努色爾」。

㊸「兀魯兀乃」，弘治本同元刊明補本；薈要本作「死婁烏南」；四庫本作「烏嚕烏鼐」。「算灘」，弘治本同元刊明補本；薈要本、四庫本作「蘇勒坦」，下同。

㊹「其」，弘治本、薈要本同元刊明補本；四庫本脱。「悍」，薈要本、四庫本同元刊明補本；弘治本作「浫」，形似而訛。

㊺「訖立兒城」，弘治本同元刊明補本；薈要本作「奇拉爾城」；四庫本作「奇勒爾城」。

㊻「阿剌丁城」，弘治本同元刊明補本；薈要本作「阿喇卜丹」；四庫本作「阿爾丹城」。

㊼「禡咱蒼兒」，弘治本同元刊明補本；薈要本作「滿扎勒擦勒」；四庫本作「瑪扎察爾」。

㊽「裏」，元刊明補本、弘治本脱；四庫本作「勒」，亦可通；據薈要本補。

㊾「然」，弘治本、四庫本同元刊明補本；薈要本脱。

㊿「域」，元刊明補本、弘治本作「城」，據薈要本、四庫本改。按：元刊明補本「城」旁有一「成」字，亦當是據上下文校改之字。

51「乞石迷西」，弘治本同元刊明補本；薈要本、四庫本作「奇布密肆」。

52「印毒」，弘治本、四庫本同元刊明補本；薈要本作「印度」，下同。

53「達摩」，弘治本、四庫本同元刊明補本；薈要本作「達磨」。

54「報達國」，弘治本同元刊明補本；薈要本、四庫本作「布達國」，下同。

55「合里法」，弘治本、四庫本同元刊明補本；薈要本作「喀喇法」，下同。

56「下」，薈要本、四庫本同元刊明補本；弘治本作「不」，形似而誤。

57「西域」，薈要本、四庫本同元刊明補本；弘治本作「西城」，形似而誤。

58「珠」，弘治本、薈要本同元刊明補本；四庫本作「玉」，涉上字而妄改。

59「彈」，四庫本同元刊明補本；弘治本、薈要本作「强」，非。「瑟瑟」，弘治本、薈要本同元刊明補本；四庫本作「瑟瑟」，半脱。

60「主」，弘治本作「年」，非；薈要本、四庫本作「世」，亦可通。

61「脱必察」，弘治本、四庫本同元刊明補本；薈要本作「托卜齊雅」。

62「能」，弘治本同元刊明補本；薈要本作「治」；四庫本作「能治」。
63「胡」，弘治本同元刊明補本；薈要本、四庫本作「國」，下同。
64「達」，薈要本、四庫本同元刊明補本；弘治本作「遠」，形似而誤。
65「癖顔八兒」，弘治本、四庫本同元刊明補本；薈要本作「布延巴爾」。
66「密乞兒國」，弘治本、四庫本同元刊明補本；薈要本作「察奇爾國」。
67「翼」，弘治本同元刊明補本；薈要本、四庫本作「翌」，亦可通。
68「報達」，元刊明補本、弘治本作「服達」，非；薈要本、四庫本作「布達」，亦可通；徑改。按：「服」，當爲「報」之形誤。
69「胡」，弘治本同元刊明補本；薈要本、四庫本作「僧」。
70「其卵如升許」，四庫本同元刊明補本；弘治本作「其如升許」，既脱且誤；薈要本作「□如升許」，既脱且誤。
按：元刊明補本之「卵」字亦是後來所補。
71「失羅子國」，弘治本、四庫本同元刊明補本；薈要本作「錫喇蘇國」。
72「擙思阿塔卑云」，弘治本、四庫本作「禊思阿塔卑云」；薈要本作「烏蘇阿達克貝云」。
73「蟲」，抄本、四庫本同元刊明補本；薈要本作「輒」，非。
74「既」，抄本、四庫本同元刊明補本；薈要本作「即」，非。

⑮「民」，抄本、薈要本同元刊明補本；四庫本作「氏」。
⑯「賓」，抄本、四庫本同元刊明補本；薈要本作「鑌」。
⑰「兀林」，抄本同元刊明補本；薈要本、四庫本作「烏林」。「阿早丁」，抄本、四庫本同元刊明補本；薈要本作「赫造迪音」。
⑱「乞里彎」，抄本同元刊明補本；薈要本作「奇爾威」；四庫本作「乞里灣」。
⑲「忽教馬丁算灘」，元刊明補本、抄本作「忽教馬丁等灘」，形似而誤；薈要本、四庫本作「呼教豐迪音蘇勒坦」；徑改。
⑳「大」，抄本同元刊明補本；薈要本、四庫本脱。
㉑「拔里寺」，抄本、四庫本同元刊明補本；薈要本作「巴勒噶什」。
㉒「似土豹」，抄本同元刊明補本；薈要本、四庫本作「如土狗」，非。
㉓「如麝」，元刊明補本、抄本作「麝如」，據薈要本、四庫本改。
㉔「蘭赤」，抄本、四庫本同元刊明補本；薈要本作「琳沁」。
㉕「思」，抄本同元刊明補本；薈要本作「綠」；四庫本作「其」。
㉖「撒八兒」，抄本、薈要本同元刊明補本；四庫本作「薩巴爾」。
㉗「璹玳」，元刊明補本作「璹 珁」；薈要本作「璹 玳」；四庫本作「玳璹」；據抄本改。

⑧8「年深結爲」，抄本、薈要本同元刊明補本；四庫本作「年深結爲香」。
⑧9「價如金」，抄本、四庫本同元刊明補本；薈要本闕。
⑨0「牡」，元刊明補本、抄本、薈要本作「牡」，四庫本作「牝」。
⑨1「騮馬」，抄本、薈要本同元刊明補本；四庫本作「每被」，非。
⑨2「内一大者灰色而毛短」，弘治本、薈要本同元刊明補本；四庫本作「内一卵生犬，灰色而毛短」。
⑨3「殫」，元刊明補本、抄本作「彈」，據薈要本、四庫本改。
⑨4「寖」，元刊明補本、弘治本作「浸」，半脱；據薈要本、四庫本改。
⑨5「密昔兒」，弘治本、四庫本同元刊明補本；薈要本作「密錫勒」。
⑨6「書」，四庫本同元刊明補本；弘治本、薈要本脱。按：元刊明補本「書」字亦爲後所補。
⑨7「肆」，弘治本同元刊明補本；薈要本、四庫本作「四」。

●堂叔伯者，是並父之兄弟也。

●父之姊妹謂之女伯、女叔①。

【校】

①「女伯、女叔」，元刊明補本、弘治本作「女叔、女弟」；據薈要本、四庫本改。

●《鄂王岳飛謚忠武文》①：「主耳忘身②，茲謂人臣之大節；謚以表行，必稽天下之公言。申錫贊書，追告幽穸。故太師追封鄂王謚忠武岳飛，威名震於夷狄③，智略根乎詩書。結髮從戎，前無堅敵；枕戈勵志，誓清中原。謂恢復之義爲必伸，謂忠憤之氣爲難遏。上心密契，詔札具存。夫何權臣，力主和議，未究凌煙之偉績，先罹偃月之陰謀。李將軍口不出辭，聞者流涕；藺相如身雖已死，凛然猶生。宜高皇眷念之不忘，肆孝廟哀矜之備至。還故官而禮葬，頒祠額以旌褒。逮于先帝之時，遂以真王之爵。既解誣於累聖，可無憾於九京。然而易名之典雖行，議禮之言未一。始爲忠愍之號，旋更武穆之稱。朕獲覩中興之舊章，灼知皇祖之本意，爰取危身奉上之實，仍采克定禍亂之文④。合此兩言，節其一惠。昔孔明之志興漢室，若子儀之光復唐都，雖計效以或殊，在秉心而弗異。垂之典策⑤，何嫌今古之同符⑥；賴及子孫，將與山河而並久。英靈如在，茂渥有承。」

【校】

①「武」，元刊明補本、弘治本、薈要本作「穆」，據四庫本改。

②「耳」，弘治本、薈要本同元刊明補本；四庫本作「而」，亦可通。

③「夷狄」，弘治本同元刊明補本；薈要本作「寰宇」；四庫本作「中外」。
④「仍」，弘治本、四庫本同元刊明補本；薈要本作「乃」。
⑤「策」，弘治本同元刊明補本；薈要本、四庫本作「册」，亦可通。
⑥「嫌」，弘治本、薈要本同元刊明補本；四庫本作「言」。

●鹿庵先生曰：「作文之體，其輕重先後猶好事者以畫娱客，必先示其尋常，而使精妙者出其後。」予偶悟曰：「此倒食甘蔗之意也。」「作文字亦當從科舉中來，不然，豈唯不中格律，而汗漫披猖，無首無尾，是出入不由户也。」又云：「後學雖不業科舉，至於唐一代時文律賦，亦當披閱而不可忽，其中體制規模多有妙處。」「二王行書，其蜿蜒欹傾之狀①，若行雲流水，似不拘於律，然即於筆意求之，其端莊流離②，皆有餘韻，唯具眼乃能識之。」

【校】

①「蜒」，元刊明補本、弘治本作「娫」，據薈要本、四庫本改。「狀」，弘治本同元刊明補本；薈要本、四庫本作「妙」。
②「離」，弘治本同元刊明補本；薈要本、四庫本作「麗」，亦可通。

●鹿庵先生嘗以歷代史學試問於不肖惲①，對曰：「自《史》、《漢》而下，文字率猥併無法。如《新唐書》雖事增於前，辭省於舊，字愈奇而氣愈索，不若《新五代》一唱而三歎②，有餘音者矣。」先生爲忻然。

【校】

①「試」，弘治本、四庫本同元刊明補本；薈要本作「誠」，形似而誤。

②「新五代」，弘治本、四庫本同元刊明補本；薈要本作「五代吏」，非。

●南方之地①，物香而人臭。或者謂飲食致然，與草木之氣所奪故也。予曰：「不然，四方者②，乃中國之陰也，陽爲馨香，陰爲臭穢，四方氣偏③，不得中和之正，故香臭異常。」

【校】

①「南」，弘治本同元刊明補本；薈要本、四庫本作「西」。

②「四」，弘治本作「四」；薈要本、四庫本作「西」。

③「四」，弘治本同元刊明補本；薈要本、四庫本作「西」。

●《辛殿撰小傳》：棄疾字幼安，濟南人。姿英偉，尚氣節，少與泰安党懷英友善。

肅慎氏既有中夏，誓不爲金臣子。一日，與懷英登一大丘，置酒曰：「吾友安此，余將從此逝矣①！」遂酹别而去。既歸宋，宋士夫非科舉莫進，公笑曰：「此何有？消青銅三百易一部時文足矣。」已而，果擢第。孝宗曰：「是以三百青蚨博吾爵者乎②？」其爲授觀文殿修撰③。及議邊事，主和者衆，公曰：「昔齊桓公雪九世之恥，《春秋》韙之，况我與金人不同戴天讎邪④？今日之計，有戰伐而已。」時丞相侂胄當軸，與公議合。自是敗盟開邊，用兵於江、淮間者數年，公力爲居多⑤。開禧二年，除知紹興府。至陛辭，復以金人危亂⑥，宜亟攻爲言，辭情慷慨，義形於色。繼侂胄再議恢復，乃以樞密都承旨召公於越，中道以疾卒⑦，道號稼軒居士⑧。今文集中《壽南澗翁》者⑨，蓋侂胄也。初，公在北方時，與竹溪嘗遊泰山之靈巖⑩，題名曰「六十一上人」，破「辛」字也。至元二十年，予按部來遊，其石刻宛在。

【校】

①「余」，弘治本同元刊明補本；薈要本、四庫本作「吾」。

②「蚫」，抄本同元刊明補本；薈要本作「蚨」，聲近而誤；四庫本作「銅」，涉上而妄改。「博」，元刊明補本作「傳」，形似而誤；據抄本、薈要本、四庫本改。「乎」，弘治本同元刊明補本；薈要本作「邪」；四庫本作「耶」。

③「修」，元刊明補本作「脩」，形似而訛；據抄本、薈要本、四庫本改。

④「同」，抄本、薈要本同元刊明補本；四庫本作「共」，亦通。

⑤「力爲」，元刊明補本作「方爲」，薈要本、四庫本作「方略」；據抄本改。

⑥「危」，元刊明補本闕；薈要本、四庫本作「内」；據抄本補。

⑦「卒」，元刊明補本作「李」，據抄本、薈要本、四庫本補。

⑧「居士」，元刊明補本作「□士」；薈要本、四庫本作「上人」；據抄本改補。

⑨「文」，元刊明補本作「女」，據抄本、薈要本、四庫本補。

⑩「溪」，元刊明補本闕；薈要本、四庫本作「齋」；據抄本補。

●聖上御極十有八年，當至元十一年丙子春正月，江左平。冬十二月，圖書、禮器並送京師，敕平章太原張公兼領監事。尋詔許京朝官假觀，予遂與左山商台符叩閣披閲者竟日，凡得書畫二百餘幅①，今列于左：

王羲之《四月帖》②。四十字。

獻之三帖。一《洛中》，二《佳音》③，三《北問》。

王羲之《與謝安石評書帖》。後跋云④：「古人作字悉平生用功，安有不絶出於古今者邪⑤？羲之與安石冠王、謝首⑥，所争若此，況它哉！」蓋帖中有云「自於山谷中臨學鍾氏、張芝等書二十餘年，竹葉、樹皮、山石、板木不可知數，至牋縠藤紫⑦，反復書之。佳者收採，自書皆記不能得⑧。」而云此公何時用功夫⑨，深不達耳！

獻之《鄱陽帖》。

右軍《威略帖》。八十二字。入梁、唐御府。至宋，入蘇大簡家。崇寧癸未，襄陽米芾審定真迹。其圖書有秘玩手臨。

智永禪師臨右軍四帖。後東坡跋云：「辨書如聽響切脈⑩，知其美惡，則可謂必能名之者⑪，過也。予觀秘閣墨迹，皆唐人硬黄臨本，但得臨本皆可蓄。惟《鵝羣》一帖似是獻之真筆。熙寧五年子瞻書。」

褚遂良臨《黄庭》。南唐昇元三年裝褙，紙則黄硬⑫。

米芾學右軍書并論其筆法。後一幅亦學右軍書。退之詩：「俗書趁姿媚。」此公不爲石鼓發想，亦見此等物耳。

獻之草《洛神賦》。紙極殘缺，向明視背，萬碗縱横⑬。

謝安《東山帖》。

右軍《快晴帖》。米襄陽臨本。

《蘭亭五言帖》⑭。后跋云：「唐虞世南臨本。」

晉王恬帖。三十一字。

晉王敦帖。作草聖書，皆《晉史》中語。

獻之書《洛神賦》。后有梁普光間題跋云：「唐人臨本，不名何人。」

獻之書陸士衡《文賦》。

鍾太傅墨迹《議事表》。後錢惟演、范堯夫、薛道祖題。錢文僖公題：「尚父嘗寶此帖。」尚父，謂忠懿王鏐也⑮。

唐人書⑯：

唐太宗二帖。一兩行十字，若珠還合浦，劍入延平。泰和二年三月司封員外郎柳公權記。

唐玄宗《賜道士李涵光敕》。

李陽冰墨迹篆《侍御帖》。上有李後主合同印。

李陽冰篆二十六字。后有韋處厚、李商隱題，商隱字體絶類《黄庭經》。時開成三年也。

高閑上人《詫得韓序帖》⑰。后有韓琦、劉敞、富弼、歐陽修、宋敏求題，云：「此卷蠟紙書，非摹本也。歐云如此。韓公稱實録云。」書係顛草。

歐陽率更帖二，臨本。《度尚帖》，襄陽審定珍迹秘玩⑱。

智永禪師《春雨帖》。真、草《千文》墨迹⑲。

唐相李撜《連句帖》⑳。後跋云：「筆勢似李北海㉑。」

李北海《毒熱帖》。臨本。

李邕手簡。後題：「觀者黄魯直、張淳休、邵觽、王詵、張舜民等凡六十九人㉒。」

僧高閑《觀張旭顛逸帖》。

唐史惟則墨迹《篆隸韻》。係小篆，體例修狹。後張浮休、李公麟跋㉓。

李太白《醉歸》墨迹。後自題云：「吾頭懵懵，試書此，不能自辨。賀生爲我讀之，汝年少眼明。」上有「四世三公」之印。

懷素草《千文》、草聖《遊京師帖》、《論草字帖》、《自敍帖》、《布簾帖》、《上林花發帖》。

唐高宗已下諸帝墨迹手詔。

李北海《休休帖》。

白少傅墨迹《六偈子》㉔。

唐元和大理評事吴通微行書《千文》。

唐人草《北山移文》。垂拱二年寫㉕，貞元甲戌陸贄觀。筆法似是孫過庭。

唐僧亞棲書。

吴彩鸞龍鱗楷韻。後柳誠懸題云㉖：「吴彩鸞，世傳謫仙也。一夕書《廣韻》一部，即鬻於市，人不測其意。稔聞此説，罕見其書，數載勤求，方獲斯本。觀其神全氣古，筆力遒勁，出於自然，非古今學人可及也。時泰和九年九月十五日題。」其制共五十四葉㉗，鱗次相積，皆留紙縫。天寶八年製㉘。

懷素《洛中帖》：「近於洛中得王右丞《苔磯静釣》、《水閣閑棋》二畫，其林野之思，物景之清，不覺身在其間，信精筆感人也如此。」

李白墨迹《送賀八歸越詩》。

顔書：《與兄常山太守書》、《乞米帖》、《與宗室李太保勉》、《奉辭帖》、《與盧八倉公》、《快雪晴時帖》二十八字。《與李太保狀》后有唐陳銓印誌。《祭濠州文》。

孫過庭墨迹《草書譜》。過庭，字虔禮㉙，陳留人。高宗垂拱二年書。徽宗《書譜》云：「孫草書皆逼羲、獻，妙於用筆。雋拔剛斷，出於天材，非積習所可至。」

孫思邈書。計二十一字。

坡書㉚：

《洗玉池銘》。擘窠真書，瘦勁。

《神奎閣碑》墨迹

《上清儲祥宫碑》墨迹㉛，然後書老泉撰㉜。商左山云：「蓋避黨禍，故改云。」

東坡醉書盧仝詩《爲團練使書》。

東坡《觀世音贊》。靖康元年五月書，蓋公殁前二月絶筆書也㉝。

【校】

①「畫」，元刊明補本作「盡」，據抄本、薈要本、四庫本改。

②「帖」，元刊明補本作「忱」，據抄本、薈要本、四庫本改。

③「佳音」，抄本同元刊明補本；薈要本作「杜日」；四庫本作「杜昔」。

④「後」，抄本同元刊明補本；薈要本、四庫本作「後有」，衍。

⑤「絶」，抄本同元刊明補本；薈要本、四庫本脱。「古」，元刊明補本作「右」，據抄本、薈要本、四庫本改。

⑥「羲之與安石冠」，抄本、薈要本同元刊明補本；四庫本作「觀」。

⑦「牋穀藤紫」，抄本、薈要本同元刊明補本；四庫本作「穀牋藤紙」。

⑧「皆」，薈要本同元刊明補本；抄本、四庫本作「背」。

⑨「何」，抄本、四庫本同元刊明補本；薈要本作「可」，半脱。

⑩「辨」，元刊明補本爲墨丁；薈要本、四庫本作「臨」，據抄本補。
⑪「知其美惡，則可必能名之者」，弘治本、四庫本同元刊明補本；薈要本作「則可謂知其美惡，謂必能名之者」，倒。
⑫「黄硬」，抄本同元刊明補本；薈要本、四庫本作「硬黄」。
⑬「硫」，抄本、薈要本同元刊明補本；四庫本作「綻」。
⑭「五言」，抄本、四庫本同元刊明補本；薈要本作「丑年」，非。
⑮「忠懿王」，弘治本、薈要本同元刊明補本；四庫本作「武肅王」。
⑯「唐人書」，弘治本、薈要本同元刊明補本；四庫本脱。
⑰「閑」，四庫本同元刊明補本；弘治本、薈要本作「聞」，非。
⑱「審」，元刊明補本、弘治本、薈要本作「賨」，據四庫本改。「珍」，弘治本同元刊明補本；薈要本、四庫本作「真」。
⑲「真、草《千文》墨迹」，弘治本同元刊明補本；薈要本、四庫本作「又真、草《千文》墨迹」。
⑳「撜」，弘治本作「豋」；薈要本作「橙」；四庫本作「燈」。「連」，弘治本、薈要本同元刊明補本；四庫本作「聯」。
㉑「李」，弘治本、薈要本同元刊明補本；四庫本脱。
㉒「淳」，弘治本、薈要本同元刊明補本；四庫本作「浮」。「鯱」，弘治本同元刊明補本；薈要本、四庫本作「鱵」。
「詵」，四庫本同元刊明補本；弘治本、薈要本作「説」。
㉓「体」，弘治本同元刊明補本；薈要本作「體」；四庫本作「休」。

㉔「白少傅」，弘治本、薈要本同元刊明補本；四庫本作「白太傅」。
㉕「拱」，薈要本、四庫本同元刊明補本；弘治本作「洪」，非。
㉖「誠懸」，元刊明補本、弘治本作「懸誠」，據薈要本、四庫本改。
㉗「制」，弘治本、薈要本同元刊明補本；四庫本作「册」。
㉘「年」，弘治本、薈要本同元刊明補本；四庫本作「載」。
㉙「虔」，元刊明補本、弘治本作「處」，據薈要本、四庫本改。
㉚「坡書」，弘治本、薈要本同元刊明補本；四庫本作「東坡書」。
㉛「上」，弘治本同元刊明補本；薈要本、四庫本作「及上」，衍。
㉜「然」，弘治本、薈要本同元刊明補本；四庫本作「皆」。
㉝「公」，弘治本、薈要本作「以」；四庫本作「將」。

王惲全集彙校卷第九十五

玉堂嘉話卷之三[1]

【校】

①「之」，弘治本、四庫本同元刊明補本；薈要本脱。後依此不悉出校記。

楊凝式，小字詩①，字虚白，五代時人，號希維居士，又云關西老人。癸巳人②。《心印帖》、《李老君枕中經》、《招客同飲帖》，皆唐人書。

韓魏公書杜少陵《畫鶻》詩。擘窠大字，墨迹。

山谷書《繼月帖》。云：「繼月學書，未知其要處。東坡先生云：『大字難於結密而無間，小字難於寬綽而有餘。』又云：『學書時臨摹可得形似大要。多取古書細看，令入神，乃到妙處。惟用心不雜，乃是入神要格。』」

山谷爲甥張大同書擘科大字一卷③。中云：「涪翁自黔南遷于僰道二年矣，寓舍在城南居兒村側④。蓬藋柱宇，齞齬同逕，然頗爲諸少年以文章翰墨見强，尚有中州時舉子氣習未除耳。至於風日晴煖，策杖蹇蹶，雍容林丘之下，清江白石之間⑤，老子於諸公亦有一日之長。時涪翁年五十六，病足不能拜，心腹中蔕芥如懷瓦石，未知後日復能作如此字否？」其筆勢縱橫，意韻瀟散，絶類《瘞鶴銘》。

書少陵《畫鶻》等詩⑥。

山谷《練湖夜雨》、草聖《瘦藤》、草聖十三篇，辛未人日書，皆公詩也。草聖《贈元亮姪》兩首、草書《廉頗傳》、書《韓非子》十六篇。後跋云：「姪授萬里來求書法⑦，此不急務也，以萬里來，故不能已。」

山谷書一十幅。内《此君軒詩》，擘科大字，體極瘦勁。又起草墓銘一、草聖詩三首、書王摩詰詩。

山谷書一十幅。内草聖一，《爲李華重試南豐鄭熙棗核筆》，崇寧四年南樓書，蓋公絶筆也。

《達觀臺詩》。

草聖六言詩。内行書五首，皆摩詰、王建、王介甫、東坡詩，后自云：「老眼昏花，書不能佳，如醜婦昏鏡中梳粧⑧，似亦妍耳。」

蘇才翁草聖少陵二首。

蘇氏《寶章》、東坡《黄門邁遲》等帖。遲即潁濱子也⑨。

《遠涉帖》。予二十年前觀於大名魏氏家，未敢必爲孔明書。及入秘監，見《宣和書譜》，乃知宋御府所收爲武侯書明矣。

米書：

《黄龍寺碑》。宋相張商英撰⑩。

襄陽書一十幅。内兩卷佳。

蔡襄《元祐續帖》。凡九帖，帖帖筆法不同。

宋少卿弘道説：「嘗見李德新所藏碑本，云：『書學之傳，蔡邕得之于神人，邕傳女文姬，文姬傳鍾繇⑪，繇傳衛夫人，夫人傳羲之，羲之傳獻之，獻之傳羊欣，欣傳蕭子雲，子雲傳王僧虔，僧虔傳智永，智永傳智果⑫，智果傳虞世南，世南傳歐陽詢，詢傳張長史，長史傳顔魯公。』」

古今畫⑬：

閻立本畫古帝王一十四名⑭：

漢文昭帝　　光武皇帝　　魏文帝丕⑮

蜀昭烈皇帝　吴孫權　晉武帝炎[16]

陳宣帝　陳文帝　陳廢帝

後主叔寶齊文宣帝[17]　周武帝宇文邕[18]

隋文帝　煬帝[19]

前宋楊褒家藏，後入秘閣，富弼、韓琦題識其後。但文昭帝有解，云：「漢文廟樂曰《昭德》，故曰文昭帝[20]。」又云：「僞蜀李壽曾立號曰『漢興』，廟謚曰『昭文』，此『文昭』又恐非也。」十四帝除漢文、陳宣、廢帝、後主、煬帝，餘皆衮冕，若五方帝之儀。其曹丕、司馬炎、宇文邕容色皆嚴毅可畏[21]，其宇文邕髯模糊滿頷[22]，兩顴上亦有長鬚下垂。

晉顧愷之《青牛道士圖》。道士即封君達。

畫《洛神賦》。後有梁普光問題跋。臨本。

吴道子《護法善神》。

閻立本《阮孚蠟屐圖》、《老子出關圖》、《老子西昇經》[23]，下虞世南楷書各段事迹[24]。

王維《山水圖》、《輞川圖》、《驪山圖》[25]。

韓幹出水馬。

李思訓《崆峒山圖》[26]。

李昭道《避暑宮圖》。

戴嵩牛[27]。

李將軍鶻。

唐人翦騌馬[28]。

貫休竹。

韓幹正面馬。

韋偃《羣衛圖》。後主收。

唐人《化行天竺》。

荆浩《江村早行》。

韓幹《四馬圖》。七人解衣下水。

李昇水墨《滕王閣圖》[29]。合幅。上畫人物宴集甚盛。

張萱界畫《宮閤侍女圖》及《醉女圖》。内有以紫色粉塗面者。

韓幹三花御馬真。

張萱《虢國夫人夜遊圖》[30]。

小李將軍《翠微宮圖》。合幅。一幅畫騎者十四人，步者二[31]；一幅騎者十九人，牧馬者十四人。

唐將軍霸《獵騎圖》㉜。人物結束類開元初羽林，守捉衣雜色錦袍，裹方平巾，帶長刃、兩韃箭，左手握弧，右抽矢于房。驊騮馬，豹韉紅錦襴，胷鞅同，勒有鑣，朱絲絛。鞚馬迅疾，殆逐獸然。筆畫勁硬，如鐵屈者。御題神品上上㉝。

宋諸帝御容。自宣祖至度宗，凡十二帝㉞。内懷懿皇后李氏用紫色粉㉟，自眉以下作兩方葉塗其面頰㊱，直鼻梁，上、下露真色一線，若紫沙幂者㊲。後見《古今注》：「魏文帝宫人有巧笑者，以妬錦絲作紫粉塗拂其面㊳。」

宋《郊天儀仗圖》、《衮冕圖》、《車輅圖》。

易元吉獐猿、蓼花草蟲。

楊棐象。

黄筌猿㊴。

李伯時水墨馬、《羣馬圖》。

丘慶餘花禽。

鍾隱《雙禽圖》。

黄筌《碎金圖》㊵。

崔白《梅竹寒雀》。
李公年《桃溪春色》。
艾宣竹鶴。
胡瓌馬騎契丹人。凡畫毛尾，取狼毫疏渲。
張戡《騠馬圖》。
崔慤江鴨㊶。
李伯時着色馬。
郭忠恕《避暑宫》。作界畫。
黄居寀鹿㊷。
艾宣《雞冠黄葵》、《杜鵑花圖》。
崔白《秋塘戲鴨》㊸。
郭忠恕界畫着色宫閣圖。
李伯時着色《夜遊宫圖》。嬪十人，奄四人，皆騎。
徽宗臨張萱《宫騎圖》。
李伯時《淵明圖》。

李伯時《蓮社圖》㊹。

趙大年小景。

郭忠恕《飛仙圖》。

郭熙《秋山圖》。

因念人與事機會合，皆有數存其間。九年春，予一夕夢謁平章公於府第之東堂，酒數行，發書一櫃示予，皆粉圖繪本、金文玉牒。今觀中秘所有，璀璨溢目，與夢中所見略同㊺。吁，亦異哉！《傳》曰：「嗜慾將至，有開必先。」信哉斯言也！作《書畫目録序》㊻。

【校】

①「詩」，弘治本同元刊明補本；薈要本、四庫本作「詩式」，涉上而衍。

②「癸巳人」，弘治本同元刊明補本；薈要本、四庫本脱。

③「科」，弘治本同元刊明補本；薈要本、四庫本作「窠」，亦可通。後依此不悉出校記。

④「居」，弘治本同元刊明補本；薈要本、四庫本作「屠」。

⑤「白」，薈要本、四庫本同元刊明補本；弘治本作「曰」，形似而誤。

⑥「鶻」，元刊明補本、弘治本作「鶴」，據薈要本、四庫本改。
⑦「授」，弘治本、薈要本同元刊明補本；四庫本作「從」。
⑧「中」，弘治本同元刊明補本；薈要本、四庫本脱。
⑨「蘇氏寶章」條，弘治本同元刊明補本；薈要本、四庫本與下「遠涉帖」互乙。
⑩「商英」，薈要本、四庫本同元刊明補本；弘治本作「周莫」，形似而誤。
⑪「文」，弘治本同元刊明補本；薈要本、四庫本脱。
⑫「智果」，弘治本同元刊明補本；薈要本、四庫本脱作「果」，下同。
⑬「古今畫」，弘治本、薈要本同元刊明補本；四庫本脱。
⑭「一十四名」，元刊明補本作「一十四各」，形似而誤；四庫本作「一十三人」，非；據弘治本、薈要本改。
⑮「丕」，弘治本、薈要本同元刊明補本；四庫本脱。
⑯「炎」，弘治本、薈要本同元刊明補本；四庫本脱。
⑰「齊文宣帝」，元刊明補本、弘治本、薈要本作「陳文帝」，涉上而誤；據四庫本改。按：今存《歷代帝王圖》亦止十三副，闕是圖，未詳四庫本據何補。
⑱「宇文邕」，弘治本、薈要本同元刊明補本；四庫本脱。
⑲「煬帝」，弘治本、薈要本同元刊明補本；四庫本作「隋煬帝」。

⑳「文昭」，元刊明補本、弘治本、薈要本作「昭文」，據四庫本改。

㉑「曹丕、司馬炎、宇文邕容」，弘治本、四庫本同元刊明補本；薈要本作「魏文、晉武、周武帝」。

㉒「宇文邕」，四庫本同元刊明補本；弘治本作「宇文邕」，形似而誤；薈要本作「周武帝」。「領」，四庫本同元刊明補本；弘治本作「頟」，形似而誤；薈要本作「額」，非。

㉓「蠟」，元刊明補本、弘治本作「蝎」，據薈要本、四庫本改。

㉔「事」，弘治本、四庫本同元刊明補本；薈要本作「字」，非。

㉕「輞」，元刊明補本、弘治本作「𨋢」，據薈要本、四庫本改。

㉖「思」，元刊明補本、弘治本、薈要本作「昭」，據四庫本改。

㉗「嵩」，元刊明補本、弘治本作「松」，據薈要本、四庫本改。

㉘「騌」，弘治本同元刊明補本；薈要本、四庫本作「驄」，聲近而誤。

㉙「李昇」，弘治本、薈要本同元刊明補本；四庫本作「李昪」。

㉚「虢」，薈要本、四庫本同元刊明補本；弘治本作「號」，形似而誤。

㉛「一幅畫騎者十四人，步者二」，弘治本同元刊明補本；薈要本、四庫本作「一幅畫十四人，皆騎者，二步者」，非。

㉜「唐」，弘治本、薈要本同元刊明補本；四庫本作「曹」。

㉝「題」，元刊明補本、弘治本作「顯」，據薈要本、四庫本改。

㉞「凡」，弘治本、四庫本同元刊明補本；薈要本作「九」，形似而誤。
㉟「紫色粉」，弘治本同元刊明補本；薈要本、四庫本作「紫粉色」。
㊱「塗」，弘治本、四庫本同元刊明補本；薈要本作「搽」，偏旁類化。按：下「紫粉塗拂其面」亦同此。
㊲「沙」，弘治本同元刊明補本；薈要本、四庫本作「紗」，亦可通。
㊳「姤」，弘治本、四庫本同元刊明補本；薈要本作「垢」，形似而誤。
㊴「黄筌猿」，弘治本、薈要本同元刊明補本；四庫本脱。
㊵「金」，薈要本、四庫本同元刊明補本；弘治本作「全」。「圖」，弘治本、薈要本同元刊明補本；四庫本作「圖猿」，涉上而衍。
㊶「崔慤」，元刊明補本作「雀殼」，形似而誤；弘治本同作「崔殼」，半脱；據薈要本、四庫本改。
㊷「寀」，四庫本同元刊明補本；弘治本、薈要本作「采」，半脱。
㊸「塘」，元刊明補本作「搪」，形似而訛；弘治本作「溏」，非；據薈要本、四庫本改。
㊹「李伯時」，弘治本、薈要本同元刊明補本；四庫本脱。
㊺「見」，薈要本、四庫本同元刊明補本；弘治本作「是」，形似而誤。
㊻「目」，薈要本、四庫本同元刊明補本；弘治本作「日」，形似而誤。

●王晉卿《煙江疊嶂圖》，并和坡詩。

李伯時畫《明皇乘三鬃赤驃》①。後跋云：「昔李將軍思訓畫，明皇擁嬪御數十騎摘瓜②，伯時仍爲山路小橋③。」至元元年，與翟處正觀於東平武濟之家。

又觀東坡《與蒲資政傳》正書，并《覓柿霜》、《無核棗》四帖。後有張行簡、董師中、元遺山跋語④。

【校】

①「乘」，弘治本、四庫本同元刊明補本；薈要本作「垂」，形似而誤。「驃」，薈要本、四庫本同元刊明補本；弘治本作「驟」，訛字。

②「騎」，薈要本、四庫本同元刊明補本；弘治本作「駒」，聲近而誤。

③「小橋」，弘治本、四庫本同元刊明補本；薈要本作「小橋焉」，衍。

④「有」，弘治本同元刊明補本；薈要本、四庫本作「又有」，衍。

●僧傳古坐龍。至元元年宣慰張順齋爲春旱，於范大師觀迎此龍於嚴東平北宅。每旱，張是圖輒雨，此日亦然。龍蒼駝①，蹲坐火雲中，頂與鱗甲間皆有緑髮。世所畫皆蝤蚓耳。宣和題「妙品②」。

趙邈搠《噀墨虎》③，至兩目夾鏡，睛隨人轉。同史左丞觀於田尚書和卿家。

已上二畫皆有詩，大意古人欲以一藝名世者④，必精思入神，極古今之變而後已⑤。故能洞達天機，氣隨物在，至觀之者亦有感格相應之理。如摩詰《苔磯静釣》、《水閣閑棋》，令人不覺身在其間。傳古龍出雨應氣來，噀墨虎睛逐人轉⑥，鄰姬顰蹙，馬踐家具之變，此長沙云精筆感人有如此者，蓋非虚談也。秋澗老人題。

【校】

①「駝」，弘治本、薈要本同元刊明補本；四庫本作「胡」。
②「品」，四庫本同元刊明補本；弘治本、薈要本脱。
③「捌」，弘治本、四庫本同元刊明補本；薈要本作「榭」。
④「大」，弘治本、薈要本同元刊明補本；四庫本作「人」，形似而誤。
⑤「古」，薈要本、四庫本同元刊明補本；弘治本作「占」，形似而誤。
⑥「逐」，弘治本同元刊明補本；薈要本、四庫本作「隨」。

●丁丑秋，奉御脱烈傳旨本院定撰《順德資戒碑》及《普門塔碑銘》①，鹿庵曰：「老夫作資戒文②。」乃令不肖撰塔銘。惲謝不敏，先生曰：「但作，吾深意存焉。」及畢，聞奏頗稱旨。今日乃悟先生其誘掖成就後生如此。

【校】

①「脱烈」，弘治本、薈要本同元刊明補本；四庫本作「圖埒」。

②「文」，弘治本同元刊明補本；薈要本、四庫本作「碑」。

●陳希夷嘗有詩云：「我見世人忙，箇箇忙如火。忙者不爲身，爲身忙卻可。」①

【校】

①此條在卷九六「鹿庵問惲匡衡爲相何如」條下重出。

●商左山①：「顏平原《中興頌》，蓋變玉筯大篆爲真楷耳。」

【校】

①「商左山」，弘治本、薈要本同元刊明補本；四庫本作「商左山云」。

●劉房山嘗説：「海陵欲南征，先以十八人服御，與上一同私行抵淮上，以覘虛實，號曰『黑護衛』。前次相下，宿南郭逆旅，張燈置酒。聞有新進失職劉其姓者先在邸中，召與飲。劉素善謳能詩，即以歌侑觴。辭氣慷慨，禮貌甚恭。上喜甚，遂詢其所以至此之意，而默識之。黎明，劉復持酒餞謝。上既乘，以手札付劉曰：『府尹，我親知也，可用此投獻，取錢幾千緡。』劉依命謁府尹，疑通刺久不報，見左右遑遽具儀物授旨，方悟疇昔爲海陵云。及還宫，即特旨起復劉爲京朝官。後從南狩，同殁江上。」

●至元十五年戊寅正月甲寅，乙酉朔，同李侍講德新、應奉李謙陪百官就位，望拜行在所，凡七拜。其侍儀司先一日於端門兩闕間灰界方所，以板書百官號，隨各司依品秩作等列。班定，以次入宫行禮。禮畢，由左掖門出①，風埃大作，所謂「出門塵」，漲如黄霧，始覺身從天上歸②。曾有口號一絶：「隔夜端門分板位，平明簪笏列鴛行。紫雲低覆千官入，潤作金爐百和香。」

【校】

①「禮畢，由左掖門出」，弘治本同元刊明補本；薈要本作「禮畢，由在左掖門出」，衍；四庫本作「畢，即由左掖門出」，妄改。

②「歸」，弘治本同元刊明補本；薈要本、四庫本作「來」。

●讀韓文《孔戣墓銘》①。孔世三十八孫，戣字音，作蘇回反②。

【校】

①「獘」，元刊明補本、弘治本作「幾」，據薈要本、四庫本改。

②「孫獘字音作蘇回反」，元刊明補本、弘治本、薈要本作「字音作蘇合反」，既脱且誤；據四庫本改。

●《王承旨慶八秩詩》。西菴云：「人材落落自天成，千佛經中第一名。已令貳膳常珍進①，但入朝行以杖行。」商左山云：「藥裹封災隨臘去，酒杯稱壽逐年新。」胡紫山云：「堅辭不允老而傳，几杖恩光又十年。勇折桓文匡政弊，力扶周孔上經筵。」又云：「塞破乾坤享重名，玉堂東觀又尊榮。香山如礪滹溝帶，才與斯文作主盟。」

【校】

①「令」，元刊明補本、弘治本「令」，形似而誤；薈要本作「合」，形似而誤；據四庫本改。

●宋人畫《瓊花圖》。花蕊團團作九葉，如聚八仙花。揚州人説近歲其花已枯朽矣。

●米元暉所藏古端研①。其背刻云：「此硯色青紫而潤，下巖石也。先公得於山谷若文室中。磨李庭珪墨，試諸葛氏筆，世間真有揚州鶴也。」後題曰：「元暉。」山谷云：「虎兒筆力能扛鼎，好着元暉繼阿章。」米因以字之，亦羲之、獻之例也。

【校】

①「米元暉」，元刊明補本、弘治本作「李玄暉」，據薈要本、四庫本改。

●祠堯、舜、禹於所都，唐開元五年爲始，從褚無量請也。見《無量傳》。

●王黄華稱香品有蟠螭、小月、夜窗、幽几之辭①。公壽止五十三，官至承務郎、翰林修撰。

【校】

①「几」，元刊明補本作「凡」，形似而誤；據弘治本、薈要本、四庫本改。

●黄華論汴河：「前宋以洛河入汴爲京西漕路，其後黄河臥南①，洛水舊道斷絶。今汴河名存，其實止是京、索、須三水自滎澤南入汴河故道行流。」

【校】

①「臥」，弘治本、薈要本同元刊明補本；四庫本作「漸」，當以此爲是。

●徽宗臨張萱《宫騎圖》，其侍從有挈金騋駝者①，蓋唐制，宫人用金駝貯酒，玉龜藏香。

【校】

①「驝」，弘治本、薈要本同元刊明補本；四庫本作「橐」，半脱。

●趙同簽説：「高麗東北有弟五頭城①，其地有五城，此蓋從南弟一城也。」

【校】

①「弟」，弘治本同元刊明補本；薈要本、四庫本作「第」，亦可通。

●宋克温説：「今陰山，古金山也；古于闐①，今曰斡端②；古烏孫，今斡落絲③；瀚海④，桁海⑤；薛良河，今悉連哥⑥；回鶻，今外五⑦；回紇，今回回；不谷寒，毗伽可汗⑧；身毒，印都⑨；吐蕃，土波⑩；柘枝舞，本拓拔舞⑪，金人以名不佳改之。」

【校】

①「闐」，元刊明補本、弘治本作「闐」，據薈要本、四庫本改。

②「斡端」，元刊明補、弘治本、四庫本作「幹端」，形似而誤；薈要本作「鄂端」，亦通；徑改。按：底本作「幹」（去聲翰韻）與「鄂」（入聲鐸韻）音陽入相去較遠，當爲「斡」（入聲末韻）之形誤，與「鄂」爲月、鐸旁轉。

③「斡落絲」，弘治本同元刊明補本；薈要本作「烏魯斯」；四庫本作「斡落孫」。

④「瀚」，元刊明補本、弘治本作「潮」，據薈要本、四庫本改。

⑤「桁海」，弘治本、四庫本同元刊明補本；薈要本作「杭海」。

⑥「悉連哥」，弘治本、四庫本同元刊明補本；薈要本作「錫林郭勒」。

⑦「外五」，弘治本、四庫本同元刊明補本；薈要本作「輝和爾」。

⑧「毗伽可汗」，弘治本、四庫本同元刊明補本；薈要本作「必齊可汗」。

⑨「印都」，弘治本、四庫本同元刊明補本；薈要本作「印度」。按：「都」，當爲「度」之聲誤，或爲底本本即聲誤，或爲後人勘刻而致誤。

⑩「土波」，弘治本、四庫本同元刊明補本；薈要本作「圖卜」。

⑪「拔」，弘治本、四庫本同元刊明補本；薈要本作「跋」，亦可通。

●屈原湘中廟，題曰「清烈公」。

●《唐・車服志》①：「帶鉈尾②，取順下之義。魚袋，取其清潔，魚目不瞑，勤而不懈也。」

【校】

①「車」，弘治本、四庫本同元刊明補本；薈要本作「中」，形似而誤。

②「鉈」，弘治本同元刊明補本；薈要本作「駝」，非；四庫本作「拖」，非。

●契丹以其國産鑌鐵，迺爲國號。故女真稱金以勝之。或謂以水生金，非也。

●高麗蓋州，蓋葛牟城也①，明昌初，易名曰辰州。鹿菴云。

【校】

①「葛牟城」，弘治本、四庫本同元刊明補本；薈要本作「格摩城」。

●有旨講究光禄寺職掌。寺與卿，漢官也。應劭曰①：「光、明、禄、爵、勳，功也。」言光禄典郎、謁者、虎賁、羽林，舉不失德，賞不失勞，故曰「光禄勳」。郎中令，秦始置②，掌宫殿門户及諸郎在殿中之侍衛者，故曰「郎中令」。漢因之不改。北齊、隋、唐止掌肴膳③。

【校】

①「劭」，薈要本、四庫本同元刊明補本；弘治本作「邵」，聲近而誤。

②「秦」，元刊明補本、弘治本、薈要本作「泰」，據四庫本改。

③「肴」，弘治本同元刊明補本；薈要本、四庫本作「餚」，亦可通。

●許左丞作《新定官制圖》，大抵以唐爲則，品從略與金同。

●杭州畫工潘氏寫真。其法不用朽先草，直以筆寫。又不粉背，言形似易，容色難。

●晦庵云：「周之肅拜，今之長揖也。」

●唐檢校名，蓋正官上加官①。

【校】

①「官」，弘治本同元刊明補本；薈要本、四庫本作「官也」，衍。

●沅州安撫使郭彦高，大名人，説廣中風土：「其地皆山，如水之波浪然。蓋古盤瓠國，在夜郎西南數百里，與大理東境相接。」郭有詩①：「地連兩廣多蛇窟，水隔三湘絶雁書。」

【校】

①「有詩」，弘治本同元刊明補本；薈要本、四庫本作「詩有」，倒。

●丁丑歲二月初，黄河自陜州靈寶清澄至河南府，或云自潼關至三門集津。《壬子年拾遺》①：「丹丘千年一燒，黄河千年一清。」又曰：「聖人生。」鹿庵曾命擬中省賀表：

「天開昌運，統一車書；地應休禎②，河清陝洛。恭惟德昭天漢，恩溥淵泉，覆露何止於中華③，洋溢遠沾於方表。以致潤涵九折，鏡浄兩涯。自陝至巴，幾千里之餘；由乙踰丙，殆三旬之久。鱗介之泳游可鑑，山林之形影皆分。躍圖馬於龍宫，未容專美；舞馮夷於鱗屋，時出效靈。顧兹上瑞之方增④，特表吾皇之至聖。臣某等叨居華省，幸覯榮光，敢傾葵日之誠，用代辭人之頌。遐荒響慕⑤，百川宗滄海而王；寶祚洪延，萬壽等丹丘之固。」

【校】

①「壬子年拾遺」，弘治本同元刊明補本；薈要本作「王子年拾遺」，形似而誤；四庫本作「王子年拾遺記」，衍。

②「禎」，弘治本同元刊明補本；薈要本、四庫本作「徵」，亦可通。

③「露」，弘治本、薈要本同元刊明補本；四庫本作「幬」，亦可通。

④「增」，弘治本、薈要本同元刊明補本；四庫本作「臻」，妄改。

⑤「響」，弘治本、薈要本、四庫本作「嚮」，亦可通。

●正月上旬歌括①：「甲子風災丙子旱，戊子蝗蟲庚子叛，唯有壬子最豐穰，正月上旬仔細看②。」竇先生云近歲頗有應驗，故録。

【校】

①「括」，弘治本同元刊明補本；薈要本、四庫本作「括云」，衍。

②「仔」，元刊明補本、弘治本、四庫本作「子」，據薈要本改。

●聞捷，鹿庵命擬中省賀表：「天網雖疏，曾恢恢而不失；罪人斯得，迓穆穆以來平。外侮既消，頌聲交作。恭惟仁含動植，德媲生成，振長策而用三驅，念天顯而惇九族。荐雷之震，遠驚而邇懼；大風之舉，歌動而雲揚。側聞喜自於日邊，豈止威加於海內①。臣某等職叨省署，阻奉鑾輿，佇目龍旂，遥伸虎拜。歸牧武成於周馬，歌功美邁於唐鐃。六轡言還，春動兩都之和氣；千官飲至②，懽騰萬歲之霞觴。」

【校】

①「於」，弘治本同元刊明補本；薈要本、四庫本作「乎」，亦可通。

②「飲」，元刊明補本作「欽」，據弘治本、薈要本、四庫本改。

●馮渭《金詔赦録序》有云①：「灞陵森柏②，荒涼白露之中；明惠寢園，寂寞蒼梧之遠。」又云：「荏苒十霜，竟摧一戰。」□取浮也③。

【校】

①「録」，四庫本同元刊明補本；弘治本、薈要本闕。

②「灞」，薈要本、四庫本同元刊明補本；弘治本作「霸」，亦可通。

③「□取浮也」，弘治本爲墨丁；薈要本脱；四庫本作「指哀帝也」。

●東坡《我有帖》云：「外郡雖麤俗，然每日惟早衙一時辰許紛紛①，餘蕭然皆我有也。」内「慰」字不挑心寫。宋人蕭山則題云：「今專官横將肆咆哮于庭，太守色羞對吏民，豈復有晝戟清香意象耶？然坡非置公事不問，時平事少耳②。爲潁州時③，久雪，一夕不寐，欲造炊餅救飢人④。又發義倉數千石、作院炭數萬稱、酒務柴數十萬稱濟之。未必常蕭然也。所謂『皆我有』者，特不以外物之有累我内樂之有而已⑤。惟以逸處心，以勞處事，是之爲能官。」

【校】

①「時」，薈要本、四庫本同元刊明補本；弘治本作「特」，形似而誤。

②「少」，弘治本同元刊明補本；薈要本、四庫本作「自少」，衍。

③「穎」，元刊明補本、弘治本作「潁」，據薈要本、四庫本改。

④「捄」，薈要本同元刊明補本；弘治本作「抹」，形似而誤；四庫本作「救」。

⑤「我」，弘治本同元刊明補本；薈要本、四庫本作「吾」，亦可通。

●太常少卿宋弘道以先農燔肉來致①，適李應奉受益攜《毛詩》《青蠅》至《甫田》諸圖，請跋其後，有云：「觀其禽魚、草木、車服、籩豆之盛，而經國備物之制，令人想見三代忠厚氣象如在其間②。親承其事，孰謂丹青形似起予至於斯邪！」

【校】

①「燔」，元刊明補本作「潘」，據弘治本、薈要本、四庫本改。

②「想」，薈要本、四庫本同元刊明補本；弘治本作「相」，涉下而聲誤。

●《大都城隍廟設醮保祐青詞》①：代鹿菴作。「天鑑雖高，曾易顯思之命②；基圖寅紹，敢忘奉若之誠？爰自君臨，頗歷年所。顧眇躬之上托，致至理之惟艱。豈期外侮潛消，復荷天休滋至。嚴風朔雪③，大開一統；金穰玉燭，屢致豐年。而又雲靜祁連④，春回沙漠，晝日三平安之報⑤，霜風無偃薄之虞。匪涼德之能然，皆神靈之所祐。乃即青陽之月，恭修金籙之科⑥。誥演琅函，真臨玉境，導含景蒼精之駕，覆垂雲洪廕之仁。監茲報謝之虔，重以保持之福。干戈止息，永維四海之清；邦國榮懷，以尚一人之慶。」

【校】

①「保祐」，弘治本同元刊明補本；薈要本、四庫本脱。

②「易」，弘治本、薈要本同元刊明補本；四庫本作「惕」。

③「嚴風朔雪」，弘治本、薈要本同元刊明補本；四庫本作「朔雪炎風」，倒。

④「祁」，弘治本、薈要本同元刊明補本；四庫本作「祈」，形似而誤。

⑤「三」，弘治本同元刊明補本；薈要本作「主」；四庫本作「有」，當作此。

⑥「籙」，四庫本同元刊明補本；弘治本、薈要本作「録」，半脱。

●《新船落至祭歲君文》：成舟委波，謂之落至。「惟神灼知一歲之事，泛彼中河，轉致厥載，上下安輸，非神曷賴？」

【校】

①「成舟委波，謂之落至」，元刊明補本、抄本作正文；薈要本、四庫本作夾注小字，當是。

●《修端門前橋啓上告歲君地祇文》①：「應門將將，前臨天津，玉輅所經，虹梁必陳。爰構爰締，築之陝陝，神維垂祐，迄于有成。」

【校】

①「上」，抄本、薈要本同元刊明補本；四庫本作「土」，形似而誤。

●《五方帝祭文》：「因方殊號，尊以帝稱。殿臨五部，有赫其靈。維橋之作，鞭石駕梁。所冀擁衛，大來百祥。」

●《減江南冗員詔草》：「諭江淮軍民人等：夫張官置吏，本以爲民，非擾民也。朕自混一江、淮，于今五年，憂卹元元之心不遑夙夜。期於撫定安集，以承上天全付所覆之意。比聞陳奏，不圖設立之際，官冗人濫，重致煩擾。念之憫然，罔副朕志。今者上自行省、宣慰司，下及總府、州、縣等官，酌量輕重去處，其一切冗濫，凡有擾於民者，盡行革去。爾其各安恒業，永底爾生。既清舊染之風，共樂惟新之治。其有作姦犯科，似前不應者，已敕行御史臺糾察、中書省究治。外咨爾黎庶，體予至懷。」①

【校】

①此條在卷九六「樂天每作歌詩成」條後重出。

●《誡諭官吏詔草》①：「朕自統一南北已來，設置羣官，小大畢備②。俾上下承宣，慰安元元而已。近緣冗濫，省併一新。自爾厥後，各慎攸司③。以興滯補弊爲心，以便國益民爲事。務施實惠，毋尚虚文。夙夜在公，尚期予治。若有狃習故常④，貪殘蠹害者⑤，國有常刑，朕其敢赦？故兹詔示，想宜知悉。」

【校】

①「誠」，元刊明補本作「誠」，形似而誤；薈要本作「戒」，亦可通；據抄本、四庫本改。

②「小大」，抄本同元刊明補本；薈要本、四庫本作「大小」，妄改。

③「慎」，元刊明補本作「填」，據抄本、薈要本、四庫本改。

④「狃」，元刊明補本作「伍」，據抄本、薈要本、四庫本改。

⑤「貪」，元刊明補本闕；薈要本、四庫本作「傷」；據抄本補。

●唐申王《六馬圖》。一曰奔虹赤，二曰飛霞赭，三曰騰霜白，四曰凝露驄，五曰決波騟，六曰發電烏。内奔虹赤與決波騟絹結其尾，絡首皆犨，銜皆有鑣，捧籠者服色皆以朱砂紅、石緑粧染。蘇門郭氏家藏。

●西溪《折檻銘》：「直言骨鯁，天威雷霆。非賴此檻，資斧曷勝？檻既折矣，從修不修。佞臣見之，面覥心羞。檻謂直臣，可無結舌。爾氣不撓，吾寧憚折①。世多張禹，代無朱雲。直欄横檻，整整而陳。噫！」

【校】

①「惲」，薈要本、四庫本同元刊明補本；弘治本作「憚」，形似而誤。

●徐子方《繭瓶詩》：「一竅鬼工開混沌，八蠶神繭墮扶桑。」

王惲全集彙校卷第九十六

玉堂嘉話卷之四

●穀梁子曰：「獨陰不生，獨陽不生，獨天不生。陽也、陰也、天也，三者合，然後生。」

●天極謂南北極，天之樞紐常不動處，譬則車之軸也。《河圖》言：「崑崙者，地之中也，下有八柱，互相牽制。名山、大川，孔穴相通。」《素問》曰：「天不足西北，地不滿東南。」注云：「中原地形西北高，東南下。今百川滿湊，東之滄海，則東西南北高下可知。」或問邵子曰：「天何依乎？」曰：「依乎地。」「地何附？」曰：「附乎天。」「天地何所依附？」曰：「自相依附。天依形，地附氣。其形也有涯，其氣也無涯。但天之形圓如彈丸，朝夜運轉。其南北兩端後高前下，乃其樞軸不動之處。其運轉者亦無形質，但如勁風旋之。當晝則自左旋而向右，向夕則自前降而歸後，當夜則自右轉而後左①，將旦則自後升而趨前。旋轉無窮，升降不息，是爲天體，而實非有體也。地則氣之查滓聚成形質者②，但以其束於勁風旋轉之中，故得以兀然浮空甚久而不墜耳。」黄帝問於岐伯曰：「地有憑乎？」岐伯曰：「大氣舉之。」亦謂此也。曰九重，則自地之外，氣之旋轉益遠益大益清剛，究陽之數而至於九，則極清極剛則無復有涯矣③。豈有營度而造化之者，先以斡維繫於一處④，而後以軸加之，以柱承之，而後天地乃定位矣⑤？

【校】

①「後」，弘治本、薈要本同元刊明補本；四庫本作「從」，形似而誤。

②「查」，弘治本同元刊明補本；薈要本、四庫本作「渣」，亦可通。

③「則無」，弘治本、薈要本同元刊明補本；四庫本作「而無」。

④「斡」，弘治本同元刊明補本；薈要本、四庫本作「幹」，形似而誤。

⑤「矣」，弘治本、薈要本同元刊明補本；四庫本作「哉」。

●鹿庵先生《江南平告天地文》：「伏以時逢喪亂，岳瀆分疆，運屬休明，乾坤一統。睠靖康之餘孽，據江表以偷生，依阻山谿，動摇戈甲。不修歲幣，久虧事大之儀；留止行人，永絶親鄰之好。既興師而問罪，即列陳以長驅。戈船浮鄂渚之波，鐵馬渡松關之險①。方知力屈，始悔前非。遂奉表以求哀，願納地而入覲。宋主某已於某月日來至闕下②，其江南郡縣人民已委官撫治了當。是皆上帝垂祐，靈祇降祥，欲康功普被於黔黎，故盛事施及於沖眇。尚祈昭監，永錫休嘉。」

《告太廟文》：「伏以踐祚守文③，蹤奉已成之業④；繼志述事，敢忘未集之勳？眷靖康亡滅之餘，擅吴會膏腴之壤。依憑江險，壅隔皇風。累興問罪之師，猶守執迷之意。逮戈船飛渡，列城土崩⑤，始悟前非，方圖改過。遂稱臣而奉表，願納地以歸朝。宋主某已於某月日來至闕下，其江南郡縣人民已委官撫治了當⑥。朔雪炎風，盡書軌混同之地；商孫夏裔，皆烝嘗助祭之臣。顧沖眇以何功，實祖宗之餘廕。尚祈昭監，永錫休嘉⑦。」

《瀛國公制辭》：「時逢屯否，岳瀆分疆，運值休明，乾坤一統。眷靖康之餘裔，擅吴會之奥區。遠隔華風，久睽鄰好。我國家誕膺景命，奄有多方。炎風朔雪之鄉，盡修職貢；若木虞淵之地，靡不來庭⑧。罄六合以混同，豈一方而獨異？用慰徯蘇之望，爰興問罪之師。戈船飛渡，而天塹無憑；鐵馬長驅，而松關失險。宋主趙某乃能察人心之向背⑨，識天道之推移，正大姦誤國之誅，斥羣小浮海之議。決謀宫禁，送款軍門，奉章奏以祈哀，率親族而入覲。是用昭示大信，度越彝章，位諸台輔之尊，爵以上公之貴。可開府儀同三司、檢校司徒、瀛國公。主者施行。」

【校】

①「渡」，弘治本、薈要本同元刊明補本；四庫本作「度」，亦可通。

②「於」，弘治本、薈要本同元刊明補本；四庫本脱。

③「祚」，弘治本、薈要本同元刊明補本；四庫本作「阼」，亦可通。

④「蹤」，弘治本、薈要本、四庫本作「雖」。

⑤「城」，元刊明補本作「成」，半脱；弘治本作「明」，非；薈要本作「國」；據四庫本改。

⑥「了」，元刊明補本作「子」，據弘治本、薈要本、四庫本改。

⑦「休嘉」，弘治本、薈要本同元刊明補本；四庫本作「嘉休」，倒。

⑧「靡」，弘治本同元刊明補本；薈要本、四庫本作「無」，妄改。

⑨「宋」，薈要本、四庫本同元刊明補本；弘治本作「末」，非。

●「涼威肅酒與甘張，沙是燉煌瓜晉昌①。」徒單侍講括②。

【校】

①「煌」，弘治本、四庫本同元刊明補本；薈要本作「熄」，形似而誤。

②「徒單侍講括」，弘治本、四庫本同元刊明補本；薈要本闕。

●至元六年，行用元寶鈔止七十餘萬錠。予時爲御史，曾照刷提舉司文按，故知。

●至元七年，天下軍民并析居總二百三十二萬户①。

【校】

①「析」，元刊明補本、弘治本作「折」，形似而誤；薈要本作「祈」，形似而誤；據四庫本改。

●天干地支。天有五陰、五陽，爲十幹；地有六柔、六剛，爲十二支。

●九州地畝數。《後漢·郡國志》注：「九州之地，凡二千四百三十萬八千二十四頃。定墾者九百二十萬八千二十四頃，不墾者一千五百萬二千頃。」

●哲宗孟后，元祐七年太皇太后以六禮儀制娉入宮①：奉迎使、發策使、告期使、納成使、納吉使、納采使。皆以僕射左右丞攝太尉充使②。

【校】

①「娉」，弘治本、薈要本、四庫本作「聘」，亦可通。

②「充」，四庫本同元刊明補本；弘治本、薈要本脫。

●《六帖說》：「白樂天作類書，名《六帖》。《通典・選舉門》載：『唐制，開元中行課試之法。帖經者，以所習經掩其兩端①，中間微開一行，裁紙爲帖。凡帖三字，隨時增損，可否不一，或得四、得五，得六者爲通。』此『六帖』之名所從起也。『六帖』云者，取中帖之數以名其書，期于必中選也。」

【校】

①「以所」，元刊明補本、弘治本作「所以」，據薈要本、四庫本改。

●鹿庵命擬《復立按察司手詔》①：「以一身之微，惟萬事之統。不遑夙夜，常切憂勤。顧七道之提刑，擴六條而從事。近因省革，偶值停閒。然非違稽緩之愆，縱令弗問；恐伺便譸張之者②，爲害滋深。仍轉側以詳思③，非監臨而罔益。據所在按察司照依已降條畫，依舊設立施行。於戲！鷹隼當搏擊之任，不與護恐反爲傷④；琴瑟既更張之餘，識大體乃爲稱職。」⑤

【校】

①「詔」，弘治本、薈要本同元刊明補本；四庫本作「詔條」，衍。

②「者」，弘治本同元刊明補本；薈要本、四庫本作「際」。

③「詳」，弘治本同元刊明補本；薈要本、四庫本作「周」。

④「反爲」，元刊明補本、弘治本作「爲反」，倒；據薈要本、四庫本改。

⑤此條、「樂天每作歌詩成」條、「正大七年」條，依次在卷九七「嘗讀後宋布衣徐理所進律鑑書」條下重出，卷九七從此處省。「正大七年」條中「既而公拜禮部尚書，贄入賀」一語在元刊明補本、弘治本中作「而公拜禮部尚書，入賀以成之」。

●「樂天每作歌詩成，須令其家老嫗聽讀，能通解其旨意辭，爲之定體。此無他，不過通俗近人情而已。特表而出之，且爲艱澀無謂之戒。」西溪云①。

【校】

①「西溪云」，弘治本同元刊明補本；薈要本、四庫本移於本條之首。

●正大七年，亳州節使趙庭玉詔别有擢用①，其子贄時爲省知除掾，既定省，公問以召之之意，贅曰：「以嫌疑故，特回避。」既而公拜禮部尚書，贅入賀。

【校】

①「亳」，元刊明補本、弘治本作「毫」，據薈要本、四庫本改。

●予嬰年見神川劉先生三蘇文讀不去手①，因問於先大夫，曰：「古人有言：『蘇文熟，啖羊肉；蘇文生，啜菜羹②。』豈此之謂也？」

【校】

①「文」，薈要本、四庫本同元刊明補本；弘治本作「交」，形似而誤。

②「羹」，弘治本同元刊明補本；薈要本、四庫本作「根」，聲近而誤。

●宋末下時，江南謠云：「江南若破，百雁來過。」當時莫喻其意。及宋亡，蓋知指丞相百顏也①。夫熒惑之精下散而爲童謠，不爾，何先事如此？

【校】

①「百顏」，弘治本同元刊明補本；薈要本、四庫本作「伯顏」。

●《宋真宗東封升中圖》。嶽頂有五色雲，山下環衛以甲馬。

●金道陵《元會圖》及《郊天儀仗圖》、《郊天圓丘圖》。曾聞某官説「當時掌禮者房千里，中外幾用人三萬」，未知方澤制度與此何若？

●唐張説家藏明皇開元初《東封圖》。有説。

●宋范石湖《攬轡録》記興陵見宋使儀衛：戊子早入見①，循東西御廊北行。廊幾二百間，廊分三節，每節一門。將至宫城，廊即東轉，又百許間，其西亦然。亦有三出門②，中馳道甚闊，兩傍有溝，上植柳。廊脊皆以青琉璃瓦覆，宫闕門户即純用之。北即端門十一間，曰「應天之門」。下開五門，兩挾有樓③，如左右昇龍之制。東西兩角樓④，端門内有左、右翔龍門，日華、月華門，前殿曰大安殿。使人自左掖門入，北循大安殿東廊，入敷德門東北行。直東，有殿宇，門曰「東宫」。直北，面南列三門，中曰書英，是故壽康殿母后所居，西曰會通門。自會通北入承明門。又北，則昭慶門。東則集禧門，尚書省在門外，東西則左、右嘉會門。門有樓⑤，即大安殿後門。之後至幕次，黑布拂廬。待班有頃，入宣明門，即常朝後殿門也。門内庭中列衛士二百許，人貼金雙鳳幞頭，團花紅錦衫，散手立。入仁政隔門，至仁政殿下，團鳳大花氈可半庭。殿兩傍有朵殿，朵殿上兩高樓曰東、西上閤門。兩廊悉有簾幕，中有甲士。東西御廊循檐各列甲士⑥。東立者紅茸甲，金纏竿槍⑦，黄旗畫青龍。西立者碧茸甲，金纏竿槍，白旗畫黄龍。至殿下皆然。惟立於門下者皂袍，持弓矢。殿兩階雜列儀物幢節之屬，如道家醮壇威儀之類。使人由殿下東行，上東階，卻轉南，繇露臺北行入殿閾⑧，謂之欄子。金主幞頭，紅袍玉帶，坐七寳榻。皆有龍水大屏風，四壁帟幕皆紅繡龍⑨，栱斗皆有繡衣⑩，兩楹間各有大出香金獅鑾⑪。地鋪禮佛毯，可一殿。兩傍玉帶金魚或金帶者十四五人，相對列立。遥望前後，殿屋崛起甚多，制度不經，工巧無遺力⑫。煬王亮始營此都，規摹出於孔彦舟。役民夫八十萬，兵夫四十萬，作治數年，死者不可勝計。

【校】

①「戉」，薈要本、四庫本同元刊明補本；弘治本作「戊」，形似而誤。「早」，弘治本作「干」，半脱；薈要本、四庫本作「日」。

②「有三」，弘治本、四庫本同元刊明補本；薈要本作「三節」。

③「挾」，弘治本同元刊明補本；薈要本作「掖」；四庫本作「腋」。

④「兩」，薈要本、四庫本同元刊明補本；弘治本作「西」，形似而誤。

⑤「門」，元刊明補本、弘治本、薈要本作「二」，據四庫本改。

⑥「列」，弘治本、薈要本同元刊明補本；四庫本作「立」。

⑦「纏」，元刊明補本作「經」，據弘治本、薈要本、四庫本改。

⑧「繇」，弘治本同元刊明補本；薈要本、四庫本作「由」，亦可通。

⑨「帟」，弘治本、四庫本同元刊明補本；薈要本作「帟」，亦可通。

⑩「栱」，四庫本同元刊明補本；弘治本、薈要本作「拱」，形似而誤。

⑪「楹」，弘治本同元刊明補本；薈要本、四庫本作「檻」。

⑫「巧」，弘治本、四庫本同元刊明補本；薈要本作「乃」，非。

●《和宋書》：「皇天眷命大蒙古國皇帝致書于南宋皇帝：爰自平金之後，蜀、漢、荆、揚，拏兵幾三十年①，交聘非一，卒無成約。比者川蜀擣虚，荆湖批亢，生靈有塗炭之苦，戰士有暴露之勞，朕甚憫焉。是以即位之始，首議寢兵，用示同仁，以彰兼愛，期於休息元元焉②，天下共饗有生之樂而已。且南交、廣而西巴、蜀，北長江而東滄海，分兵守險，彼所恃以爲國者也。今戰艦萬艘，既渡江以扼海；鐵騎千羣，復踰廣而出蜀。四塞無結草之禦，六軍有破竹之威，人所共知，不必徧舉於此時也。非不能掎角長驅，水陸並進。秋風虎旅，指揮看浙江之潮③；春露鯨杯，談笑挹吴山之翠。蓋以佳兵不祥，素所不喜；守位以仁，今之本心。又況靖康南北釁端，初無盤錯大故，非如女直、西夏④，惡積仇深而不可解者也。往者彼己勝負之事⑤，往來曲直之辭，各有攸當，置而勿論，自今作始，咸取一新。故先之以信使，申之以忱辭，告寶位之初登，明朕心之已定。惟親王上宰，能報聘之一來；則保國樂天，必仁智之兩得。苟盡事大之禮，自有歲寒之盟。若乃憂大位之難繼，慮詭道之多方，坐令失圖，自甘絕棄，則請修浚城池，增益戈甲，以待秣馬利兵，會當大舉。論天時，則炎瘴一無畏憚；論地險，則江海皆所習知。必也窮兵極討，一決存亡而後已。力之所至，天其識之，禍自彼挑，此無可慊。在我者至誠可保，在彼者聽所擇焉。毋循前例，止作虛文。時薦清和，善綏福履。不宣白。庚申年四月七日開平府行⑥。」

【校】

①「三」，元刊明補本殘作「二」；據弘治本、薈要本、四庫本改。

②「焉」，弘治本、薈要本同元刊明補本；四庫本作「使」。

③「看」，薈要本、四庫本同元刊明補本；弘治本作「着」，形似而誤。

④「女直」，弘治本、薈要本同元刊明補本；四庫本作「女真」，亦可通。

⑤「己」，弘治本同元刊明補本；薈要本、四庫本作「我」，妄改。

⑥「庚申」，弘治本、薈要本同元刊明補本；四庫本作「庚寅」。

●李翰林欽叔一日與杜仲良在茶肆中，有司召公甚急，公曰：「無佗，多是要撰文字。渠留此勿去，少當即來。」已而果至，曰：「爲《戒諭百官草詔》。」適當筆者應奉程天翼，程初入供職，有猝不易稱者。公遂立草五百餘字，允協事宜，甚稱上意。其辭曰：「朕新即大位，肇親萬機，國事寔爲未明，政統猶懼多闕。尚賴爾文武多士，內外庶寮，上下同心，始終戮力，以副遺大投艱之託，共成興滯補廢之功。然而養資考者每務於因循，嗜閑逸者或託於疾病①，因之積弊，習以成風。事至於斯，朕將何賴？蓋嘗深惟百姓勤勞之意，尚不能忘累聖涵養之仁。服田力穡，而以給租庸；輓粟飛芻，而不憚征繕。況爾等世膺高爵，身享厚恩？夫有國乃可以有家，而爲臣亦猶爲子②。未有國不安而家可保，必須臣竭力而君以寧。加之事屬方殷，時丁多故，舊疆待乎恢復，强敵期于削平。正當經營之秋，難行姑息之政。朕既夙宵軫念，庶幾弘業以昭功；爾其朝夕在公，豈宜翫歲而愒日？夫湯刑以儆具位，周典以正百官。兹出話言，以爲明訓。掌刑者有法可奉，毋使有寃抑之情；典選者有格可循③，毋妄求疏駁之節；錢穀當審知取予，毋吝于出納之間；臺諫當指陳是非，毋涉于細碎之事；司農以敦本察吏，不可苟且而曠職司；牧民以扶弱抑强，不可聚斂而營私計。至于大而分閫，小而掌兵，固當志殄寇讎，日闢土宇。受朝廷之託，必思報國；念功臣之後，常恐辱先。又豈可平居或冒于糗糧，臨事或生于畏懼？視郡縣之官，安分于彼此；役部伍之卒④，不計于公私。凡有我官⑤，所當共戒。其敬遵于邦憲，務恪慎于官箴，享富貴于當年，垂功名于身後。且賞罰期于信必，而功罪貴乎正明。兹誠前代之良規，亦我祖宗之已事。今當仰法，要在決行。於戲！任賢使能，周室果聞于興復⑥；綜名核實，漢家遂至於肅清。公勤者賞不敢私，弛慢者刑兹無赦，各勤爾職，明聽朕言。故兹詔示，想宜知悉。」

【校】

①「閑逸」，弘治本同元刊明補本；薈要本、四庫本作「閒適」。

②「猶」，弘治本、薈要本同元刊明補本；四庫本作「猶夫」，衍。

③「循」，薈要本、四庫本同元刊明補本；弘治本作「修」，非。

④「役」，薈要本、四庫本同元刊明補本；弘治本作「後」，形似而誤。

⑤「有我」，弘治本同元刊明補本；薈要本、四庫本作「我有」。

⑥「于」，薈要本、四庫本同元刊明補本；弘治本作「乎」，亦可通。

●《賜國用安鐵券文》①：「皇帝若曰：咨爾内族英烈、戡難保節忠臣、儀同三司、都元帥兼平章政事、兖王完顔用安②，大邦維屏，古有格言，王府藏勳，賞存舊典。卿台階孕秀，海岳儲靈，天賦忠貞，性資明敏。初爲兒戲，營壘已成；長學神機，風雲暗曉。方將提挈義旅，勤勞王家③，服金革以不辭，冒矢石而有勇。頃遭逢於多壘，偶陷没於他邦。而能臨事見機，去僞從正，變疾風雨，謀先鬼神。一舉而患難殄殲，不時而州縣皆復④。聽聞如此，歎矚久之。朕方總攬英雄，興建功業，體天地含弘之德，厚君臣終始之恩。胙爾以諸王之封，寵爾以上公之位。氏族已書于玉牒，勳業復紀於太常。同三司之威儀，建大將之旗鼓。蓋欲宥及于十世，何嫌恩積于一門⑤？泰山、黄河，永及爾裔；皇天、后土，實聞斯言。肆申白馬之盟⑥，庸示丹書之約。嗚呼！謂予不信，鑑詩人皦日之辭⑦；弗與同心，如文公白水之誓。尚奉非常之渥，以保無疆之休。」此是左丞李實之子介然所作，時爲翰林修撰。

【校】

①「國」，弘治本、薈要本同元刊明補本；四庫本作「完顔」。

②「事」，元刊明補本、弘治本脱，據薈要本、四庫本補。

③「王」，薈要本、四庫本同元刊明補本；弘治本作「主」，形似而誤。

④「復」，弘治本同元刊明補本；薈要本、四庫本作「服」，聲近而誤。

⑤「何」，弘治本作「伺」，訛字；薈要本、四庫本作「不」，亦可通。

⑥「盟」，弘治本同元刊明補本；薈要本、四庫本作「言」，妄改。

⑦「辭」，弘治本同元刊明補本；薈要本、四庫本作「言」。

●鹿庵云：「世稱米南宫者，言禮部也，自唐已來見稱。或云指太常也，米芾嘗爲太常官。」

●宋高宗善書學，擇諸王命史彌遠教之，視可者以繼統，孝宗其一也。高宗因出秘府《蘭亭》，使之各書五百本以試其能。孝宗不旬日臨七百本以進。

●司馬公注《古文孝經》①，首章作「仲尼閑居，曾子侍坐」，《廣揚名篇》於「故治可移於官」後有「閨門之内具禮矣乎嚴父嚴兄」之辭。

【校】

①「司馬公」，弘治本同元刊明補本；薈要本、四庫本作「司馬温公」。

●《續夷堅志》載：「廣府某官苦蛇毒，取雄黄貯紗囊中，挂四壁間。既而承塵上日流黑汁，視之，有巨蛇一，衆蛇十數，皆腐潰而死。自是府舍清安，絶無毒物蟠蟄。」

●鹿庵云：「青詞主意，不過謝罪禳災、保佑平安而已。」

●《宋史·王安石傳論》：「安石謂『天變不足畏，祖宗不足法，人言不足恤』，雖少正卯言僞而辯、行僻而堅，王莽以六經文姦，言不是過也。」

●東坡論浩然之氣：「在身爲氣，見於行事爲節，合而言之爲道，故剛而不餒。」

●歐陽公云：「韓愈不獲用於世，脩用於世而不盡。」

●青陽夢炎説：「《春秋》書『春王正月』，本無深意，周雖建子，其紀年實用夏正，觀《豳》、《國風》爲可見矣。只爲《左氏》書『周正月』，故後人説謂以夏時冠周月。」又謂：「《公》、《穀》雖迂遠①，義理最明；《左氏》尚文辭，卻差了義理。」

【校】

①「《公》、《穀》」，弘治本同元刊明補本；薈要本作「《穀梁》」，妄改；四庫本作「《穀梁》」，既改且誤。

●許魯齋説：「班固作《古今人表》，分九等，恐昔人心術行事不易知也。如孔子稱四科，言語：宰我、子貢，至哀公問社，食稻衣錦曰安，皆爲失對。稱『管仲之器小哉』，而曰『如其仁，如其仁』。伊尹謂『不以堯、舜之道事君治民，是賊君民也』，而佐湯伐桀。其前後不同如此。」又云：「聞獲玉山賊首害陳宣慰祐者①，斬揚州市。」予即曰：「若陳爲善之心②，不宜罹此。今若是，命也。如果得其賊，天理爲不泯矣！」魯齋爲肯首。

【校】

①「聞」，元刊明補本、弘治本作「間」，據薈要本、四庫本改。「玉」，弘治本、四庫本同元刊明補本；薈要本作「云」，非。「慰祐」，元刊明補本作「慇祜」，據弘治本、薈要本、四庫本改。

②「若」，薈要本、四庫本同元刊明補本；弘治本作「君」，形似而誤。

●柳文《五就桀贊序》云：「伊尹，聖人也，不夏、商乎心，心乎生民而已。曰：『孰能由吾言？由吾言，爲堯、舜；而吾生人，堯、舜人矣！』退而思曰：『湯誠仁，其功遲；桀誠不仁，朝吾從而暮及於天下可也。』於是就桀。至於卒不可，乃相湯伐桀，俾湯爲堯、舜，而人爲堯、舜之人。吾所以見伊尹急生人之大。」

●《唐會要》：「貞觀十四年，陜州刺史房仁裕奏：『臣所管界内正月九日河變清者，首尾三百余里。』」京房云：「河水清，天下平。」宋少卿云：「所清處，天地之氣上下澄徹，故清亦如霜降水潦收而清也。」

弘道又説：「文與可《送東坡通判杭州詩》云：『北客若來休問事，西湖雖好莫吟詩①。』坡初以爲常，及遭事，乃知與可爲知幾。」

【校】

①「吟」，弘治本同元刊明補本；薈要本、四庫本作「唫」，亦可通。

●《相如傳》云：「倒景者謂人在天上，下視日月，故曰倒景。」

●課税所立於合罕皇帝即位之元年①。

【校】

①「合罕」，弘治本、薈要本同元刊明補本；四庫本作「哈罕」。

●諺云：「平生避車，不遠一舍。」

●李受益説：「宋人文廟位次，列子思於孟子上。」

●德州城壁塹高深，城門内起直城前障，掩蔽内外。左右慢道①，其尾相屬。俗傳云：「皆顔魯公制也。」

【校】

①「慢」，弘治本同元刊明補本；薈要本、四庫本作「幔」，形似而誤。

●宋《校正禮部韻》説：「廿字本音入，今人作二十字用。卅字本音鈒①，今人亦作三十字用。」

【校】

①「鈒」，元刊明補本、弘治本作「鈒字」，衍；據薈要本、四庫本改。

●近杭州遺火，燒五萬餘家。延及御史臺、少府監，燼焉。至秘書監，救得免。有人作賦一聯云：「公道不行，臺遂焚於御史；斯文未喪，省僅存於秘書①。」

【校】

①「省」，弘治本、薈要本同元刊明補本；四庫本作「監」。

●觀顏魯公《忠義堂》等帖，偶悟公書勁而潤，蓋筆善轉而韻勝故也。

●何參政繼先說：「大名宣撫司參議烏古論貞區處事機甚有決斷①。時奉朝旨：『死囚呈省待報，其餘邊關雜犯皆從便處決。』時圍李璮於濟南，人心中外不安。烏議一切重刑，欲皆戮之，使由子明已下皆以違制不從。烏與左丞闊子清謀曰：『璮賊未下，魏爲西鄰，不便宜從事，無以震讋衆庶。』竟戮之市。人稱臨事知權變云。貞字正卿，小字四和焉，前朝近侍局大使。」

【校】

①「撫」，薈要本、四庫本同元刊明補本；弘治本作「極」，非。「烏古論貞」，弘治本、薈要本同元刊明補本；四庫本作「烏庫哩貞」。

●晦翁《明道論性説》：「生之謂性，止生之謂也。天之付與萬物者謂之命，物之稟受於天者謂之性。然天命流行，必二氣五行交感凝聚，然後能生物也。性命，形而上者也；氣，則形而下者也。形而上者一理混然①，無有不善；形而下者則紛紜雜糅②，善惡有所分矣。故人物既生，則即此所稟以生之氣，而天命之性存焉。此程子所以發明告子生之説③，而以性即氣、氣即性者言之也。

皆水也，止各自出。此又以水之清濁譬之。水之清者，性之善也。流至海而不汙者，氣稟清明，自幼而善，聖人性之而全其天者也④；流未遠而已濁者，氣稟偏駁之甚，自幼而惡者也；流既遠而方濁濁者⑤，長而見異物而遷焉⑥，失其赤子之心者也。濁有多少，氣之昏明純駁有淺深⑦，不可以濁者不爲水，惡亦不可不謂之性也。然則人雖爲氣所昏⑧，流於不善，而性未嘗不在其中。故人不可以不加澄治之功。惟能學以勝氣，則知此性渾然，初未嘗壞，所謂元初水也。東坡云：『昔之爲性論者，孟子以爲善，而荀子以爲惡，楊子以爲善惡混，而韓愈氏又取夫三子之説而折之以孔子之論，離性以爲三品，曰「中人可以上下，而上智與下愚不移」。言孔子之所謂⑨「中人可以上下，而上智與下愚不移」者，是論其材也；而至於言性，則未嘗斷其善惡，曰「性相近也，習相遠也」而已。』」

【校】

①「混然」，弘治本同元刊明補本；薈要本、四庫本作「渾然」，亦可通。

②「糅」，弘治本同元刊明補本；薈要本、四庫本作「揉」，亦可通。

③「告子」，弘治本、薈要本同元刊明補本；四庫本作「孟子」。

④「性」，四庫本同元刊明補本；弘治本作「陸」；薈要本作「順」。

⑤「濁」，弘治本同元刊明補本；薈要本、四庫本脱。

⑥「長」，弘治本、四庫本同元刊明補本；薈要本作「及長」，衍。

⑦「駁」，薈要本、四庫本同元刊明補本；弘治本作「驗」，形似而誤。

⑧「昏」，弘治本、四庫本同元刊明補本；薈要本作「習」，非。

⑨「言」，弘治本、薈要本同元刊明補本；四庫本作「然」。

●晦翁《象刑説》：「周穆王五刑皆贖，復舜之舊。不察舜之贖，初不上及五刑，而穆王之法，亦必疑而後黷。穆王之事，以予料之，殆必由其巡遊無度，財匱民勞。至其末年，無可爲計，乃特爲此一切權宜之術以自豐，而又託於輕刑之説以違道，以干譽耳。」

●鹿庵問惲匡衡爲相何如，對曰：「學術有餘，忠蹇不足。」先生爲然。①

【校】

①此條，弘治本、薈要本同元刊明補本；四庫本以與卷九四「予嘗問匡衡相業於先生」條相似，未收。

●觀蜀工孫知微人樣渡海觀音像①，足前有謂小百花者，蓋作一大青荷葉，上布散諸天花，故云。又觀馬雲卿臨吴道子《轉山北斗圖》，凡七人，中有被甲者。又觀周宣王宣榭敦，考其款文，至至元戊寅二千年矣。

【校】

①「人樣」，弘治本同元刊明補本；薈要本闕；四庫本作「造樣」。

●顔魯公書《出師表》，後題「乾元元年戊戌歲蒲州刺史顔真卿奉勑書」。予以謂雖顔氏童僕尚不至此，恐是世俗好事者爲之。

●盧摯説：「嘗聞諸先輩：漢去三代最近，高祖有爲之主，不能革去秦弊，復井田、封建之制，此最何之可責①。」因與論作文，當於易中求難，難中求易。相鑑之作，當以蕭何爲首。一日，左丞姚公謂余：「不若自臯、夔始而下，自無首尾爲間。」余詳思處變之極，反經而不失其正者，莫伊、周爲大，故自阿衡爲首。

【校】

①「最何之可責」，弘治本、薈要本同元刊明補本；四庫本作「蕭何之責」。

●宋賓客云：「河水清，河陰精。本濁而反清①，不惟異常，亦水氣之極盛也。」

【校】

①「反」，弘治本、薈要本同元刊明補本；四庫本脱。

●李受益云：「祖宗次序，自曾祖已上爲五代祖，增而上之也。」

●鹿庵云：「今之聲韻，始自沈約。及説今《禮部韻》①，如十灰、十三元，音殊不協②，何以知其自約始？以《文選》前聲韻不謹嚴乃知③。」

【校】

①「説」，弘治本、薈要本同元刊明補本；四庫本作「觀」。

②「殊」，弘治本、四庫本同元刊明補本；薈要本作「韻」。

③「乃知」，弘治本、薈要本同元刊明補本；四庫本作「知之」。

●鎮國寺柏上生芝，中宮有旨，令院官究其祥以進，因與李受益具事實如左：「《論衡》云：『芝生於土。土氣和，故芝草生。』《古瑞命記》：『王者慈仁，則芝草生。』《瑞應圖》：『王者敬事耆老，不失故舊，則芝草生。』《酉陽雜俎》云：『屋柱木生芝，黄者爲喜。』《陶隱居》云：『今世用芝，此是樹本枝上所生，狀如木檽。音軟。』《抱朴子》云①：『木芝者生於柏脂②，名曰木威喜③，夜視有光。』《本草經》云④：『霍山生赤芝，名曰丹芝；常山生黑芝，曰天芝；泰山生青芝，曰龍芝；華山生白芝，曰玉芝；嵩山生黄芝，曰金芝。』唐公遠《靈芝經》曰⑤：『芝，木之精也。芝四季皆生，名曰春精、夏精、秋精、冬精。』又曰：『青芝一枝，應木酒也。』」

【校】

①「抱」，元刊明補本、弘治本作「枹」，據薈要本、四庫本改。

②「柏」，弘治本、四庫本同元刊明補本；薈要本作「松」。
③「木」，薈要本、四庫本同元刊明補本；弘治本作「未」，形似而誤。
④「經」，弘治本、薈要本同元刊明補本；四庫本脱。
⑤「遠」，弘治本、四庫本同元刊明補本；薈要本作「曰」，涉下而誤。

●宋敏求《春明宫退朝録》：「唐禮部郎中知省中詞翰，爲南宫舍人，百日後必知制誥。」又載：「《初學記》，唐玄宗爲諸王從學時，命徐堅定撰。雖名『初學』，終身觀之可也。」

●雪庵李禪師與余觀柳誠懸書《何進滔碑》，李云：「柳書法度最備。」予曰：「然。然誠懸書令人易厭，不若魯公筆法愈觀而意無窮也。柳窘於法度，取媚於一時①，中枯而無物；顔意無窮，蓋以忠義之氣中冠之故也②。」雪庵爲肯首。

【校】

①「於」，弘治本同元刊明補本；薈要本作「于」；四庫本脱。
②「冠」，弘治本同元刊明補本；薈要本、四庫本作「貫」，亦可通。

●劉太保常云：「《中興頌》雄偉，如「駈」之一字，若千金駿馬倚丘山而立。」

●歐陽率更三帖①：一《姚將軍墓誌》，二《化度寺碑》，三《追贈隋潭國公詔》②，時貞觀五年也。《化度碑》，李百藥文。率更規模，一出《黄庭》，至奇古處，乃隸書一變爾。

【校】

①「陽」，元刊明補本、弘治本脱，據薈要本、四庫本補。

②「潭」，薈要本同元刊明補本；弘治本作「禪」，非；四庫本作「譚」。

●李禪師說：「作字有得筆意時，有得布置時。」

●趙大中庸說：「嘗見遺山與張緯文相謔，見碑文過，俞曰①：『遺山又貨了一平天冠也。』」

【校】

①「俞」，弘治本、薈要本同元刊明補本；四庫本作「余」。

●鹿庵說：「董奉御近贈一歙硯，殊發墨，且增其色①。」

【校】

①「且增其色」，弘治本、四庫本同元刊明補本；薈要本脱。

●馬雲漢説：「太庾麥無芒圓大①，謂之『和尚麥』。」

【校】

①「太庾」，弘治本作「太庚」；薈要本、四庫本作「大庾」。

●後宋宰相韓侂胄嘗改諸州後園蓮沼爲放生池①，詞臣高文虎作記，有云：「鳥獸魚鼈咸若，湯王所以基商。」後高作主司，出硬題困舉子，一科生以高用事誤②，作一小詞嘲云：「高文虎，誇伶俐，萬苦千辛，作箇《放生池記》。從頭無一字説及朝廷，只把侂胄歸美。夏王道『我不是商王，鳥獸魚鼈是你③』。」

【校】

①「韓侂胄」，元刊明補本、弘治本作「韓托胄」，據薈要本、四庫本改。

②「生」，弘治本、四庫本同元刊明補本；薈要本作「至」，非。

③「你」，元刊明補本作「祢」，形似而誤；據弘治本、薈要本、四庫本改。

●劉元城與司馬先生論玄宗初年焚珠玉於前殿①：「時有云：『焚之前殿②，蓋欲人知，此好名之心也。一日侈心復回，其弊有甚於此者。』晚年果如其言。」司馬公云：「惜乎史失其人姓名③，至今爲恨。」又云：「人君去賢任佞，譬如治病，飲良藥可愈，非良藥即死。明知之，只飲惡藥，既飲惡藥，非至死不已。」蓋玄宗暮年用相，知林甫、蕭嵩之佞④，用之甚久；知張九齡、韓休之賢，退之甚速。

【校】

①「司馬先生」，弘治本、薈要本同元刊明補本；四庫本作「司馬光嘗」。

②「前殿」，弘治本、薈要本同元刊明補本；四庫本作「前殿者」，衍。

③「人」，弘治本同元刊明補本；薈要本、四庫本脱。

④「嵩」，元刊明補本、弘治本作「崧」，據薈要本、四庫本改。

●張萱畫《則天朝六蕃圖》，其布置取則天《遊上苑詩》意：「明朝遊上苑，火速報春知。花須連夜發，不待曉風吹。」及《太宗朝蕃王》横軸①，文皇乘一花輿，四近侍肩舁。云閻立本筆。

【校】

①「及」，弘治本、薈要本同元刊明補本；四庫本作「又」。「横」，弘治本同元刊明補本；薈要本、四庫本脱。

●有詔集百官問鈔輕物重事，大學士王鹿庵對云：「物貴則不足，物賤則有餘，要以節用而不妄費，庶物貨可平。」

●宋少卿弘道説：「葬書分五姓、九星，又有棋旋、正式、風水。土丈二尺下爲土龍界，又丈二尺下爲水龍界，過此則吉。」又説：「唐太真改葬祖墓，上有紫藤一株，陰影甚茂。既伐去①，紫藤流赤津如血。不數年，劉氏滅之殆盡，因以往歲改葬②。」

【校】

①「既」，弘治本、四庫本同元刊明補本；薈要本作「既而」，衍。

②「以」，弘治本、四庫本同元刊明補本；薈要本作「憶」。

●先妣夫人靳氏初啓玄堂，其棺蓋上露珠交布成文①，如所結瓔珞然②，甚可觀也。復有二黄蝶飛出。其露華移時方晞③。宋公云：「在葬書，此子孫潤澤文華之兆。」别有記以書其詳。

【校】

①「上」，弘治本、薈要本同元刊明補本；四庫本脱。

②「瓔珞」，弘治本、薈要本同元刊明補本；四庫本作「纓絡」，亦可通。

③「晞」，抄本、四庫本同元刊明補本；薈要本作「稀」，亦可通。

●慶壽長老滿公曾住泰安天保寨，聞土人説①：「党竹溪未第時，家甚窘，至今其子爲人牧猪。」

【校】

①「土」，元刊明補本、抄本作「士」，薈要本、四庫本作「上」。

●燕城西南門曰「端禮」，有大定末劉無黨所撰《左丞唐括安禮碑》，有云「尹大興時，迎午休吏，燕雀語堂下，人不知有官府」之詞。

●康節與客遊嵩山，中涂，客指所憩樹問曰：「此何日枯悴？」先生久不對。客疑焉，曰①：「非不答，吾有所俟也。」俄一葉墜，先生曰：「比吾二人還，亡矣！」既回，樹已爲人伐去。占法蓋取葉墜時刻而定其存亡者焉。

【校】

①「曰」，抄本同元刊明補本；薈要本、四庫本作「答曰」。

●鹿庵與顒軒論事，顒軒曰：「天下事亦有不可以理概知者。」鹿庵大爲不然。徒單公曰：「謂如大城南柳樹，若不親覩，如何知東西幾行、大小幾株？」鹿庵爲默然。一座大笑。

●晦庵云：「張良、曹參二人皆學黄老，子房體用兼備，曹得其體而不得其用。」又云①：「漢自武帝朝，宰相但行文書而已。」

【校】

①「又」，元刊明補本作「文」，據抄本、薈要本、四庫本改。

王惲全集彙校卷第九十七

玉堂嘉話卷之五

●燕展築南城，係金海陵天德二年，見蔡無可《大覺寺碑》。

●《史記》不載蕭何修未央宫事，此非細事，馬遷漢史而不見書①，何謂？

【校】

①「漢史」，弘治本、薈要本同元刊明補本；四庫本作「作漢史」。

●青居山，古果州也。

●唐張嘉貞爲相，弟嘉祐官金吾將軍①，每上朝，軒蓋騶導盈閭巷②，時號所居爲「鳴珂里」。

【校】

①「官」，弘治本同元刊明補本；薈要本、四庫本作「爲」。

②「導」，弘治本同元刊明補本；薈要本、四庫本作「從」。

●源乾曜爲相，建言：「大臣子併求京職，俊乂率任外官，非平施之道。臣二息俱任京官，請出以補外，以示自近始。」詔可。又議者言：「執政與國同休戚，不崇異無以責成功。」上乃詔中書門下共食實户三百。堂封自此始①。

【校】

①「始」，弘治本同元刊明補本；薈要本、四庫本作「始焉」，衍。

●裴耀卿遷長安令。舊有配户和市法，人厭苦之。裴一切責豪門坐賈，豫給以直，僦欺之弊遂絶。

●李之儀端叔説：「《遺教經》係徐季海書。」李善尺牘，東坡所謂「手簡三昧」者也。三昧者，正定也。

●李屏山《釋迦贊》蓋出王勃《成道記》①，李但約散文而爲韻語耳。其《達磨讚》曰：「榔櫪者，稱杖也②。」

【校】

①「記」，抄本同元刊明補本；薈要本、四庫本作「説」，妄改。

②「楖」，抄本同元刊明補本；薈要本、四庫本作「榔」，形似而誤。「稱杖」，薈要本、四庫本元刊明補本，抄本作「禪杖」。

●遺山《新渠記》有云：「水至平而善利物。今以至平而爲不平，不争而爲必争，雖有萬折必東之心，終有七遇皆北之勢。」

●佛書曰獅子吼者，言説法與無畏也。四萬八千，言大數也。

●嘗讀後宋布衣徐理所進《律鑑書》，其序云：「律者，以實統虚者也。何謂虚？氣與聲也。氣之在天地間，或聚或散，聲之無色無形，故氣成於管，聲成於樂。」首取司馬遷法度。又説：「班固所作《律志》，全取對韻説，期於必中選也。」

●鹿庵先生説：「爲學務要精熟，當鎔成汁、瀉成錠、團成塊、按成餅。」惲以謂作文字尤當如是①。

又云：「東坡草字，爲寫時肘着紙上②，故筆轉處多不圓③。草書體貴輕，筆當持重；楷書筆貴精謹，而體尚寬綽。」

又説：「顔子壽夭不當只去顔子身上論它。自堯、舜已降，皋、夔、稷、契、周、孔，和氣所生者多矣。至於顔子，命數偶夭，亦不足怪。譬如人家昆仲五人，有三箇賢的，必有兩箇不肖的。」

【校】

①「字」，抄本同元刊明補本；薈要本、四庫本脱。

②「爲寫時肘着紙上」，抄本同元刊明補本；薈要本作「寫時爲以肘着實紙上」；四庫本作「寫時爲以肘著紙上」。

③「圓」，元刊明補本作「園」，據抄本、薈要本、四庫本改。

●郭若思説①：「天之分界，南至臨邑郡②，北至鐵勒部。日去地八萬里。交趾國日中人影在南。」

【校】

①「郭」，抄本、四庫本同元刊明補本；薈要本作「部」，形似而誤。

②「臨邑」，抄本、四庫本同元刊明補本；薈要本作「林邑」。

●王黄華《西京留守廳題名記》説：「趙武靈王既破林胡①，始城雲中。秦紹漢襲②，其名不改。元魏之興也，爲京師焉。西際大河，東連上谷，南阨中山③，北控五原，廣袤千餘里，規以爲甸服。逮遼德于晉，晉割山前代北十有六州以賂之，遼即魏之故基，攷位爲宮闕，是曰西京。」

【校】

①「趙」，元刊明補本、薈要本作「起」，據抄本、四庫本改。

②「秦」，抄本、四庫本同元刊明補本；薈要本作「蔡」，非。

③「阨」，抄本同元刊明補本；薈要本、四庫本作「扼」，亦可通。

●《六典》云：「父之姊妹，其姪稱之曰女伯、女叔。」

●唐《盧坦傳》：「舊制，官階、勳俱三品始聽設戟，後雖轉四品，非貶削者，戟不奪。自貞元已來，京師立戟者不十八家。」①

【校】

①是條，抄本同元刊明補本；薈要本、四庫本脱。

●唐《陸贄傳》云：「人君德合於天曰皇，合於地曰帝，合於人曰王。父天地，以養人治物，得其宜者曰天子。皆大名也。三代而上，所稱象其德，不敢有加焉。至秦，乃兼曰皇帝。流及後世，皆稱之君，始有『聖劉』、『天元』之號。故人主重輕不在稱謂，視其德何如爾。」

●宋弘道說其舅劉景玄先生善記。一日，友人與遊市，取染工曆①，令讀數回試之②。一覽背誦，不一字差③。又徒單侍講與孟解元駕之亦善誦記④，取新刊《稼軒樂府》吳子音前序⑤，一閱即誦，亦一字不遺。

【校】

①「曆」，抄本同元刊明補本；薈要本、四庫本作「簿」。

②「回」，元刊明補本作「面」，據抄本、薈要本、四庫本改。

③「不一字差」，抄本同元刊明補本；薈要本、四庫本作「一字不差」。

④「孟」，抄本、四庫本同元刊明補本；薈要本作「正」，非。

⑤「音」，抄本同元刊明補本；薈要本、四庫本作「晉」，形似而誤。

●詳定官張孝純說：「一士人候某官疾，既去，遺一藁於坐，視之，蓋預作祭文也。一日，又問一病友①，友曰：『且休放入，待探懷，無祭文相見。』」聞者大笑。

【校】

①「友」，弘治本、四庫本同元刊明補本；薈要本作「及」，形似而誤。

●米先生《端州斧柯山石説》①：「端州石出高要縣斧柯山。山前臨大溪，其絶頂，匠者於此鑿石，歲久乃成洞穴，今已極深邃。洞中常有水，至春冬水涸採石。中陰黑無所覩，但以手捫石，隨大小取之。凡石理之精麤，即良工往洞中，且不能別②，至於瑕玷璺脈，須出洞乃可識。故有累日月而不得一佳者。大抵以石中有眼者爲最貴，世謂之『鸜鵒眼』。蓋石文精美如木之有節也，不知者反以爲石病，吁，可痛哉！凡取石有四，曰上巖、下巖、西坑、後歷③。上巖之石最精，下巖次之。惟上巖之石乃有眼，眼之美者，皆緑、黄二色相重④，多者自外至心凡八九重。其狀皆圓，以色鮮美、重數而圓正者爲上⑤。其大者尤爲稀有，絶大者乃如彈丸。有布列硯中，或如北斗，或五星心房之形者，價不減數萬。其生於墨池之外，謂之高眼，其内者爲低眼。曰高眼者，以其不爲墨所漬掩，常可覩於前也。無眼者雖資質甚美，不出千錢。石之品有數種，其色正紫而微有青潤，無芒，叩之無聲，此近水者也；其色微紫而不深重，近日視之略似有芒，叩之有聲，此巖壁之石。二者最爲發墨，乃石至精者⑥。其次青紫參半，或紫而近赤，或青多紫少，皆石之下也。端人爲硯，凡色之不佳者須用佛桑花染漬之。初亦可愛，經水即如故。又山有自然團子，或云剖其璞而得焉，謂之子石。又謂石之有金線者爲美，此正其病也，端人亦不取云。唯材之大者尤爲難得，每購求方六七寸而亡病脈者⑦，固亦少矣。比歲所貢方硯者五，皆以尺爲準⑧，然止於巖石之中品。或眼，工人輒鑿去之，恐異日復求不可必致也。」

【校】

①「説」，抄本、薈要本同元刊明補本；四庫本作「説云」，衍。

②「且」，元刊明補本、薈要本作「上」；據抄本改。

③「歷」，薈要本、抄本同元刊明補本，抄本作「磨」。

④「二」，抄本、四庫本同元刊明補本；薈要本作「一」，形似而誤。

⑤「圓」，元刊明補本作「園」，據抄本、薈要本、四庫本改。

⑥「石」，抄本同元刊明補本；薈要本、四庫本作「石之」，衍。

⑦「購」，抄本同元刊明補本；薈要本、四庫本作「搆」，亦可通。「亡」，抄本、薈要本同元刊明補本；四庫本作「無」，亦可通。

⑧「尺」，元刊明補本、薈要本、四庫本作「及」，據抄本改。

●《太常新樂祭時開邸嶺上祖宗於藩邸文》①，其辭曰：「惟我烈祖誕受上帝之命，肇造區夏；先皇帝嗣守大業，卒其伐功。圖惟奉答神祐，光昭前烈，而祀典闕如。爰命多方，旁求先王之樂，八音遏逸，未潰于成。今予小子，肅將天子之明命，俾殿南服。聞時周禮，將具于我魯邦。欽命攸司，是徵是舉，匪攸敢私聞，庶用畢我先志，以對天之休②。神其格思。翰林學士徐威卿先生辭也③，官至集賢院大學士。

【校】

①「太常新樂祭時開邸嶺上祖宗於藩邸文」，弘治本同元刊明補本；薈要本、四庫本作「太常新樂祭祖宗於藩邸文時開邸嶺上」。

②「休」，弘治本同元刊明補本；薈要本、四庫本作「休命」。

③「辭」，弘治本同元刊明補本；薈要本作「文」；四庫本作「筆」。

●金《登科記序》①：「道散而有六經，六經散而有子史。子史之是非，取證於六經；六經之折中②，必本諸道。道也者，適治之路，天下之理具焉，二帝三王所傳是已。三代而上，道見於事業而不在於文章③；三代而下，道寓於文章而不純於事業④。故鄉舉里選，取人之事業也；射策較藝，取人之文章也。兩漢以經術取士，六朝以薦舉得人⑤，莫不稽舉於經傳子史焉。隋合南北，始有科舉。自是盛於唐，增光於宋。迄于金，又合遼、宋之法而潤色之，卒不以六藝爲致治之成法。進士之目名以鄉貢進士者⑥，本周之鄉舉之遺意也；試之以賦義、策論者，本漢射策之遺法也。金天會改元，始設科舉。有詞賦，有經義，有同進士，有同三傳，有同學究，凡五等。詞賦於東西兩京，或蔚、朔、平、顯等州，或涼，庭試。試期不限定月日⑦，試處亦不限定州府。詞賦之初，以經傳子史内出題⑧。次又令逐年改一經⑨，亦許注内出題。以《書》、《詩》、《易》、《禮》、《春秋》爲次⑩，蓋循遼舊也。至天眷三年⑪，析津府試⑫。迨及海陵天德三年，親試於上京。貞元二年，遷都於燕，自後止試於析津府。收遼、宋之後，正隆二年以五經、三史正文内出題。明昌二年，改令羣經子史内出題，仍與本傳。此詞賦之大略也。經義之初，詔試真定府，所放號七十二賢榜。迨及蔚州、析津，令《易》、《書》、《詩》、《禮》、《春秋》專治，一經内出題，蓋循宋舊也。天德三年，罷去經義及諸科，止以詞賦取人。明昌初，詔復興經義。此經義之大略也。天眷二年，令大河已南别開舉場，謂之南選。貞元二年，遷都于燕，遂合南北通試于燕。正隆二年，令每二年一次開闢，立定程限月日，更不擇日，以定爲例。府試初分六路，次九路，後十路。此限定月日分格也。天德二年，詔舉人鄉、府、省、御四試中第。明昌三年，罷去御試，止三試中第。府試五人取一名合試，依大定間例，不過五百人。後以舉人漸多，會試四人取一名，得者常不下八九百人。御試取奏旨。此限定場數、人數格也。自天眷二年，析津放第，於廣陽門西一僧寺門上唱名。至遷都后，命宣陽門上唱名。後爲定例。此唱名之格也。明昌初，五舉終場，人直赴御試，不中者別作恩榜，賜同進士出身。會元御試不中者，令榜末安插。府元被黜者，許來舉直赴部。初，貞祐三年，終場人年五十以上者便行該恩。此該恩之格也。大定三年，孟宗獻四元登第，特受奉直大夫⑬，第二第三人授儒林郎，餘皆從仕郎。後不得爲例。明昌間⑭，以及第者多，第一甲取五六人，狀元授一十一官，第二、第三人授九官，餘皆受三官。此授官之法也。進士第一，任丞、簿、軍防、判⑮；弟二，任縣令⑯。此除受之格也。近披閱金國《登科》，顯官陞相位及名卿士大夫間見迭出⑰，代不乏人。所以翼贊百年⑱，如大定、明昌五十餘載，朝野閑暇，時和歲豐，則輔相佐佑，所益居多，科舉亦無負於國家矣。是知科舉豈徒習其言說、誦其句讀、摛章繪句而已哉？篆刻雕蟲而已哉？固將率性修道，以人文化成天下，上則安富尊榮，下則孝悌忠信，而建萬世之長策。科舉之功，不其大乎！國家所以稽古重道者，以六經載道，所以重科舉也。後世所以重科舉者，以維持六經，能傳帝王之道也。科舉之功，不其大乎！庚子歲季秋朔日東原李世弼序。」

【校】

①「序」，弘治本、薈要本同元刊明補本；四庫本作「序云」，衍。

②「中」，弘治本同元刊明補本；薈要本、四庫本作「衷」，亦可通。

③「於」，弘治本、薈要本同元刊明補本；四庫本作「乎」，亦可通。

④「寓於」，弘治本、四庫本同元刊明補本；薈要本作「寓」，脱。

⑤「薦舉」，抄本、薈要本同元刊明補本；四庫本作「舉薦」，妄改。

⑥「目」，元刊明補本、抄本作「日」，據薈要本、四庫本改。

⑦「月日」，抄本、薈要本同元刊明補本；四庫本作「日月」，妄改。

⑧「以」，抄本同元刊明補本；薈要本、四庫本作「於」，亦可通。

⑨「改」，元刊明補本、抄本、四庫本作「改」，薈要本作「攷」。

⑩「書詩」，抄本、四庫本同元刊明補本；薈要本作「詩書」。

⑪「天眷」，元刊明補本作「夫眷」，據抄本、薈要本、四庫本改。

⑫「析」，元刊明補本、抄本、薈要本作「淅」；據四庫本改。後依次不悉出校記。

⑬「特」，抄本、四庫本同元刊明補本；薈要本作「直」。

⑭「間」，元刊明補本作「問」；據抄本、薈要本、四庫本改。

⑮「任」，抄本同元刊明補本；薈要本、四庫本作「授」。
⑯「弟」，抄本同元刊明補本；薈要本、四庫本作「第」，亦通。
⑰「間」，抄本、四庫本同元刊明補本；薈要本作「聞」，形似而誤。
⑱「百年」，元刊明補本作「百平」；薈要本、四庫本作「太平」；據抄本改。

●唐人《黄金臺詩》①：「燕昭北築黄金臺，四方豪俊乘風來。秦家燒書殺儒客，肘腋之間千里隔。去年八月幽州道，昭王墓前哭秋草。今年五月咸陽關，秦家城外悲河山。河山關頭車馬路，殘日青煙五陵樹。」徒單顒軒云：「此詩議論深長，甚可學也。」

【校】

①「詩」，抄本、薈要本同元刊明補本；四庫本作「詩云」，衍。

●皇甫湜《編年紀傳論》①：「古史編年，至漢司馬遷始更其制，而爲紀傳相承。」「且編年之作，豈非以事繫日、以日繫月、以月繫時、以時繫年者哉？司馬氏作紀，以項羽承秦②，以吕后接之③，亦以曆年不可中廢故也④。」

【校】

①「論」，抄本、薈要本同元刊明補本；四庫本作「論云」，衍。

②「項羽」，抄本同元刊明補本；薈要本、四庫本作「項羽氏」，衍。

③「后」，抄本、薈要本同元刊明補本；四庫本作「氏」。

④「故」，抄本同元刊明補本；薈要本、四庫本脱。

●均輸法起桑弘羊，謂市井百貨皆輸官坊，商賈不復貿易。

●唐禮部員外郎爲瑞錦窠。員外廳前有大石，碎諸州廢印於上。又掌圖寫祥瑞。令狐楚元和初任此員外郎，嘗有詩曰：「移石幾回敲廢印，開箱何處送新圖」是也。《退朝録》。

●疏廣云①：「賢而多財則損其志，愚而多財則益其過。且富者，衆之怨也。吾既亡以教子孫，不欲益其過而生怨。」「待君子以誠，治小人以術。反是，爲不仁不智矣。」

【校】

①「疏」，抄本、薈要本同元刊明補本；四庫本作「漢疏」。

●《東銘》似乎兼愛①，其實理一而分殊。

【校】

①「東」，抄本、四庫本同元刊明補本；薈要本作「西」。

●漢制：州郡佐史自長史以下皆太守、刺史自辟①，如杜高則楊震所辟，李膺則胡廣所辟。

【校】

①「刺史」，抄本同元刊明補本；薈要本、四庫本脱。

●唐制：採訪、節度官屬自判官已下得自辟。舉未報則稱攝，已命則同正。如杜甫則嚴武所辟，韓愈則董晉所辟。

●三司使謂鹽鐵、度支、置制條例司。

●歐參政云：「天下之事，惟宰相得行，惟臺諫得言。」

●漢時長安北七百里即匈奴之地。

●長城始築自趙簡子議者。亘千里，人治一步，役三十①。

【校】

①「十」，薈要本、四庫本同元刊明補本；抄本作「千」。

●秦制：商鞅佐秦，以爲地利不盡，更以二百四十步爲畒，百畒給一夫。又以秦地曠而人寡，晉地狹而人夥①，誘三晉之人耕而優其田宅，復及子孫，使秦人應敵於外。非農與戰，不得入官，大率百人以五十人爲農，五十人習戰，故兵强國富。

【校】

①「地」，元刊明補本、抄本脱，據薈要本、四庫本補。

●漢故事①：漢興七年，長樂宫成，諸侯朝畢，復置酒侍坐殿上，伏尊以卑②，次起上壽。故事：《上壽四會曲》，注言但有鐘鼓，無歌詩。魏青龍二年③，以古《置酒曲》代《四會曲》，又易古詩爲《羽觴行》，用爲上壽。

【校】

①「漢故事」，抄本、薈要本同元刊明補本；四庫本作「漢故事云」，衍。

②「伏尊以卑」，抄本同元刊明補本；薈要本作「伏尊卑以」，倒；四庫本作「依尊卑以」，非。

③「二」，抄本、四庫本同元刊明補本；薈要本作「一」，形似而誤。

●古者司會，今之尚書也。《周官》：「司會以參互考日成①，以月要考月成，以歲會考歲成，以周知四國之治，以詔王及冢宰廢置。」

【校】

①「參互」，抄本、四庫本同元刊明補本；薈要本作「參伍」，亦可通。

●筦。復引一索，其名爲筦。人懸半空，度彼絶壑。此獨孤及《招北客辭》也。

●天子之門，以通十二子。謂甲與子爲干支之首①，總而言之也。

【校】

①「干支」，元刊明補本、抄本、薈要本作「支干」；據四庫本改。

●六壬。壬爲水，其數皆六，如六丙、六丁之類。

●百六之會。章會統元，漢以黄帝上元甲子爲首①，至太和元年，所積之數至百六十年，爲一厄也。《漢·律曆志》。

【校】

①「漢」，抄本、薈要本同元刊明補本；四庫本作「考漢」。

●高麗官制，其品從論穿執，傘有陪蓋，爲從傘也。

●金國初，問宋索金文玉册，宋曾册爲東懷國。

●温公《通鑑》無高祖廢孝惠、留侯招四皓從太子事。伊川《易傳》取之者，善其智而能諫，以明「納約」之義；温公去之者，爲後世慮遠矣！去取之意，兩不相悖，學者當默識之。

●楊龜山云：「箕子疑亦可死，而佯狂以避，蓋以父師之義，死之則傷勇矣。」

●老、莊之學。衡麓胡先生云：「老、莊見周末文勝，人皆從事於儀物度數，不復以誠信爲主。故欲掃除弊迹，以趨乎本真。而矯枉太過，立言有失玄虚幽眇①，不切事情，遂使末流遺略禮法，忽棄實德，浮游波蕩，其爲世害更甚於文滅質②。」

【校】

①「幽」，抄本同元刊明補本；薈要本作「爲」，非；四庫本作「幻」。

②「文滅質」，抄本同元刊明補本；薈要本、四庫本作「文而滅質」。

●漢開西域三十六國，後稍分至五十餘國。皆在匈奴之西、烏孫國之南，遠者萬有二千餘里，近者不下九千餘里。

●或問上蔡先生：「講論經典，二三其説者，當何從？」謝答曰：「用得即是。驗之於心而安，體之於身而可行①，斯是矣。如求之或過於幽深，證之或出於穿鑿②，徒將破碎大體③，不見聖賢之用心，宜無取焉。」

【校】

①「可」，元刊明補本闕；據抄本、薈要本、四庫本補。

②「鑿」，元刊明補本闕；據抄本、薈要本、四庫本補。

③「徒」，元刊明補本闕；薈要本作「則」；四庫本脱；據抄本補。

●劉元城云：「説得一丈，不如行取一尺。」

●楊龜山語游執中云：「常以晝驗之於妻子，以觀其行之篤與否也；夜考之於夢寐，以卜其志之定與否也。」

●伊川先生云：「讀書當平其心，易其氣，闕其疑，則聖人之意見矣。」

●東坡先生云：「聖人之言，當以數句成文而求其意。若學者率以一字爲斷，遇其不同，則異説生焉。」

●朱文公語學者觀書法云：「且當玩味大意，就自己分上着實體驗，不須細碎計較一兩字異同。」「學問之道無它，求其放心而已①。」

【校】

①「而已」，抄本、薈要本同元刊明補本；四庫本作「而已矣」，衍。

●東坡論：「老、莊之教，君臣、父子、夫婦之間，汎汎乎若萍游於江湖而適所值者①。」「商鞅、韓非得其所以輕天下、齊萬物之術，是以敢爲殘忍而無疑。」「大抵於所厚者薄，則無所不薄②，理勢然也。」

【校】

①「所」，抄本、四庫本同元刊明補本；薈要本作「相」，非。

②「薄」，抄本同元刊明補本；薈要本、四庫本作「薄者」，衍。

●陳履常云：「士大夫視天下不平之事，不當懷不平之意。平居憤憤，切齒扼腕，誠非爲己。一旦當事而發之，如決江河，其可禦耶？必有過甚覆溺之至。」切爲陳子之論，有《大學》「有所忿懥，則不得其正」之義①，要當豁廓然大公，物來而順應之。

【校】

①「大學」，抄本同元刊明補本；薈要本、四庫本作「大學所謂」，衍。

②「懥」，抄本同元刊明補本；薈要本、四庫本作「懥」，亦通。

●胡文定公曰：「有志於學者，當以聖人爲則；有志於天下者，當以宰相自期。降此不足道矣。」

●石徂徠曰：「士之積道德、富仁義於一身，蓋假權位以布諸行事，利於天下也。豈有屑屑然謀夫衣食者與？」

●侯師聖曰①：「事君者以行道爲志，非爲禄也。然亦有時而爲貧。若專以禄爲事，則廝役之志也。」

【校】

①「侯師聖」，抄本、四庫本同元刊明補本；薈要本作「侯思聖」。

●胡衡麓曰：「士之器，大概有三：志於道德者，功名不足以累其心；志於功名者，富貴不足累其心①；志於富貴者，苟富貴而已，則亦無所不至矣，孔子所謂『鄙夫之事』。」

【校】

①「足」，抄本同元刊明補本；薈要本、四庫本作「足以」，衍。

●横渠曰：「德未成而先以功業爲事，是代大匠斲，鮮不傷手也。堯夫詩曰①：『慎勿輕言天下事，伊周元不是庸人②。』」

【校】

①「曰」，弘治本同元刊明補本；薈要本、四庫本作「有云」。

②「人」，弘治本同元刊明補本；薈要本、四庫本作「夫」。

●陳述古曰：「大丈夫當容人，勿爲人所容。」

●伊川云：「别事人都强得，唯識量不可强。如鄧艾位三公，年七十，處得甚好。及因下蜀有功，便動了。謝安當謝玄破苻堅，對客圍棋，報至不喜。及歸，折屐齒，終强不得①。」又云：「堯、舜事業，亦只是太虚中一點浮雲過目。」

【校】

①「終强」，弘治本、四庫本同元刊明補本；薈要本作「强終」，倒。

●胡文定公語楊訓曰：「人家切不要事事足意，得常有些不足處便好。人家才事事足意①，便不恰好事出。」亦體消長之理言也。

【校】

①「才」，弘治本同元刊明補本；薈要本、四庫本作「纔得」。「足」，元刊明補本作「是」，據弘治本、薈要本、四庫本改。

●青苗錢，如今之預取麥錢也。假如即目麥價一貫①，借與五百，將來徵麥一石。

【校】

①「即目」，弘治本同元刊明補本；薈要本、四庫本作「目下」。

●助役錢。國家遇有大役，均取錢於民，官爲雇傭也。

●唐故事：奉使四夷，其印章曰「大唐入某國之印」。見《蜀王建世家》。

●五代吴越貢賦，朝廷遣使皆由淄、萊泛海①，歲常漂没其使。

【校】

①「淄」，弘治本同元刊明補本；薈要本、四庫本作「登」。

●吴越王錢鏐嘗游衣錦軍，作《還鄉歌》，歌曰：「三節還鄉兮掛錦衣，父老遠來相追隨。牛斗無孛人無欺，吴越一王駟馬歸。」

●唐開元二年制①：選京官有才識者除都督、刺史，都督、刺史有政迹者除京官。使出入常均，永爲恒式。

【校】

①「制」，弘治本、四庫本同元刊明補本；薈要本作「割」，形似而誤。

●漢制：由郎官而出宰百里，由郡守而入爲三公。

●漢少府掌山海陂澤之税，以備天子私奉。大司農掌國貨，以供軍國之用。

●漢制：武帝北伐，乃置萬騎太守，而馬政兼於郡二千石①。

【校】

①「石」，元刊明補本、弘治本闕；據薈要本、四庫本補。

●魏崔浩考校漢五星行度並譏前史之失①，以示高允，允曰：「且漢元年冬十月，五星聚於東井，此乃曆數之淺，今譏漢史，而不覺此繆。」浩曰：「所繆云何？」允曰：「按《星傳》，金、水二星常附日而行。冬十月，日旦在尾、箕，其昏没於申南，而東，井方出寅北。二星何因背日而行？是史官欲神其事，不復推之於理。」後歲餘，浩謂允曰：「先所論者，本不經心，及更考究，果如君語。以前三月聚於東井，非十月也。」

【校】

①從本條至「至元十一年十二月十四日」條，抄本同元刊明補本；薈要本、四庫本脱。元刊明補本頗多闕文，據抄本補出，不另出校記。

●《頌高麗曆日詔》云：「惟曆象日月星辰，乃能成歲；自侯甸男邦采衛，要欲同文。」直學士高鳴雄飛辭也，公太原人，官至吏部尚書。

●秦少游《魏景傳》：景字同叟，淮南高郵之隱君子也。身長六尺，骨如削石，瞳子碧色，有光。嘗賣繒於市，遇華山元翁，從授鍊丹、鑄劍、長生之術。元翁名碧天，其師曰劉海蟾，海蟾之師曰吕洞賓，洞賓之師曰鐘離權，自權至景，凡五世矣。

●鹿庵云：「龍不識石，人不識風，鬼不識土，魚不識水。」

●爾雅先生云：「陽不冬藏，春氣發而無力。」

●至元十一年十二月十四日，國兵自陽羅洑渡江，明年十二月，臨安降，度宗二庶子爲陳宜中、文天祥、兩淮張世傑擁入許浦江口。時有黑龍見，因改號景炎，凡十八月。十六年，爲帥臣張弘略破滅於崕山口，執文天祥至大都，囚之。上屢於赦出相之，竟不從。十九年十二月初九日，戮於燕南城柴市。

●《錢譜·劉更生傳》①：「舜父盲，其母常鬻薪以自給。舜時糴米返，置錢於米囊中以還其母②。」則重華之世錢已行矣。此唐代錢之驗也。賈逵注：「夏、商金幣三等，錢爲下等。」先儒所傳有錢明矣。梁大司馬顧協所撰《錢譜序》云。

【校】

①是條，弘治本、四庫本同元刊明補本；薈要本闕。

②「置」，弘治本同元刊明補本；四庫本作「貯」。

●漢尚書郎主作文書起草，月賜赤管一雙。①

【校】

①是條，弘治本、四庫本同元刊明補本；薈要本闕。「書」，弘治本同元刊明補本；四庫本脱。

王惲全集彙校卷第九十八

玉堂嘉話卷之六

●野合①。女子七七四十九陰絶，男子八八六十四陽絶，過此爲婚謂野合②。時叔梁紇過六十四娶顔氏少女，故曰野合。

【校】

①「野合」，抄本同元刊明補本；薈要本、四庫本作「野合者」，衍。

②「過此爲婚」，抄本同元刊明補本；薈要本、四庫本作「此時婚」。

●宋紹興中，衍聖公渡江而東者孔玠也。

●蠶爲龍之精。按《馬質》云：「禁原蠶。」注：「天文辰爲馬。《蠶書》曰：『蠶爲龍精，月值大火①，則浴其種。』是蠶與馬同氣。」李林甫《月令釋》曰：「先蠶，天駟也。」先蠶之神，或以爲苑窳婦人、寓氏公主，或以爲黄帝，或以爲西陵氏，或以爲天駟，歷論不一。

然蠶其首馬首，其性喜溫惡濕，其浴火月而再養則傷馬，此固與馬同出於天駟矣。然天駟可爲蠶祖，而非先蠶者也。蠶，婦人之事，《史記》：「黄帝娶西陵氏，始蠶。」漢祀苑窳婦人、寓氏公主，此或有所傳②。然其祭設壇，或少牢，或太牢，或一獻，或三獻，禮必皇后親享。北齊使公卿祝之，非也。其曰龍精，見《荀子·賦蠶》。

【校】

①「大火」，元刊明補本作「大大」，據抄本、薈要本、四庫本改。

②「此」，元刊明補本作「比」；據抄本、薈要本、四庫本改。

●開府儀同三司①，謂置府、辟吏、儀同三公也。唐制②。

【校】

①「開府」，元刊明補本作「閑府」；據抄本、薈要本、四庫本改。

②「唐制」，抄本同元刊明補本；薈要本、四庫本誤入正文且移於條首。

●感生帝。唐《王仲丘傳》引鄭玄注云：「天之五帝遞王，王者必感以興。故夏之正月，祭所生於郊，以其祖配之，因以祈穀。」感帝之祝，貞觀用之矣。

●廟制。古者天子七廟，自虞至周，不易之制也。七廟者各一廟[1]，前廟後寢。漢自明帝，詔遵儉約，無起陵寢[2]，藏主於世祖[3]。魏立二廟。晉、宋、齊、隋及唐，皆同一廟而異室，非古制也。廟所以象生之有朝[4]，寢所以象生之有寢也。建之觀門之内[5]，不敢遠其親也；位之觀門之左，不忍死其親也。諸侯五廟，謂二昭、二穆與太祖之廟五。鄭氏曰：「太祖，始封之君。王者之後，不爲始封之君廟。」蓋諸侯不敢祖天子，故王之子弟始爲諸侯，不得立出王之廟。後世子孫祖其始封者，而其或有大功德，特命祀其祖先，則立廟可也。魯有姜嫄、文王之廟，鄭祖厲王是也。若王者之後，始封之君非有功德不可爲祖，則祖其先代之王也。宋祖帝乙是也。

大夫三廟。《王制》：「大夫三廟，一昭、一穆與太祖之廟三。」鄭氏曰：「太祖是別子始爵者。雖非別子，始爵者亦然。」《鄭志》答趙商謂：「《王制》商制，故雖非諸侯之別子，亦得立太祖之廟。周制，別子爲太祖，若非別子之後，雖爲大夫，但立父、祖、曾三廟，隨時而遷，不立始爵者爲太祖也。」然《左氏》曰：「大夫有貳宗[6]。」荀卿曰：「大夫、士有常宗。」則大夫有百世不遷之大宗，有五世則遷之小宗，是太祖之廟常不遷也。《祭法》曰：「大夫三廟，考與王考、皇考有廟，顯考、祖考無廟。」

太祖正東向之位。劉歆曰：「孫居王父之處，以正昭穆，父以明察下曰昭，子以敬事上曰穆。

則與祖相代⑦。此遷廟之殺也⑧。」張純曰：「父子不並坐，而孫從王父。」《決疑要注》曰：「凡昭穆，父南面，故曰昭，昭者，明也；子北面，故曰穆，穆者，順也。」杜佑曰：「太祖於室之中奥西壁下，東面；太祖之子南面爲昭，次之；昭之子北面相對，爲穆。」張純曰：「元始中禘禮：父爲昭，南面；子爲穆，北面相對爲穆。父子不並坐也。」又《祭統》曰：「昭穆者，所以别父子遠近、長幼親疏之序而無亂也⑨。」

藏主。《開元禮義鑑》曰：「藏主合在何處？按《五經異議》云⑩：『藏主於廟西壁中，備水火之災。』必在西者，長老之處，地道尊右，鬼神幽陰也。」

祭薦。《檀弓》：「有薦新，如朔奠。」謂重新物爲之設奠。《王制》：「大夫、士宗廟之祭，有田則祭，無田則薦。祭二以首月，薦二以仲月。士用特、豚，大夫用羔，庶人春薦韭、夏薦麥、秋薦黍、冬薦稻，韭以卵、麥以魚、黍以豚、稻以雁。」高堂隆曰：「天子、諸侯月有祭事⑪。其孟月，四時之祭也。大夫以上，將之以羔，或加犬而已⑫。士以豚。庶人則唯其時宜，魚、雁可也。」又：「薦新雖在廟，皆不出神主。」《五禮精義》曰：「但設神座。」

陳氏曰：「人子之於親，飲食與藥，必先嘗而後進；四時新物，必先獻而後食。寢廟之薦新，亦推其事先之禮⑬，以盡誠敬而已。」

【校】

①「各一」，元刊明補本、薈要本闕；四庫本作「即寢」，據抄本補。

②「陵寢」，元刊明補本、抄本、四庫本作「陵寢」，薈要本作「寢廟」。

③「主於世祖」，元刊明補本闕；薈要本、四庫本作「主世祖廟」，據抄本補。

④「室，非古制也。廟」，元刊明補本闕；薈要本作「□□□□□朝」；四庫本作「其寢宋遼因之廟」，據抄本補。

⑤「觀」，抄本同元刊明補本；薈要本闕；四庫本作「皋」。

⑥「貳」，抄本、四庫本同元刊明補本；薈要本作「二」，亦可通。

⑦「則」，抄本同元刊明補本；薈要本、四庫本作「位則」。

⑧「廟」，弘治本、薈要本同元刊明補本；四庫本脱。

⑨「所」，元刊明補本作「放」，據抄本、薈要本、四庫本改。

⑩「何處按」，抄本同元刊明補本；薈要本、四庫本作「處何所按」。

⑪「事」，抄本同元刊明補本；薈要本、四庫本作「祀」。

⑫「加」，抄本同元刊明補本；薈要本、四庫本作「以」。

⑬「事先之禮」，弘治本、薈要本同元刊明補本作「子先之禮」；四庫本作「先獻之禮」；據抄本改。

●宋秦益公檜家廟制：「紹興中，命立家廟於私第中門之左，一堂五室，世祖居中①，東二昭，西二穆。堂飾以黝堊。神板長一尺，博四寸五分，厚五寸八分②，大書『某官某夫人神坐③』。貯以帛囊，藏以漆函，用神幄④。歲四享，用孟月柔日，具三獻。」有司言：「時享用常器、常饌。」上倣政和故事，命制祭器賜之。

【校】

①「中」，弘治本同元刊明補本；薈要本、四庫本作「東」，涉下而誤。

②「五」，弘治本、薈要本同元刊明補本；四庫本作「一」。

③「坐」，弘治本同元刊明補本；薈要本、四庫本作「座」，亦可通。

④「幄」，弘治本同元刊明補本；薈要本作「櫝」；四庫本作「廚」。

●舞雩臺。雩祭，蓋龍見建巳之月。巳乃陽亢之時，陰氣難達，用女巫舞雩。女，陰也；舞，所以達陽中之陰也。又，吁嗟而禱雨曰雩①。

【校】

①「嗟」，薈要本、四庫本同元刊明補本；弘治本作「瑳」。

●社稷位。社，五土之神。稷，五穀之長，首種先成，故長。蔡邕曰：「其位在中門之右。社主陰，其壝故北向①。」天子曰大社，諸侯爲百姓立社，曰國社②；諸侯自爲立社，曰侯社；大夫爲民族居百家以上共立一社③，曰里社。各以所宜木立而表之④。大社廣五丈，諸侯半之，蓋方廣二丈五也。皆冒以黄土，其主以石，謂石土類也⑤。其位，社東而稷西。王之祭也，南面；其服也，絺冕；其牲⑥，黝；其祭，血，取其陰類；其罇，大罍；其樂，應鐘；其舞，帗舞；其鼓，靈鼓。凡皆因其物以致其義。庶人蒙其社功，故亦祭之。春有祈而秋有報也。稷非土無以生，土非稷無以見生生之效，以其同功均利養人故也。地載萬物，天垂象⑦，取財於地，取法於天。是以尊天而親地，故教報焉⑧。家主中霤，國主社⑨，示本也。陳氏《禮書》。

【校】

①「壝」，薈要本、四庫本同元刊明補本；弘治本作「遺」，半脱。

②「曰」，元刊明補本作「四」，據弘治本、薈要本、四庫本改。

③「一」，元刊明補本作「十」，據弘治本、薈要本、四庫本改。

④「木」，弘治本同元刊明補本作「本」；據薈要本、四庫本改。

⑤「土」，元刊明補本作「工」，據弘治本、薈要本、四庫本改。

⑥「牲」，元刊明補本、弘治本作「性」，據薈要本、四庫本改。
⑦「象」，弘治本同元刊明補本；薈要本、四庫本作「其象」，衍。
⑧「故教報焉」，弘治本、四庫本同元刊明補本；薈要本作「故教民美報焉」。
⑨「國」，元刊明補本、弘治本、四庫本作「田」，據薈要本改。

●諸侯城郭之制。《典命》云：「上公九命，子、男五命，其國家、宮室、車旗、衣服、禮儀皆以命數爲節①。」

國家。國之所居謂城，方也。公之城方九里，宮方九百步；侯、伯之城方七里，宮方七百步；子、男之城方三里，宮方三百步。

【校】
①「旗」，弘治本同元刊明補本；薈要本作「騎」，聲近而誤；四庫本作「旂」，亦可通。

●五土所宜。《鴻烈子》曰①：「土地各以類生。故山氣多男，澤氣多女，障氣多喑，風氣多聾，林氣多癃，木氣多傴，岸下氣多腫，石氣多力，險阻氣多癭，暑氣多夭，寒氣多壽，谷氣多痺，丘氣多狂，衍氣多貪。輕土多利，重土多遲，清水音小，濁水音大，湍水人輕，遲水人重，堅土人剛，弱土人肥，壚土人大，沙土人細，息土人美，秏土人醜。」

七水所宜。汾水濛濁而宜麻，濟水通和而宜麥，河水中濁而宜菽，雒水輕利而宜禾②，渭水多力而宜黍③，漢水重安而宜竹，江水肥仁而宜稻。平土之人慧而宜五穀。《爾雅》曰：「太平之人仁，丹穴之人智，太蒙之人信，倥侗之人武④。」

【校】

①「烈」，四庫本同元刊明補本；弘治本、薈要本作「列」，半脱。

②「雒」，弘治本作「維」，非；薈要本、四庫本作「濰」，非。

③「黍」，弘治本、四庫本同元刊明補本；薈要本作「木」，非。

④「倥侗」，弘治本、薈要本同元刊明補本；四庫本作「空桐」，亦可通。

●釋菜。鄭司農云：「古者士相見於君，以雉爲贄；見於師，以菜爲贄。釋即舍也，始入學，必舍菜禮先師也。菜，蘋藻之屬，蓋以泮宮有芹藻①，猶子事父母有堇荁也。」

【校】

①「泮」，薈要本、四庫本同元刊明補本；弘治本作「伴」，形似而誤。

●姓族氏說。

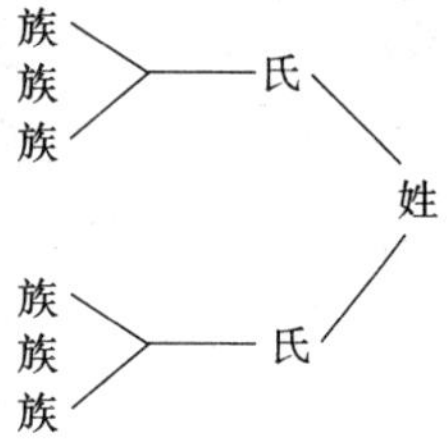

《詩》曰：「振振公姓，振振公族。」《書》曰：「錫土姓。」《左氏》衆仲曰：「天子建德，因生以賜姓，胙之土而命之氏。諸侯以字爲氏，因以爲族；官有世功，則有官族。邑亦如之①。」《周語》曰：「伯禹疏川導滯②，鍾水豐物。皇天嘉之，祚以天下，賜姓曰姒氏，曰有夏。堯賜禹姓曰姒，封之有夏。謂其能以嘉利富生物也。祚四岳國，命爲侯伯，賜姓曰姜氏，曰有吕。謂其能爲禹股肱心膂，以養物豐人也。」

姓非天子不可以賜，而氏非諸侯不可以命。姓所以繫百姓之正統，氏所以別子孫之旁出，族則氏之所聚而已。古者或氏於國③，則齊、魯、秦、吴是也；氏於謚，則文、武、成、宣是也；氏於官，則司馬、司徒是也；氏於爵，則王孫、公孫；氏於字，則孟孫、叔孫；氏於居，則東門、北郭；氏於志，則三烏、五鹿；氏於事，則巫、士、匠、陶是也。蓋別姓則爲氏，即氏則有族。族無不同氏，氏有不同族。故八元、八凱出於高陽氏、高辛氏而謂之十六族，是氏有不同族也。商氏、條氏、徐氏之類謂之六族，陶氏、施氏之類謂之七族，宋氏、華氏謂之戴族，向氏謂之桓族，是族無不同氏也。

【校】

①「亦」，元刊明補本、抄本作「以」，據薈要本、四庫本改。

②「導」，元刊明補本作「遵」，形似而誤；薈要本、四庫本作「通」，妄改；據抄本改。

③「古」，元刊明補本作「占」，據抄本、薈要本、四庫本改。

●贄禮。帛有衣被之仁，皮有炳蔚之文，故孤執之；羔有跪乳之禮，有羣而不黨之義，故卿執之；進必以時，行必以序，雁也，故大夫執之；交有時，别有倫，被文以相質，死分而不變者，雉也，故士執之；可畜而不散遷者，鶩也，故庶人執之；可畜而不違時者①，雞也，故工、商執之。

【校】

①「者」，抄本、四庫本同元刊明補本；薈要本脱。

●食邑説。秦爵二十級，惟徹侯乃得食縣。其關内侯本無食邑，其加異者，列之關内之邑，食其租税①。漢初，士大夫以上皆令食邑。食者除租，每户一歲更輸錢二百，《貨殖傳》所謂「千户之君，則二十萬」是也。

【校】

①「租」，元刊明補本、抄本作「祖」，據薈要本、四庫本改。

●漢因鄉評取士，謂因人共推之也。如公孫弘以充賦、萬石君以孝謹聞①。

【校】

①「充賦」，抄本、薈要本同元刊明補本；四庫本作「文學」。

●漢初，入仕者不限年。如劉向、陳咸以八十爲郎，劉辟彊以八十爲衛尉，公孫弘以八十爲相，趙充國以七十爲將軍，貢禹八十遷御史大夫。

●漢集議。漢置大夫，專掌議論事，苟疑似未決①，合中朝之士雜議之。自兩府大臣以下至博士議郎，皆得議之，不嫌於卑抗尊也。如呼韓邪單于款塞，卒用郎中侯應之策；朱博得罪，議獄者五十八人；王嘉得罪，議者六十人。故曰：「漢集議有公天下之心。」

【校】

①「泱」，元刊明補本作「央」；據抄本、薈要本、四庫本改。

●漢封侯號。有宰相封侯者，公孫平津是也；有婦人封侯者，蕭何夫人同封酇侯，樊噲妻呂須封臨光侯是也①；以地名封者，平陵、宜春是也；以功封者，冠軍、驃侯是也；以美名封者，博望、博陸是也。

【校】

①「須」，抄本同元刊明補本；薈要本、四庫本作「嬃」，亦可通。「光」，元刊明補本、抄本、薈要本作「羌」，據四庫本改。

●太行山水皆洑流地中，關中諸水皆行流地上。

●金銀魚袋。唐高宗給五品上隨身銀魚袋①，以防詔命之詐，出內必合之；三品已上金飾袋。垂拱中，都督、刺史始賜魚。中宗景龍中，令特進佩魚，散官佩魚自此始。宋張師正《倦游録》云：「魚袋者，取事君夙夜匪懈之義。以金爲飾，亦身之華也。」

【校】

①「上」，抄本同元刊明補本；薈要本、四庫本作「以上」。

●上公桓圭、侯信圭、伯躬圭、鎮圭、冒圭。公謂二王之後及王之上公①。雙植謂之桓，桓，宫室之象，所以安其上也。信當爲身，與躬圭蓋皆象以人形爲瑑，但文有麤縟耳，欲其慎行以保身也。鎮圭尺二寸，天子守之。鄭氏曰：「鎮，安也，所以安四方。」以四方鎮山爲飾。崇高敦厚而萬物附焉者，山也。冒圭，孔氏曰：「冒以齊瑞信。方四寸，邪刻之。」然冒之以知諸侯之信僞，猶今之合符也。

子穀璧、男蒲璧。穀所以養人，蒲爲席以安人。璧皆徑五寸，子、男不執圭者，未成國也。蓋桓，强立不撓而安上爲任，故公圭瑑之。身伸而躬屈，伸者尊足以侯外而蔽内②，屈者卑足於長人③，故侯伯之圭瑑之。子不足以長人而可以養人，故璧瑑以穀；男不足以養人而可以安人，故璧瑑以蒲。圭者，天之用；璧者，天之體。盡其用者，必盡其體；得其體，未必盡其用。此圭、璧所以不全也。

王后駔琮。駔音組。作方玉五寸，上有鼻，以組繫之，因名焉④。蓋古者建國，王立朝，后立市，用以爲權也。

牙璋、中璋。《典瑞》曰：「牙璋起兵旅，以治兵守⑤。」鄭司農曰：「牙璋瑑以爲牙。

牙齒，兵象，故以牙璋發兵。」又：「牙璋、中璋皆有鉏牙之飾⑥。」賈公彦云：「軍多用牙璋，軍少用中璋。」《白虎通》曰：「璋位南方，南方陽極而陰生，兵亦陰也，故以兵起爲義。」如漢有銅虎符、魏有兵符以發郡國兵，豈牙中之類歟？

白琥。刻虎爲形者，以形成於秋也。琥⑦，禮西方之玉也。以鹽爲虎形者，亦示武之謂也。

瑗。《説文》曰⑧：「瑗，大孔璧也。人君上除陛以相引。」

環、玦。《荀子》曰：「絶人以玦，反絶以環。」范甯釋《穀梁》曰：「『君賜之環則還，賜之玦則往。』蓋環之爲物，或施於佩，或施之於反絶，佩環則不佩玦。」

【校】

①「王」，薈要本、四庫本同元刊明補本；弘治本作「主」。

②「候」，弘治本同元刊明補本；薈要本、四庫本作「侯」。

③「於」，弘治本、薈要本同元刊明補本；四庫本作「以」。

④「焉」，抄本、薈要本同元刊明補本；四庫本作「騆」。

⑤「以」，抄本同元刊明補本；薈要本、四庫本脱。

⑥「鉏」，抄本同元刊明補本；薈要本、四庫本作「組」，非。

⑦「琥」，元刊明補本、薈要本作「虎」，據抄本、四庫本改。

⑧「曰」，抄本、薈要本同元刊明補本；四庫本脱。

●六幣相合。行人合六幣：圭以馬，璋以皮，璧以帛，琮以錦，琥以繡，璜以黼。何也？昔太王事狄人以皮幣①，繼之以犬馬，終之以珠玉。是珠玉重於犬馬，犬馬重於皮幣。則合圭以馬②，合璋以皮，宜矣。繡、黼皆陰功也，繡則五色之全，黼則白黑而已③，是繡備於黼也。則合琥以繡，合璜以黼，宜矣。婚禮，納徵以束帛，饗贈送者以束錦④；聘禮，享君夫人以束帛⑤，覿以束錦⑥，上大夫與下大夫致賓介饔餼皆以束帛，賓介儐之以束錦；食禮，君侑幣小束帛，大夫相食以束錦。是帛宜於錦也。則合璧以帛⑦，合琮以錦，宜矣。圭，東方也，馬，陽物也，故以馬；璋，南方也，皮，文物也，故以皮；琥，西方也，萬寶之成，莫備於此，故以繡；璜，北方也，陰陽之辨莫斷於此，故以黼⑧。此六幣所以合之之意也。皮、馬不上堂，故圭、璋特達於上。然則璧、琮、琥、璜皆非特達者歟！

【校】

①「太」，元刊明補本作「大」，據抄本、薈要本、四庫本改。「狄」，元刊明補本作「秋」，據抄本、薈要本、四庫本改。

②「圭」，抄本同元刊明補本；薈要本、四庫本作「珪」，亦可通。

③「白黑」，抄本、薈要本同元刊明補本；四庫本作「黑白」，妄改。

④「饗」，抄本、薈要本同元刊明補本，四庫本做「享禮」。按：此文中多處出現「○」，疑爲句讀或文義分隔符號，不影響文義，四庫本或作闕文，予以增補，此即其一，以下徑出異文，不再另出校記。

⑤「君」，抄本、四庫本同元刊明補本；薈要本脱。

⑥「覿」，抄本、薈要本同元刊明補本，四庫本做「私覿」。

⑦「則」，抄本、薈要本同元刊明補本；四庫本脱。

⑧「圭，東方也，馬，陽物也，故以馬；璋，南方也，皮，文物也，故以皮」，諸本皆作「圭，東方也，馬，動物也；璋，南方也，皮，文物也，故以文」，徑改。按：《周禮集説》卷九下：「圭，東方也，以象陽之生物，馬，陽物也，乾之所爲，故合以馬；璋，章也，文明之方所用，皮，有文焉，故合璋以皮。」

●伏日。《歷忌釋》曰：「伏者何也？金氣伏藏之日也。四時代謝，皆以相生。立春木代水，水生木；立夏火代木，木生火；立冬水代金，金生水；至於立秋，以金代火，金畏於火，故至庚日必伏，庚者金故也。」

臘日。《風俗通》曰：「《禮傳》：『夏曰嘉平，殷曰清祀，周曰大蜡，漢改曰臘。』臘者臘也①，因臘取獸祭先祖也。漢火行，衰於戌，故曰臘也。」《漢舊儀》曰：「臘者報諸神鬼、古聖賢有功於民者。」《禮記》：「伊耆氏始爲蜡。蜡者，索也。歲十二月合聚萬物而索享之也。」《周禮》：「祭禮則歙《豳頌》②，擊土鼓，以息老物。」

【校】

①「臘」，抄本同元刊明補本；薈要本、四庫本作「獵」，亦可通。下同。

②「禮」，抄本同元刊明補本；薈要本、四庫本作「蜡」。

●節有八節。

玉節。玉節之制，以玉爲之，以命數爲大小。守邦國者用之。

角節。用犀角。角在鼻上，是角中之貴。守都鄙者用之。

虎節。山多虎者用之，謂晉國之類。以金爲節，鑄象焉。必自以其國所多者，於以相别爲信。

人節。平地多人者用①，謂衛國之類。

龍節。澤多龍者用之，謂鄭國之類。皆以金爲之，以英蕩輔之②。英蕩，畫函也。以竹爲之而有飾焉，盛節器也。輔之節者，使不損也。

旌節。道路用之，道路謂鄉遂大夫也。

符節。都鄙用之，都鄙謂公之子弟及卿大夫采地之吏也。管節。以竹爲之。析節竹爲符節③，全竹爲管節。如今之竹使符也。其有商者，通之以符節。門關者與市聯事，節可同也。《康誥》曰：「越小臣諸節。」《春秋》：「宋司馬握節以死。」「司城效節於府人而去。」「司馬牛致其邑與珪而適齊。」珪，守邑土信符。則守節不特於邦國都鄙，雖官府小臣亦有之矣。

【校】

①「用」，抄本同元刊明補本；薈要本、四庫本作「用之」。

②「蕩」，抄本、薈要本同元刊明補本；四庫本作「簜」，亦可通。後以此不行出校記。

③「節竹」，抄本、薈要本同元刊明補本；四庫本作「竹節」。

●漢竹使符、銅虎符，各分其半，右留京師，左付郡守。

●傳。司關，凡所達貨賄者，則以節傳出之，如今移所過文書。凡通達於天下者，必有節以傳輔之。漢制：門關用傳，作兩行，書繒帛上，各持其一，出入合之。豈古之遺制歟？

王惲全集彙校卷第九十九

玉堂嘉話卷之七

●《喪服小記》：「別子爲祖，繼別爲宗，繼禰者爲小宗。有五世而遷之宗①，宗其繼高祖者也。是故祖遷於上，宗易于下。尊祖故敬宗，敬宗所以尊祖、禰也。」《大傳》曰：「別子爲祖，繼別爲宗，繼禰者爲小宗。有百世不遷之宗，有五世則遷之宗。百世不遷者，別子之後也。宗其繼別子之所自出者②，百世不遷者也；宗其繼高祖者，五世則遷者也。」

禰 繼禰 小宗小宗

禰 繼禰 小宗小宗小宗

禰 繼禰 小宗小宗小宗

禰 繼禰 小宗小宗小宗

別子爲祖繼別爲宗　大宗大宗大宗大宗

諸侯繼世之君　君君君君君

陳氏《禮書》云：「公子不得禰先君，故爲別子而繼別者，族人宗之爲大宗。遠雖至於絶屬，猶爲之服衰三月。庶子不得祭祖，故諸兄弟宗之爲小宗，以其服服之。大宗，遠祖之正體，則一而已；小宗，高祖之正體，其別有四。則繼禰者兄弟宗之，繼祖者從兄弟宗之，繼曾祖者從祖兄弟宗之，繼高祖者從曾祖兄弟宗之。四世親盡屬絶而不爲宗矣。然言繼別爲宗，又言繼別子之所自出者，言繼禰爲小宗，又言宗其繼高祖者。則繼別子者，子之子也；繼別子之所自出者，即別子也；繼禰者，庶子之子；繼高祖者，五世之孫也。繼禰言其始，繼高祖言其終，繼別言其宗，繼別子之所自出言其祖。經言：『繼別子之所自出。』穎達言：『別子之所由出。』然則別子所由出即國君也，其可宗乎？」

【校】

①「有」，弘治本、薈要本同元刊明補本；四庫本作「故有」，妄改。

②「其」，弘治本、薈要本同元刊明補本；四庫本作「則」，妄改。

●璽。衛宏《漢書舊儀》曰：「璽，白玉，螭虎紐①，文曰『皇帝行璽』、『天子信璽』，凡六。」又曰：「諸侯玉印，黄金槖駞紐，文亦曰璽；列侯黄金印，龜紐，文曰印；丞相、將軍黄金，龜紐，文曰章；中二千石銀印，龜紐，文曰章；千石、六百石、四百石銅印，鼻紐，文曰印。」孫堅得傳國璽，方圍四寸，上紐盤五龍。然則漢天子之璽，其方不過四寸，諸侯王已下其小可知。

【校】

①「螭」，元刊明補本、弘治本作「蝺」，據薈要本、四庫本改。「紐」，元刊明補本、薈要本作「細」，形似而誤；據弘治本、四庫本改。後依此不悉出校記。

●土牛制義。《月令》：「季冬命有司出土牛以送寒氣。」《正義》曰：「出，猶作也。丑爲牛，牛可牽止也。送，猶畢也。」「其月建丑。又土能剋水①，持水之陰氣，故時作土牛以畢送寒氣也。」土勝水，故可以勝寒。又且以升陽。《唐月令》：「季冬出土牛以示農耕之早晚。若立春在十二月望，則策牛人近前，示其農早；立春在十二月晦及正月朔，則策牛人當中，示其農平；立春近正月望，則策牛近後②，示其農晚也。」《後漢・志》③：「季冬作土牛六頭於國都、郡、縣城外丑地④。」

其牛色以歲之幹色爲首⑤。甲乙木，其色青；丙丁火，其色赤；戊己土，其色黄；庚辛金，其色白；壬癸水，其色黑。以支色爲身。寅卯木⑥，其色青；巳午火，其色赤；申酉金，其色白；亥子水，其色黑；辰戌丑未土⑦，其色黄。納音色爲腹。若甲子乙丑金，其色白；丙寅丁卯火，其色赤。他皆倣此⑧。以立春日幹色爲角、耳、尾，支色爲脛，納音色爲蹄。設令甲子歲，甲爲干⑨，其色青，則青爲牛首⑩；子爲水⑪，其色黑，則黑爲身⑫；納音金，其色白，則白爲腹。又若丙寅日立春，丙爲干，其色赤，則赤爲角、耳、尾；寅爲支，其色青，則青爲脛；納音火，其色赤，則赤爲蹄⑬。

【校】

①「水」，薈要本、四庫本同元刊明補本；弘治本作「冰」，非。

②「牛」，弘治本同元刊明補本；薈要本、四庫本作「牛人」。

③「志」，弘治本、薈要本同元刊明補本；四庫本作「書」，妄改。

④「丑」，薈要本、四庫本同元刊明補本；弘治本作「五」，形似而誤。

⑤「幹」，弘治本同元刊明補本；薈要本、四庫本作「榦」，非。

⑥「木」，薈要本、四庫本同元刊明補本；弘治本作「水」，形似而誤。

⑦「土」，元刊明補本、弘治本、薈要本脱，據四庫本補。
⑧「皆」，弘治本同元刊明補本；薈要本、四庫本脱。
⑨「干」元刊明補本作「于」，薈要本、四庫本作「榦」，據弘治本改。下「丙爲于」同。
⑩「首」，弘治本、薈要本、四庫本作「首」，元刊明補本作「耳」。
⑪「水」，弘治本作「支」，非；薈要本、四庫本作「支」，非。
⑫「身」，弘治本同元刊明補本；薈要本、四庫本作「牛身」。
⑬「則」，元刊明補本、弘治本脱，據薈要本、四庫本補。

●九州釋義。

兖州。兖，信也。五行星流而爲兖。

豫州。豫，舒也，又序也。言陰陽分布各得其序。

荆州。荆，疆也①。陽盛物堅，其氣急。

冀州。冀，近也。《爾雅》云：「河兩間曰冀。」

青州。《元命苞》曰：「虚危星精，流而爲青。」

雍州。雍，壅也。《唐地紀》曰：「雍兼得梁州之地②，西北位陽所不及，陰氣壅遏，故取名焉。」

益州。益，謂溢也。

徐州。徐，舒也③。

揚州。揚，輕也④。

【校】

①「疆」，弘治本同元刊明補本；薈要本、四庫本作「彊」。

②「州」，弘治本、薈要本同元刊明補本；四庫本脱。

③「徐州」，元刊明補本、弘治本、薈要本脱，據四庫本補。

④「揚州」，元刊明補本、弘治本、薈要本脱，據四庫本補。

●鍾山。徐爰曰：「建康北十餘里有鍾山。漢末金陵尉蔣子文討賊戰亡，靈發于山，因立蔣侯祠，故世號蔣山神。」

●赤縣。張衡《靈憲圖》曰：「崑崙東南有赤縣之州，風雨有時，寒暑有節。苟非此土，南則多暑，北則多寒，東則多陰①，故聖王不處焉。」《史記》鄒衍曰：「中國於天下八十一分居其一分耳，中國名赤縣。赤縣内自有九州，禹之敍九州是也，不得爲州數。中國外如赤縣州者又有九，乃謂九州也。有神海環之，如一區中者，乃爲一州也。如是者九，乃有大瀛海環其外，天地之際焉。」

【校】

①「東」，弘治本、薈要本同元刊明補本；四庫本作「冬」，聲近而誤。

●三川。河、洛、伊也。

●《司馬光言行録》：「有司奏言：『日當食①。』光言：『食不滿分，或京師不見，皆賀。臣以爲日食四方見而京師獨不見，天意人君爲陰邪所蔽。天下皆知而朝廷獨不知，其爲災當益大②，不當賀。』詔從之，後以爲常。」

【校】

①「日當食」，弘治本同元刊明補本；薈要本、四庫本作「日當食不食」。

②「大」，元刊明補本、弘治本作「皆」，據薈要本、四庫本改。

●漢宫中有宣室、武臺，召文臣則於宣室，召武臣則於武臺。

●春夏秋冬釋義。《禮·鄉飲酒》云：「春之爲言蠢也，産萬物者聖也；夏之爲言假也，養之長之，假之仁也；秋之爲言愁也，愁之以時察，守義者也；冬之爲言中也，中者藏也。」「天地嚴凝之氣始於西南而盛於西北①，此天地尊嚴之義氣也；温厚之氣始於東北而盛於東南，此天地盛德之仁氣也。」

【校】

①「而」，抄本同元刊明補本；薈要本、四庫本脱。

●按《地志》：「今衛州城即殷牧野之地，周武王伐紂築也。」又云：「武王至於商郊牧野，乃築此城。」

●祭説。唐韋彤議曰：「祭非外至，生于心者也。是故聖人等牲牢，布籩豆，昆蟲草木可薦者莫不咸在，所以享宗廟、交神明而全孝敬也。」

●遺山嘗與張嚶齋論文，見有竊用前人辭意而復加雌黄者，遺山曰：「既盜其物，又傷事主，可乎？」一座爲絶倒。嚶齋即張緯文先生①。蓋遺山戲語也，嘗有詩云：「因君寄謝嚶齋老，道我今年二十七②。」

【校】

①「齋」，元刊明補本、抄本脱，據薈要本、四庫本補。

②「二」，抄本同元刊明補本；薈要本、四庫本作「六」。

●作論法。鹿庵云：「論與議體式一般①，亦是《冒原講證結》，但論入作獨句直下，不似義兩句扇對而入。如麻先生《漢書貫五經論》，最明白得體。」

【校】

①「論」，元刊明補本、弘治本作「語」；據薈要本、四庫本改。「議」，元刊明補本、弘治本、四庫本作「義」，半脱；據薈要本改。

●金清漳老人，南宫人，曾撰本縣《二閬神廟碑》，遺山見之，謂進士張和之有「讀得行」之語。

●光武同馮異遇雨燎衣處，在今南宫東北二十里馮村。

●内外制。翰林學士所撰者爲内制，中書舍人定撰者爲外制。

●金哀宗朝，有親軍殺其子者，法家斷不至死。上曰：「親軍宿衛之人，父子之間殘忍如此，與常人不同。」竟坐死論。

●徐大卿云：「詔命之體，莫如兩漢，以其典實故也。餘則何恤①？」又，大卿等論及子告母事，孟德卿有莊公、文姜之説，徐公主義重於母②。

【校】

①「恤」，弘治本、薈要本同元刊明補本；四庫本作「能」。

②「徐」，薈要本、四庫本同元刊明補本；弘治本作「德」。

●李侍講説：「中和真人在龍庭時，以贍對無時，恒備物以充咀嚼。時一士人同在邸舍，師每與之分甘。一日，師復求之，彼辭無有，託便旋食焉。師知之，因曰：『沙漠之羊與中土爲用略同①，肉充飢，毛作氈，皮爲裘，角爲杯匜，此人所共知。不意近來羊屎又可以配餅食也②。』聞者爲大笑。彼徐悟其方己，甚有愧色。」

【校】

①「爲」，元刊明補本、弘治本作「桑」，非；薈要本作「牛」，非；據四庫本改。

②「意」，元刊明補本、弘治本作「憶」，據薈要本、四庫本改。「可」，弘治本、薈要本、四庫本作「何」，非。

●楊勸農春卿夜讀書，有鼠出躍書机上①，忽投膏甀中②。楊子取一方木覆之，隨突以出，環書册走不輟，作人語曰：「油着！油着！」楊笑起曰：「吾避汝。」燕城閤前晌午市合更忙，猝不能過，即擎虚器云：「油着！油着！」人即開避。故鼠亦云云。聞者爲笑。

【校】

①「机」，元刊明補本作「初」，非；薈要本、四庫本作「几」，亦通；據弘治本改。

②「甎」，元刊明補本作「虣」，形似而訛；四庫本作「罐」，亦通；據弘治本、薈要本改。

●徒單侍講説①：「石丞相琚，大定末致仕，居鄉中。一日會客間，聞司録呵喝過門，公即起立，既遠，復位。客曰：『丞相何若此？』公曰：『參軍雖微，國家命官也，吾敢不敬？』衆客爲嘆息。」丞相字子美，中山人。

【校】

①「徒單侍講」，弘治本、薈要本同元刊明補本；四庫本作「圖克坦公」。

●王西溪嘗云：「表章體，臣無居首之理，故今之表式皆以帝旨冠首。」

●王西溪云：「元遺山録册中云：『東平范尊師庵内見化飯王先生説，渠海州爲吏時，歲貢糟薑、糟蟹、海棠。出州東，入海八百里峽島①，島是龍宫地。生海棠，作矮樹，花色深紅，大如茶盌面而百葉②，香韻殊絶。開時可持一月久，既衰，不落而萎。每歲自島中移百本入海州御園，明年再移百本，而以先所種者供御。每花一金籤牌記之，脚花乃得入州官民家。每一花必三葉承之，重九開。』」

【校】

①「峽」，元刊明補本作「峡」，據弘治本、薈要本、四庫本改。

②「面」，弘治本、薈要本同元刊明補本；四庫本脱。

●鹿庵先生爲學士日，命應奉、編修輩取金實録内各臣事迹，欲集爲長編，俾士大夫家易於觀録。或問其去取法，曰：「大抵人之功勞必須具載，如西漢曹參、樊噲傳，此其例也。」又曰：「西漢列傳是多少好墓誌、碑銘格様，學之有餘師矣。」既而侍講某多略去其人勳效①，鹿庵聞之曰：「某不解此，平日於書多謾讀過去了。」

【校】

①「去」，薈要本、四庫本同元刊明補本；弘治本作「之」，非。

王惲全集彙校卷第一百

玉堂嘉話卷之八

●甲午九月望日，東原五六友人會于孫侯小軒，話及前朝得失之漸。坐客問云：「金有中原百有餘年，將來國史何如爾？」

或曰：「自唐已降，五代相承，宋受周禪，雖靖康間二帝蒙塵，緣江湖以南，趙氏不絕。金於宋史中亦猶劉、石、苻、姚一載記爾。」衆頗惑焉。

僕曰：「正閏之論，愚雖不敏，試以本末言之。夫耶律氏，自唐以來世爲名族。延及唐末，朱温篡唐①，四方幅裂，遼太祖阿保機乘時而起②，服高麗諸國，并燕、雲已北數千里，改元神册，與朱梁同年即位，元年丁卯。在位十九年。遼太宗嗣位③，諱德光，太祖弟二子④。改元天顯。元年丙戌，與唐明宗同年即位。十一年，河東節度使石敬瑭爲清泰來伐，遣使求救于遼，奉表稱臣，仍以父禮事之。遼太宗赴援，以滅後唐，石氏號晉。晉以燕、雲十六州獻于遼太宗，歲貢帛三十萬疋。天福七年，晉高祖殂，出帝嗣位。大臣議奉表稱臣，告哀於遼，景延廣請致書稱孫而不稱臣，與遼抗衡⑤。太宗舉兵南下，會同九年入汴，以出帝爲負義侯，置於黄龍府，石晉遂滅。大同元年，太宗北還，仍以蕭翰留守河南。劉知遠在河東乘間而發，由太原入汴，自尊爲帝。及乎宋受周禪，有中原一百六十餘年。遼爲北朝，世數如之。雖遼之封域褊於宋⑥，校其兵力，而澶淵之戰，宋幾不守，因而割地連和，歲貢銀絹二十萬兩疋，約爲兄弟，仍以世序昭穆。降及晚年，遼爲翁，宋爲孫。至天祚，金朝太祖舉兵西來，平遼克宋，奄有中原三分之二，子孫帝王坐受四方朝貢百有餘年，今以劉、石等比之，予故不可不辨。夫劉淵、石勒皆晉之臣庶，叛亂國家，以臣伐君，縱能盜據一隅，僭至姚泓⑦，終爲晉將劉裕所虜，斬于建康市。返本還元⑧，兹作載記，理當然也。夫完顔氏世爲君長，保有肅慎，至武元時，而天下南北敵國素非君臣。若依席上所言，金爲載記，未審遼史復如何爾⑨。方遼太祖神册之際，宋太祖未生，遼祖比宋前期五十餘年已即帝位，固難降就五十年之後也⑩，于《宋史》爲載記。其世數相懸，名分顛倒，斷無此法。既遼之世紀，宋不可兼；其金有中原，更難别議。以公論處之，據五代相因，除莊宗入汴，復讎伐罪，理勢可觀外⑪，朱梁篡逆，甚於窮、新⑫；石晉因遼有國，終爲遼所虜；劉漢自立，父子四年；郭周廢湘陰公而立。以五代之君，通作《南史》，内朱梁名分猶恐未應。遼自唐末保有北方，又非簒奪，復承晉統，加之世數名位遠兼五季，與前宋相次而終，言《北史》⑬。宋太祖受周禪，平江南，收西川，白溝池南悉臣大宋，傳至靖康，當爲《宋史》。金太祖破遼克宋，帝有中原百有余年，當爲《北史》。自建炎之後，中國非宋所有，宜爲《南宋史》。」

或曰：「歐陽，宋之名臣也，定立五代，不云《南史》，當時想曾熟議。如何今日復有此論？」

僕曰：「歐陽公作史之時，遼方全盛，豈不知梁、晉、漢、周授受之由？故列五代者，欲膺周禪以尊本朝，勢使而然。至于作《十國世家》，獨稱周、漢之事，可謂難矣！請事斯語，厥有旨哉！愚讀李屏山《詠史詩》，詠五代郭周云：『不負先君持節死，舉朝唯有一韓通。』愚嘗驚哀此詩命意⑭。宋自建隆以來，名臣士大夫論議篇章不爲不多⑮，未嘗有此語。非不能道也，蓋褅之説也。故列五代者，良可知隋季文中子作《元經》，至晉、宋已後，正統在中原。而後大唐，南北一統。後至五代，天下擾擾，無由再議。降及今日，時移事改，商確前人隱約之迹，當從公論⑯。」

議者又曰⑰：「金有中原雖百餘年，宋自建隆于今，幾三百年。況乎今年春正月，攻陷蔡城，宋有復讎之迹，固可兼金。」

愚曰：「元魏、齊、梁世數已遠，恐諸公不以爲然。請以五代周、漢之事方之。漢隱帝乾祐三年遇弑，太后詔立帝弟武寧軍節度使嗣位。名贇，河東節度使劉旻之子。後雖廢爲湘陰公，旻亦尋即皇帝位于晉陽⑱。終旻之世，猶稱乾祐。四帝二十九年，至宋太祖興國四年歸宋。依今日所論，旻係劉高祖母弟，在位四年，其子承鈞嗣位，改元天會。五年，郭周已絶。郭周三主九年，東漢四主二十九年。東漢四主遠兼郭周，郭亦不當稱周，固當爲閏。宋太祖不曰受周禪，傳至太宗，方承東漢之後。歐陽不合作《五代史》，合作《四代史》；司馬光《通鑑》當列東漢爲世紀；歐陽不宜作《十國世家》⑲。嗚呼！國家正閏，固有定體，不圖今日輕易褒貶，在周則爲正，在金則爲閏。天下公論，果如是乎？况蔡城一事，蓋大朝征伐之功。是時，宋之邊將專權率意，自撤藩籬，快斯須之忿，昧脣齒之理，自謂愛己而惡佗，延引强兵深入，遵行覆轍，徽宗跨海助金破遼之事。媒孽後禍，取笑萬世，何復讎之有也？宋自靖康已來，稱臣姪，走玉帛，歲時朝貢，幾于百年。豈期今日私論⑳，遽稱尊大？果使宋廟有靈，必可其議也。泰和間，南宋寒盟，起無名之師，侵漢、唐、鄧、宿、泗，章宗分遣應兵，其淮、漢、川、蜀之間大爲所破。宋遣臣方信孺等卑辭告和，請叔爲伯，進增歲幣，獻權臣之首韓侂胄、蘇師旦也㉑。繪其容，漆其首，函送幽都。至于闕下。信孺有《古調》一篇㉒，予能草略記之㉓：『大朝君相仁且慈，小麥未熟休王師。姦臣豈足贖民命，既往不咎來可追。』此詩書於上源驛壁間，館伴使入朝題奏，上頗哀憐。是時中原連年蝗旱，五穀不登，山東尤甚。章廟自責之心深重，形于歌詠者頗多，每以偃兵爲念。故詔百官議曰：『朕聞海陵有言：「我國家雖受四方朝貢，宋猶假息江左，亦天下兩家邪？」故有親征之行。去歲，宋人兵起無名，摇蕩我邊鄙。今已敗衂，哀懇告和。朕思海陵之言，宜如何爾？』時臣下本希上意，故進言曰：『先于靖康間，宋祚已衰。其游魂餘魄今雖據江左，正猶昭烈之在蜀，不能紹漢氏之遺統㉔，大可見也。』和議乃定。今日校之此語，乃當時繼好息民之大略，非後世正閏之定論㉕。」

或曰：「何以知之？」

曰：「夫昭烈之于漢，雖云中山靖王之後，其族屬疏遠，不能紀録世數名位。南宋高宗乃徽宗之子、欽宗之弟，歲月不易。以即位奄有江南，似與昭烈頗異。若以《金史》專依泰和朝議，特承宋統，或從今日所論，包爲載記，二論俱非至公。」

坐客又云：「遼之有國，僻居燕、雲，法度不一，似難以元魏、北齊爲比。」

僕再拜而言曰：「以此責之，膚淺尤甚。若以居中土者爲正，則劉、石、慕容、苻、姚、赫連，所得之土皆五帝三王之舊都也㉖。若以有道者爲正，苻秦之量㉗，雄材英略，信任不疑；朱梁行事，篡奪内亂，不得其死。二者方之，統孰得焉？夫授受相承之理難以此責，況乎泰和初朝廷先有此論，故選官置院，創脩《遼史》，刑期榜狀元張檝預焉㉘。後因南宋獻誠告和，臣下奏言靖康間宋祚已絶，當承宋統，上乃罷修《遼史》。緣此中州士大夫間不知遼、金之興本末各異者。向使泰和間《遼史》蚤成㉙，天下自有定論，何待余言。」

坐客愕然曰：「數百年隱顯之由，何其悉也！問一得三，寔出望外，幸謂言之㉚。」僕因就毫楮，録狂斐，以俟憙事者刪之，庶備他日史官之採摭云爾。燕山脩端謹記。

【校】

①「朱」，元刊明補本作「水」，據弘治本、薈要本、四庫本改。

②「阿保機」，弘治本、薈要本同元刊明補本；四庫本作「安巴堅」。

③「宗」，弘治本、薈要本同元刊明補本；四庫本作「祖」，非。

④「弟」，弘治本同元刊明補本；薈要本、四庫本作「第」，亦可通。「二」，弘治本同元刊明補本；薈要本、四庫本作「三」，形似而誤。

⑤「抗」，薈要本、四庫本同元刊明補本；弘治本作「托」，形似而誤。

⑥「域」，薈要本、四庫本同元刊明補本；弘治本作「城」，形似而誤。

⑦「至」，抄本、四庫本同元刊明補本；薈要本作「立」，非。

⑧「亢」，元刊明補本作「亢」，形似而誤；薈要本作「原」，亦可通；據抄本、四庫本改。

⑨「爾」，元刊明補本作「亦」；薈要本、四庫本作「況」；據抄本改。

⑩「也」，元刊明補本、抄本、薈要本作「包」，據四庫本改。

⑪「外」，抄本同元刊明補本；薈要本、四庫本脱。

⑫「窮」，抄本、薈要本同元刊明補本；四庫本作「莽」，妄改。

⑬「言」，抄本同元刊明補本；薈要本、四庫本作「爲」。

⑭「哀」，弘治本、四庫本同元刊明補本；薈要本作「嘆」。

⑮「士」，弘治本、薈要本同元刊明補本；四庫本作「諸」，妄改。「論議」，弘治本、薈要本同元刊明補本；四庫本作「議論」，妄改。

⑯「論」，弘治本、薈要本同元刊明補本；四庫本作「議」。

⑰「議」，弘治本、薈要本同元刊明補本；四庫本作「論」。

⑱「亦尋」，弘治本同元刊明補本；薈要本、四庫本作「尋亦」。

⑲「宜」，弘治本、薈要本同元刊明補本；四庫本作「合」。

⑳「期」，弘治本、薈要本同元刊明補本；四庫本作「其」，聲近而誤。

㉑「蘇師旦」，元刊明補本、弘治本、薈要本作「侯師且」，非；四庫本作「侯師旦」，非；徑改。

㉒「信孺有《古調》一篇」，弘治本同元刊明補本；薈要本闕；四庫本脱。

㉓「予」，元刊明補本作「子」，非；薈要本、四庫本作「猶」；據弘治本改。

㉔「氏」，弘治本同元刊明補本；薈要本、四庫本脱。

㉕「閏」，弘治本、薈要本同元刊明補本；四庫本作「統」。

㉖「都」，抄本同元刊明補本；薈要本、四庫本作「者」，半脱。

㉗「苻」，元刊明補本、抄本作「符」，據薈要本、四庫本改。

㉘「刑」，抄本同元刊明補本；薈要本闕；四庫本作「刻」。

㉙「向使泰和間《遼史》蚤成」，抄本同元刊明補本；薈要本作「向使泰和間若《遼史》早得修成」；四庫本作「向使泰和間若是《遼史》早得修成」。

㉚「謂」，抄本、薈要本同元刊明補本；四庫本作「卒」。

●鹿菴云：「古詩句多平字，不能得健。如杜詩《古調》一句七字，有至六字無平者。律則當如樂律和應，否則不成音矣。」

●紀行　張參議耀卿①

歲丁未夏六月初吉，赴召北上，發自鎮陽。信宿過中山，時積陰不雨。有頃，開霽。西望恒山之絶頂，所謂神峯者。聳拔若青蓋然。自餘諸峯，歷歷可數。因顧謂同侣曰：

「吾輩此行，其速返乎！ 此退之衡山之祥也。」

翌日，出保塞，過徐河橋。 西望琅山，森若劍戟，而葱翠可挹。 已而由良門、定興抵涿郡，東望樓桑蜀先主廟。 經良鄉，度瀘溝橋以達于燕②。 居旬日而行，北過雙塔堡、新店驛入南口，度居庸關。 出關，之北口，則西行。 經榆林驛、雷家店，及於懷來縣。 縣之東有橋，中横木，而上下皆石。 橋之西有居人聚落，而縣郭蕪没。 西過雞鳴山之陽，有邸店曰平輿，其巔建僧舍焉。 循山之西而北，沿桑乾河以上，河有石橋。 由橋而西，乃德興府道也。 北過一邸曰定防，水經石梯子至宣德州。 復西北行，過沙嶺子口，及宣平縣驛。 出得勝口，抵扼胡嶺③，下有驛曰孛落④。 自是以北，諸驛皆蒙古部族所分主也，每驛各以主者之名名之。 由嶺而上，則東北行，始見毳幕氈車，逐水草畜牧而已，非復中原之風土也。

尋過撫州，惟荒城在焉。 北入昌州，居民僅百家，中有廨舍，乃國王所建也。 亦有倉廩，隸州之鹽司。 州之東有鹽池，周廣可百里，土人謂之狗泊，以其形似故也。 州之北行百餘里，有故壘隱然，連亘山谷。 壘南有小廢城，問之居者，云：「此前朝所築堡障也。」城有戍者之所居。 自堡障行四驛，始入沙陀。 際陀所及，無塊石寸壤。 遠而望之，若岡陵丘阜然。 既至，則皆積沙也。 所宜之木，榆、柳而已，又皆樗散而叢生。 其水盡鹹鹵也。凡經六驛而出陀。復西北行一驛，過魚兒泊。泊有二焉，周廣百餘里，中有陸道達于南北。泊之東涯有公主離宫，之外垣高丈餘⑤，方廣二里許⑥。中建寢殿，夾以二室，背以龜軒，旁列兩廡⑦，前峙眺樓，登之頗快目力。宫之東有民匠雜居，稍成聚落。中有一樓，榜曰「迎暉」。自泊之西北行四驛，有長城頹址，望之綿延不盡，亦前朝所築之外堡也。自外堡行一十五驛，抵一河，深廣約什滹沱之三，北語云翕陸連⑧，漢言驢駒河也。夾岸多叢柳。其水東注，甚湍猛。居人云：「中有魚，長可三四尺⑨，春、夏及秋捕之皆不能行⑩，至冬，可鑿冰而捕也。」瀕河之民雜以番、漢，稍有屋室，皆以土冒之⑪。亦頗有種藝，麻、麥而已。河之北有大山，曰窟速吾⑫，漢言黑山也。自一舍外望之，黯然若有茂林者，迫而視之，皆蒼石也，蓋常有陰靄之氣覆其上焉。自黑山之陽西南行九驛，復臨一河，深廣如翕陸連三之一，魚之大若前狀，捕法亦如之⑬。其水始西流，深急不可涉。北語云渾獨剌⑭，漢言兔兒也。遵河而西行一驛，有契丹所築故城，可方三里，背山面水。自是水北流矣。由故城西北行三驛，過畢里紇都⑮，乃弓匠積養之地。又經一驛，過大澤。泊周廣約六七十里，水極澄澈，北語謂吾誤竭腦兒⑯。自泊之南而西，分道入和林城，相去約百余里。泊之正西有小故城，亦契丹所築也。由城四望，地甚平曠，可百里。外皆有山，山之陰多松林，瀕水則青楊、叢柳而已⑰。中即和林川也。

居人多事耕稼，悉引水灌之，間亦有蔬圃⑱。時孟秋下旬，穈、麥皆槁⑲。問之田者，云：「已三霜矣！」由川之西北行一驛，過馬頭山，居者云：「上有大馬首，故名之。」自馬頭山之陰轉而復西南行，過忽蘭赤斤⑳，乃奉部曲民匠種藝之所㉑。有水曰塌米河注之㉒。東北又經一驛，過石堠。石堠在驛道旁，高五尺許，下周四十餘步，正方而隅，巍然特立于平地，形甚奇峻，遥望之若大堠然，由是名焉。自堠之西南行三驛，過一河曰唐古，以其源出于西夏故也，其水亦東北流。水之西有峻嶺，嶺之石皆鐵如也。嶺陰多松林，其陽帳殿在焉，乃避夏之所也。迨中秋後，始啓行。東由驛道過石堠子，至忽蘭赤斤，山名，以其形似紅耳也。東北迤邐入陀山。自是且行且止，行不過一舍，止不過信宿。所過無名山大川，不可殫紀。

至重九日，王師麾下會于大牙帳㉓，灑白馬湩㉔，脩時祀也。其什器皆用禾樺㉕，不以金銀爲飾，尚質也。十月中旬，方至一山崦間避冬。林木甚盛，水皆堅凝，人競積薪儲水以爲禦寒之計㉖。其服非毳革則不可，食則以羶肉爲常，粒米爲珍。比歲除日㉗，輒遷帳易地，以爲賀正之所。日大宴所部於帳前，自王以下皆衣純白裘。三日後，方詣大牙帳致賀，禮也。正月晦，復西南行。二月中旬，至忽蘭赤斤。東行，及馬頭山而止，趁春水飛放故也。四月九日，率麾下復會于大牙帳，洒白馬湩，什器亦如之。每歲惟重九、四月九，凡致祭者再，其餘節則否。自是日始回，復由驛道西南往避夏所也。大率遇夏則就高寒之地，至冬則趨陽暖、薪木易得之處以避之㉘。過以往㉙，則今日行而明日留，逐水草，便畜牧而已。此風土之所宜，習俗之大略也。

僕自始至迨歸，遊于王庭者凡十閱月㉚。每遇燕見，必以禮接之。至于供帳、衾褥、衣服、食飲、藥餌㉛，無一不致其曲，則眷顧之誠可知矣。自度衰朽不才，其何以得此哉！原王之意，出於好善忘勢㉜，爲吾夫子之道而設㉝，抑欲以致天下之賢士也！德輝何足以當之，後必有賢于隗者至焉！因紀行李之本末，故備誌之。戊申夏六月望日，太原張德輝謹誌㉞。

【校】

①「張參議耀卿」，抄本、薈要本同元刊明補本；四庫本脱。

②「度」，抄本同元刊明補本；薈要本、四庫本作「渡」，亦可通。「瀘」，弘治本同元刊明補本；薈要本作「蘆」，亦可通；四庫本作「盧」，亦可通。

③「扼」，弘治本作「搤」，形似而訛；薈要本、四庫本作「梔」，形似而誤。

④「孛落」，弘治本、四庫本同元刊明補本；薈要本作「博囉」。

⑤「之」，弘治本同元刊明補本；薈要本、四庫本作「其」。
⑥「二」，弘治本同元刊明補本；薈要本、四庫本作「一」。
⑦「列」，弘治本、薈要本同元刊明補本；四庫本作「立」。
⑧「翕陸連」，弘治本、四庫本同元刊明補本；薈要本作「實里蘭」。
⑨「三」，薈要本、四庫本同元刊明補本；弘治本作「二」，形似而誤。
⑩「行」，弘治本、薈要本、四庫本作「得」，當以此爲是。
⑪「冐」，元刊明補本作「胃」，形似而誤；據弘治本、薈要本、四庫本改。
⑫「窟速吾」，弘治本、四庫本同元刊明補本；薈要本作「庫克烏哷」。
⑬「魚之大若前狀，捕法亦如之」，元刊明補本、弘治本作「魚之大若水之捕法亦如之」，據薈要本、四庫本改。
⑭「渾獨刺」，弘治本同元刊明補本；薈要本作「鴻托懶」。
⑮「畢里紇都」，弘治本、四庫本同元刊明補本；薈要本作「博勒格圖」。
⑯「吾誤竭腦兒」，弘治本同元刊明補本；薈要本作「鄂濟木諾爾」；四庫本作「吾悞竭惱兒」。
⑰「則」，弘治本同元刊明補本；薈要本、四庫本脱。
⑱「圃」，元刊明補本、弘治本作「浦」，據薈要本、四庫本改。
⑲「糜」，弘治本作「縻」，訛字；薈要本、四庫本作「麻」，半脱。

⑳「忽蘭赤斤」，弘治本、四庫本同元刊明補本；薈要本作「呼蘭齊勒」。後依此不悉出校記。
㉑「奉」，弘治本、薈要本同元刊明補本；四庫本作「本」。
㉒「塌米河」，弘治本、四庫本同元刊明補本；薈要本作「塔密爾河」。
㉓「牙」，薈要本、四庫本同元刊明補本；弘治本作「矛」，形似而誤。
㉔「湩」，弘治本、四庫本同元刊明補本；薈要本作「潼」，形似而誤。
㉕「禾樺」，弘治本同元刊明補本；薈要本作「木樺」；四庫本作「樺木」。
㉖「計」，弘治本同元刊明補本；薈要本、四庫本作「具」。
㉗「日」，弘治本同元刊明補本；薈要本、四庫本作「夕」，妄改。
㉘「木」，弘治本同元刊明補本；薈要本、四庫本作「水」，涉上而形誤。
㉙「過以往」，弘治本、薈要本同元刊明補本；四庫本作「過此以往」。
㉚「閲」，弘治本、薈要本同元刊明補本；四庫本作「越」，聲近而誤。
㉛「食飲」，弘治本同元刊明補本；薈要本、四庫本作「飲食」，倒。
㉜「好善忘勢」，弘治本、薈要本同元刊明補本；四庫本作「好善而忘勢」。
㉝「道」，弘治本同元刊明補本；薈要本、四庫本作「道衰」。
㉞「誌」，弘治本、薈要本同元刊明補本；四庫本作「識」。

●商司業録到太常諸雜儀禮：

文德殿宿齋儀注差官等。

景靈宫行禮儀注差官等。

太廟行禮儀注差官等。

明堂大禮陞降玉輅儀注。

明堂殿行禮儀注。

《明堂殿星圖》。

明堂大禮畢紫宸殿稱賀儀注①。

明堂大禮畢登門肆赦儀注。

明堂升陪事并禮饌差官等。

明堂降御劄鏁院并奏告事。

明堂大禮《修築路道圖》。

明堂大禮《笏記》。

明堂大禮排日祭祀②。

明堂降御劄修路教車按輅等年代月日。

明堂大禮逐次趲那更點③。

明堂大禮差五使等官年代例。

明堂大禮總差官。

頭冠法服樣。

《玉輅圖》。玉輅件段尺寸。及太平車尺寸等。

《逍遥平輦圖》。并尺寸等。

《太常樂圖》。

《祭器圖》。

《黄麾大仗圖》。

明堂大禮文武官合着服色等。

《御龍直執從物圖》。

明堂大禮《鼓吹雞唱警場圖》。

明堂大禮樂章樂曲。

明堂大禮合降指揮等。

明堂大禮爲值雨降過生創指揮例。

明堂大禮諸雜事例等。

明堂大禮秖應并鋪分人數等。

《熙朝盛典詩》。

大安輦件段。

明堂大禮教象申請事節。

計三十七册，曰《明堂大禮》。景定四年藍大正記。至元三十年三月二十九日商琥録。

【校】

①「賀」，弘治本、四庫本同元刊明補本；薈要本脱。

②「排」，薈要本、四庫本同元刊明補本；弘治本作「棑」，形似而誤。

③「那」，元刊明補本模糊不清，據弘治本、薈要本、四庫本補改。

●宣和《鹵簿圖》、《祀園丘圖》、《東封太山圖》。

●監修國史例。忠齋劉承旨説：「宋朝監修國史，宰相初任者，謂之開局。一月一至院，謂之過局。」至元三十一年甲午七月初四日，右丞相完澤受開府儀同三司、監修國史①，右丞相如故。

【校】

①「完澤」，弘治本、薈要本同元刊明補本；四庫本作「旺扎勒」。

●竇儼《水論》。周世宗南伐，駐蹕臨淮，因覽唐貞元中《泗州大水記》，詔竇儼論其事。儼獻文，其略曰：「夫水沴所具，厥有二理：一曰數，二曰政。天地有五德：一曰潤，二曰暵①，三曰生，四曰成，五曰動。五德者，陰陽之使也；陰陽者，水火之本也。陰陽有常德，故水火有常分。奇偶收半②，盈虛有準，謂之通正；羨倍過亢，極無不至，謂之咎徵。二者大期，率有常數。除之主始於淵獻，水之行紀於九六，凡千有七百二十有八歲，爲浩浩之會。當是時也，陰布固陽，澍雨天下，百水眡注③，漲其通川。岸不受餘，則旁呑原隰；科坎平概，則漂墊方割。雖堯、舜在上，皋、夔佑政④，亦不能弭其沴也。過此以還，則係於時政。如其后辟狂妄以自率，權臣昧冒以下專⑤，政不明，賢不章⑥，則苦雨數至，潦水積厚。然陰陽之數也。貞元壬申之水，匪數之期，乃政之感也。德宗之在位也，啓導邪政，狎暱小人⑦。裴延齡專利爲心，陰潛引納；陸贄有其位，棄其言。由是明明上帝不駿其德，乃降常雨，害于粢盛，百川沸騰，壞民廬舍，固其宜也。王者苟能修五政，崇五禮，禮不瀆，政不紊，則五日一霏微，十日一霡霂⑧，十五日一滂沱，謂之時雨，所以正五運之制節。占象晷刻，無有差爽，則神農之世其驗歟！」世宗嘉之。國初，遷禮部侍郎，依前學士判太常如故。是時祠祝、樂章、宗廟、謚號，皆儼所定撰，人服該博⑨。儼沖澹寬簡，好賢樂善，平居怡怡如也，未嘗失色於僮僕。優游文翰，凡十數年。著《大周正樂》三十卷，詔藏於史閣。其《大周通禮》未及編纂，會儼卒，議者惜之。

【校】

①「暯」，元刊明補本「𦗵」、弘治本作「瞙」，訛字；據薈要本、四庫本改。

②「偶」，弘治本同元刊明補本；薈要本、四庫本作「耦」，亦可通。

③「眂」，弘治本同元刊明補本；薈要本作「眡」；四庫本作「灌」。

④「佑」，弘治本同元刊明補本；薈要本、四庫本作「佐」，亦可通。

⑤「昧冒」，元刊明補本作「昧胃」，形似而誤；四庫本作「冒昧」，亦可通；據弘治本、薈要本改；

⑥「章」，弘治本同元刊明補本；薈要本、四庫本作「立」。

⑦「曜」，弘治本同元刊明補本；薈要本、四庫本作「矅」，訛字。

⑧「霡」，元刊明補本、弘治本作「𩃎」，據薈要本、四庫本改。

⑨「該博」，弘治本同元刊明補本；薈要本、四庫本作「其該博」，衍。

●至元貞元年歲六月十三日①，《宋太祖實録》抄并校勘無差。時開真定野河，事甚不便。

【校】

①「至」、「歲」，弘治本、薈要本同元刊明補本；四庫本脱。

●《金史》，王文康公定奪①。此王狀元先生時爲承旨學士②。

帝紀九

太祖　太宗

熙宗　海陵庶人

世宗　章宗

衛紹王實録闕。　宣宗

哀宗實録闕。

志書七

天文五行附。　地里邊境附。

禮樂郊祀附。　刑法

食貨交鈔附。　百官選舉附。

兵衛世襲附。

列傳舊實録三品已上入傳，今擬人物英偉、勳業可稱③，不限品從。

忠義　隱逸高士附。

儒行　文藝

列女　方技

逆臣忽沙虎④。　諸王后妃開國功臣在先

【校】

①「文」，元刊明補本、弘治本作「父」；據薈要本、四庫本改。

②「承」，元刊明補本、弘治本作「丞」；據薈要本、四庫本改。

③「勳業可稱」，弘治本同元刊明補本；薈要本、四庫本作「及勳業可稱」。

④「忽沙虎」，弘治本同元刊明補本；薈要本作「呼沙呼」；四庫本脫。

●書示仲謀：「王相修史事，宜急不宜緩。多半採訪①，切恐老人漸無。費用不可惜，當置曆令一人專掌②。以後打算③。」

「元裕之、蕭公弼奏用銀二千定，今即編修書寫請俸、飲食、紙劄費用。若作定撰④，三五百定都了。」

「採訪文字⑤，令言者旌賞，隱者有罰。仲謀所宜着心。編修且要二員，直須選擇魏太初、周幹臣⑥。云云。」

「本把合用儒人兼管，不宜用他色目。如他日同修、編修人來，房屋決少⑦，目今便合商議起蓋。蓋下房屋，都在文廟，已後也得用。謂如仲謀兼編修，徒單雲甫受直學士兼同修，李仁卿學士兼同修。胡紹開年小也，宜喚去⑧。比至定俸，且與批支。若家小來更好，都交文廟裏住。史事早成，其他不預史事者在於文廟，自當退去。此明年話也，仲謀宜知之。書寫、典史、雜使，以後必須用。謂文字未集，且定編修二人。若踏逐書寫二名⑨，更佳。雜使亦不可闕，將來院官不要人使喚⑩。中統二年示⑪。」

【校】

①「半」，弘治本同元刊明補本；薈要本、四庫本作「年」。

②「置」，弘治本、薈要本同元刊明補本；四庫本作「著」。

③「打算」，弘治本同元刊明補本；薈要本、四庫本脱。

④「若作定撰」，弘治本同元刊明補本；薈要本、四庫本作「作若干定撰」。

⑤「採訪」，弘治本同元刊明補本；薈要本、四庫本作「又命採訪」。

⑥「魏太初、周幹臣」，弘治本同元刊明補本；薈要本、四庫本作「如魏太初及周榦臣」，妄改。

⑦「決」，弘治本、四庫本同元刊明補本；薈要本作「缺」。

⑧「喚」，薈要本、四庫本同元刊明補本；弘治本殘。

⑨「踏」，弘治本同元刊明補本；薈要本、四庫本作「路」。

⑩「喚」，弘治本、四庫本同元刊明補本；薈要本作「喚□□」。

⑪「二」，弘治本、四庫本同元刊明補本；薈要本作「一」，形似而誤。

附録

王惲年譜

宋福利　楊亮　撰

凡例

一、譜中以干支紀年，所記年月日，以陳垣《二十史朔閏表》爲準。

二、本譜記述王惲生平行跡。遵知人論世、言必有徵之原則，對有關文獻資料加以引用，必要者進行若干考證分析説明，以案語標出。

三、本年譜依次分凡例、世系（含世系簡圖）、各年事蹟、參考文獻四部分。各年事蹟分正文、注釋兩部分，正文中先列各年相關時事，再記述譜主事跡。各年時事，皆以《續資治通鑒》、《元史》諸書爲准。譜主事蹟以時間先後爲序，每月中先列有具體日期者，春、夏、秋、冬四季分列於三、六、九、十二月後。譜中皆取陰曆日期。

四、譜主交遊人物，凡爲學者熟知人物，或史傳有載、或有行狀、碑銘可考者，詳列相關資料之索引，以備考察。其他一般非著名人物或其相關事跡他處不見詳載者，皆詳録有關其事跡行歷之資料，以備參考。

五、史傳、方志、筆記等爲考察譜主生平行跡之重要依據，譜中詳加采録。

六、王惲之詩、文爲考察其生平行跡之首要依據。本譜所據引文之底本爲臺北新文豐出版公司《元人文集珍本叢刊》本《秋澗先生大全文集》，必要時參校其他諸本。

七、譜中引用文獻資料，依次注明書名、卷次、篇名。於明清方志，凡冠以年號者，與書名分而置之，如雍正《山西通志》。對相沿成習者，年號置内，如《汲縣今志》。

八、行文中所涉與譜主交遊之人，凡與譜主生平事跡有關且生平可考者皆出註。與當年時事有較多關聯者，亦出注以明之。

世系

王惲（1227—1304），字仲謀，號秋澗〔一〕、秋澗老人、秋澗翁、秋澗退叟、秋澗野老、嘿

齋主人〔二〕、洄溪主人〔三〕、共溪雲隱〔四〕、靖共堂主人〔五〕、殷溪〔六〕，衛州汲縣（今河南省衛輝市）人。

字仲謀，王惲《秋澗先生大全文集》（以下簡稱《秋澗集》）卷首《元故翰林學士中奉大夫知制誥同修國史贈學士承旨資善大夫追封太原郡公謚文定王公神道碑銘》（以下簡稱《文定王公神道碑銘》）：「先公諱惲，字仲謀。」宋濂《元史》卷一六七王惲本傳、邵遠平《元史類編》卷二二王惲本傳、魏源《元史新編》卷三二王惲本傳、曾廉《元書》卷五八王惲本傳、柯劭忞《新元史》卷一八八王惲本傳、弘治《八閩通志》卷三六、嘉靖《隆慶志》卷一〇、嘉靖《輝縣志》卷五、順治《衛輝府志》卷一三、康熙《延慶州志》卷九、雍正《河南通志》卷六五、雍正《平陽府志》卷二〇、乾隆《大清一統志》卷一五九、乾隆《衛輝府志》卷三一、乾隆《汲縣志》卷一〇、乾隆《福建通志》卷二九、乾隆《福州府志》卷四六、道光《濟南府志》卷二四、何喬遠《閩書》卷四四、李濂《嵩渚文集》卷七二、劉昌《中州文賢名表》之《本傳》、陳焯《宋元詩會》卷七〇、陳衍《元詩紀事》卷二、沈雄《古今詞話》詞評卷下、孫梅《四六叢話》卷三三、顧嗣立《元詩選》初集卷一五、嵇璜《續通志》卷四八一、王梓材《宋元學案補遺》卷七八等諸處記載亦言其字仲謀，故略。

號秋澗，《秋澗集》卷首《文定王公神道碑銘》：「別號秋澗，晚節名德俱重，爲世尊仰，不稱姓字，但曰秋澗公。」《秋澗集》中亦多有提及，如《秋澗集》卷二一《輔提刑正臣挽詩并序》、《秋澗集》卷三二《題竹林七賢詩并序》即是，嘉靖《輝縣志》卷五、雍正《四川通志》卷四五、民國《新鄉縣續志》卷四、民國《重修滑縣志》之滑縣藝文録、李濂《嵩渚文集》卷七二、孫奇逢《孫徵君日譜録存》卷六亦有此稱謂。又號秋澗老人，《秋澗集》中亦多有提及，如《秋澗集》卷一三《題柯山寶嚴寺壁》、《秋澗集》卷一九《老境六適并序》中即是。又號秋澗翁，《秋澗集》中亦多有提及，如《秋澗集》卷二三《贈道者李雲叟》、《秋澗集》卷三四《慶壽東西二橋》中即是。又號秋澗退叟，《秋澗集》卷四三《朝儀備録敍》中即是。又號秋澗野老，《秋澗集》卷四〇《蔬軒記并銘》中即是。又號嘿齋主人，《秋澗集》卷一《蛾眉研賦并序》、《秋澗集》卷三五《檄李秀才士觀取淵明文集書》中即是。又號洄溪主人，《秋澗集》卷三六《種柳記》中即是。又號共溪雲隱，《秋澗集》卷三七《遊王官谷記》中即是。又號靖共堂主人，《秋澗集》卷三七《待旦軒記》中即是。又號殷溪，《秋澗集》卷七一《跋黄華墨迹》中即是。

其籍貫，《秋澗集》卷首《文定王公神道碑銘》作「世家於衛」，宋濂《元史》卷一六七王惲本傳、邵遠平《元史類編》卷二二王惲本傳、魏源《元史新編》卷三二王惲本傳、曾廉《元書》卷五八王惲本傳、弘治《八閩通志》卷三六、嘉靖《山東通志》卷二六、萬曆《兗州府志》

卷三七、雍正《平陽府志》卷二〇、乾隆《大清一統志》卷一百、劉昌《中州名賢文表》之《本傳》、陳焯《宋元詩會》卷七〇、陳衍《元詩紀事》卷二、孫梅《四六叢話》卷三三、顧嗣立《元詩選》初集卷一五、嵇璜《續通志》卷四八一皆作「衛州汲縣人」，柯劭忞《新元史》卷一八八王惲本傳作「衛輝汲縣人」，李濂《嵩渚文集》卷七二作「衛之汲人」，成化《山西通志》卷八、道光《濟南府志》卷二四作「汲郡人」，李賢《大明一統志》卷二八、嘉靖《隆慶志》卷一〇、康熙《延慶州志》卷九、乾隆《大清一統志》卷三二四、乾隆《福建通志》卷二九、乾隆《福州府志》卷四六、《嘉慶重修一統志》卷二〇一、沈雄《古今詞話》詞評卷下、王梓材《宋元學案補遺》卷七八作「汲縣人」，嘉靖《輝縣志》卷五、順治《衛輝府志》卷一三、雍正《河南通志》卷六五、何喬遠《閩書》卷四四、孫奇逢《孫徵君日譜録存》卷六作「汲人」，皆無誤。衛州，元時爲衛輝路，隸屬中書省，汲縣又爲衛州領縣，宋濂《元史》卷五八《地理志》：「衛輝路，下。唐義州，又爲衛州，又爲汲郡。金改河平軍。元中統元年，陞衛輝路總管府，設録事司。户二萬一千一百一十九，口一十二萬七千二百四十七。領司一、縣四、州二。録事司。縣四：汲縣，下。倚郭。新鄉，中。獲嘉，下。胙城。下。舊以胙城爲倚郭。憲宗元年，還州治于汲，以胙城爲屬邑。州二：輝州，下。唐以共城縣置共州。宋隸衛州。金改爲河平縣，又改蘇門縣，又陞蘇門縣爲輝州，置山陽縣屬焉。至元三年，省蘇門縣，廢山陽爲鎮，入本州。淇州，下。唐、宋、金並爲衛縣之域，曰鹿臺鄉。元憲宗五年，以大名、彰德、衛輝籍餘之民，立爲淇州，因又置縣曰臨淇，爲倚郭。中統元年，隸大名路宣撫司。至元三年，立衛輝路，以州隸之，而臨淇縣省。」汲縣曾爲衛輝府治。魏青鋩《汲縣今志》第一章：「汲縣在河南省北部，居黄河以北，太行山以東，爲故衛輝府治，俗仍曰衛輝。」

〔一〕秋澗，王惲以秋澗爲號，指其讀書處所居環境而言，其大致具體位置據楊亮考證當在今天衛輝市太公泉鎮古子澗村與前太公泉交界之處，此地傍依東山，前有西河之水穿過，故以此爲號。《秋澗集》卷一一《李夫人畫蘭歌爲郎中孫榮甫賦》、《秋澗集》卷一一《題任南麓畫華清宮圖後并序》中作「秋磵」。據《秋澗集》卷三九《秋澗記》、《秋澗集》卷四三《西溪趙君畫隱小序》趙子玉曾爲王惲畫有《秋澗圖》也是一證。魏青鋩《汲縣今志》卷一九載，秋澗書聲爲汲縣八景之一，「所謂秋澗書聲者，指元時縣人王惲讀書處而言」。

〔二〕嘿齋，未詳從何而出，高叔嗣《蘇門集》卷六中亦有「嘿齋」一詞，而蘇門「金明昌三年(1192)改河平縣置，屬衛州。治所即今河南輝縣市」(史爲樂《中國歷史地名大辭典》第一一一二頁)，脱脱《金史》卷二五《衛州下》：「本共城，大定二十九年改爲河平，避顯宗諱也。明昌三年，改爲今名。貞祐三年九月，陞爲輝州。」王惲十七八時曾在蘇門讀書(詳見年譜蒙古乃馬真后稱制二年、三年條)，兩處或爲同一地點。

〔三〕洄溪，嵇璜《續通志》卷一七〇有《洄溪先生遊玉川詩》碑刻記載，爲王惲子王公孺撰寫，王惲孫王笴書，此處之洄溪先生當指王惲。然據《秋澗集》卷三六《洄溪記有銘》與卷三六《種柳記》，此洄溪並非指今湖南江華瑶族自治縣南黑山口鄉之洄溪(史爲樂《中國歷史地名大辭典》第一九八〇頁)，而是王惲給自己家鄉的一條河流起的名字，時間當在至元三年與至元五年夏六月之間，當時王惲回到家鄉，悠遊鄉里(詳見年譜至元三年至至元五年條)。

〔四〕共溪，《秋澗集》卷七《風秀丹山歌至元壬申來官平陽得之於録事參軍周幹臣處周予弱冠時同舍郎也十一年春三月十五日與兒子孺讀王黼朱勔傳及僧祖秀華陽宫記因作此詩以贈周云》中作「共谿」。共溪，不知從何而出，據《遊王官谷記》中「至元甲戌夏六月」句來看，此號最遲得自於至元十一年，而此前時間里，王惲絶大部分時間都在家鄉度過，此共溪可能指衛州共地的某一溪流，古共地即今河南輝縣一帶，曾有共、共國、共州、共縣、共城縣等稱謂（史爲樂《中國歷史地名大辭典》第九一一頁）。又因爲王惲至元九年至至元十二年曾擔任平陽路總管府判官，其所治區域内有共水（史爲樂《中國歷史地名大辭典》第九一一頁），也可能因此而爲自己取號爲共溪雲隱，《秋澗集》卷七《風秀丹山歌至元壬申來官平陽得之於録事參軍周幹臣處周予弱冠時同舍郎也十一年春三月十五日與兒子孺讀王黼朱勔傳及僧祖秀華陽宫記因作此詩以贈周云》也作於至元十一年，似可證此假設也。

〔五〕此號之由來待考。

〔六〕殷溪，實際指的就是汲縣之太公泉，《秋澗集》卷四一《汲郡圖志引》載「殷溪，明表也，而稱太公泉」，即太公泉本當是殷溪，後人錯稱爲太公泉，而「太公泉在汲縣西北二十五里太公廟東。」（魏青鋩《汲縣今志》第七頁）又《秋澗集》卷二四《六度寺》組詩之一爲：「鷹揚來自鎬豳西，草木荒山壁壘低。賣食解牛真妄説，斷碑明指是殷溪。」乾隆《大清一統志》卷一一五：「六度寺在汲縣西北四十里壇山之麓，唐開元初建。」雍正《河南通志》卷五〇：「在府城西北，始建未詳。」則殷溪即汲縣之太公泉可知矣。

王惲一族爲汲郡著姓，頗有來歷，本齊王和之裔，其先人爲陳留陽武縣七圈里人（一説圈亭人）〔一〕**，宋靖康初，避地徙家衛汲縣長樂鄉之白楊里（一説西晉里）**〔二〕**。遠祖金天會間積勞至杞縣尉。**

《秋澗集》卷四九《南鄘王氏家傳》：「王氏皆王者之後，……其在陳留者，齊王和之裔。汲郡王氏，其先陳留陽武縣七圈里人，起家壟畝，耕稼河陂間，宋靖康初，避地徙家衛汲縣長樂鄉之白楊里。遠祖金天會間積勞至杞縣尉。高祖昆弟五人，二翁是爲扈王氏。初，妣父扈素長者，聞高祖賢，舍而甥焉。生子男五：曰三翁、四翁、五翁、十五翁、十六翁。人見其本支蕃衍，稱扈王氏以别因之，蓋不忘本也。三翁贇，譜敘爲二代祖，生二子，曰元弼，曰仲英。仲英資穎異，是爲惲高祖，自田舍郎改肄士業，嘗語人曰：『終當以筆代耕。』」

《秋澗集》卷五九《長樂仟表》：「汲郡王氏，其先河南陽武縣圈亭人。避靖康之亂，北渡河至汲，樂其風土衍沃，遂占籍爲長樂鄉西晉里人。」

《秋澗集》卷四九《金故忠顯校尉尚書户部主事先考府君墓誌銘》：「其先陳留郡陽武縣七圈里農家，避靖康亂，徙居衛汲縣長樂鄉。遠祖有積勞官杞縣尉者。」

〔一〕據宋濂《元史》卷五九《汴梁路》載，陳留縣與陽武縣在元代皆受汴梁路管轄，二者無從屬關係。王惲所言之陳留當指古陳留郡，史爲樂《中國歷史地名大辭典》第一四〇〇頁載「（陳留郡）西漢元狩元年（前 122）置，治所在陳留縣（今河南開封縣東南陳留鎮）。轄境相當今河南開封市尉氏縣以東，寧陵縣以西，延津、長垣縣以南，杞縣、睢縣以北地。……乾元初復爲汴州」。

〔二〕《秋澗集》卷五九《長樂仟表》：「今王氏二百載間，丘墓移置者三：始焉西晉里，再卜白楊疃，分白楊而祖西河鄉，勢固有當然者。」王氏徙家衛州汲縣後，似乎有兩次移居，初次定居於西晉里，後來移居於白楊疃（亦即白楊里），後又移居於西河鄉，這才與《南鄘王氏家傳》、《長樂仟表》之記載相吻合。

高祖王仲英，爲郡吏，官至河平軍節度府都目官〔一〕，年三十八得暴疾而卒。

《秋澗集》卷四九《南鄘王氏家傳》：「仲英資頴異，是爲惲高祖，自田舍郎改肄士業，嘗語人曰：『終當以筆代耕。』衆異其言。及長，補郡掾，爲人英特，棣棣有威儀，主治曹務，踔敕角切厲風發。明昌初，節鎮參佐例朝授，用薦者言，遷河平軍都目官。上官倚重，有『黑王殿直立節度』之目。尋得暴疾，卒魚行里舍，時年三十有八，人惜其年不稱德。」

《秋澗集》卷四九《金故忠顯校尉尚書户部主事先考府君墓誌銘》：「曾祖府君諱仲英，特有威望，終河平軍節度府都目官。」

〔一〕河平軍，河平軍節度府，即河平軍節度，脱脱《金史》卷二五《衛州下》：「河平軍節度，宋汲郡。天會七年，因宋置防禦使。明昌三年，陞爲河平軍節度，治汲縣，以滑州爲支郡。大定二十六年八月，以避河患，徙於共城。二十八年，復舊治。貞祐二年七月，城宜村。三年五月，徙治于宜村新城，以胙城爲倚郭。正大八年，以石甃其城。」

金元之際衛州王氏出身農家，自王仲英之後才躋身吏員行列。都目一職元代屬八品，金代不詳，元承金制，故仍是低級吏員。《金史》卷五三《選舉三》：「泰和四年，簽河東按察司事張行信言：『自罷移轉法後，吏勢浸重，恣爲豪奪，民不敢言。今又無朝差都目，止令上名吏人兼管經歷六案文字，與同類分受賄賂。吏目通曆三十年始得出職，常在本處侵漁，不便。』遂定制，依舊三十月移轉，年滿出職，以杜把握州府之弊。八年，以僉東京按察司事楊雲翼言，書吏書史皆不用本路人，以別路書吏許特薦申部者類試，取中選者補用。」王惲家族王仲英之後才得以由農家轉變爲吏員家庭，顯然非衛州世家大族也。王仲英之任職爲汲郡王氏崛起之先聲。

曾祖王經（1139—1214），字伯常，不仕。貞祐二年甲戌（1214）春正月十一日卒，享年七十六，謚文元先生。曾祖妣呂氏（1139—1214），系出新中臨清關宋汲郡公呂氏之裔〔一〕，貞祐二年甲戌（1214）春正月十一日卒，享年七十六。

宋濂《元史》卷一六七王惲本傳：「曾祖經。」劉昌《中州文賢名表》之《本傳》同，故略。

《秋澗集》卷首《文定王公神道碑銘》：「曾祖諱經，隱居讀書，鄉黨化其德，謚文元先生。曾祖妣呂氏，臨清大家。」

《秋澗集》卷四九《南鄘王氏家傳》：「曾祖經，字伯常，天稟孝愛，垂髫已知事母，容止如成人，禮氣方嚴，内長厚，喜施與，志不樂禄仕，雍容鄉間，以德度靄一時。昆仲七人，同居内外，無間言，以累葉不分，家用饒足。……曾祖妣系出新中臨清關宋汲郡公呂氏之裔，壼儀母德，宗屬仰法焉。生與曾祖歲月日同，北兵破衛，亦同時怖沒於家，春秋七十有六，實貞祐二年甲戌春正月十一日也。〔二〕」

《秋澗集》卷四九《金故忠顯校尉尚書户部主事先考府君墓誌銘》：「祖經諱，不仕，天性孝愛，鄉黨化其德。」

王梓材《宋元學案補遺》卷七八：「王經，字伯常，衛州人，文定曾祖。隱居讀書，鄉黨化其德。謚文元先生。」

〔一〕新中鄉，史爲樂《中國歷史地名大辭典》第二七二一頁載「在今河南新鄉縣西南，西漢元鼎六年（前111）置獲嘉縣於此」。

臨清關，史爲樂《中國歷史地名大辭典》第一八六三頁載「在今河南新鄉市東北古黃河北岸」。

〔二〕貞祐二年甲戌春正月十一日，王惲曾祖及曾祖妣當同日爲元兵所殺，「怖没於家」當是隱晦的説法。《秋澗集》卷三九《堆金塚記》：「國朝癸酉歲，天兵北動，奄奠中夏。明年，分道而南，連亘河朔，衛乃被圍。粤三日城破，以州旅拒不即下，悉驅民出泊近甸，無噍類殄殲。初，星妖下流淇上，羣兒氣吐成謡，閧歌里陌間曰『團欒冬，半破年。寒食節，絶人煙』之讖，尋罹厄，實貞祐二年春正月十有二日也。」宋濂《元史》卷一《太祖本紀第一》之八年條載：「（八年癸酉）秋，分兵三道：命皇子朮赤、察合台、窩闊台爲右軍，循太行而南，取保、遂、安肅、安、定、邢、洺、磁、相、衛、輝、懷、孟，掠澤、潞、遼、沁、平陽、太原、吉、隰，拔汾、石、嵐、忻、代、武等州而還……」

祖王宇（1174—1224），字彦宇，官至金朝敦武校尉〔一〕。正大元年（1224）卒，年五十一。祖妣孟氏、韓氏（1185—1260）〔二〕。孟氏爲縣南草市榆林坊富家，貞祐二年（1214）卒。韓氏，衛人，晚嗜道教之太一教，道號妙清。中統元年（1260）卒，享年七十六。

宋濂《元史》卷一六七王惲本傳：「祖宇，仕金，官敦武校尉。」劉昌《中州文賢名表》

之《本傳》同，故略。

《秋澗集》卷首《文定王公神道碑銘》：「祖父諱宇，亡金衛州刑曹孔目官〔二〕，精於文法，官敦武校尉。用公貴，贈集賢侍讀學士、大中大夫，追封太原郡侯，謚敏懿。祖妣孟氏、韓氏竝追封太原郡夫人。」

《秋澗集》卷四九《南鄘王氏家傳》：「生祖宇，字彦宇，……由郡掾辟刑曹孔目官。……正大改元四月十六日，以末疾終新衛州横堤里之寓館，壽五十有一，官至敦武校尉。祖妣孟氏女，縣南草市榆林坊富家，姿貞順，配祖德良稱。既誕先考，以貞祐二年癸酉四月十六日卒於郡之故家。再娶韓氏，韓，宋已來世顯族，有累階至司空龍圖者。……晚嗜道家，教號妙清。大元中統庚申重九日，以疾終安仁里，享年七十有六，越三日，祔葬玄堂祖柩之左。」

《秋澗集》卷四九《金故忠顯校尉尚書户部主事先考府君墓誌銘》：「顯考府君諱宇，衛州刑曹孔目官，精文法，表表爲吏學師，官至敦武校尉。」

〔一〕敦武校尉，從八品下。脱脱《金史》卷五五《百官志》：「武散官，凡仕至從二品以上至從一品者，皆用文資。自正三品以下，階與文資同……從八品上曰修武校尉，下曰敦武校尉。」

〔二〕王惲祖妣韓氏，其先陳留酸棗人，世以儒業顯，遠祖有方，官至大司空。六代祖韓璹，累階銀青榮禄大夫，五季間北渡河，遂占籍爲衛人。五代祖朝奉大夫祇德。高祖韓奕山（一説韓奕），大觀末舉茂才，數爲縣有聲。曾祖韓渤，金初登進士第，有文采，終獲嘉令，生韓矩、韓柜（疑二者爲一人，韓柜或即韓矩）。韓矩生二子，其仲子即太一教二代祖師諱道熙。韓氏祖父爲韓柜，善居室，遂用富饒。父韓悦，有淳德不耀。兄韓仲，字仲寬，所居以善行稱。兄韓仲生子韓澍，字巨川，至元二年，授汲縣尹。至元五年，勑授將仕郎，主高唐縣簿。至元七年二月一日卒於絃歌里舍，得年四十八。韓澍生三子一女：長曰韓從益，字雲卿，自憲臺六察史，爲燕南河北道提刑按察司書史，王惲在《秋澗集》中有多篇詩文贈之；次從愿、從革。女明童，適王氏子。韓澍有男孫四人。韓澍有一姊，姿淑婉，善書，年十一選入金朝王宫。既笄，爲承御，事金宣宗、天興二帝，歷十九年，正大末以放出宫。後適石抹子昭，相與流寓許昌者餘十年。至元三年，韓澍爲汲縣令，自許昌迎致淇上者累月。南歸之際，贅兒子醜於許，王惲作《春從天上來》以送之。詳見《秋澗集》卷六〇《故將仕郎汲縣尹韓府君墓表》、《秋澗集》卷六一《故太一二代度師先考韓君墓碣銘并序》、《秋澗集》卷四七《太一二代度師贈嗣教重明真人蕭公行狀》、《秋澗集》卷七五《春從天上來》、《秋澗集》卷一六《簡寄王推官漢臣今從事彰德幕府表弟韓從益雲卿自相下來伏審雅候佳勝喜慰之餘謹以此寄奉别後一笑也》。

〔三〕孔目，《金史》卷五三《選舉三》：「凡内外諸吏員之制，自正隆二年，定知事孔目出身俸給，凡都目皆自朝差。海陵初，除尚書省、樞密院、御史臺吏員外，皆爲雜班，乃召諸吏員于昌明殿，諭之曰：『爾等勿以班次稍降爲歉，果有人才，當不次擢用也。』……大定二年，户部郎中曹望之言，隨處胥吏猥多，乞減其半。詔胥吏仍舊，但禁用貼書。又命縣吏闕，則令推舉行止修舉爲鄉里所重者充。三年，以外路司吏久不陞轉，往往交通豪右爲姦，命與孔目官每三十月則一轉，移於他處。七年，敕隨朝司屬吏員通事譯史勾當過雜班月日，如到部者並不理算。又詔，吏人但犯贓罪罷者，雖遇赦，而無特旨，不許復敍。又命，京府州縣及轉運司胥吏之數，視其户口與課之多寡，增減之。十二年，上謂宰臣曰：『外路司吏，止論名次上下，恐未得人。若其下有廉慎、熟閑吏事，委所屬保舉。試不中程式者，付隨朝近下局分承應，以待再試。彼既知不得免試，必當盡心以求進也。』」

衛州王宇在衛州任邢曹孔目，而孔目一職雖是雜官，但是因其交往廣泛，刑獄公平，故在衛州地位逐步穩固。此爲後來王天鐸任職金中都汴梁打下基礎，王宇實際上也成爲衛州王氏崛起之關鍵人物也。

父王天鐸（1202—1257），字振之，號思淵子，官至金朝忠顯校尉〔一〕。元憲宗七年（1257）秋八月十八日卒，享年五十六。夫人靳氏（1205—1249），相州永和人〔二〕，元海迷失后元年（1249）卒，享年四十五。

宋濂《元史》卷一六七王惲本傳：「父天鐸，金正大初以律學中首選，仕至户部主事。」劉昌《中州文賢名表》之《本傳》同，故略。

《秋澗集》卷四九《金故忠顯校尉尚書户部主事先考府君墓誌銘》：「先府君諱天鐸，字振之，族王氏……正大初，自州户曹辟，權行部令史……正大四年，用元帥完顔公薦，挾所能，試京師，擢吏員甲首，時年廿有六……五年，補睦親府掾屬，皇兄荆王判府事愛其德度，深加禮遇。……開興初，用入粟補，若授户部主事。……年四十六，既奪先妣，或勸之娶，曰：『其如不可乎？老者繼室，又先余死，是轉余於恤；少者後予，是吾遺累于後。』竟不復娶。晚節號思淵老人……丙辰春，平章趙公璧以書來聘，時已疾，不克往。明年丁巳秋八月十有八日，考終牖下，享年五十有六，官至忠顯校尉。夫人靳氏，相州永和人進士子玄之孫，安陽丞顯思之次女。貞静淑善，光備婦道。生二子：惲、忱。先卒，用戊午春三月，葬汲縣親仁鄉之新阡，先妣祔焉。」《秋澗集》卷四九《南鄘王氏家傳》、王梓材《宋元學案補遺》卷七八《校尉王思淵先生天鐸》所載與此相似，故略。

《秋澗集》卷四九《先妣夫人靳氏墓誌銘》：「先妣縣君姓靳氏，相州安陽永和鎮人。永和自唐歷宋爲名縣，鴻儒鉅族代櫛比出，靳氏其一也。家故饒財，世以孝義著聞鄉里。祖諱師楊，字子玄，舉進士，有賦聲場屋間。後以恩賜第，授彰德府教官。……外祖其季也。……嘗官安陽丞。生二女，先妣其次也。姨母適李氏，今爲召居鄉里，有一子。……歲戊申夏六月，竟以憂勤致疾。越明年己酉秋七月廿有九日，化于私居之適寢，壽四十有五。」

《秋澗集》卷首《文定王公神道碑銘》：「顯考諱天澤（案：當作天鐸），資剛明決，科律學魁多士〔三〕，亡金忠顯校尉、户部主事。中年折節讀書，務教子起宗，所交皆海内名士，易名文通先生。用公貴，贈正奉大夫、大司農卿，追封太原郡公，謚莊靖。顯妣靳氏追封太原郡夫人。」

〔一〕忠顯校尉，從七品下。脱脱《金史》卷五五《百官志·吏部》：「武散官，凡仕至從二品以上至從一品者，皆用文資。自正三品以下，階與文資同……從七品上曰忠武校尉，下曰忠顯校尉。」

〔二〕相州，金朝時改彰德府，治所在安陽，永和爲其屬邑。脱脱《金史》卷二五《地理志》：「彰德府，散、下。宋相州鄴郡彰德軍節度，治安陽。天會七年仍置彰德軍節度，明昌三年陞爲府，以軍爲名。……安陽……鎮三：天祐、永和、豐樂。」史爲樂主編《中國歷史地名大辭典》第二七二一頁：「轄境相當今河北磁縣、成安縣以南，河南内黄縣以西，湯陰縣以北，林州市以東地。」

〔三〕金朝科舉，文舉與武舉並行。其中，文舉有詞賦、經義、策論、律科、經童之類。《金史》卷五一《選舉一》：「律科進士，又稱爲諸科，其法以律令内出題，府試十五題，每五人取一人。大定二十二年定制，會試每場十五題，三場共通三十六條以上，文理優、擬斷當、用字切者，爲中選。臨時約取之，初無定數。其制始見於海陵庶人正隆元年，至章宗大定二十九年，有司言：『律科止知讀律，不知教化之源，可使通治《論語》、《孟子》以涵養其氣度。』遂令自今舉後，復於《論語》、《孟子》内試小義一道，府會試別作一日引試，命經義試官出題，與本科通考定之。」

王天澤生長於刀筆吏家庭，其本人又長於吏事，斷案精切公允。其中律科進士之後，在汴梁任職，故是衛州王氏振興之關鍵人物。然金人重詞賦進士，而律科進士陞遷甚難，《金史》卷五二《選舉二》：「律科、經童。正隆元年格，初授將仕郎，皆任司候，十年以上並一除一差，十年外則初任主簿，第二任司候，第三主簿，四主簿，五警判，六市丞，七諸縣丞，八次赤丞，九赤縣丞，十下縣令。十一中縣令，五任上縣令，呈省。三年制，律科及第及七年者與關内差使，七年外者與關外差。諸經及第人未十年者關内差，已十年關外差。律科四十年除下令。經童及第人視餘人復展十年，然後理算月日。」

妻推氏、無名氏。推氏（1227—1286）〔一〕，共城人，至元二十三年（1286）孟冬辛酉卒，生子王公儒。無名氏，只知爲女侍，籍貫、名姓、生卒年不詳，生子王公儀、王公説。

《秋澗集》卷首《文定王公神道碑銘》：「先妣共城人，尚醫推公季女，資婉順，事舅姑，睦婣親，以孝敬聞。……女侍生二子，善加撫育，無異己出。内助力爲多，先十八年卒。生子公孺，奉議大夫、知穎州事。孫三：笴，朝列大夫，中書刑部郎官；次詵詵、侃侃，尚幼。女孫二：長適昭文館大學士耶律伯强子著作郎楷，次適甯氏子。重孫五：男漢璋、德璋、潤璋，女二，皆幼。庶子二：公儀，廕授承務郎、同知磁州事；公説，衛輝路儒學學正，生子瑣住。」

《秋澗集》卷六四《亡妻推氏祭文遣奠祭文》：「維至元廿三年歲次丙戌冬十一月癸亥朔十有二日甲戌，中議大夫、前行臺行御史王惲，謹以牲醪之奠致祭于夫人推氏之靈：維君爲婦克恭，以母則式，助我内治，其宜其適，四十三年，迺猶一日。……彌留八年，屢值危棘，孰祓其祥，稍復安息。孟冬辛酉，遽變容度，孰褫其魄，溘先朝露。惟此喪制，我實主之，布冠齊衣，我具舉之。……我卜甲戌，窆焉襲吉，奉安汝柩，皇姑之側。」

〔一〕推氏，其先相州隆慮人，金初爲避仇家，徙家衛之共城。祖父推復，字永亨，以良醫稱。父推德，字濟之，正大丁亥，以方瘍兩科中選，由醫工補省司管勾。生平志存濟物，晚節耽翫史籍，酣適醪醴，竟以飲致疾，中統二年（1261）卒，享年七十有二。推氏母桑氏，鄉進士彦周之女，生女子三人：長適司候張顯，仲女鉅家李氏，三女即推氏。桑氏至元二年（1265）二月四日卒，壽八秩，聳顯等合葬古郭里柏門山南原殿士桑君塋西南隅。詳參《秋澗集》卷五九《管勾推公墓碣銘》。另據《秋澗集》卷六四《亡妻推氏祭文遣奠祭文》所載，推氏與王惲共同生活了四十三年，推氏卒年爲至元二十三年（1286），王惲時年六十，則王惲在十七歲時，即蒙古乃馬真后稱制二年（1243）與推氏成親。又據上文可知，推氏自卒前八年已經得病，王惲在其卒後，親自爲其置辦喪事。又《秋澗集》卷三〇《細君推氏哀辭（八）》：「六十難爲夭折悲，百年偕老是同期。」可知推氏卒時年六十，則其生年爲一二二七年，與王惲同歲。又《秋澗集》卷三〇《細君推氏哀辭（六）》：「纔過彌誕無旬月，遽變辭容只兩朝。寶靨暗留巖菊細，黛蛾空見遠山遥。」可知推氏從病情突然加重到去世僅兩天，且距剛過完生日不足一月，則推氏生月當在十月、十一月兩月内。

弟王忱，字仲略，號後谿，生卒年不詳，生日爲五月廿一日。約於元至元廿六年至廿九年在鄧州穰縣〔一〕，官竹監使〔二〕。後當在揚州路儀真爲監使〔三〕，并在儀真去世。可考者三子：王振、王宜、王重。

據《秋澗集》卷四九《南鄘王氏家傳》「生二子，曰惲，曰忱。孫振，孫宜，孫重，孫韃郎」與《秋澗集》卷一八《廿四年丁亥歲重九日同弟忱展墓奠辭二首》，可知王惲與王忱同爲王天鐸之子，王忱爲王惲弟。《秋澗集》卷一三有《春酬舍弟仲略見寄之什》一詩，可知王忱字仲略。《秋澗集》卷四六《孫韃郎名字説》有「叔父後谿題示」，可知王忱號後谿。《秋澗集》卷一八《舍弟仲略生朝十六年己卯五月廿一日時寓史開府宅》，生朝即生日，可知王忱生日爲五月廿一日。《秋澗集》卷一三《望舍弟消息》：「憶弟居穰縣，嗟予宦建陽。」王惲官建陽之時爲至元廿六年（詳見年譜至元廿六年條）〔四〕，又《秋澗集》卷二一有《送舍弟南歸穰下壬辰十月廿日彰德相别》一詩，《秋澗集》卷一八有《相下送舍弟之官鄧鄙時爲竹監使》一詩，可知王忱在元至元廿六年至廿九年在鄧州穰縣，官竹監使。《秋澗集》卷二三《哭挽母弟略監使》有「分攜洹水儘離愁〔五〕，誰料儀真是徹頭」句，徹頭即盡頭之意，可知王忱卒於儀真。又儀真屬揚州路，王惲在至元廿九年之後未有到揚州的記載，也爲王忱卒於儀真之證。又王惲在本詩中仍稱王忱爲「監使」，可知王忱卒時仍官監使一職。《秋澗集》卷四六《孫鞬郎名字説》：「故以笴名之，而以君貢字焉。」《秋澗集》卷首《文定王公神道碑銘》：「（王惲）孫三：笴，朝列大夫，中書刑部郎官；次詵詵、侃侃，尚幼。」可知王惲長孫爲王笴，即鞬郎，而《秋澗集》卷四九《南鄘王氏家傳》載「（王天鐸）生二子，曰惲，曰忱。孫振，孫宜，孫重，孫鞬郎」，可知王振、王宜、王重皆爲王忱之子。

〔一〕鄧州，元屬河南府路南陽府，穰縣爲其領縣。宋濂《元史》卷五九：「鄧州，下。唐初爲鄧州，後改南陽郡，又仍爲鄧州。宋屬京西南路。金屬南京開封府。舊領穰縣、南陽、内鄉、淅川、順陽五縣。元初以淅川、順陽省入内鄉。舊設録事司，至元二年併入穰縣。領三縣：穰縣，……内鄉，……新野。」

〔二〕竹監使，元時隸屬司竹監，宋濂《元史》卷六二：「竹之所産雖不一，而腹裏之河南、懷孟，陝西之京兆、鳳翔，皆有在官竹園。國初，皆立司竹監掌之，每歲令税課所官以時採斫，定其價爲三等，易於民間。至元四年，始命制國用使司印造懷孟等路司竹監竹引一萬道，每道取工墨一錢，凡發賣皆給引。至二十二年，罷司竹監，聽民自賣輸税。明年，又用郭畯言，於衛州復立竹課提舉司，凡輝、懷、嵩、洛、京襄、益都、宿、蘄等處竹貨隸焉。在官者辦課，在民者輸税。二十三年，又命陝西竹課提領司差官於輝、懷辦課。二十九年，丞相完澤言：『懷孟竹課，頻年斫伐已損。課無所出，科民以輸。宜罷其課，長養數年。』世祖從之。此竹課之興革可考者也。」

〔三〕儀真，宋改真州爲儀真郡，元復爲真州，隸屬揚州路，明改爲儀真縣，清改爲儀徵縣。脱脱《宋史》卷八八：「真州，望，軍事。本上州。乾德三年，陞爲建安軍。至道二年，以揚州之六合來屬。大中祥符六年，爲真州。大觀元年，陞爲望。政和七年，賜郡名曰儀真。建炎三年，入于金，尋復。……縣二：揚子，……六合。」宋濂《元史》卷五九：「真州，中。五代以前地屬揚州，宋以迎鑾鎮置建安軍，又陞爲真州。元至元十三年，初立真州安撫司。十四年，改真州路總管府。二十一年，復爲州，隸揚州路。領二縣：揚子，……六合。」李賢《大明一統志》：「儀真縣，……宋初陞爲建安軍，大中祥符間陞軍爲真州，治揚子縣。政和中，號郡曰儀真。元至元中改真州路，後復爲真州。本朝洪武二年改爲儀真縣，以揚子縣省入。」乾隆《大清一統志》卷六六「儀徵縣，……宋乾德二年，陞迎鑾鎮爲建安軍。雍熙二年，以永鎮縣屬焉，後復改曰揚子。大中祥符六年，陞軍爲真州，始移揚子於州郭，屬淮南東路。政和七年，賜名儀真郡，後廢爲縣，旋陞軍州。元至元中，陞真州路。二十一年，復曰真州，屬揚州路。二十八年，移揚子縣，治新城。明洪武三年，改真州爲儀真縣，以揚子縣省入，屬揚州府。本朝因之，雍正元年改儀徵縣。」

〔四〕建陽，元屬福建閩海道肅政廉訪司建寧路，宋濂《元史》卷六二：「建寧路，下。唐初爲建州，又改建安郡。宋陞建寧軍。元至元二十六年，陞爲路。……縣七：建安，……甌寧，……浦城，……建陽，……崇安，……松溪，……政和。」

〔五〕洹水，史爲樂主編《中國歷史地名大辭典》第一九七四頁：「即今河南北部衛河支流安陽河。」

長子王公孺，字紹卿，生卒年不詳，推氏所生。至元三十一年（1294），任秘書監著作佐郎〔一〕。大德二年（1298），進著作郎〔二〕。大德七年（1303）〔三〕，授衛州推官〔四〕。歷翰

林應奉〔五〕。延祐間，出知潁州〔六〕。至治元年（1321），爲翰林待制〔七〕。約於至元四年（1267）成親，妻石氏。

王公孺，王士點《秘書監志》卷一〇、《中都志》卷六、雍正《江西通志》卷一一八有傳，宋濂《元史》卷一六七王惲本傳、李賢《大明一統志》卷二八王惲本傳有載。妻石氏，《秋澗集》卷六三《告家廟文》載：「維至元四年歲次丁卯六月丁巳朔廿三日己卯，孝曾孫王惲等……爲子公孺聘婦，得宣差石君之第三女。」

〔一〕著作佐郎，正七品。見王士點《秘書監志》卷一〇「著作佐郎」條。

〔二〕著作郎，從六品。見王士點《秘書監志》卷一〇「著作郎」條。

王公孺並未有文集傳世，今人《全文元》第一三册，輯其文一〇篇。

〔三〕《秋澗集》卷首《文定王公神道碑銘》：「大德元年，進中奉。明年戊戌春，以三朝舊臣，賜楮幣萬緡，其年七十，請老不許。五年，再上章懇請，除公孺自秘著司刑鄉郡，以便侍養，仍官孫笴祕書郎。」宋濂《元史》卷一六七王惲本傳、劉昌《中州文賢名表》之《本傳》皆作「五年，再上章求退，遂授其子公孺爲衛州推官，以便養，仍官其孫笴秘書郎」，沿襲了《文定王公神道碑銘》中的說法。從以上記載可知，王惲致仕時，元朝把王公孺從祕著司提拔到刑鄉郡的職位，即由著作郎改任爲衛州推官，仍官王笴秘書郎。然此處之五年並非指大德五年，而是指大德二年又過了五年，即大德七年。換言之，王惲致仕不是在大德五年，而是在大德七年。對此，臺灣袁冀先生早有論述，他舉《秋澗集》卷首《故翰林學士秋澗王公哀挽詩序》中「內翰王公謝事之明年，終命於家」爲證進行了論述（袁國藩《大陸雜誌史學叢書》第三輯第三册《宋遼金元研究論集·元史劄記》第八條，臺灣：大陸雜誌社）。現還可再舉一例，王惲致仕時，元朝「仍官其孫笴秘書郎」，即在此之前王笴已經官拜秘書郎，王惲致仕時仍讓王笴擔任此職，如果王惲是在大德五年致仕，則王笴最遲於當年官拜秘書郎。然王士點《秘書監志》卷一〇《秘書郎》載「王笴大德七年閏五月初二日上。字君貢，衛輝人」，可知王笴最早於大德七年任秘書郎，而非大德五年。這也可以説明王惲致仕時間確實是在大德七年，而非大德五年，並且致仕之日還要晚於王笴任秘書郎之日，即晚於大德七年閏五月初二日。《秘書監志》爲元代王士點、商企翁所著，王士點爲王構之子，商企翁爲商挺之孫，兩人又都在秘書監任職（詳見《秘書監志》點校説明），其可信度很高。

〔四〕推官，宋濂《元史》卷九一：「諸路總管府，至元初置。……二十三年，置推官二員，專治刑獄，下路一員。」推官俸秩十九貫，宋濂《元史》卷九六《俸秩》：「上路……判官，二十貫。推官，一十九貫。經歷，一十七貫。……下路……判官，二十貫。推官，一十九貫。經歷，一十七貫。」

〔五〕翰林應奉，即應奉翰林文字，從七品。宋濂《元史》卷八七：「翰林兼國史院，秩正二品。……應奉翰林文字五員，從七品。」

〔六〕潁州，元時屬河南江北等處行中書省之汝寧府。宋濂《元史》卷五九：「潁州，下。唐初爲信州，後改汝陰郡，又改潁州。宋陞順昌府。金復爲潁州。舊領汝陰、太和、沈丘、潁上四縣。元至元二年，省四縣及録事司入州。後復領三縣：太和，下。沈丘，下。潁上，下。」知潁州，從五品。宋濂《元史》卷九一：「諸州。……下州：達魯花赤、知州並從五品。」

〔七〕翰林待制，從五品。宋濂《元史》卷八七：「翰林兼國史院，秩正二品。……待制五員，從五品。」

次子王公儀，生卒年不詳，女侍所生。官承務郎〔一〕、同知磁州事〔二〕。

《秋澗集》卷首《文定王公神道碑銘》：「庶子二：公儀，廕授承務郎、同知磁州事；公説，衛輝路儒學學正，生子瑣住。」

〔一〕承務郎，從六品，見宋濂《元史》卷九一「散官」條。

〔二〕磁州，宋濂《元史》卷五八：「磁州，中。唐磁州。宋爲滏陽郡。金以隸彰德。元太祖十年，陞爲滏源軍節度，隸真定路。太宗八年，隸邢洺路。憲宗二年，改邢洺路爲磁洺路。至元二年，以真定之涉縣及成安縣併入滏陽，武安縣併入邯鄲，止以滏陽、邯鄲二縣及録事司來屬。後復置涉縣歸真定，以滏陽、武安、邯鄲、成安、録事司隸焉。至元三年，併録事司入滏陽縣。至元十五年，改洺磁路爲廣平路總管府，磁州仍隸焉。領四縣：滏陽，中。倚郭。武安，中。邯鄲，下。成安。下。」同知磁州事，從六品。《元史》卷九一：「諸州。……中州：達魯花赤、知州並正五品，同知從六品。」

三子王公説，生卒年不詳，女侍所生。官衛輝路儒學學正〔一〕。

《秋澗集》卷首《文定王公神道碑銘》：「庶子二：公儀，廕授承務郎、同知磁州事；公説，衛輝路儒學學正，生子瑣住。」

〔一〕學正，《元史》卷八一：「太宗始定中原，即議建學，設科取士。世祖中統二年，始命置諸路學校官，凡諸生進修者，嚴加訓誨，務使成材，以備選用。……凡師儒之命於朝廷者，曰教授，路府上中州置之。命於禮部及行省及宣慰司者，曰學正、山長、學録、教諭，路州縣及書院置之。路設教授、學正、學録各一員，散府上中州設教授一員，下州設學正一員，縣設教諭一員，書院設山長一員。中原州縣學正、山長、學録、教諭，並受禮部付身。各省所屬州縣學正、山長、學録、教諭，並受行省及宣慰司劄付。凡路府州書院，設直學以掌錢穀，從郡守及憲府官試補。直學考滿，又試所業十篇，陞爲學録、教諭。凡正、長、學録、教諭，或由集賢院及臺憲等官舉充之。諭、録歷兩考，陞正、長。正、長一考，陞散府上中州教授。上中州教授又歷一考，陞路教授。教授之上，各省設提舉二員，正提舉從五品，副提舉從七品，提舉凡學校之事。後改直學考滿爲州吏，例以下第舉人充正、長，備榜舉人充諭、録，有薦舉者，亦參用之。自京學及州縣學以及書院，凡生徒之肄業於是者，守令舉薦之，臺憲考覈之，或用爲教官，或取爲吏屬，往往人材輩出矣。」其他資料如《元典章》卷九《吏部三・教官》、《廟學典禮》卷二皆有記述。

孫四：王笴、王詵詵、王侃侃，王公孺之子；王瑣住，王公説之子。王笴(1275—?)，小名鞬郎，字君貢。大德七年(1303)閏五月初二日，官秘書郎〔一〕。後累官朝列大夫〔二〕、中書刑部郎官〔三〕；餘者不詳。女孫二：長適耶律楷〔四〕，次適甯氏子。重孫三：王漢璋、王德璋、王潤璋。女重孫二，不詳。從王氏子孫命名來看，亦是漢人蒙古化之例證〔五〕。

《秋澗集》卷首《文定王公神道碑銘》：「先妣共城人，尚醫推公季女，資婉順，事舅姑，睦婣親，以孝敬聞。……女侍生二子，善加撫育，無異己出。內助力爲多，先十八年卒。生子公孺，奉議大夫、知潁州事。孫三：笴，朝列大夫，中書刑部郎官；次詵詵、侃侃，尚幼。女孫二：長適昭文館大學士耶律伯強子著作郎楷，次適甯氏子。重孫五：男漢璋、德璋、潤璋，女二，皆幼。庶子二：公儀，廕授承務郎、同知磁州事；公説，衛輝路儒學學正，生子瑣住。」

《秋澗集》卷四六《孫韃郎名字説》：「今生十有八歲，……故以笱名之，而以君貢字焉。……至元壬辰秋九月十二日，少中大夫、祖父秋澗老人訓示。」

王士點《秘書監志》卷一〇「秘書郎」：「王笱大德七年閏五月初二日上。字君貢，衛輝人。」

〔一〕秘書郎，正七品。見王士點《秘書監志》卷一〇「秘書郎」條。

〔二〕朝列大夫，從四品，見宋濂《元史》卷九一「散官」條。

〔三〕中書刑部郎官，宋濂《元史》卷八五：「刑部，尚書三員，正三品；侍郎二員，正四品；郎中二員，從五品；員外郎二員，從六品。掌天下刑名法律之政令。凡大辟之按覆，繫囚之詳讞，孥收産没之籍，捕獲功賞之式，冤訟疑罪之辨，獄具之制度，律令之擬議，悉以任之。」

〔四〕耶律楷，耶律有尚長子，字正己，至大四年任秘書監著作郎，累遷奉訓大夫、鄧州知州。王士點《秘書監志》卷一〇有傳，王德毅《元人傳記資料索引》第七七六頁有傳，蘇天爵《滋溪文稿》卷七《皇元故昭文館大學士兼國子祭酒贈河南行省右丞相耶律文正公神道碑銘有序》有載。耶律有尚，即耶律伯强，宋濂《元史》卷一七四有傳，詳見王德毅《元人傳記資料索引》第七七八頁所載。

〔五〕具體可參看，今人李治安《元代漢人受蒙古文化影響考述》，《歷史研究》二〇〇九年第一期，第二四——五〇頁。

曾孫王遜志（？—1368），字文敏。以廕授侍儀司通事舍人〔一〕，歷隰州判官〔二〕、大寧縣尹〔三〕，擢陝西行臺監察御史〔四〕，累遷僉漢中、河西、山北三道肅政廉訪司事〔五〕，入爲工部員外郎〔六〕，遷禮部郎中〔七〕，拜監察御史。後除太府少監〔八〕，出爲江西廉訪副使〔九〕，召僉太常禮儀院事〔一〇〕。京城不守〔一一〕，自投井中死。

宋濂《元史》卷一八六《陳祖仁傳》後附《王遜志傳》，魏源《元史新編》卷四四《陳祖仁傳》後附《王遜志傳》，曾廉《元書》卷九二、李賢《大明一統志》卷二八、乾隆《大清一統志》卷一五九、嵇璜《續通志》卷五二二、雍正《河南通志》卷六三、王梓材《宋元學案補遺》卷七八有傳。

〔一〕侍儀司，屬禮部。侍儀司通事舍人，從七品。宋濂《元史》卷八五：「侍儀司，秩正四品。掌凡朝會、即位、册后、建儲、奉上尊號及外國朝覲之禮。……通事舍人一十六員，從七品。」

〔二〕隰州，元時屬中書省之晉寧路。宋濂《元史》卷五八：「隰州，下。唐初爲隰州，又改太寧郡，又仍爲隰州。元以州隸晉寧路。領五縣：隰川，中。……大寧，下。……石樓，下。永和，下。蒲縣。下。」隰州判官，正八品，兼捕盜之事。宋濂《元史》卷九一：「諸州。……下州：達魯花赤、知州並從五品，同知正七品，判官正八品，兼捕盜之事。」

〔三〕大寧縣，屬隰州，見上條。大寧縣尹，從七品。宋濂《元史》卷九一：「諸縣。……下縣，秩從七品。」

〔四〕陝西行臺，即陝西諸道行御史臺。陝西行臺監察御史，正七品。宋濂《元史》卷八六：「御史臺，……察院，秩正七品。監察御史三十二員。司耳目之寄，任刺舉之事。……陝西諸道行御史臺，設官品秩同内臺。……察院，品秩同内察院。監察御史一十員，書吏二十人。」

〔五〕漢中、河西肅政廉訪司，隸陝西行臺；山北肅政廉訪司，隸御史臺。僉事，正五品。宋濂《元史》卷八六：「肅政廉訪司。……僉事四員，兩廣、海南止二員，正五品；……内道八，隸御史臺：……江北淮東道，揚州路置司。……陝西四道，隸陝西行臺：陝西漢中道，鳳翔府置司。河西隴北道，甘州路置司。」

〔六〕工部員外郎，從六品。宋濂《元史》卷八五：「工部，……員外郎二員，從六品。」

〔七〕禮部郎中，從五品。宋濂《元史》卷八五：「禮部，……郎中二員，從五品。」

〔八〕太府少監，即太府監少監，從四品。宋濂《元史》卷九〇：「太府監，……少監五員，從四品。」

〔九〕江西廉訪副使，即江西湖東道肅政廉訪司副使，正四品。宋濂《元史》卷八六：「肅政廉訪司。……副使二員，正四品；……江南十道，隸江南行臺……江西湖東道，龍興路置司。」

〔一〇〕僉太常禮儀院事，即太常禮儀院僉院，從三品。宋濂《元史》卷八八：「太常禮儀院，秩正二品。……僉院二員，從三品。」

〔一一〕王遜志卒時當在元至正二十八年（1368），即明洪武元年，八月至十月間。宋濂《元史》卷四七：「（至正二十八年）八月庚午，大明兵入京城，國亡。」張廷玉《明史》卷二：「（洪武元年八月）庚午，徐達入元都，封府庫圖籍，守宫門，禁士卒侵暴，遣將巡古北口諸隘。……（洪武元年十月）戊寅，以元都平，詔天下。」

有元一代，衛州王氏家族從王惲至其曾孫王遜志，皆在朝居官，故其家族與元朝相始終，見證了元朝從建國至國亡之過程。

王惲世系簡圖

遠祖

某（扈王氏一支）　二翁　某　某　某

三翁（王贇，二代祖）　四翁　五翁　十五翁　十六翁

王元弼　王仲英（高祖）

王經※呂氏（曾祖）　王紀　王紳

王宇※孟氏、韓氏（祖）

王天鐸※靳氏（父）

王惲※推氏、女侍　王忱

王公孺※石氏（子，推氏所生）　王公儀（子，女侍所生）　王公説（子，女侍所生）　王振　王宣　王重

王笴（孫）　王詵詵（孫）　王侃侃（孫）　女某※耶律楷（女孫）　女某※寧氏子（女孫）　王瑣住（孫）

王漢璋（曾孫）　王德璋（曾孫）　王潤璋（曾孫）　女某（曾女孫）　女某（曾女孫）

案：王惲曾孫王遜志當爲王漢璋、王德璋、王潤璋三者中的某一人，具體待考。

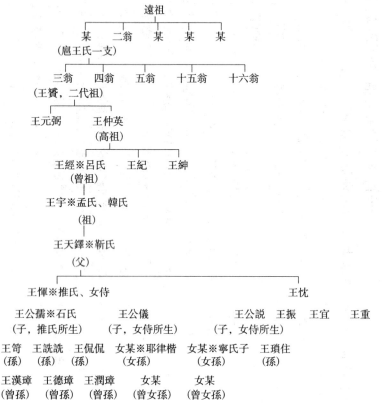

1227 丁亥年　宋理宗寶慶三年　金哀宗正大四年　蒙古成吉思汗二十二年　一歲

當年時事：

正月，宋理宗下詔：「朕觀朱熹集注《大學》、《論語》、《孟子》、《中庸》，發揮聖賢蘊奧，有補治道，朕勵志講學，緬懷典刑，可特贈熹太師，追封信國公。」

六月，成吉思汗盡破西夏城邑，右丞相高良惠據守中興府，病卒。城中糧盡援絕，夏末帝請降，西夏立國一百九十年。

七月，丘處機卒〔一〕，年八十。

七月，成吉思汗病死于清水縣行宮，年六十六。後追尊元太祖。第四子托雷監國。

金徐世隆登進士第。

本年，方回生〔二〕。劉好禮生〔三〕。

譜主事蹟：

王惲生〔四〕，隨父居汴梁，至八九歲時返鄉。王天鐸時年二十六，以所能試京師，擢吏員甲首，即中律科进士〔五〕。王惲母靳氏時年二十三。王惲生而體弱多病。

《秋澗集》卷七三《夷門圖後語》：「予生長汴梁，及見百年遺老，往往尚能談當時風物，令人不覺有孫氏之歎。」

《秋澗集》卷七二《跋槫軒壽安宮賦西園雜詩後》：「余生長汴梁，八歲而北渡河，當時風物有能記憶者，但如隔世夢寐中見爾。」

《秋澗集》卷四九《金故忠顯校尉尚書户部主事先考府君墓誌銘》：「先府君諱天鐸，字振之，族王氏。……正大初，自州户曹辟，權行部令史。……正大四年，用元帥完顔公薦，挾所能試京師，擢吏員甲首，時年廿有六。」

《秋澗集》卷三六《新井記有銘》：「予生也多疾，鹹苦之味尤所禁忌。」

《秋澗集》卷八〇《中堂事記序》：「余自稚歲讀書，頗有志於世。甫及壯年，彈冠應聘。」

〔一〕丘處機（1148—1227），字通密，號長春子，登州棲霞人（今屬山東省）。年十九爲道士，師從全真道創始人王重陽。成吉思汗召見於西域，封國師，命總領道教。丘處機於道經無所不讀，儒書梵典亦歷歷上口。又喜屬文賦詩，然未始起稿，大率以提倡玄要爲意，雖不事雕鐫而自然成文。有《磻溪集》傳世。《元史》卷二〇二有傳。

〔二〕方回（1227—1307），字萬里，號虚谷，歙縣人（今屬安徽省）。宋景定三年進士，歷官中外皆有聲，而每爲賈似道所抑。德祐元年，賈似道喪師魯港，方回首上書論賈似道當斬，時人壯之。不久，出知建德府。德祐二年，臨安破，宋恭宗詔諭州郡歸附，方回遂降元，官建德路總管。至元十八年致仕，後不復出仕。晚年居錢塘，賣文爲生，後輩多以師尊之。大德十一年卒，年八十一。方回講學宗朱子，論詩主江西，著書甚多。今存《桐江續集》三十六卷、《桐江集》四卷、《續古今考》三十七卷、《瀛奎律髓》四十九卷、《文選顔鮑謝詩評》四卷、《虚谷閒鈔》一卷。詳見王德毅《元人傳記資料索引》第五九頁所載。

〔三〕劉好禮（1227—1288），字敬之，汴梁祥符人（今屬河南省）。至元七年，遷益蘭州等五部斷事官。至元十年，北方諸王叛，被執。至元十七年得歸。至元十八年，授嘉議大夫、澧州路總管。後歷刑部、禮部、吏部、户部尚書。二十五年六月卒，年六十二。《元史》卷一六七有傳。

〔四〕王惲之生年，學界仍有争論，所見有三説：《中國大百科全書》（中國文學卷）、唐圭璋《全金元詞》、蔣星煜《元曲鑒賞辭典》等作一二二八年（按，即金正大五年），《辭海》、《中國文學家辭典》（遼金元卷）、鄧紹基《元代文學史》認爲一二二七年（按，即金正大四年），王季思主編《元散曲選注》、卜鍵主編《元曲百科大辭典》則認爲是一二二六年（按，即金正大三年）。於以上之三説，韋家驊《胡祇遹卒年和王惲生年考》考定爲一二二六年，鄭海濤《元人王惲生卒年考——兼與韋家驊先生商榷》則提出當生於一二二七年，各有理由。韋先生推斷没有將虚歲計入，今從王惲子王公孺「享年七十有八」及鄭海濤先生意見，定王惲生年爲金正大四年，即一二二七年。

〔五〕詳情參考楊亮《王惲家世背景及學術淵源考察》一文，載《河南教育學院學報》二〇〇六年第二五卷第三期。

1228 戊子年　宋理宗紹定元年　金哀宗正大五年　蒙古拖雷監國　二歲

當年時事：

正月，金遣開封府事完顏麻斤出赴蒙古吊慰成吉思汗逝世。

八月七日，楊雲翼卒〔一〕，年五十九。

十一月，金王若虚等修成《宣宗實録》〔二〕。

十二月，金完顏奴申改侍講學士，充國信使。

譜主事蹟：

王惲父王天鐸補睦親府掾屬〔三〕。王惲時在汴梁。

《秋澗集》卷四九《南鄘王氏家傳》：「五年，補睦親府掾屬，皇兄荆王判府事愛其德度，深加禮遇。」《秋澗集》卷四九《金故忠顯校尉尚書户部主事先考府君墓誌銘》與此同，故略。

〔一〕楊雲翼（1170—1228），字之美，平定樂平縣人（今屬山西省）。金明昌五年經義進士第一，詞賦亦中乙科，特授承務郎、應奉翰林文字。承安四年，出爲陜西東路兵馬都總管判官。泰和元年，召爲太學博士，遷太常寺丞，兼翰林修撰。七年，簽上京東京等路按察司事。大安元年，授提點司天臺，兼翰林承旨，俄兼禮部郎中。崇慶元年，以病歸。貞祐二年，授前職，兼吏部郎中。三年，轉禮部侍郎，兼提點司天臺。興定元年六月，遷翰林侍講學士，兼修國史，知集賢院事，兼前職。二年，拜禮部尚書，兼職如故。四年，改吏部尚書。哀宗即位，攝太常卿，拜翰林學士。正大二年，復爲禮部尚書，兼侍讀。正大五年卒，年五十九。謚文獻。著有文集若干卷，校《大金禮儀》若干卷，《周禮辨》一篇，《左氏》、《莊》、《列》、《賦》各一篇。事蹟見元好問《内相文獻楊公神道碑》、《金史》卷一一〇本傳。

〔二〕王若虚（1174—1243），字從之，號慵夫，晚號滹南遺老，藁城人（今屬河北省）。幼穎悟。擢承安二年經義進士，調鄜州録事，歷管城、門山二縣令，皆有惠政。用薦入爲國史院編修官，遷應奉翰林文字。奉使夏國，還授同知泗州軍州事，留爲著作佐郎。正大初，《宣宗實録》成，遷平涼府判官。未幾，召爲左司諫，後轉延州刺史，入爲直學士。蒙古乃馬真后稱制二年卒，年七十。《金史》卷一二六有傳。

〔三〕睦親府，即大宗正府。脱脱《金史》卷五五：「大宗正府。泰和六年避睿宗諱，改爲大睦親府。」

1229 己丑年　宋理宗紹定二年　金哀宗正大六年　元太宗元年　三歲

當年時事：

八月，蒙古耶律楚材宣讀成吉思汗遺詔，擁立其第三子窩闊台爲大汗。定册立禮儀，皇族諸王尊長。

十二月，元兵圍慶陽。

譜主事蹟：

王惲父王天鐸轉補户部令史，有「快吏元康」之譽。王惲時在汴梁。

《秋澗集》卷四九《南鄘王氏家傳》：「六年，轉補户部令史〔一〕。」

《秋澗集》卷四九《金故忠顯校尉尚書户部主事先考府君墓誌銘》：「六年，轉補户部令史。時簿書財賦委積音漬紛至，先君精力過人，故務愈繁，志愈明，氣愈厲，事愈詳，不煩書佐，裁決如流，於是風動臺省，有『快吏元康』之譽。」

〔一〕户部令史，品秩待考。脱脱《金史》卷五五：「户部……令史七十二人，内女直十七人。」

1230 庚寅年　宋理宗紹定三年　金哀宗正大七年　元太宗二年　四歲

當年時事：

正月，蒙古用耶律楚材議〔一〕，定税制、税額。

六月，蒙古軍破金京兆〔二〕。

七月，蒙古主窩闊台自將攻金，皇弟托雷、皇侄蒙哥率軍從征。

十月，蒙古主遣使至金，以觀虛實。見金主時，令納歲幣以通好，金哀宗拒之。

本年，胡三省生〔三〕。

〔一〕耶律楚材（1190—1244），字晉卿，號湛然居士，義州弘政（今屬遼寧省）人。金貞祐二年辟爲尚書員外郎，蒙古下燕京，太祖與語甚悦，處之左右。太宗立，信用如故，拜中書令，興文治，定制度，措施一以愛民爲本。太宗后稱制三年卒，年五十五。追謚文正。有《湛然居士文集》十四卷、《西遊録》一卷。《元史》卷一四六有傳，詳見王德毅《元人傳記資料索引》第七八二頁所載。

〔二〕京兆，即京兆府，金時隸屬京兆府路。脱脱《金史》卷二六：「京兆府，上。宋京兆郡永興軍節度使。皇統二年置總管府，天德二年置陝西路統軍司、陝西東路轉運司。」

〔三〕胡三省（1230—1302），字身之，舊字景參，號梅磵（澗），晚號知安老人，台州寧海人。宋寶祐四年進士，咸淳十年累遷沿江制機，明年軍潰，間道歸里。入元居家，注《資治通鑑》，又撰《通鑑釋文辨誤》十二卷，足爲讀史者助。大德六年卒，年七十三。胡三省著有《資治通鑑音注》、《通鑑釋文辨誤》、《通鑑小學》、《竹素園稿》等書。《元史類編》卷三四、《元書》卷九一、《新元史》卷二三四、《宋元學案》卷八五、《宋元學案補遺》卷八五有傳。詳見王德毅《元人傳記資料索引》第七九九頁所載。

1231 辛卯年　宋理宗紹定四年　金哀宗正大八年　元太宗三年　五歲

當年時事：

正月，趙范趙葵等誅李全於新塘〔一〕，詔各進兩秩。

八月，蒙古始立中書省〔二〕，設中書令〔三〕。耶律楚材任蒙古中書省中書令，奏以州縣長吏理民事，萬户府理軍政，課税所管錢谷，不相統攝。

九月，蒙古攻占金河中府〔四〕。

十二月，蒙古拖雷軍破饒風關，趨金汴京〔五〕。

本年，雷淵卒〔六〕。

〔一〕李全，李璮之父。《宋史》卷四七六、四七七有傳。

〔二〕中書省，宋濂《元史》卷五八：「中書省統山東西、河北之地，謂之腹裏，爲路二十九，州八，屬府三，屬州九十一，屬縣三百四十六。」元朝在統一全國的過程中，地大民衆，爲便於管理，元朝政府設立了一個中書省，嶺北、遼陽、河南、陝西、四川、甘肅、雲南、江浙、江西、湖廣、征東十一個行中書省，路一百八十五，府三十三，州三百五十九，軍四，安撫司十五，縣一千一百二十七。唐以前，行政管理多以郡領縣。元代比較複雜，行政區劃有路、府、州、縣四等，大致以路領州、領縣，而腹裏或有以路領府、府領州、州領縣的情況，府與州又有不隸路而直隸省的情況。

〔三〕中書令，銀印，正一品。宋濂《元史》卷八五：「中書令一員，銀印。典領百官，會決庶務。……右丞相、左丞相各一員，正一品，銀印。統六官，率百司，居令之次。令缺，則總省事，佐天子，理萬機。」

〔四〕河中府，金時屬河東南路。脱脱《金史》卷二六：「河中府，散，上。宋河東郡。舊置護國軍節度使，天會六年降爲蒲州，置防禦使。天德元年陞爲河中府，仍舊護國軍節度使。大定五年置陝西元帥府。」

〔五〕汴京，金時稱南京路，即今開封。脱脱《金史》卷二五：「南京路，國初曰汴京，貞元元年更號南京。府三，領節鎮三，防禦八，刺史郡八，縣一百八五。」

〔六〕雷淵（1184—1231），字希顔，一字季默，應州渾源人（今屬山西省）。嘗從李之純游，登至寧元年詞賦進士甲科，調涇州録事。後改東平，尋遷東阿令，轉徐州觀察判官。興定末，召爲英王府文學兼記室參軍，轉應奉翰林文字。拜監察御史，以事罷去。用宰相侯摯薦，起爲太學博士、南京轉運司户籍判官，遷翰林修撰。金正大八年八月二十三日暴卒，年四十八。雷淵博學有雄氣，爲文專法韓愈，尤長於敘事，詩歌學習蘇軾、黄庭堅。事蹟見元好問《雷希彦墓銘》、《金史》卷一一〇本傳。

雷膺，雷淵長子，與王惲交好，詳見年譜二十八歲條〔三〕。

1232 壬辰年　宋理宗紹定五年　金哀宗開興元年、天興元年　元太宗四年　六歲

當年時事：

正月，金完顔合達、移剌蒲阿與拖雷在三峰山會戰，金軍大敗，移剌蒲阿被擒。蒙古兵進破鈞州，殺合達，金大將死亡殆盡。

金改元開興。

三月，蒙古速不台攻金汴京，金主以曹王訛可爲質，圍乃解。

四月，金改元天興。

八月，趙秉文卒〔一〕。

九月，蒙古皇太弟拖雷病卒於軍中。

十二月，蒙古遣使至宋以夾擊金，許滅金後以河南地歸宋。

金哀宗出汴京，決意東行，與後妃等別，並留兵士守汴。

蒙古聞金帝離汴京，復進兵圍汴。

本年，麻九疇卒〔二〕。周密生〔三〕。金履祥生〔四〕。

金元好問入翰林，知制誥。

商挺汴京破後，北走依趙天錫，與元好問交遊。

譜主事蹟：

王惲父王天鐸授户部主事〔五〕。王惲時在汴梁。

《秋澗集》卷四九《南鄘王氏家傳》：「開興初，用入粟例，補滿，授户部主事。」

《秋澗集》卷四九《金故忠顯校尉尚書户部主事先考府君墓誌銘》：「開興初，用入粟，補滿，授户部主事。」

〔一〕趙秉文（1159—1232），字周臣，號閑閑老人，磁州滏陽人（今屬河北省）。登金大定二十五年進士第，調安塞主簿，遷邯鄲令，再遷唐山令。丁父憂，後復爲南京路轉運司都勾判官。明昌六年，入爲應奉翰林文字、同知制誥。泰和二年，召爲户部主事，遷翰林修撰。十月，出爲寧邊州刺史。三年，改平定州刺史。貞祐四年，拜翰林侍講學士。

興定元年，轉侍讀學士，拜禮部尚書，兼侍讀學士，同修國史，知集賢院事。哀宗即位，改翰林學士，同修國史，兼益政院説書官。金天興元年五月十二日卒，年七十四，積官至資善大夫、上護軍、天水郡侯。著《易叢説》十卷，《中庸説》一卷，《揚子發微》一卷，《太玄箋贊》六卷，《文中子類説》一卷，《南華略釋》一卷，《列子補注》一卷，删集《論語》、《孟子解》各一十卷。《資暇録》一十五卷，所著文章號《滏水集》者三十卷。秉文之文長於辨析，極所欲言而止，不以繩墨自拘。爲人至誠樂易，未嘗以大名自居。事蹟見元好問《翰林學士承旨資善大夫知制誥兼同修國史上護軍天水郡開國侯食邑一千户實封一百户趙公墓誌銘》、《金史》卷一一〇本傳。

〔二〕麻九疇（1183—1232），字知幾，易州人（今屬河北省）。南渡後，寓居郾蔡、間。興定末，試開封府，詞賦第二，經義第一。再試南省，復然。正大初，特賜盧亞牓進士第，以病，未拜官告歸。再授太常寺太祝，權博士，俄遷應奉翰林文字。天興元年，元兵入河南，挈家走確山，爲兵士所得，驅至廣平，病死，年五十九。事蹟見《中州集》卷六、《金史》卷一二六本傳。

〔三〕周密（1232—1298），字公瑾，號草窗，湖州人（今屬浙江省）。博學工詩詞，宋末歷官義烏令。入元居錢唐，大德二年卒，年六十七。著書甚多，今存《武林舊事》十卷，《志雅堂雜鈔》二卷，《齊東野語》二十卷，《雲烟過眼録》二卷，《澄懷録》二卷，《癸辛雜識》六卷，《浩然齋雅談》三卷，《蘋洲漁笛譜》二卷，《草窗韻語》六卷。《元史》無傳，詳見王德毅《元人傳記資料索引》第六二〇頁所載。

〔四〕金履祥，字吉父，婺之蘭溪人（今屬浙江省）。是朱熹三傳弟子，宋滅亡後隱居仁山，世稱仁山先生。有《大學章句疏義》等書。《元史》卷一八九有傳，詳見王德毅《元人傳記資料索引》第七〇八頁所載。

〔五〕户部主事，從七品。脱脱《金史》卷五五：「户部……主事五員，從七品。」

1233 癸巳年　宋理宗紹定六年　金哀宗天興二年　元太宗五年　七歲

當年時事：

正月，金哀宗奔歸德〔一〕。

汴京政變，金元帥崔立殺完顔奴申、完顔習捏阿不，以太后名義擁立完顔從恪，監國。崔立自任左丞相、都元帥、尚書令、鄭王，以汴京降蒙古。

四月，速不台進至青城〔二〕，崔立以金太后王氏、后徒單氏、梁王從恪、荆王守純等至軍中，蘇布特遣送和林，遂入汴京。

六月，金哀宗離歸德至蔡州〔三〕，塔察爾率師圍之〔四〕。

蒙古以孔子五十一世孫元措襲封衍聖公。

十月，蒙古與宋軍合圍蔡州。宋史彌遠進太師、左丞相兼樞密使、魯國公，加食邑一千户。本月又進封會稽郡王。鄭清之爲光禄大夫、右丞相兼樞密使，加食邑一千户。

十一月，宋詔明年改元端平。

十二月，宋、蒙古破蔡州外城。

譜主事蹟：

蒙古兵進入汴梁，王天鐸與友人一起㩆救百餘口於南薰門下〔五〕。

《秋澗集》卷四九《金故忠顯校尉尚書户部主事先考府君墓誌銘》：「京城下，將士争入俘掠，尋有令約束。先君偕同志者突冒兵威，褫救百餘口於南薰門下。」《秋澗集》卷四九《南鄘王氏家傳》所載同，故略。

〔一〕歸德，金時屬南京路。脱脱《金史》卷二五：「歸德府，散，中，宣武軍。故宋州，宋南京應天府河南郡歸德軍，國初置宣武軍。户七萬六千三百八十九。」

〔二〕速不台（1176—1248），蒙古兀良合人。驍勇善騎射，太祖時授百户，從帝西征。太宗時從滅金，又從拔都西征，所在皆有功。定宗三年卒，年七十三。贈效忠宣力佐命功臣、開府儀同三司、上柱國，追封河南王，謚忠定。子兀良合台。《元史》卷一二一有傳，詳見王德毅《元人傳記資料索引》第二六二九頁所載。

〔三〕蔡州，金時屬南京路。脱脱《金史》卷二五：「蔡州，中，防禦使。宋汝南郡淮康軍，泰和八年陞爲節度，軍曰鎮南，嘗置榷場。户三萬六千九十三。」

〔四〕塔察兒（？—1238），一名倴盞，許兀慎氏，博爾忽從孫，居官山。從太宗伐金，授行省兵馬都元帥。滅金後，鎮撫中原。元太宗十年卒。《元史》卷一一九有傳，詳見王德毅《元人傳記資料索引》第二六三八頁所載。

〔五〕從此處記叙來看，王天鐸當時應當歸順蒙古，否則在當時情形下想要救百餘口不太可能。又從元太宗七年（1235），王天鐸幫助耶律買奴簡括諸道户口來看，王天鐸對于在蒙元爲官并無思想負擔。

1234 甲午年　宋理宗端平元年　金哀宗天興三年　元太宗六年　八歲

當年時事：

正月初九，金哀宗完顔守緒傳位於東面元帥完顔承麟，次日即位，是爲末帝。典禮甫畢，宋軍破蔡州南門，宋、蒙軍入城。金哀宗自縊于幽蘭軒，末帝完顔承麟爲亂軍所殺，金亡。

六月，宋理宗下詔出師復三京（今開封、洛陽、商丘），守河拒關。

七月，宋軍入洛陽。

蒙古窩闊台與臣下議取南方，命塔思率軍南下〔一〕。

蒙古在洛陽城東襲敗宋軍。

八月，蒙古兵至洛陽城下，立寨。宋軍以糧食不繼退出洛陽。

宋在汴軍亦因缺糧引退，蒙古兵决黄河水淹宋軍，多溺死者。

十二月，蒙古遣使責宋圖洛陽、復中原。從此，河、淮間復成蒙、宋交戰之地。

譜主事蹟：

王惲隨父返衛州。〔二〕

〔一〕塔思（1212—1239），一名查剌温，木華黎之孫，孛魯長子。曾從元太宗滅金，又攻宋。事蹟見《元史》卷一一九《木華黎傳》。

〔二〕關於王惲何時隨父親王天鐸返回鄉里，《秋澗集》的記載中有不一之處。《秋澗集》卷七二《跋樗軒壽安宫賦西園雜詩後》載「余生長汴梁，八歲而北渡河，當時風物有能記憶者，但如隔世夢寐中見爾」，則王惲返鄉在甲午年；《秋澗集》卷四九《南鄘王氏家傳》載「乙未歲，北還淇上」，則王惲返鄉在乙未年；《秋澗集》卷四九《金故忠顯校尉尚書户部主事先考府君墓誌銘》載「京城下，將士争入俘掠，尋有令約束。先君偕同志者突冒兵威，攏救百餘口於南薰門下。既而，北還鄉里」，則王惲返鄉似乎在癸巳年；這樣王惲返鄉的時間就有癸巳、甲午、乙未三種可能，然結合《元史》卷一二一《速不台傳》可知，王惲返鄉的時間當在甲午年。《速不台傳》載：「甲午，蔡州破，金主自焚死。時汴梁受兵日久，歲饑人相食，速不台下令縱其民北渡以就食。」結合當時情况來看，癸巳年，金、元之間的戰争尚未結束，此時兵荒馬亂，王天鐸攜家眷返回家鄉不太可能，並且此時蒙古軍也不會同意汴梁人民北渡。甲午年，金已被滅，蒙古徹底佔領了汴梁所在之南京路，又因爲「歲饑人相食」，故下令汴梁飢民北渡自救，此時王天鐸帶領家人返回衛州才合時宜。另外，王天鐸雖然可能已經於蒙古兵破汴之時歸順了蒙古，但未有爲官的記載，所以王天鐸乙未年才返回衛州的可能性也不大。據此，筆者將王惲隨父親返回家鄉的時間確定在甲午年。

1235 乙未年　宋理宗端平二年　元太宗七年　九歲

當年時事：

正月，宋遣使與蒙古通好。

二月，蒙古建都和林〔一〕，築和林城，建萬安宫，又設宫闈司，立驛傳，以便各地納貢輸至都城。

五月，真德秀卒〔二〕。

六月，蒙古窩闊台汗遣皇子闊端、曲出伐宋；又遣皇子貴由、皇侄蒙哥征西域。

劉祁撰《歸潛志》成〔三〕。

十月，曲出圍棗陽，拔之，遂徇襄、鄧，入郢，虜人民牛馬數萬而還。元軍破德安，得儒者趙復〔四〕，勸其北行，後趙復至燕傳程朱之學，南宋理學與文學提前被引入北方學壇。

譜主事蹟：

王惲父王天鐸在耶律買奴幕下任行臺從事，幫助耶律買奴簡括諸道户口。王惲在八九歲時在鄉校讀書，努力不懈，王天鐸也常常勉勵之。

《秋澗集》卷四九《南鄘王氏家傳》：「乙未歲，北還淇上。尋朝廷命斷事官買奴公括諸道户口，柄用顓決，得人爲急，用薦者，署行臺從事。」

《秋澗集》卷四九《金故忠顯校尉尚書户部主事先考府君墓誌銘》：「乙未歲，朝廷遣斷事官耶律公括諸道户口，柄用顓決，得人爲急。前省掾李禎已佐幕府〔五〕，薦先君於公曰：『王某，予弗及也。』遂署行臺從事。」

《秋澗集》卷三《元日示孫阿韃六十韻》：「吾年八九歲，入學鄉校間。外傅既善誘，汝曾從勉旃。暮覲子夜後，晨讀霜月邊。日課字三百，熟誦例半千。」

〔一〕和林，在今蒙古國鄂爾渾河上游東岸哈爾和林，元時屬嶺北等處行中書省之和寧路。《元史》卷五八：「和寧路，上。始名和林，以西有哈剌和林河，因以名城。太祖十五年，平定河北諸郡，建都於此。初立元昌路，後改轉運和林使司，前後五朝都焉。」史爲樂主編《中國歷史地名大辭典》第一五七七頁：「哈剌和林的簡稱。突厥語『黑礫石』之意。爲蒙古國國都。在今蒙古國鄂爾渾河上游東岸哈爾和林。」

〔二〕真德秀（1178—1235），字景元，後更爲希元，號西山，建之浦城人。登慶元五年進士第，授南劍州判官，繼試中博學宏詞科，入閩帥幕，召爲太學正，嘉定元年遷博士。召試學士院，改秘書省正字兼檢討玉牒。二年，遷校書郎。五年，遷軍器少監，陞權直。六年，遷起居舍人。兼太常少卿。出爲秘閣修撰、江東轉運副使。紹定四年，復原官，與祠。五年，起知泉州。端平元年，召爲户部尚書，除翰林學士。二年，拜參知政事。卒贈銀青光禄大夫，謚文忠。事蹟見劉克莊《西山真文忠公行狀》、魏了翁《參知政事資政殿學士致仕真公神道碑》、《宋史》卷四三七有傳。

〔三〕劉祁（1203—1250），字京叔，號神川遁士，渾源人。弱冠舉進士，廷試失意，閉門讀書。與趙秉文、李純甫、楊雲翼、雷淵、王若虛等名流多交往。金亡，由魏過齊入燕，凡二千里。元太宗十年以儒人應試，魁南京。選充山西東路考試官，後征南行省辟置幕府。甲午歲復於鄉，時年三十二歲，因思二十餘年間所見，獨念昔日與之交遊者，皆一代偉人，其言論談笑想之猶在目，且其所聞所見可以勸戒規鑒者，不可使湮沒無傳，因暇日記憶，隨得隨書，題曰《歸潛志》。與元好問相同，劉祁也是特意爲保存金源文獻而著書，其《歸潛志》與元好問《壬辰雜編》都是金末喪亂的實録。《壬辰雜編》在明代亡佚，金末史事特别是文學家事蹟多靠《歸潛志》獲知。著作今存《歸潛志》十四卷，元末修《金史》多採用之。《金史》卷一二六有傳，詳見王德毅《元人傳記資料索引》第一七七八頁所載。

〔四〕趙復，字仁甫，自號江漢，學者稱之江漢先生，德安人。太宗七年，蒙古兵破德安城，復在俘中，姚樞出之。遂入燕，以程朱之學教人，北學始興。《元史》卷一八九有傳，詳見王德毅《元人傳記資料索引》第一七〇〇頁所載。

〔五〕李禎，王天鐸同年吏員。《秋澗集》卷五九《碑陰先友記》：「李禎，字彦祥，黎陽人。先考同年吏員，轉尚書户部掾，性温粹，以善淑稱。」

1236 丙申年　宋理宗端平三年　元太宗八年　十歲

當年時事：

正月，蒙古詔印造交鈔行之。

二月，命應州郭勝、鈞州孛朮魯九住、鄧州趙祥從曲出充先鋒伐宋。

三月，蒙古復修孔子廟及司天臺。

四月，宋理宗追悔開啓邊釁，命學士吴泳草詔罪己。

六月，蒙古復括中州户口，得續户一百一十餘萬。耶律楚材請立編修所於燕京，經籍所於平陽，編集經史，召儒士梁陟充長官，以王萬慶、趙著副之。

七月，闊端率汪世顯等入蜀〔一〕，取宋關外數州，斬蜀將曹友聞。

十月，闊端入成都。不久，皇子曲出薨，蒙古兵退出成都。張柔等攻郢州〔二〕，拔之。

十二月，宋理宗詔明年改元嘉熙。

本年，文天祥生〔三〕。閻復生。

譜主事蹟：

秋，耶律買奴薨雲中，王天鐸回衛州，自號思淵老人，日以經史自娛。集歷代諸儒

《易》説爲一書，題曰《王氏纂玄》。

《秋澗集》卷四九《金故忠顯校尉尚書户部主事先考府君墓誌銘》：「明年秋，買奴公薨雲中，南歸。……日以經史自娱，尤嗜《春秋左氏傳》、《西漢書》，其天文、術數等學皆通習之。……集歷代《易》説爲一書，題曰《王氏纂玄》，且見吾遁世無悶也。」《秋澗集》卷四九《南鄘王氏家傳》與此同，故略。

〔一〕汪世顯（1195—1243），字仲明，鞏昌鹽州人（今屬甘肅省）。金末爲鞏昌便宜總帥，金亡降蒙古，仍前職，伐蜀有功。太宗后稱制二年卒，年四十九。追謚義武，加封隴右王。《元史》卷一五五有傳，詳見王德毅《元人傳記資料索引》第五八〇頁所載。

〔二〕張柔（1190—1268），字德剛，易州定興人（今屬河北省）。金末盜起，聚衆自保。興定二年歸蒙古，每戰有功，授河北都元帥。從滅金，陞萬户，後屢敗宋軍。中統二年致仕，至元五年卒，年七十九。謚武康，改謚忠武。《元史》卷一四七有傳，詳見王德毅《元人傳記資料索引》第一〇六一頁所載。

〔三〕文天祥（1236—1282），字宋瑞，又字履善，吉之吉水人（今屬江西省）。年二十，舉進士，對策集英殿，理宗親拔爲第一。開慶初，爲寧海軍節度判官，自免歸。後稍遷至刑部郎官。出守瑞州，改江西提刑，遷尚書左司郎官。咸淳九年，起爲湖南提刑。十年，改知贛州。德祐初，以江西提刑安撫使召入衛。明年正月，除知臨安府。未幾，除樞密使，尋除右丞相，兼樞密使。聞益王未立，乃上表勸進，以觀文殿學士侍讀召至，拜右丞相。至元十五年八月，加少保、信國公。十二月，於五坡嶺被張弘範軍所執。至元十九年，在燕京被殺，年四十七。《宋史》卷四一八有傳。

1237 丁酉年　宋理宗嘉熙元年　元太宗九年　十一歲

當年時事：

三月，魏了翁卒〔一〕。

八月，蒙古用耶律楚材議，命朮忽乃、劉中以經義、詞賦、論試諸路儒士，中選者除本貫議事官，得四千三十人。此爲蒙元科舉考試之最初嘗試，然直至元仁宗延祐以前，並未繼續進行。金亡後，士子多流寓東平〔二〕，宋子貞周濟供給〔三〕，選有才者薦舉給行臺嚴實，如劉肅〔四〕、李昶均被用〔五〕，亦收養寒士，四方之士雲集。嚴實（案：誤，當爲嚴忠濟）〔六〕以商挺〔七〕爲諸子之師，王磐爲諸生老師〔八〕，又迎請元好問較試諸生文章，中選者閻復〔九〕、徐琰〔一〇〕、李謙〔一一〕、孟祺四人〔一二〕，後皆有名。

〔一〕魏了翁（1178—1237），字華父，邛州蒲江人（今屬四川省）。慶元五年，登進士第，授簽書劍南西川節度判官廳公事。嘉泰二年，召爲國子正。明年，改武學博士。開禧元年，召試學士院，改秘書省正字。二年，遷校書郎，知嘉定府。嘉定初，知漢州。繼知眉州、瀘州。十七年，遷秘書監、起居舍人。理宗即位，遷起居郎。端平元年，召權禮部尚書兼直學士院，兼同修國史、侍讀，俄兼吏部尚書。以同簽書樞密院事督視江淮京湖軍馬。後知紹興府、浙東安撫使。卒贈太師，謚文靖。事蹟見《宋史》卷四三七本傳、清繆荃孫《魏文靖公年譜》。著述甚多，合編爲《重校鶴山先生大全文集》一百一十卷。

〔二〕《元史》卷五八：「東平路，下。唐鄆州，又改東平郡，又號天平軍。宋改東平府，隸河南道。金隸山東西路。元太祖十五年，嚴實以彰德、大名、磁、洺、恩、博、浚、滑等户三十萬來歸，以實行台東平，領州縣五十四。實沒，子忠濟爲東平路管軍萬户總管，行總管府事，州縣如舊。至元五年，以東平爲散府。九年，改下路總管府。户四萬四千七百三十一，口五萬一百四十七。領司一、縣六。録事司。縣六：順城，下。爲東平治所。東阿，中。陽穀，中。汶上，中。壽張，下。平陰。下。」史爲樂主編《中國歷史地名大辭典》第六七八頁：「東平路轄境包括金山東東平、東阿、平陰、陽穀、汶上、梁山等縣地。」

〔三〕宋子貞，字周臣，潞州長子人（今屬山西省）。金太學生，東平行臺嚴實用爲詳議官，兼提舉學校，頗委信之。中統初拜右三部尚書，典章制度多所裁定，遷翰林學士，擢中書平章，至元三年致仕。卒年八十。子渤，字齊彦，號柳庵，有才名，官至集賢學士。《元史》卷一五九有傳，詳見王德毅《元人傳記資料索引》第四四〇頁所載。

〔四〕劉肅（1188—1263），字才卿，威州洺水人（今屬河北省）。金興定二年詞賦進士，嘗爲尚書省令史，擢户部主事。金亡，依東平嚴實，辟行尚書省左司員外郎，又改行軍萬户府經歷。元憲宗二年，世祖居潛邸，以肅爲邢州安撫使。中統元年，擢真定宣撫使。二年，授左三部尚書，官曹典憲多所議定。未幾，兼商議中書省事。三年致仕，給半俸。四年卒，年七十六。謚文獻。子憲，禮部侍郎；愻，大名路總管。孫賡，翰林學士承旨。《元史》卷一六〇有傳，詳見王德毅《元人傳記資料索引》第一七九四頁所載。

〔五〕李昶（1203—1289），字士都，東平須城人（今屬山東省）。金興定二年，以《春秋》中第二甲第二人。正大改元，超授儒林郎、賜緋魚袋、鄭州河陰簿。三年，召試尚書省掾，再調漕運提舉。元兵下河南，奉親還鄉里，行臺嚴實辟授都事，改行軍萬户府知事。世祖即位，召至開平，訪以國事，眷遇益隆。五年，起爲吏禮部尚書。七年，詔授南京路總管兼府尹，不赴。八年，授山東東西道提刑按察使，未幾致仕。二十六年卒，年八十七。嘗著《孟子權衡遺説》五卷。《元史》卷一六〇有傳，詳見王德毅《元人傳記資料索引》第四七〇頁所載。

〔六〕嚴實（1182—1240），字武叔，泰安長清人（今屬山東省）。金末爲義兵百户，太行山以東皆聽節制。興定四年，以所部降蒙古，拜行尚書省事。金亡，授東平路行軍萬户。元太宗十二年卒，年五十九。追封魯國公，謚武惠。《元史》卷一四八有傳，詳見王德毅《元人傳記資料索引》第二一〇四頁所載。

《元史》在記載嚴實、嚴忠濟父子之事時，或直接將嚴忠濟之事錯記在嚴實名下，或語焉不詳，讓人將嚴忠濟之事誤認爲是嚴實之事。如《元史》卷一六〇《孟祺傳》載「祺幼敏悟，善騎射，早知問學，侍父徙居東平。時嚴實修學校，招生徒，立考試法，祺就試登上選，辟掌書記。……至元十八年，擢太中大夫、浙東海右道提刑按察使，疾不赴。卒，年五十一」，《元史》卷一六〇《閻復傳》載「七歲讀書，穎悟絶人。弱冠入東平學，師事名儒康曄。時嚴實領東平行臺，招諸生肄進士業，迎元好問較試其文，預選者四人，復爲首，徐琰、李謙、孟祺次之。……皇慶元年三月卒，年七十七，謚文康」，《元史》卷一六〇《李謙傳》載「謙幼有成人風，始就學，日記數千言，爲賦有聲，與徐世隆（案：似當爲徐琰，可參考《元史》卷一六〇《閻復傳》）、孟祺、閻復齊名，而謙爲首。爲東平府教授，生徒四集，累官萬户府經歷，復教授東平」，孟祺、閻復二人傳中皆明言二者都是在嚴實時期受教於東平行臺，李謙傳中雖未明言，然也很容易讓人想到是在嚴實時期。其實，嚴實於庚子年（1240）卒，孟祺其時最多九歲，怎能「辟掌書記」？閻復時年五歲，遠未到弱冠的年齡，又怎會應嚴實之試？李謙時年八歲，怎能「爲東平府教授」？事實上，「金亡後，士子多流寓東平，宋子貞周濟供給，選有才者薦舉給行臺嚴實，如劉肅、李昶均被用」等事確實發生在嚴實爲東平行軍萬户之時，而「以商挺爲諸子之師，王磐爲諸生老師，又迎請元好問較試諸生文章，中選者閻復、徐琰、李謙、孟祺四人，後皆有名」的記載都發生在嚴忠濟時期。《元史》卷一四八《嚴實傳》載「（嚴實）庚子卒，年五十九。……辛丑，（嚴忠濟）從其父入見太宗（案：此記載有誤，嚴實此時已卒），命佩虎符，襲東平路行軍萬户、管民長官，開府布政，一法其父。……中統二年，召（嚴忠濟）還京師，命忠範代之。忠濟治東平日，借貸於人，代部民納逋賦，歲久愈多。及謝事，債家執文券來征。帝聞之，悉命發內藏代償。東平廟學故隘陋，改卜高爽地於城東，教養諸生，後多顯者。幕僚如宋子貞、劉肅、李昶、徐世隆，俱爲名臣」，可知嚴忠濟在辛丑年（1241）至中統二年（1261）之間「教養諸生，後多顯者」。又《元史》卷一五九《宋子貞傳》載「義斌歿，子貞率衆歸東平行臺嚴實。……金士之流寓者，悉引見周給，且薦用之。拔名儒張特立、劉肅、李昶輩於羈旅，與之同列。四方之士聞風而至，故東平一時人材多於他鎮。……實卒，子忠濟襲爵，尤敬子貞。請于朝，授參議東平路事，兼提舉太常禮樂。子貞作新廟學，延前進士康曄、王磐爲教官，招致生徒幾百人，出粟贍之，俾習經藝。每季程試，必親臨之。齊魯儒風，爲之一變」，又《元史》卷一五九《商挺傳》載「實卒，子忠濟嗣，辟挺爲經歷，出爲曹州判官。未幾，復爲經歷，贊忠濟興學養士」，可知嚴實在位時，多收留亡金遺老，即讓諸老爲我所用，又爲他們提供庇護；而在嚴忠濟襲爵後，才延請王磐等人教授生徒。也可以説，嚴實在位時，主要用的是張特立、劉肅、李昶等已經成材的人物，而嚴忠濟則側重於培養年輕一代，孟祺、閻復、李謙、徐琰就是其中的代表。

〔七〕商挺（1209—1288），字孟卿，號左山，曹州濟陰人（今屬山東省）。中統元年簽陝西行省事，進參政。四年，行四川樞密院事。至元元年，入爲中書參政。累遷樞密副使。九年，除安西王相。十六年，坐事罷職。二十五年卒，年八十。追謚文定。《元史》卷一五九有傳，詳見王德毅《元人傳記資料索引》第一〇二七頁所載。

〔八〕將嚴忠濟之事錯記在嚴實身上的例子也在王磐的傳記中出現，《元史》卷一六〇《王磐傳》載「丙申，襄陽兵變，乃北歸，至洛西，會楊惟中被旨招集儒士，得磐，深禮遇之，遂寓河内。東平總管嚴實興學養士，迎磐爲師，受業者常數百人，後多爲名士。中統元年，即拜益都等路宣撫副使，居頃之，以疾免」，而《元朝明朝事略》卷一二《内翰王文忠公磐》卻載「丙申，襄陽難作，公孑身北歸，至洛西。適楊中書惟中被命招集士流，一見喜甚，録其名，授以告身，惟所欲往，遂北游河内。居亡何，值王榮之變，去隱共山，尋遷相下。會東平總管嚴公興學養士，虛師席迎致。公師道尊嚴，望之若莫可梯接，及即之，温然和懌，隨問隨答，亹亹忘倦，其辭約，其義明，學者於句讀抑揚之間，已得之矣。受業者常數十百人，往往爲名士。居數年，東游齊，樂青社風土，遂有定居之志」，可知王磐在北游河内之後，並沒有直接到嚴實的東平行臺，而是隱居在河南地區。

王磐在金亡後直至中統元年，大致行跡如下：元太宗丙申年(1236)，先至洛西，遇楊惟中後，居懷慶路河内縣；己亥年(1239)，王榮作亂，王磐離開河内縣，隱居共山，尋遷相下(實居共城)；王磐居共城教授生徒，至少至元憲宗壬子年(1252)，中間某年曾因事至燕；元憲宗三年(1253)左右，接受宋子貞邀請，入嚴忠濟東平路總管府教授生徒；數年後，東游齊；中统元年(1260)，即拜益都等路宣抚副使。其考證如下：

河内縣元時屬懷慶路(詳參《元史》卷五八《懷慶路》)，王榮作亂就發生在懷慶路。《元史》卷一二三《純只海傳》載「己亥，同僚王榮潛畜異志，欲殺純只海，伏甲縶之，斷其兩足跟，以帛緘純只海口，置佛祠中。純只海妻喜禮伯倫聞之，率其衆攻榮家，奪出之。純只海裹瘡從二子馳旁郡，請兵討榮，殺之。朝廷遣使以榮妻孥貲産賜純只海家，且盡驅懷民萬余口郭外，將戮之。純只海力争曰：『爲惡者止榮一人耳，其民何罪。若果盡誅，徒守空城何爲。苟朝廷罪使者以不殺，吾請以身當之。』使者還奏，帝是其言，民賴不死」，可知王磐於己亥年離開河内縣，前往共山。王磐先居共山，不久即遷居相下，其實當還是居共城。共城即輝州，元時屬衛輝路。相下，即指相州，元時爲彰德路，但在元太宗四年至元憲宗二年之間，衛、輝二州屬於彰德路，居相下也可指居輝州。王磐居共城後，即開始教授生徒，姚燧《牧庵集》卷七《三賢堂記》載「先公以癸卯來此(按：此説有誤，姚樞在辛丑年已到共城，詳見王惲十五歲條〔三〕)，而承旨已師是方。後將以事趋燕，盡前其徒，假先公以函丈，俾師之，以無廢受業。」，可見癸卯年(1243)時，王磐已經開始教授生徒，但中間曾因事至燕。《秋澗集》卷六一《提點彰德路道教事寂然子霍君道行碣銘并序》載「國朝甲辰、乙巳間，鹿庵先生教授共城，不肖亦忝侍几杖」，萬曆《衛輝府志》中王公孺所纂《衛輝路廟學興建記》載「初，壬子歲，故至元内相鹿庵王公、顒軒徒單公，相繼教授於内。……當時文風大盛，人材輩出，……先公諱惲，茲尤其魁傑者也」，可見王磐至少在壬子年，仍在共城教授生徒。《元史》卷一五九《宋子貞傳》載「實卒，子忠濟襲爵，尤敬子貞。請于朝，授參議東平路事，兼提舉太常禮樂。子貞作新廟學，延前進士康曄、王磐爲教官，招致生徒幾百人，出粟贍之，俾習經藝。每季程試，必親臨之。齊魯儒風，爲之一變」，《元史》卷六八《制樂始末》載「憲宗二年三月五日，命東平萬户嚴忠濟立局，制冠冕、法服、鐘磬、筍虡、儀物肄習。……三年，時世祖居潛邸，命勾當東平府公事宋周臣兼領大樂禮官、樂工人等，常令肄習，仍令萬户嚴忠濟依已降旨存恤」，可知宋子貞在「參議東平路事，兼提舉太常禮樂」時延請王磐等講學，宋子貞（即宋周臣）提舉太常禮樂最早的時間在憲宗三年（1253），那麼王磐到嚴忠濟幕府時最早時間是元憲宗三年（1253）。《元朝明朝事略》卷一二《内翰王文忠公磐》載「居數年，東游齊，樂青社風土，遂有定居之志。中統元年，即拜益都等路宣撫副使，居頃之，以疾免」，可知王磐在嚴忠濟幕府教授幾年後，曾東游齊，中統元年拜益都等路宣撫副使。

〔九〕閻復（1236—1312），字子靖，號静軒，又號静齋、静山，高唐（今屬山東省）人。至元八年，王磐薦爲翰林應奉，又任會同館副使。至元十二年，陞翰林修撰。歷任翰林直學士、侍講學士，至元二十三年陞翰林學士。二十八年，出任浙西道肅政廉訪使，後免官。元成宗即位，以元老臣召入朝，任集賢學士。元武宗即位，授平章政事。皇慶元年三月卒，年七十七，謚文康。閻复長於文辭，並有詩名。所著《静軒集》五十卷，今不存。清人繆荃孫輯閻復佚文成五卷，仍題《静軒集》，收入《藕香零拾》叢書。《元史》卷一六〇有傳，詳見王德毅《元人傳記資料索引》第一九九六頁所載。

〔一〇〕徐琰，字子方，號容齋、養齋、汶叟，東平人（今屬山東省）。至元初，以薦爲陝西行省郎中，歷中書左司郎中。二十三年，拜湖南按察使。二十五年，改南臺中丞。二十八年，除江浙參政。三十一年，遷浙西廉訪使。大德二年，入爲翰林學士承旨。大德五年卒，謚文獻（一作文貞）。徐琰人物偉岸，襟度寬宏，有文學重望，東南人士多與之游。《元史》無傳，詳見王德毅《元人傳記資料索引》第八九四頁所載。

〔一一〕李謙(1233—1311),字受益,號野齋,鄆之東阿人(今屬山東省)。爲東平府教授,生徒四集,累官萬户府經歷,復教授東平。翰林學士王磐以謙名聞,召爲應奉翰林文字,一時制誥多出其手。至元十五年,陞待制。十八年,陞直學士,爲太子左諭德,侍裕宗於東宫。裕宗崩,世祖又命傅成宗於潛邸,所至以謙自隨。轉侍讀學士。二十六年,以足疾辭歸。三十一年,成宗即位,陞學士。元貞初,引疾還家。大德六年,召爲翰林承旨,以年七十一,乞致仕。九年,又召。至大元年,給半俸。仁宗爲皇太子,徵爲太子少傅,謙皆力辭。仁宗即位,遷集賢大學士、榮禄大夫。卒于家,年七十九。子偘,官至大名路總管。《元史》卷一六〇有傳,詳見王德毅《元人傳記資料索引》第四九八頁所載。

〔一二〕孟祺,字德卿,宿州符離人(今屬安徽省)。廉希憲、宋子貞以名聞于朝,擢國史院編修官,遷從事郎、應奉翰林文字,兼太常博士,一時典册多出其手。至元七年,持節使高麗,還授承事郎、山東東西道勸農副使。十二年,授承直郎、行省諮議,隨伯顔征宋。久之,遷郎中。親入臨安勸降,平宋之功居多。江南平,以功陞授少中大夫、嘉興路總管,佩虎符。至元十八年,擢太中大夫、浙東海右道提刑按察使,以疾不赴。卒年五十一,謚文襄。《元史》卷一六〇有傳,詳見王德毅《元人傳記資料索引》第六五一頁所載。

1238 戊戌年　宋理宗嘉熙二年元太宗十年　十二歲

當年時事:

二月,蒙古遣使者王檝至臨安議歲幣〔一〕。宋大臣史嵩之力主和議,李宗勉反對,論議不決。

三月,宋以將作監周次説爲蒙古通好使,濠州團練使、左武衛將軍張勝副之。

宋以著作郎兼權工部郎官李心傳爲秘書少監、史館修撰，修高宗、孝宗、光宗、寧宗四朝國史實録。

十月，蒙古建太極書院於燕京。時周敦頤之名未至河朔，楊惟中用師於蜀〔二〕、湖、京、漢，得名士數十人，乃收集伊洛諸書，載送燕京。及還，與姚樞謀建太極書院及周子祠，以程顥、程頤、張載、楊時、游酢、朱熹配食，請趙復爲師，王粹佐之〔三〕，選俊秀有識度者爲道學生。由是河朔始知道學〔四〕。

本年，姚燧生。

譜主事蹟：

蒙元試儒士，王天鐸以有幸竊之嫌，不赴。

《秋澗集》卷四九《金故忠顯校尉尚書户部主事先考府君墓誌銘》：「歲戊戌，詔試儒士，時恩制寬，或以乃嗣長，可從師取應，先生曰：『以幸爲利，非敢聞命。』」

《秋澗集》卷四九《南鄘王氏家傳》：「歲戊戌，詔試儒士，時恩制寬，或以乃嗣長，可從師往試，先君曰：『吾思以義方爲訓，若以幸竊非常思，非所敢聞。』」

〔一〕王檝（？—1243），字巨川，道號紫巖翁，鳳翔虢縣人（今屬陝西省）。金泰和中，用元帥高琪薦，特賜進士出身，授副統軍，守涿鹿隘。元太祖將兵南下，檝鏖戰三日，兵敗見執。元太祖授其都統，佩金符，令招集山西潰兵，後陞宣撫使。元太宗五年，奉命持書使宋，約共滅金。金亡，又數次出使南宋。元太宗后稱制二年還，前次荆南，疽發背而卒，年六十餘。《元史》卷一五三有傳，詳見王德毅《元人傳記資料索引》第一四一頁所載。

《秋澗集》卷四四《國朝奉使》作王楫。

〔二〕楊惟中（1205—1259），字彦誠，弘州人。金末以孤童子事太宗，年二十奉命使西域三十餘國。皇子闊出伐宋，命惟中於軍前行中書省。拜中書令，太宗崩，太后稱制，惟中以一相負任天下。憲宗即位，世祖以太弟鎮金蓮川，得開府專封拜，乃立河南道經略司於汴梁，奏惟中等爲使。遷陝右四川宣撫使。憲宗九年，世祖總統東師，奏惟中爲江淮京湖南北路宣撫使，俾建行臺，蒙古、漢軍諸帥並聽節制。師還，卒于蔡州，年五十五。中統二年追謚曰忠肅公。《元史》卷一四六有傳，詳見王德毅《元人傳記資料索引》第一五五七頁所載。

〔三〕王粹（？—1243），初名元亮，又名元粹，字子正，號恕齋，平州人。金正大末爲南陽酒官，遭亂寓襄陽，襄陽破，爲道士於燕，主太極道院。太宗后稱制二年卒，年四十餘。《宋元學案》卷九〇、《宋元學案補遺》卷九〇有傳，詳見王德毅《元人傳記資料索引》第一二八頁所載。

〔四〕關於趙復與北方道學發展情況，可參考葉鴻灑《江漢先生趙復之北上與太極書院之設立》（《中國歷史學會史學集刊》第一七期，一九八五年五月，頁三一—四五）、魏崇武《趙復在北方傳播理學的意義和貢獻》（《殷都學刊》一九九五年第二期，頁五九—六二）、烏蘭察夫撰，段文明譯《理學在元代的傳播》（《內蒙古社會科學》一九九一年第二期，頁一二—一九）、徐遠和《理學與元代社會》（北京：北京人民出版社，一九九二年，頁一三—二一）。

1239 己亥年　宋理宗嘉熙三年　元太宗十一年　十三歲

當年時事：

三月，宋孟珙復信陽軍及樊城、襄陽，尋又復光化軍，息、蔡亦降。

六月，蒙古兵攻重慶，孟珙派兵扼守歸、峽等州。

十二月，宋孟珙復夔州〔一〕。

譜主事蹟：

王惲學漸有成，已能寫詩作賦。

《秋澗集》卷三《元日示孫阿鞬六十韻》：「十三至十六，詩賦填全篇。」

〔一〕夔州，據史爲樂主編《中國歷史地名大辭典》第二九七五頁所載，轄境相當今四川奉節、巫溪、巫山、雲陽等縣地，北宋時轄境略有縮小。元朝時改爲夔州路，明朝時改爲夔州府。

1240 庚子年　宋理宗嘉熙四年　元太宗十二年　十四歲

當年時事：

正月，蒙古皇子貴由克西域未下諸部。

蒙古命張柔等八萬户伐宋。

二月，蒙古軍進窺宋萬州，宋舟師泝江迎戰，爲蒙古軍敗於夔門。

宋以孟珙爲四川宣撫使。

四月，蒙古遣使者王檝使宋議和，未成。　檝先後五次至宋，以議和未成得疾卒。　宋遣使歸其柩於蒙古。

十月，宋理宗詔明年正月初一改元爲淳祐。

十二月，蒙古東平萬户嚴實卒，子嚴忠濟嗣。

蒙古詔貴由班師。

蒙古同意回回部人温都爾哈瑪爾以二百二十萬兩撲買課税銀額。

本年，蒙古以官民貸回鶻金償官者歲加倍，名羊羔息，其害爲甚，詔以官物代還。

胡長孺生〔一〕。陳孚生〔二〕。

〔一〕胡長孺（1249—1323），字汲仲，號石塘，婺州永康人。咸淳中，授迪功郎、監重慶府酒務。俄兼總領湖廣軍馬錢糧所僉廳。已而復拜福寧州倅之命，會宋亡，退棲永康山中。至元二十五年，待詔集賢院。既而拜集賢修撰，改教授揚州。元貞元年，移建昌。至大元年，轉台州路寧海縣主簿，階將仕佐郎。延祐元年，轉兩浙都轉運鹽使司長山場鹽司丞，階將仕郎，未上，以病辭，不復仕，隱杭之虎林山以終。至治三年卒，年七十五。門人私謚曰純節先生。著有《瓦缶編》、《南昌集》、《寧海漫抄》、《顔樂齋藁》。《元史》卷一九〇有傳，詳見王德毅《元人傳記資料索引》第八〇六頁所載。

〔二〕陳孚（1259—1309），字剛中，號勿齋，台州臨海人。至元中，署上蔡書院山長。二十九年，調翰林國史院編修官，攝禮部郎中，隨梁曾使安南。還，除翰林待制，兼國史院編修官。廷臣忌之，遂除建德路總管府治中，再遷治中衢州。秩滿，特授奉直大夫、台州路總管府治中。大德七年，詔遣奉使宣撫循行諸道。至大二年卒，年五十一。追謚文惠。著有《觀光稿》、《交州稿》、《玉堂稿》各一卷。《元史》卷一九〇有傳，詳見王德毅《元人傳記資料索引》第二二七一頁所載。

1241 辛丑年　宋理宗淳祐元年　元太宗十三年　十五歲

當年時事：

二月，宋以孟珙爲京西湖北路安撫制置大使兼夔路制置大使兼本路屯田大使，峽州置司。

喬行簡卒，年八十六。

三月，蒙古以劉敏行省事於燕京〔一〕。

八月，蒙古伐高麗，高麗屢敗，乃復入貢請和，並以高麗王族子綧爲質。

十月，蒙古以牙魯瓦赤行省事於燕京，同劉敏主管漢民公事，以姚樞爲郎中〔二〕。牙魯瓦赤唯事貨賂，分及於樞，樞拒絕之，因解職去，隱蘇門山〔三〕。元太宗聞之，罷牙魯瓦赤，仍令劉敏獨任。

十一月，元太宗窩闊台卒，其后乃馬真氏在和林稱制。

蒙古軍入蜀，攻陷成都，屠漢州。

十二月，蒙古遣月里麻思至宋議和，至淮上，宋守將脅其降，月里麻思不從，守將乃囚其于長沙飛虎營。

本年，鄭思肖生。

譜主事蹟：

王惲從趙鵬問學〔四〕，習詞賦。

《秋澗集》卷五二《金故朝請大夫泌陽縣令趙公神道碑銘并序》：「某年方志學〔五〕，受業門下。今老矣，凡兩入翰林，三貳憲府，粗有所聞於時，先生之教有力焉。」

《秋澗集》卷三六《登鸛雀樓記》：「予少從進士泌陽趙府君學，先生河中人〔六〕，故兒時得聞此州樓觀雄天下，而鸛雀者尤爲之甲。」

《秋澗集》卷六五《哀友生季子辭并序》：「因憶予弱冠時，始識渠于教官張文紀學舍〔七〕，性資純雅，似不能言者，扣其《禮經》，皆能成誦于口。既長，從泌陽趙公業詞賦，故日夕翺翔，相得爲甚狎。逮壬子秋，顒軒徒單公自甯來居，曰：『今而後執經問學，吾知所從矣。』」

王惲約於本年初識蕭輔道〔八〕。

《秋澗集》卷二四《蕭徵君哀詞》：「東瀛先生，有道之士也。予以里閈故，獲展履綦之拜，蓋十有一年矣。今茲云亡，謹摭其見聞之實，作追懷詩六首，姑達乎感慨云耳。」

〔一〕劉敏（1201—1259），字德柔，一字有功，宣德青魯人。早入元太祖宿衛，賜名玉出干，後授燕京宣撫使。太宗十三年，改行燕京省事。憲宗九年夏四月卒，年五十九。《元史》卷一五三有傳，詳見王德毅《元人傳記資料索引》第一七八九頁所載。

〔二〕姚樞（1203—1280），字公茂，號敬齋，又號雪齋，營州柳城人，後遷洛陽。金亡，居輝州，以道學鳴。國初，爲燕京行臺郎中，未幾辭去。歲庚戌，召居潛邸。中統元年，拜東平宣撫使。二年，召拜太子太師，辭不受，改大司農。至元四年，拜中書左丞。五年，出僉河南行省。十年，拜昭文館大學士，詳定禮儀事。十二年，拜翰林學士承旨。十七年薨，年七十八，謚文獻。《元史》卷一五八有傳，詳見王德毅《元人傳記資料索引》第七三二頁所載。

〔三〕蘇門山，在今輝縣市。輝縣元時稱輝州，屬衛輝路。史爲樂主編《中國歷史地名大辭典》第一一一二頁：「又名百門山。在今河南輝縣市西北七里。」《大明一統志》卷二八：「蘇門山在輝縣西北七里，一名百門山。」《大清一統志》卷一五八：「蘇門山在輝縣西北七里，一名蘇嶺，即太行支山也。本曰柏門山，亦作百門山。」《元史》卷五八《地理志》：「衛輝路，下。唐義州，又爲衛州，又爲汲郡。金改河平軍。元中統元年，陞衛輝路總管府，設録事司。……輝州，下。唐以共城縣置共州。宋隸衛州。金改爲河平縣，又改蘇門縣，又陞蘇門縣爲輝州，置山陽縣屬焉。至元三年，省蘇門縣，廢山陽爲鎮，入本州。」

關於姚樞隱居蘇門山的時間，各個資料記載不一。姚燧《牧庵集》卷十五《中書左丞姚文獻公神道碑》載「歲辛丑，賜金符。以郎中牙魯瓦赤行臺于燕，時惟事貨賂，天下諸侯競以掊克入媚，以公幕長，必分及之，乃一切拒絶。又有以銀二笏來見，既謝卻，乃出置氊簾間，遣人追及，與之。遂攜家來輝，墾荒蘇門，糞田數百畝，修二水輪，誅茅爲堂，城中置私廟，奉祠四世」，則姚樞隱居蘇門山時爲辛丑年（1241）。《續資治通鑒》卷一七〇載「（淳祐元年冬十月）蒙古以伊囉斡齊（《元史》作牙魯瓦赤）行省事於燕京，同劉敏主管漢民公事，以姚樞爲郎中。伊囉斡齊唯事貨賂，分及於樞，樞拒絶之，因解職去，隱蘇門山」，則姚樞隱居蘇門山的時間爲淳祐元年（1241）冬十月。徐乾學《資治通鑑後編》卷一四二載「（淳祐二年二月），蒙古伊囉斡齊在燕，惟事貨賂，以姚樞爲幕長，分及之。樞一切拒絶，因辭職去，攜家至蘇門山」，則姚樞隱居之時間爲淳祐二年（1242）二月。《宋史紀事本末》卷一〇一《北方諸儒之學》載「淳祐二年夏四月，蒙古姚樞辭官，隱輝縣之蘇門山。作家廟，别爲室，奉孔子及宋儒周、程、張、邵、司馬六君子像，刻小學、四書併諸經傳注，行於國中」，則姚樞隱居之時間爲淳祐二年（1242）夏四月。姚燧《牧庵集》卷七《三賢堂記》載「先公（姚樞）以癸卯來此，而承旨已師是方」，則姚樞隱居之時爲癸卯年（1243）。本文依據《中書左丞姚文獻公神道碑》、《續資治通鑒》，將姚樞隱居蘇門山之時間定爲辛卯年（1241）十月。

姚樞隱居蘇門山後，版印圖書，教授門徒，大大促進了程朱理學在北方的傳播。對此，姚燧《牧庵集》卷十五《中書左丞姚文獻公神道碑》有詳細的記載：「遂攜家來輝，墾荒蘇門，糞田數百畝，修二水輪，誅茅爲堂，城中置私廟，奉祠四世。堂龕魯司寇容，傍垂周、兩程、張、邵、司馬六君子像，讀書其間。衣冠莊肅，以道學自鳴。佳時則鳴琴百泉之上，遁世而樂天，若將終身。後生薄夫或造庭除，出語人曰：『幾褫吾魄。』又汲汲以化民成俗爲心，自板《小學》、《書》、《語》、《孟》。或問家禮，俾楊中書板《四書》，田尚書板《聲詩折衷》、《易》程傳、《書》蔡傳、《春秋》胡傳。又以小學書流布未廣，教弟子楊古爲沈氏活板，與《近思録》、東萊《經史論説》諸書，散之四方。」《宋史紀事本末》卷一〇一《北方諸儒之學》對此也有詳細論述。

〔四〕趙鵬（1182—1254），字搏霄，蒲之河東人。弱冠，擢貞祐三年詞賦進士第。出仕後，任芮城簿。秩滿令闕，行臺廉其能，俾攝縣務。既而，調同州澄城令。入補尚書省掾。未幾，用薦者辟，授泌陽縣令。尋遷豐衍庫使。北渡後，流寓淇南，教諸生爲業。以元憲宗四年（1254）六月二十九日卒，年七十三，積官至朝請大夫。《元史》無傳，詳見《秋澗集》卷五二《金故朝請大夫泌陽縣令趙公神道碑銘并序》、《秋澗集》卷五九《碑陰先友記》。

〔五〕志學，一指專心求學，又借指十五歲。

〔六〕河中，即河中府，元時屬中書省之晉寧路。河中、蒲州在元時爲同一地點，河東爲其領縣。《元史》卷五八《地理志》：「河中府，唐蒲州，又改河中府，又改河東郡，又仍爲河中府。宋爲護國軍。金復爲河中府。元憲宗在潛，置河解萬户府，領河、解二州。河中府領録事司及河東、臨晉、虞鄉、猗氏、萬泉、河津、榮河七縣。至元三年，省虞鄉入臨晉，省萬泉入猗氏，並録事司入河東，罷萬户府，而河中府仍領解州。八年，割解州直隸平陽路，河中止領五縣。十五年，復置萬泉縣來屬。」

〔七〕張文紀，生平待考。據《秋澗集》卷六五《哀友生季子辭并序》載「因憶予弱冠時，始識渠于教官張文紀學舍，性資純雅，似不能言者，扣其《禮經》皆能成誦于口。既長，從泌陽趙公業詞賦，故日夕翱翔，相得爲甚狎」，可知王惲先從張文紀學，後從趙鵬學，故從張文紀學習之時要早於十五歲，「弱冠」之説當爲虚指。又從多人跟隨張文紀學習來看，其亦當爲宿儒。

〔八〕蕭輔道，亦有作蕭道輔。《秋澗集》之《大都宛平縣京西鄉創建太一集仙觀記》（卷四〇）、《清蹕殿記》（卷三八），《元史》卷二〇二，陳垣《南宋初河北新道教考》等處作蕭輔道，今從之。《秋澗集》卷三九《堆金塚記》、王德毅《元人傳記資料索引》第一九七九頁等處作蕭道輔。字公弼，號東瀛子，衛州汲縣人。太一教四代宗師，加號中和仁靖真人。元定宗元年（1246）六月，在張善淵等人陪同下覲見乃馬真后。元憲宗二年（1252），應忽必烈之邀，在張善淵等人陪同下覲見忽必烈，勸忽必烈愛民立制、修國史、立臺省。忽必烈甚喜，賜號中和仁靖真人。二年（1252）冬，卒。詳見《秋澗集》之《送蕭四祖北上》（卷一四）、《和曲山題太一宫詩韻》（卷二一）、《蕭徵君哀詞》（卷二四）、《太一宫四絶》（卷二九）、《清蹕殿記》（卷三八）、《萬壽宫方丈記》（卷三八）、《堆金塚記》（卷三九）、《大都宛平縣京西鄉創建太一集仙觀記》（卷四〇）、《太一五祖演化貞常真人行狀》（卷四七）、《故真靖大師衛輝路道教提點張公墓碣銘并序》（卷六一）、《凝寂大師衛輝路道教都提點張公墓碣銘并序》（卷六一）、《題李懷遠事系後》（卷七一）、《玉堂嘉話之七·李侍講説》（卷九九）、《玉堂嘉話之八·書示仲謀》（卷一百），《元史》卷二〇二，陳垣《南宋初河北新道教考》，王德毅《元人傳記資料索引》第一九七九頁。

1242 壬寅年　宋理宗淳祐二年　元太宗乃馬真后元年　十六歲

當年時事：

正月，宋右丞相史嵩之等進呈《四朝史》，又進孝宗《經武要略》、《甯宗玉牒》、《日曆》、《會要》、《實録》、《皇帝玉牒》。

五月，蒙古軍破蜀中遂寧、瀘州等地。

六月，宋以余玠爲權工部侍郎、四川宣諭使，許先行後奏。

七月，蒙古萬户張柔，自五河口渡淮，攻揚、滁、和、蕭。

十月，蒙古軍攻破宋通州，屠城。

十二月，蒙古兵連攻敍州，宋帳前都統楊大全戰死。

宋以孟珙爲四川安撫使兼知夔州，余玠爲權兵部侍郎、四川安撫制置使兼知重慶府，分别經營東西川，以禦蒙古。

盧摯約生於本年前後〔一〕。

〔一〕盧摯，字處道，一字莘老，號疏齋，涿州人。博學工詩文，至元間累遷陝西按察使，歷江東按察使（尋改廉訪使），轉河南府路總管，入爲集賢學士，拜湖南廉訪使，又爲翰林學士，進承旨。《元史》無傳，詳見王德毅《元人傳記資料索引》第一九六二頁所載。

1243 癸卯年　宋理宗淳祐三年　元太宗乃馬真后二年　十七歲

當年時事：

正月，蒙古張柔分遣部下將十人屯田於襄城。

宋以吕文德爲福州觀察使、侍衛馬軍副都指揮使，總統兩淮出戰軍馬，捍禦邊陲。

三月，蒙古軍破宋資州。

蒙古入蜀，汪世顯之功居多，至是，皇子闊端承制拜世顯便宜總帥，統秦、鞏等二十餘軍州事，尋卒。子德臣代爲總帥，將兵從入蜀。

四月，王若虚卒。

秋，蒙古察罕奏令萬户張柔總諸軍鎮杞。

本年，劉敏中生〔一〕。岳珂約卒於本年。

本年前後，余玠在蜀招致冉璡、冉璞，共謀蜀事。又築釣魚、青居等十餘城，屯兵聚糧，爲必守計。

譜主事蹟：

王惲與推氏成婚，二人共同生活四十三年之久，詳見世系部分推氏條。

《秋澗集》卷三〇《細君推氏哀辭（二）》：「性姿貞静伯姬恭，四十三年好夢空。一闋夜臺無復見，悲聲留在白楊風。」

王惲約在此年前後至蘇門讀書。時亡金文士多在此處，故王惲得到極好之教育。

《秋澗集》卷四四《紀風異》：「余年十七八，往蘇門讀書。至古城東十里外，有旋風自西南截泉水北來，望之，圍圓約六七里大，其高入天。」

〔一〕劉敏中，字端甫，號中庵，濟南章丘人（今屬山東省）。至元十一年，由中書掾擢兵部主事，拜監察御史。既而爲御史臺都事。出爲燕南肅政廉訪副使，入爲國子司業，遷翰林直學士，兼國子祭酒。大德七年，任遼東、山北諸郡宣撫使。除東平路總管，擢陝西行臺治書侍御史。九年，召爲集賢學士，商議中書省事。武宗即位，授集賢學士、皇太子贊善，仍商議中書省事，賜金幣有加。頃之，拜河南行省參知政事，俄改治書侍御史，出爲淮西肅政廉訪使，轉山東宣慰使，遂召爲翰林學士承旨。延祐五年卒，年七十六。贈光禄大夫、柱國，追封齊國公，謚文簡。有《中庵集》二十五卷。《元史》卷一七八有傳，詳見王德毅《元人傳記資料索引》第一八四九頁所載。

1244 甲辰年　宋理宗淳祐四年　元太宗乃馬真后三年　十八歲

當年時事：

正月，宋以余玠兼四川屯田使。

五月，蒙古兵圍壽春，吕文德帥水陸諸軍禦之。

蒙古中書令耶律楚材薨。

六月，宋以吕文德兼淮西招撫使，兼知濠州，節制濠、豐、壽、亳州軍。

蒙古以楊惟中爲中書令。

十二月，宋以四川安撫使孟珙兼知江陵府。

本年，忽必烈在藩邸廣招人才〔一〕。之後幾年，趙璧〔二〕、董文用〔三〕、劉秉忠〔四〕、竇默〔五〕、王鶚〔六〕、姚樞等陸續來到忽必烈幕府。

戴表元生〔七〕。

譜主事蹟：

王惲在共城從王磐、姚樞讀書〔八〕，其間亦嘗受到劉祁〔九〕、楊奂指教〔一〇〕。

《秋澗集》卷一百《秋澗先生大全文集後序》：「自其弱冠，已嘗請教於紫陽、遺山、鹿庵、神川，諸名公愛其不凡，提誨指授，所得爲多。」

《秋澗集》卷首《文定王公神道碑銘》：「公弱冠受教於鹿菴王公，詩文字畫已有聲。紫陽、遺山一見，爲指授所業，期以國士。」

《秋澗集》卷六一《提點彰德路道教事寂然子霍君道行碣銘并序》：「國朝甲辰、乙巳間，鹿庵先生教授共城，不肖亦忝侍几杖。」

《秋澗集》卷六八《上姚敬齋啓》：「中統元年七月六日，席生王某謹齋沐頓首再拜，致啓于尚書宣撫先生閤下：……如某者，稟性疏愚，與人樸直。斷無它技，徒切休心。爰自稚年，特乖庭訓。雖讀書鄉曲，謾攻童子之雕蟲；及學道蘇門，徒竊孫登之吟嘯。因沾餘溢，得列諸生。」

〔一〕關於忽必烈在藩邸廣招人才的情況，可參考蕭啓慶《忽必烈時代「潛邸舊侶」考》（《大陸雜誌史學叢書》第二輯第三册，頁二六八—二八四）。蕭先生在文中指出，忽必烈推行漢法，一方面是時代演進的結果，一方面也與他個人的身世有關。忽必烈延請人材，似以一二四四年爲開始，直到一二六〇年登上皇位爲結束。潛邸人物按相互關係可分成邢臺集團、正統儒學集團、以漢地世侯爲中心的金源文士集團、西域人集團、蒙古集團。邢臺集團，代表人物有劉秉忠、張文謙、李德輝、劉肅、李簡、張耕、馬亨、王恂、劉秉恕等。正統儒學集團，代表人物有趙復、竇默、姚樞、楊惟中、許衡等。以漢地世侯爲中心的金源文士集團，代表人物有張德輝、楊果（原屬史天澤）、郝經、王鶚（原屬張柔）、宋子貞、商挺、李昶、徐世隆、賈居貞（原屬嚴忠濟）等。西域人集團，代表人物有阿里海牙、廉希憲、也黑迭兒、阿合馬等。蒙古集團，代表人物有乃燕、霸突魯、脫兀脫、忙哥、闊闊、八春等。忽必烈潛邸人物的主要作用是幫助治理地方、建立軍功、勸導弗殺、與保守派鬥爭，在這些潛邸人物的幫助下，忽必烈最終登上了皇位。

需指出者，王惲雖不是忽必烈潛邸舊臣，但其與潛邸舊臣中的衆多人物都有師承關係。王惲曾師從元好問、王磐、劉祁、楊奂、劉德淵、趙鵬、周惠，其學術思想主要來自於金源遺老。王惲在蘇門讀書時也曾在姚樞門下讀書，接受理學的洗禮，其與姚樞的關係也非同一般。正因爲如此，姚樞在宣撫東平時才會辟王惲爲詳議官，後又推薦至京師，任中書省掌記官。後又得到史天澤、楊果以及金源遺老的提攜，一步步走嚮了仕途的頂峰。

〔二〕趙璧（1220—1276），字寶臣，雲中懷仁人。世祖在潛，命其馳驛四方，聘名士王鶚等。又令蒙古生十人從璧受儒書。憲宗二年，爲河南經略使。元憲宗九年，伐宋，爲江淮荆湖經略使。中統元年，拜燕京宣慰使。中書省立，授平章政事。二年，以平章政事兼大都督領諸軍。三年，李璮反益都，從親王合必赤討之。至元元年，加榮禄大夫。後歷任改樞密副使、中書左丞、中書右丞。十年，復拜平章政事。十三年，卒，年五十七。大德三年，贈大司徒，謚忠亮。《元史》卷一五九有傳，詳見王德毅《元人傳記資料索引》第一七一〇頁所載。

〔三〕董文用（1224—1297），字彦材，號野莊，董俊之第三子也。元憲宗三年，文用從世祖征雲南大理。元憲宗七年，世祖命召遺老竇默、姚樞、李俊民、李治、魏璠于四方。中統元年，任左右司郎中。二年八月，以兵部郎中參議都元帥府事。三年，從元帥闊闊帶誅李璮。至元改元，召爲西夏中興等路行省郎中。八年，授山東東西道巡行勸農使。十二年，爲工部侍郎。十三年，爲衛輝路總管。十九年，爲兵部尚書。轉禮部尚書，遷翰林、集賢二院學士，知秘書監。二十二年，拜江淮行中書省參知政事。二十五年，拜御史中丞，乃舉胡祗遹、王惲、雷膺、荆幼紀、許楫、孔從道十餘人爲按察使，徐琰、魏初爲行臺中丞，當時以爲極選。遷大司農。遷爲翰林學士承旨。成宗即位，陞資德大夫、知制誥兼修國史。大德元年六月卒，年七十四。贈銀青榮禄大夫、少保、趙國公，謚忠穆。《元史》卷一四八有傳，詳見王德毅《元人傳記資料索引》第一六〇二頁所載。

〔四〕劉秉忠（1216—1274），字仲晦，初名侃，因從釋氏，又名子聰，拜官後始更今名，號藏春散人，邢臺人。世祖在潛邸，海雲禪師被召，過雲中，聞其博學多材藝，邀與俱行。既入見，世祖大愛之，海雲南還，秉忠遂留藩邸。後數歲，奔父喪。服除，復被召，奉旨還和林。元憲宗三年，從世祖征大理。四年，征雲南。九年，從伐宋。至元元年，拜光禄大夫，位太保，參領中書省事。詔以翰林侍讀學士竇默之女妻之。初，帝命秉忠於桓州東灤水北，建開平城。繼陞爲上都，而以燕爲中都。四年，又命秉忠築中都城。八年，奏建國號曰大元，而以中都爲大都。十一年秋八月，秉忠無疾端坐而卒，年五十九。十二年，贈太傅，封趙國公，謚文貞。成宗時，贈太師，謚文正。仁宗時，又進封常山王。著有《藏春集》六卷。《元史》卷一五七有傳，詳見王德毅《元人傳記資料索引》第一八四〇頁所載。

〔五〕竇默（1196—1280），字子聲，初名傑，字漢卿，廣平肥鄉人。中書楊惟中奉旨招集儒、道、釋之士，默乃北歸，隱於大名，與姚樞、許衡朝暮講習，至忘寢食。世祖在潛邸，召之。默又薦姚樞，即召用之。俄命皇子真金從默學，久之，南還。世祖即位，爲翰林侍講學士。十七年，加昭文館大學士，卒，年八十五。後累贈太師，封魏國公，謚文正。子履，集賢大學士。《元史》卷一五八有傳，詳見王德毅《元人傳記資料索引》第二一〇八頁所載。

〔六〕王鶚（1190—1273），字百一，曹州東明人。金正大元年，中進士第一甲第一人出身，授應奉翰林文字。六年，授歸德府判官，行亳州城父令。七年，改同知申州事，行蔡州汝陽令，丁母憂。天興二年，授尚書省右司都事，陞左右司郎中。三年，蔡陷，將被殺，萬户張柔聞其名，救之，輦歸，館於保州。蒙古乃馬真后稱制三年，世祖遣使聘鶚。歲餘，還。繼命徙居大都，賜宅一所。中統元年，授翰林學士承旨。至元元年，加資善大夫。翰林學士院立，薦李治、李昶、王磐、徐世隆、高鳴爲學士。復奏立十道提舉學校官。十年，卒，年八十四，謚文康。著《論語集義》一卷，《汝南遺事》二卷，詩文四十卷，曰《應物集》。無子，以婿周鐸子之綱承其祀。之綱官至翰林侍講學士。《元史》卷一六〇有傳，詳見王德毅《元人傳記資料索引》第一四五頁所載。

〔七〕戴表元（1244—1310），字帥初，一字曾伯，慶元奉化州人。宋咸淳中，教授建康府。後遷臨安教授，行户部掌故，皆不就。大德八年，拜信州教授，再調教授婺州，以疾辭。至大三年卒，年六十七。有《剡源集》行於世。《元史》卷一九〇有傳，詳見王德毅《元人傳記資料索引》第二〇六三頁所載。

〔八〕王磐與王天鐸爲知交，《秋澗集》卷五九《碑陰先友記》中記有王磐之名，王惲受教於王磐之門，亦是情理之中。關於王磐、姚樞在共城授徒的情況，可參考年譜十一歲條〔八〕、年譜十五歲條〔三〕。

〔九〕劉祁，號神川遁士，曾流寓蘇門，並與姚樞交遊。《歸潛志》卷一三《游林慮西山記》載「癸卯(1243)之冬十月，祁自蘇門徙居相台。……明發，邑中士大夫宴集，作一日留。會姚公茂諸君南來，相約同游洪谷」，萬曆《衛輝府志》亦載「劉祁……寓居衛。甲辰(1244)，粘合中書召至幕下」，其時正是王惲在蘇門讀書，也會有嚮劉祁求教的機會。

其實，劉祁與王天鐸是至交，《秋澗集》卷五九《碑陰先友記》中就有劉祁之名，王惲很早便得劉祁指導。《秋澗集》卷九六《玉堂嘉話卷之四》：「予嬰年見神川劉先生三蘇文讀不去手，因問於先大夫，曰：『古人有言：「蘇文熟，啖羊肉；蘇文生，啜菜羹。」豈此之謂也？』」《秋澗集》卷十六《追挽歸潛劉先生》：「我自髫髦屢拜公，執經親爲發顓蒙。道從伊洛傳心學，文擅韓歐振古風。」《秋澗集》卷五八《渾源劉氏世德碑銘并序》：「鄰復欲彰先懿，昭孝思，圖不朽，諗不肖嘗問學於神川先生，知其家世頗詳，持張、陳、李、趙、雷、王諸公銘誌求述世德碑。」

〔一〇〕楊奐，字煥然，乾州奉天人。金末舉進士不中，教授鄉里。金天興二年，微服北渡，冠氏帥趙天錫即延致奐，待以師友之禮。東平嚴實屢召，不赴。元太宗十年，太宗詔宣德稅課使劉用之試諸道進士。奐試東平，兩中賦論第一。從監試官北上，謁中書耶律楚材，楚材奏薦之，授河南路徵收課稅所長官，兼廉訪使。在官十年，乃請老于燕之行臺。元憲宗二年，世祖在潛邸，驛召奐參議京兆宣撫司事，累上書，得請而歸。元憲宗三年卒，年七十。賜謚文憲。《元史》卷一五三有傳，詳見王德毅《元人傳記資料索引》第一五一七頁所載。

楊奐從元太宗十年(1238)左右，擔任河南路課稅所長官十年之久，且與姚樞常有聯繫，《元史》卷一七四姚燧本傳載「樞隱居蘇門，謂燧蒙暗，教督之甚急，燧不能堪。楊奐馳書止之曰：『燧，令器也，長自有成爾，何以急爲！』」。此時王磐、姚樞在蘇門授徒，王惲也在衆生徒之間，故有機會得到楊奐的指教。

1245 乙巳年　宋理宗淳祐五年　元太宗乃馬真后四年　十九歲

當年時事：

二月，宋吕文德敗蒙古兵於五河，復其城；詔進一秩。

四月，宋以吕文德爲樞密副使，依舊淮西招撫使、知濠州。

宋命吕文德依舊節制濠、豐、壽、宿、亳等郡軍馬。

六月，宋兵部侍郎徐元傑暴卒。時杜範入相，八十日卒，劉漢弼、徐元傑相繼暴亡。時謂諸公皆中毒，堂食無敢下箸者。

秋，蒙古乃馬真后命馬步軍都元帥察罕等率騎三萬與張柔掠淮西，拔壽州，攻泗州、盱眙及揚州。宋制置趙蔡請和，乃還。

譜主事蹟：

王惲在共城讀書。

《秋澗集》卷六一《提點彰德路道教事寂然子霍君道行碣銘并序》：「國朝甲辰、乙巳間，鹿庵先生教授共城，不肖亦忝侍几杖。」

《秋澗集》卷三《元日示孫阿韃六十韻》：「十九學蘇門，遂親經史筵。潛闚義理窟，弄筆勢翩翩。」

1246 丙午年　宋理宗淳祐六年　元定宗元年　二十歲

當年時事：

正月，蒙古張柔入覲于和林。

七月，元定宗即位，但朝政猶出於六皇后。

蒙古命中書令楊惟中宣慰平陽。

蒙古諸勳貴欲剖分東平地，左右司郎中王玉汝力排群言，事得已。

八月，蒙古耶律鑄〔一〕，嗣其父楚材領中書省事。

蒙古以温都爾行省事於燕京，與劉敏同政。

十月，蒙古主命察罕拓江淮地。

冬，蒙古萬户史權等侵京湖、江淮之境，拔虎頭關寨，進至黄州。

譜主事蹟：

王惲在共城讀書。

《秋澗集》卷七五《感皇恩》：「贈李士觀〔二〕。諱儀，霸州人。予廿時，鹿庵先生門同舍郎也，性端方。嘗爲刑司經歷官，好學不倦，與人交有終始。」

〔一〕耶律鑄（1221—1285），字成仲，號雙溪，耶律楚材子。元憲宗八年，從憲宗征蜀。九年，憲宗崩，阿里不哥叛，鑄棄妻子，挺身自朔方來歸，世祖嘉其忠，即日召見，賞賜優厚。中統二年，拜中書左丞相。至元元年，加光禄大夫。二年，行省山東。未幾征還。六月，改榮禄大夫、平章政事。五年，復拜光禄大夫、中書左丞相。十年，遷平章軍國重事。十三年，詔監修國史。十九年，復拜中書左丞相。二十年冬十月，坐不納職印、妄奏東平人聚謀爲逆、間諜幕僚、及黨罪囚阿裏沙，遂罷免。二十二年卒，年六十五。至順元年，謚文忠。《元史》卷一四六有傳，詳見王德毅《元人傳記資料索引》第七七六頁所載。

〔二〕李儀，字士觀，號樂齋，霸州益津（今河北霸州市）人，生卒年不詳。性端方，好學不倦，與人交有終始。至元八年清明日，與王惲共游長春宫。至元十六年左右，在壽春幕府任職。又嘗爲刑司經歷官。曾寓居襄陽。家中藏有《靖節文集》一編，王惲試圖一觀，作《檄李秀才士觀取淵明文集書》一文討之。至元二十九年，王惲同門十三四人中，只有王惲、李儀、傅士開在世，王惲作詩慨歎。至元三十年清明節前後，王惲自得仁府西歸，同李儀同登太史臺，詠游酬唱。《元史》無傳，詳見《秋澗集》之《寄李士觀時在襄陽兼簡好古郎中》（卷一五）、《送李士觀還壽春莫府并序》（卷一六）、《清明日拉友生李士觀遊長春宫因謁純真王鍊師且陪姚左轄商簽院二公高論時至元八年二月十九日也》（卷一六）、《奉和李樂齋登太史臺詩韻》（卷二一）、《和李樂齋馬病詩韻》（卷二一）、《檄李秀才士觀取淵明文集書》（卷三五）、《題王明村老黄店壁八絶壬辰歲三月廿五日葬曲山回作》（卷三一）、《癸巳歲二月六日自得仁府西歸和李樂齋詩》（卷三二）、《癸巳清明後三日偕益津李士觀登太史臺》（卷七五）。

1247 丁未年　宋理宗淳祐七年　元定宗二年　二十一歲

當年時事：

二月，蒙古忽必烈受邢州分地。之後，劉秉忠荐張文謙〔一〕，遂召見，命掌王府書記。

張文謙請忽必烈派人治理邢地，於是選脱兀脱、劉肅、李簡三人至邢，協心爲治，户增十倍，由是忽必烈益重儒士。

春，蒙古張柔攻泗州，旋還屯杞。帳下吏夾谷顯祖得罪亡走，上變誣柔，蒙古主命執柔以北。大臣多以闔門保柔者，卒辨其誣，顯祖伏誅。

四月，宋以趙葵爲樞密使兼參知政事，督視江淮、京西湖北軍馬兼知建康府。

九月，蒙古以高麗歲貢不入，伐之。自後八年，凡四易將，拔其城十有四。

十月，蒙古括人户。

本年，蒙古忽必烈聞張德輝之賢〔二〕，召至籓邸，張德輝向忽必烈薦舉魏璠〔三〕、元好問、李治等二十餘人〔四〕。

仇遠生〔五〕。鄧牧生〔六〕。郝天挺生〔七〕。

譜主事蹟：

約於本年，王惲初識孟攀鱗〔八〕。

《秋澗集》卷一六《孟待制駕之哀辭》：「我識先生二十年，當時過衛亦翩翩。」

〔一〕張文謙（1217—1283），字仲謙，邢州沙河人。元定宗三年，掌忽必烈王府書記。憲宗即位，先後從忽必烈征大理、南宋。中統元年，爲中書左丞。至元元年，以中書左丞行省西夏中興等路。七年，拜大司農卿，奏立諸道勸農司。復與竇默請立國子學。詔以許衡爲國子祭酒，選貴冑子弟教育之。十三年，遷御史中丞。世祖以《大明曆》歲久浸差，命許衡等造新曆，乃授文謙昭文館大學士，領太史院，以總其事。十九年，拜樞密副使。歲餘，以疾薨於位，年六十七。謚忠宣。《元史》卷一五七有傳，詳見王德毅《元人傳記資料索引》第一一一八頁所載。

〔二〕張德輝（1195—1274），字耀卿，號頤齋，冀寧交城人。金亡，史天澤開府真定，辟爲經歷官。元太宗七年，從天澤南征。元定宗二年，世祖在潛邸，召見，德輝舉魏璠、元好問、李治等二十餘人。是年夏，德輝得告，將還，更薦白文舉、鄭顯之、趙元德、李進之、高鳴、李槃、李濤數人。元憲宗二年，元好問北覲，請世祖爲儒教大宗師，世祖悅而受之。又奏蠲儒户兵賦，從之。仍命德輝提調真定學校。世祖即位，爲河東南北路宣撫使。遷東平路宣慰使。至元十一年卒，年八十。著有《嶺北紀行》。《元史》卷一六三有傳，詳見王德毅《元人傳記資料索引》第一一六七頁所載。

〔三〕魏璠，字邦彦，號玉峯，弘州順聖人。金貞祐三年進士，歷官翰林修撰，金亡家居。世祖在潛邸，徵至和林，訪以當世之務。以疾卒，年七十。謚靖肅。《元史》無傳，詳見王德毅《元人傳記資料索引》第二〇七九頁所載。

〔四〕李治（1192—1279），《元史》作李冶。字仁卿，號敬齋，真定欒城人。登金進士第，調高陵簿，未上，辟知鈞州事。世祖在潛邸，遣使召至。世祖即位，復聘之，以老病，懇求還山。至元二年，再以學士召，就職期月，復以老病辭去。至元十六年卒，年八十八。謚文正。著有《敬齋文集》四十卷、《壁書藂削》十二卷、《泛説》四十卷、《古今黈》四十卷、《測圓海鏡》十二卷、《益古衍段》三十卷。《元史》卷一六〇有傳，詳見王德毅《元人傳記資料索引》第四六四頁所載。

〔五〕仇遠（1247—？），字仁近（仁父），號山村民，一作山邨，錢唐人。大德二年，爲鎮江路學正。大德八年，遷溧陽州學教授。以杭州路知事致仕，悠遊湖山，致和元年六月尚存。有《山村遺集》一卷、《金淵集》六卷。《元史》無傳，詳見王德毅《元人傳記資料索引》第二四頁所載。

〔六〕鄧牧（1247—1306），字牧心，錢塘人。淡薄名利，悠遊名山，後隱居餘杭洞霄宫，時稱文行先生。大德十年卒，年六十。著有《伯牙琴》一卷，《洞霄圖志》六卷。《元史》無傳，詳見王德毅《元人傳記資料索引》第一九〇七頁所載。

〔七〕郝天挺（1247—1313），字繼先，號新齋，出於朵魯別族。世祖召見，備宿衛春宫。除參議雲南行尚書省事，尋陞參知政事，又擢陝西漢中道廉訪使。未幾，入爲吏部尚書，尋除陝西行御史臺中丞，又遷四川行省參政及江浙行省左丞，俱不赴。拜中書左丞。仁宗臨御，出爲江西、河南二省右丞，召拜御史中丞。尋俾均逸於外，拜河南行省平章政事。皇慶二年卒，年六十七。謚文定。著有《雲南實録》五卷，又注唐人《鼓吹集》一十卷。《元史》卷一七四有傳，詳見王德毅《元人傳記資料索引》第九六九頁所載。

〔八〕孟攀鱗（1204—1267），字駕之，雲内人。金正大七年，擢進士第，仕至朝散大夫、招討使。元定宗元年，爲陝西帥府詳議官，遂家長安。中統三年，授翰林待制、同修國史。至元初，召見，條陳七十事，世祖悉嘉納之。至元四年卒，年六十四。追謚文定。《元史》卷一六四有傳，詳見王德毅《元人傳記資料索引》第六五六頁所載。

1248　戊申年　宋理宗淳祐八年　元定宗三年　二十二歲

當年時事：

三月，元定宗崩。皇后海迷失立曲出子失烈門聽政，諸王大臣多不服。

本年，白珽生〔一〕。

譜主事蹟：

王惲母靳氏以憂勤致疾，王惲或於此時中止學業，回到家中。

《秋澗集》卷四九《先妣夫人靳氏墓誌銘》：「歲戊申夏六月，竟以憂勤致疾。」

《秋澗集》卷三《元日示孫阿韃六十韻》：「自後雖努力，已爲家務纏。」

〔一〕白珽，字廷玉，號湛淵，錢唐人。以薦授太平路學正，大德四年轉常州路教授，陞江浙儒學副提舉，遷淮東鹽倉大使，以蘭溪州判官致仕，晚年隱居棲霞山。天曆元年卒，年八十一。著有《湛淵静語》二卷、《湛淵遺稿》三卷。詳見王德毅《元人傳記資料索引》第二六三頁所載。

1249 己酉年　宋理宗淳祐九年　蒙古海迷失后元年　二十三歲

當年時事：

二月，宋以趙葵爲右丞相兼樞密使。

三月，宋以賈似道爲寶文閣學士、京湖安撫制置大使、知江陵府。

本年，劉因生〔一〕。　吴澄生〔二〕。

譜主事蹟：

七月廿有九日，王惲母靳氏謝世，年四十五。

《秋澗集》卷四九《先妣夫人靳氏墓誌銘》：「歲戊申夏六月，竟以憂勤致疾。越明年己酉秋七月廿有九日，化于私居之適寢，壽四十有五。」

《秋澗集》卷三八《祥露記》：「夫人自己酉秋棄養至是，整十祀矣。」

〔一〕劉因（1249—1293），字夢吉，號静修，保定容城人。原名曰駰，字夢驥。至元十九年，擢承德郎、右贊善大夫。二十八年，以集賢學士、嘉議大夫征因，以疾固辭。三十年四月十六日卒，年四十五。謚文靖。著有《四書集義精要》二十八卷，《静修集》三十卷。《元史》卷一七一有傳，詳見王德毅《元人傳記資料索引》第一七七三頁所載。

〔二〕吴澄（1249—1333），字幼清，晚字泊清，人稱草廬先生，撫州崇仁人。侍御史程鉅夫奉詔求賢江南，起澄至京師。後歷任應奉翰林文字、江西儒學副提舉、國子監丞。皇慶元年，陞司業。俄拜集賢直學士，特授奉議大夫，不果行。英宗即位，超遷翰林學士，進階太中大夫。後修《英宗實録》，命總其事。詔加資善大夫。元統元年卒，年八十五。謚文正。著有《吴文正集》一百卷等。《元史》卷一七一有傳，詳見王德毅《元人傳記資料索引》第三七九頁所載。

1250 庚戌年　宋理宗淳祐十年　蒙古海迷失后二年　二十四歲

當年時事：

正月，蒙古以李楨爲襄陽軍馬萬户〔一〕。

二月，宋以賈似道爲端明殿學士、兩淮制置大使、淮東安撫使、知揚州。余玠爲龍圖閣學士，職任依舊。

九月，宋以賈似道兼淮西安撫使。

十月，宋詔趙葵以觀文殿大學士判潭州、湖南安撫大使。

本年，蒙古議定以蒙哥爲汗。

馬致遠約生於本年前後〔二〕。

譜主事蹟：

王惲約於此年結識王博文〔三〕。

《秋澗集》卷七五《感皇恩（六）》：「至元十七年八月八日爲通議西溪兄壽。三十年前，西溪授館蘇門趙侯南衙〔四〕，予始相識。時初夏，桐陰滿庭，故有『南衙清晝』之句。」

《秋澗集》卷三一《題王明村老黄店壁八絶壬辰歲三月廿五日葬曲山回作》：「荒荒野日店東西，路入蘇林草樹低。記得鹿庵傳授日，饐瓜亭上識西溪。」

《秋澗集》卷首《文定王公神道碑銘》：「少與西溪、春山友善，時目曰淇上三王。」

萬曆《衛輝府志》卷一四《衛輝路廟學興建記》：「初，壬子歲，故至元内相鹿庵王公、顒軒徒單公，相繼教授於内……當時文風大盛，人材輩出，若王博文、雷膺、王復、傅爽、王持正、周貞、李儀、周鍇、季武、陶師淵、程文遠、先公諱惲，茲尤其魁傑者也。」

〔一〕李楨（1200—1258），字幹臣，西夏人。金末，楨以經童中選。既長，入爲質子，以文學得近侍，太宗嘉之，賜名玉出幹必闍赤。從皇子闊出伐金。十年，從大將察罕下淮甸。授軍前行中書省左右司郎中。楨奏尋訪天下儒士，令所在優贍之。十三年，説降壽春守軍。蒙古海迷失后二年，賜虎符，授襄陽軍馬萬户。元憲宗六年，率師巡哨襄樊。元憲宗八年，帝親征，召楨同議事。秋九月，卒於合州，年五十九。《元史》卷一二四有傳，詳見王德毅《元人傳記資料索引》第四八七頁所載。

〔二〕馬致遠，字千里，號東籬，大都人。嘗官江浙儒學提舉。工散曲，雜劇亦佳，今存七種：《青衫淚》、《漢宫秋》、《陳摶高臥》、《薦福碑》、《岳陽樓》、《任風子》、《黄粱夢》。《元史》無傳，詳見王德毅《元人傳記資料索引》第九九一頁所載。

〔三〕王博文（1223—1288），字子勉（子冕），號西溪，東魯人，徙家於相。嘗五居監司，七至侍從，揚歷中外三十年。元初，從憲宗南征。至元十八年，累官燕南按察使。約在至元十九年，任禮部尚書。先後歷官陝西通譯提刑按察使、河東山西道提刑按察副使、大明路總管等。二十三年，遷南臺御史中丞。不久，以事罷。二十五年卒於揚州，年六十六。謚文定。《元史》無傳，詳見王德毅《元人傳記資料索引》第一九九頁、駱賓儒《A study of Wang Yun（1227—1304）：王惲研究》第三章第三節之「王博文」條。

〔四〕趙侯，或指趙澄。趙澄，字公靖（一字公浄），共城人。性純古，有儒行，終衛州教授。與王天鐸爲知交。詳見《秋澗集》之《碑陰先友記》（卷五八）、《文通先生墓表》（卷五九）、《挽趙教授公浄》（卷二四），《王德毅《元人傳記資料索引》第一七〇八頁所載。

1251 辛亥年　宋理宗淳祐十一年　元憲宗元年　二十五歲

當年時事：

六月，蒙古蒙哥即位于斡難河，追尊其父拖雷爲帝，廟號睿宗。失烈門及諸弟心不能平，蒙古主因察諸王有異同者，並羈縻之，取主謀者誅之。

七月，元憲宗命忽必烈總治漠南，凡軍民在漠南者皆總之，開府于金蓮川。

秋，蒙古都元帥察罕入見，命兼領尚書省事。

十一月，蒙古主召西夏人高智耀入見〔一〕。詔復海内儒士徭役，無有所與。

〔一〕高智耀，河西人，世仕夏國。智耀登本國進士第，夏亡，隱賀蘭山。太宗訪求之，遽辭歸。皇子闊端鎮西涼，儒者皆隸役，智耀謁籓邸，請除之，皇子從其言。憲宗即位，智耀入見，勸憲宗詔復海内儒士徭役，憲宗從之。世祖即位，拜翰林學士，命循行郡縣區別儒士，得數千人。至上京，病卒。謚文忠。《元史》卷一二五有傳，詳見王德毅《元人傳記資料索引》第一〇一九頁所載。

1252 壬子年　宋理宗淳祐十二年　元憲宗二年　二十六歲

當年時事：

正月，蒙古張德輝、元好問等見忽必烈於金蓮川，請爲儒教大宗師，忽必烈悦而受之，並准蠲儒户兵賦之請。

三月，元憲宗命東平萬户嚴忠濟立局，制冠冕、法服、鐘磬、簨簴儀物肄習。

四月，元憲宗駐蹕和林。以諸王嘗欲立失烈門，乃徙太宗皇后于闊端所居地之西，分遷諸王于各邊，乙太宗皇妃家資分賜諸王。定宗皇后及失烈門母，以厭禳並賜死，禁錮失烈門于摩多齊之地。

六月，蒙古忽必烈入覲，元憲宗命帥師征雲南。

八月，元憲宗從孔元措言，合祭昊天、后土，始大合樂，作牌位，以太祖、睿宗配。

十月，蒙古汪德臣將兵掠成都，薄嘉定，四川大震，余玠率諸將俞興、元用等夜開關力戰，乃解去。

本年，蒙古籍漢地民户。

譜主事蹟：

正月，作《雪晴望壬子歲正月》。

《秋澗集》卷一四《雪晴望壬子歲正月》「滑滑春泥雪意融，出門藜杖任西東。光風漸好茆檐喜，煙火全疏傳舍空。三穴既能容狡兔，五噫誰復羨冥鴻。更爲着眼登臺處，頗覺江山王氣雄。」

六月，王惲隨父王天鐸陪蕭輔道飲方丈南榮，同會者還有烏古論貞〔一〕、董民譽〔二〕、徒單公履〔三〕、張善淵〔四〕、王復〔五〕。

《秋澗集》卷十四《壬子夏六月陪蕭徵君飲方丈南榮同會者烏大使正卿董端卿經歷學士徒單雲甫張提點幾道王秀才子初洎家府小子惲隅侍席末云》

秋，王惲以諸生啓事上謁史天澤〔六〕，冀被録用。

《元史》卷一五五《史天澤傳》：「壬子，入覲，憲宗賜衛州五城爲分邑〔七〕。世祖時在藩邸，極知漢地不治，河南尤甚，請以天澤爲經略使。」

《秋澗集》卷六八《上經略史公啓》：「壬子年三月十七日〔八〕，門下王某謹齋沐頓首百拜，致啓于經略相公閣下。」

《秋澗集》卷二七《故開府儀同三司中書左丞相贈太尉謚忠武史公挽詞有序》：「初，壬子歲，公受封於衛。其年秋，來視師，某以諸生啓事上謁，特睠焉録用，實資藉之，俾進其所未至，以需時用。〔九〕」

秋，在胙城初識劉德淵，并從劉德淵問學〔一〇〕。

《秋澗集》卷六一《故卓行劉先生墓表》：「壬子秋，不肖始覯先生於胙。」

《秋澗集》卷四一《文府英華叙》：「僕自弱冠，時從永年先生問學。先生以科舉既廢，士之特立者當以有用之學爲心，於是日就《通鑑》中命題，或有其義而亡其辭，或存其辭而意不至者，課之以爲日業。」

大約於本年，王惲從周惠問學〔一一〕，并初識趙澄〔一二〕。

《秋澗集》卷四三《西溪趙君畫隱小序》：「予既冠，受館於漕使周侯，因與門下士趙君子玉游。久之，熟其爲人，資清雅而有幹局，心機巧而善繪事。……次曰澄，即子玉也，受中山三司使，晦迹管庫餘三十年，無毫髮點汙。」

《秋澗集》卷五四《淇州創建故江淮都轉運使周府君祠堂碑銘》：「壬子秋，國家經略江淮，擢行臺聽事官周侯充諸道轉運軍儲使，仍置司于胙。……既而，公薨于位，子鍇襲職，繼述先志，有光於前者。」

秋，王天鐸至相下〔一三〕，與友人相聚。

《秋澗集》卷四四《家府遺事》：「先君思淵子通天文，又善風角。辛亥夏六月，憲宗即位。明年壬子秋，先子以事至相下。九月初，客鶴壁友人趙監㩁家。一日夙興，見東北方有紫氣極光大，衝貫上下，如千石之囷。時磁人杜伯縝侍側，指示之。杜曰：『此何祥也？』曰：『天子氣也。』杜曰：『今新君御世，其應無疑。』曰：『非也，十年後當别有大聖人起，非復今日也。渠切記無忘，第老夫不得見耳。』至元十五年，予過滏陽，與杜相會，話間偶出元書片紙相付，且歎其先輩學術之精有如是也。」

冬，蕭輔道卒，王惲作《蕭徵君哀詞》以悼之。

《秋澗集》卷二四《蕭徵君哀詞》：「東瀛先生，有道之士也。予以里閈故，獲展履綦之拜，蓋十有一年矣。今兹云亡，謹摭其見聞之實，作追懷詩六首，姑達乎感慨云耳。」

《秋澗集》卷四七《太一五祖演化貞常真人行狀》：「壬子歲，聖主居潛邸，駐蹕嶺上，以安車召中和真人於衛。……其年冬，中和謝世。」

〔一〕烏古論貞，字正卿，小字四和，遼東人，生卒年不詳。金末官近侍局大使，元初爲大明宣撫司參議。《元史》

無傳，詳見《秋澗集》之《碑陰先友記》（卷五九）、《玉堂嘉話之四・何參政繼先説》（卷九六）

〔二〕董民譽，字端卿，陽夏人，生卒年不詳。登金詞賦第，元初參預江漢都督府事。爲人渾厚，無圭角，與時浮沉。《元史》無傳，詳見《秋澗集》之《碑陰先友記》（卷五九）、《故真定五路萬户府參議兼領衛州事王公行狀》（卷四七）。

〔三〕徒單公履，字雲甫，號顒軒，遼海人，生卒年不詳。金末登進士第，元初任翰林侍講學士。至元二年十二月，世祖召之於衛州。八年，欲奏行貢舉，時官翰林侍講學士。十年四月，與姚樞、許衡同時被召，詢以伐宋之事。十二年，世祖命與阿合馬、姚樞、張文謙等議行鹽、鈔法於江南，及貿易藥材事。十三年四月，赴上都，時官翰林侍講學士。詳見王德毅《元人傳記資料索引》第九一八頁所載。

徒單公履與王天鐸交情匪淺，《碑陰先友記》中即有其名。壬子年（1252），史天澤獲汲、胙、共、獲、新中、山陽六縣之地爲封邑，史天澤派王昌齡來治理（詳見本年條〔六〕）。徒單公履「聞公（王昌齡）之典衛也，幡然來歸，爲治堂黌，極賓禮，選子弟之開敏者從而師之」，王惲此時得列門牆，并與季武結交。詳見《秋澗集》之《故真定五路萬户府參議兼領衛州事王公行狀》（卷四七）、《哀友生季子辭并序》（卷六五）。

季武（1231—1264），字子文，青齊人。幼年於王惲定交，二人先後同在張文紀、趙鵬、徒單公履門下求學。季武體弱多病，年三十四病卒，王惲作詩追悼。詳見《秋澗集》之《哀友生季子辭并序》（卷六五）、《挽季子文》（卷一四）、《綈觀説》（卷四五）。

〔四〕張善淵（1206—1275），字幾道（一作機道），趙郡平棘人。太一教四代宗師蕭輔道弟子。曾知太清觀事。元定宗元年（1246）四月，侍蕭輔道覲見乃馬真后，受真定路教門提點。代蕭輔道頒錦幡、賚香於崧高、太華二嶽，以祈福祐。元憲宗（1252）六月，復從蕭輔道北覲忽必烈，加號真靖大師，改提點衛輝路道教事。至元十二年（1275）正月廿五日卒，年七十。《元史》無傳，詳見《秋澗集》之《故真靖大師衛輝路道教提點張公墓碣銘并序》（卷六一）、《碑陰先友記》（卷五九）、《凝寂大師衛輝路道教都提點張公墓碣銘并序》（卷六一）、《太一五祖演化貞常真人行狀》（卷四七）。

〔五〕王復（1226—1289），字子初，號春山，初名趾，字麟伯，滄州人。王昌齡子。元憲宗九年，領衛州事務。中統元年，授衛、輝二州同知。二年，陞貳衛輝路總尹。至元元年，授朝請大夫，改倅彰德路。無幾，爲中書兩司郎中。以少尹治魏。八年，自中書舍人出知歸德府。繼丁母夫人憂，去職。未期，充河南道宣慰副使。擢陝西、四川道提刑按察使，尋進拜嘉議大夫、行臺御史中丞。俄加正議大夫，徙按河東、山西道，以事免歸。至元二十六年二月卒，年六十四。《元史》無傳，詳見王德毅《元人傳記資料索引》第一一二頁所載。

王復之號春山，可參考《秋澗集》卷三〇《己丑五月十五日過王氏祠堂》所載「兩軒梅竹足興哀，親見春山手自栽。前日問安人不見，翻翻風葉送愁來。兩世規模有遠圖，轉頭庭樹影扶疏。顧瞻阿大中郎輩，信覺嵇公德未孤」。王復於己丑年二月卒，王惲五月過王氏祠堂，故有「人不見」之嘆；「兩世規模」，指王昌齡、王復父子都曾在衛州任職，爲衛州的恢復和繁榮作出過貢獻；「親見春山手自載」中的春山即是王復的號。另外，《秋澗集》之《文定王公神道碑銘》（卷首）、《玉漏遲答南樂令周幹臣來篇》（卷七六）、《（玉漏遲）二》（卷七六）中也有春山的稱呼，萬曆《衛輝府志》卷一四《輝州重建宣聖廟外門記》有王春山的稱呼，可爲佐證。

王惲與王復兩家可謂是兩世要好。王天鐸與王昌齡早已是知交，《碑陰先友記》中就有王昌齡的名字。王昌齡典衛時，對金源文士多有照顧，與楊奂、徒單公履、元好問都有往來，這就爲王惲向金源大老求教提供了機會，王惲從徒單公履問學即爲一例（參本年條〔三〕）。王昌齡本人對王惲也是關懷備至，《秋澗集》卷六二《祭王參議文》載「顧惟不肖，獨有二天。每侍几杖，接以温言。意向所在，多文字間。一意作成，汝其勉旃。家貧親老，擇我禄仕。牀下之拜，言猶在耳。蜀山蒼蒼，公筆西指。董庵之别，誠發於衷。臨岐眷眷，告以終始。蹭蹬沉鱗，有俟乎此。孰爲歸來，便隔生死？痛彼知己，世罕所遇。我思古人，涕零如雨」，可知王惲在王昌齡典衛期間常常與王昌齡接觸，甚至以「下客」自稱，其受到王昌齡提攜之意不言而喻。王惲對王昌齡也是感恩戴德，王昌齡卒後，王惲作《祭王參議文》（卷六二）、《故真定五路萬户府參議兼領衛州事王公行狀》（卷四七）以悼之，沉痛之情感人肺腑。王惲比王復小一歲，兩人年少時已經認識，又同時在蘇門讀書，與王博文號稱「淇上三王」，關係更是密切，《秋澗集》卷首《文定王公神道碑銘》載「少與西溪、春山友善，時目曰淇上三王」，萬曆《衛輝府志》卷一四《衛輝路廟學興建記》載「初，壬子歲，故至元内相鹿庵王公、顒軒徒單公，相繼教授於内。……當時文風大盛，人材輩出，若王博文、雷膺、王復、傅爽、王持正、周貞、李儀、周鍇、季武、陶師淵、程文遠、先公諱惲，茲尤其魁傑者也」，萬曆《衛輝府志》卷一四《輝州重建宣聖廟外門記》亦有相似之記載。踏上仕途後，王惲與王復常常書信往來。王復每有調動，王惲必爲文抒懷，《秋澗集》之《送王子初東行》（卷十四）、《送王子初之鄧州》（卷十四）、《送王子初總管奉詔北上》（卷十五）、《送子初宗兄出鎮閼臺》（卷十六）、《寄子初提刑自陝西改授行臺中丞治揚州》（卷十七）、《水調歌頭送王子初之太康》（卷七四）皆是；王復有四子，王惲作《王氏四子字訓》（卷四六）以字之；王復喪子，王惲作《與子初中丞書爲喪子慰釋》（卷三五）以勸之；王復病卒，王惲作《故正議大夫前御史中丞王公墓誌銘并序》（卷四九）、《中丞王公祭文》（卷六四）以悼之。王惲與王復感情之深可見一斑。

〔六〕史天澤（1202—1275），字潤甫。勇力絶人，從其兄天倪帥真定。天倪爲武仙所害，天澤攝行軍事。太宗即位，爲真定、河間、大名、東平、濟南五路萬户。金亡，移軍伐宋。元憲宗二年，賜衛州五城爲分邑，爲河南經略使。中統二年夏五月，拜中書右丞相。至元元年，加光禄大夫，右丞相如故。三年，爲輔國上將軍、樞密副使。四年，復授光禄大夫，改中書左丞相。八年，進開府儀同三司、平章軍國重事。十年春，與平章阿术等拔樊城，襄陽降。十二年卒，年七十四。謚忠武。《元史》卷一五五有傳，詳見王德毅《元人傳記資料索引》第二三三五頁所載。

史天澤受封於衛州後，派王昌齡來治理，《秋澗集》卷四八《開府儀同三司中書左丞相忠武史公家傳》載「參卿王昌齡代公治衛，亦以聽其注措」，《秋澗集》卷四七《故真定五路萬户府參議兼領衛州事王公行狀》亦載「辛亥秋七月，先皇帝即位正封，邑錫勳舊，復以汲、胙、共、獲、新中、山陽六縣之地封户書大丞相，若古采地然，昭其功也。時朝廷以汴、洛、荆、徐畀丞相經略之，以衛乏人爲憂，且曰：『衛當四達之衝，民疲事劇，非得二千石循良者，無以剷夷積弊，涵養瘡痏也。』既難其人，特命公領其事」。王昌齡没有辜負史天澤的期望，「誠以八年之間，熙然而春，鬱乎其文，樂國多士之風還舊觀矣」。

史天澤、王昌齡不僅重視政治，也很關心文教，他們禮賢下士，對於保護儒士不遺餘力，使得衛州成爲可以和東平相上下的重要文教中心。《秋澗集》卷四八《開府儀同三司中書左丞相忠武史公家傳》載「北渡後，名士多流寓失所，知公好賢樂善，偕來遊依，若王滹南、元遺山、李敬齋、白樞判、曹南湖、劉房山、段繼昌、徒單顒軒，爲料其生理，賓禮甚厚，暇則與之講究經史，推明治道。其張頤齋、陳之綱、楊西庵、張條山、孫議事，擢用薦達，至光顯云」，《秋澗集》卷四七《故真定五路萬户府參議兼領衛州事王公行狀》亦載「制徒單雲甫肥遁鄰邑，聞公之典衛也，幡然來歸，爲治堂豐，極賓禮，選子弟之開敏者從而師之。自是，郡之文風尤爲熠興。又曹取齋通甫由趙來依，疽發背，自病至終，公盥拯殯送，曲盡友義。北渡後，元遺山號稱一代士林之宗，愛慕高義，乃有『今而後，寒士知所歸』之嘆。……所交皆天下豪傑，其推賢讓能而陞諸公者，如中山楊西庵、盧龍盧叔賢、河南鄭子周、陽夏董端卿，皆一時材大夫也」，袁冀《元代衛輝之地位》（《元史研究論集》，臺北：臺灣商務印書館，一九七四年，頁三四二—三五二）也有論述，可參考。

王惲身逢史天澤、王昌齡大興文教之時，獲益匪淺，不僅有機會向衆多文學巨擘求教，更逐步得到了史天澤的賞識，爲以後大展宏圖創造了良好的條件。史天澤於中統二年拜中書右丞相，首奏授於王惲翰林修撰之職。中統三年，王惲因王文統事件受牽連，得史天澤辨明免歸。至元元年，史天澤又讓王惲到史權幕下聽用。之後，史天澤對王惲也是愛護有加（詳見《秋澗集》卷二七《故開府儀同三司中書左丞相贈太尉謚忠武史公挽詞有序》）。王惲知恩圖報，對史天澤之恩情也是念念不忘。史天澤出征，王惲作《奉送大丞相史公行臺河南時用兵襄陽封衛國公以平章政事副忽剌出附馬督視諸軍時至元六年八月也》（卷十六）以送之；史天澤賦閒，王惲作《論丞相史公位師保事狀》（卷八五）、《史丞相封公爵事狀》（卷八五）以保之，又作《史丞相子格合任用狀》（卷八五）保舉史天澤之子史格；史天澤受封之時，王惲作《聞丞相史公受開封之拜并引》（卷十六）以賀之；史天澤病卒，王惲作《奉誄大丞相忠武史公贈太尉敕撰神道碑翰林學士王磐文》（卷十七）、《故開府儀同三司中書左丞相贈太尉謚忠武史公挽詞有序》（卷二七）、《丞相史公明忌日祭文十六年十二月十九日按部中山府》（卷六四）以悼之。又爲史天澤作《開府儀同三司中書左丞相忠武史公家傳》（卷四八）、《大元國趙州創建故開府儀同三司中書右丞相贈太尉忠武史公祠堂碑銘并序》（卷五五）、《過趙祭忠武史公祠文》（卷六四）、《太康縣創建忠武史公祠堂疏》（卷六九）。可見，王惲與史天澤及其家族有着非常密切的關係。

〔七〕關於史天澤受封的分邑範圍，有五城説，有六縣説。《元史》卷一五五史天澤本傳、《秋澗集》卷四八《開府儀同三司中書左丞相忠武史公家傳》作五城説。而《秋澗集》卷四七《故真定五路萬户府參議兼領衛州事王公行狀》則載「辛亥秋七月，先皇帝即位正封，邑錫勳舊，復以汲、胙、共、獲、新中、山陽六縣之地封户書大丞相，若古采地然，昭其功也」，《秋澗集》卷五九《故將仕郎潞州襄垣縣尹李公墓碣銘》亦載「壬子秋，詔以衛六縣爲丞相忠武公采地，參卿王公來主州治，舉能理劇，署之典簿領，聽其指縱，躍如也」，是爲六縣説。筆者以爲二種説法皆可，據《元史》卷五八《地理志·衛輝路》載，共即共城、共州，金爲蘇門縣，又陞爲輝州，山陽縣爲其屬縣。元初承金之制，至元三年才省蘇門縣，廢山陽爲鎮，入輝州。即共、山陽兩縣元時都屬輝州。五城説即指衛州之汲縣、胙城、輝州、獲嘉、新中（似當爲新鄉）五城，六縣説即汲縣、胙城、共城（即蘇門縣）、獲嘉、新中（似當爲新鄉）、山陽六縣。

〔八〕王惲作《上經略史公啓》的時間在壬子年三月十七日，但真正上呈史天澤則在本年秋。《秋澗集》卷二七《故開府儀同三司中書左丞相贈太尉謚忠武史公挽詞有序》載「初，壬子歲，公受封於衛。其年秋，來視師，某以諸生啓事上謁，特睠焉録用，實資藉之，俾進其所未至，以需時用」，可見史天澤在壬子初受封於衛，秋季過衛，王惲才遞上了《上經略史公啓》。《元史》卷一六七王惲本傳亦載「史天澤將兵攻宋，過衛，一見接以賓禮」。史天澤將兵攻宋，《元史》卷四載「歲壬子……宋遣兵攻虢之盧氏、河南之永寧、衛之八柳渡，帝（忽必烈）言之憲宗，立經略司於汴，以忙哥、史天澤、楊惟中、趙璧爲使，陳紀、楊果爲參議，俾屯田唐、鄧等州，授之兵、牛，敵至則禦，敵去則耕，仍置屯田萬户于鄧，完城以備之」。

〔九〕從此處記載看，史天澤見到王惲後並沒有直接給予王惲職位，只是給他提供了在幕府中學習的機會，「俾進其所未至，以需時用」而已。王惲隨後在王昌齡幕府中學習，得到了王昌齡的指教（詳見本年條〔五〕、條〔六〕），又到胙城，從周惠、劉德淵問學（可參考本年條〔十〕、條〔十一〕）。

〔一〇〕劉德淵（1209—1286），字道濟，號永年，襄國中丘（今河北内丘）人。從王若虚問學，以史學爲專門之業。元太宗十年赴試，魁河北西路。逮中統建元，授翰林待制。後家居講學，時人重之。至元二十三年九月廿二日卒，年七十八。大德三年，王惲爲作《故卓行劉先生墓表》，并爲其加私謚曰卓行。《元史》無傳，詳見王德毅《元人傳記資料索引》第一八五六頁所載。

劉德淵之號永年，從駱賓儒《A study of Wang Yun（1227—1304）：王惲研究》之説，詳見該文第三章第一節之劉德淵條。

〔一一〕周惠，字德甫，隰州人，生卒年不詳。曾爲真定史天澤幕府參謀。憲宗時官江淮都轉運使，置司於胙州。憲宗五年，請於上，以大名、彰德、衛輝籍餘之民立爲淇州。卒於官，子鍇襲職。《元史》無傳，詳見王德毅《元人傳記資料索引》第六二二頁所載、錢以塏《隰州志》之《周氏先塋碑》（臺北：成文出版社，卷六《古蹟》，頁五上—五下）。

周惠與王天鐸也是知交，《秋澗集》卷五九《碑陰先友記》中亦有其名。至元十三年秋，王惲應邀爲周惠作《淇州創建故江淮都轉運使周府君祠堂碑銘》（卷五四）。又曾爲之作《爲周府君立碑醵金疏》（卷七〇）。

〔一二〕趙澄，字子玉，柳城人。工山水畫。官中山三司使，晦迹管庫餘三十年，無毫髮點汙。《元史》無傳，王德毅《元人傳記資料索引》第一七〇八頁有傳，詳見《秋澗集》卷四三《西溪趙君畫隱小序》。

〔一三〕相下，指相州，元時爲彰德路，治所在今安陽市。詳見《元史》卷五八「彰德路」條、史爲樂《中國歷史地名大辭典》第二八〇八頁所載。

1253 癸丑年　宋理宗寶祐元年　元憲宗三年　二十七歲

當年時事：

正月，蒙古忽必烈聞郝經于張柔家，召入見，遂留郝經於王府〔一〕。

蒙古主大封同姓，命忽必烈于南京、關中自擇其一。忽必烈從姚樞之言，願有關中，遂受京兆分地。

五月，蒙古命諸王旭烈兀伐西域。

七月，宋余玠一夕暴卒，或謂仰藥死，蜀人莫不悲之。

九月，蒙古忽必烈分兵三道征雲南，忽必烈居中路。

十二月，蒙古忽必烈從雲南班師，留兀良合台攻諸蠻之未下者，以劉時中爲宣撫使。

譜主事蹟：

三月二十一日，王惲祭龍祠回，飲張氏草堂。

《秋澗集》卷七六《南鄉子·二癸丑三月廿一日祭龍祠回飲張氏草堂》

［一］郝經（1223—1275），字伯常，謚文忠，先世潞州人，徙澤州陵川。金亡，徙順天。居五年，爲守帥張柔、賈輔所知，延爲上客。憲宗二年，忽必烈召入藩邸。中統元年，以翰林侍讀學士充國信使赴宋踐和約，爲賈似道扣留於真州十六年。至元十一年釋歸，至元十二年病卒。累贈昭文館大學士、司徒、冀國公。能詩文，工書法。著有《陵川集》三十九卷。《元史》卷一五七有傳，詳見孫增科《郝經年譜》、王德毅《元人傳記資料索引》第九六七頁所載。

王惲與郝經在元憲宗四年十一月結識，對郝經敬佩有加，曾作多篇詩文讚頌之，詳見《秋澗集》之《壯士吟題郝奉使所書手卷》（卷五）、《哭郝内翰奉使》（卷一五）、《遊張將軍山林》（卷二八）、《祭郝奉使墓文》（卷六四）、《木蘭花慢·八望郝奉使墓》（卷七五）。

1254甲寅年　宋理宗寶祐二年　元憲宗四年　二十八歲

當年時事：

正月，蒙古城利州、閬州。自是蒙古兵且耕且守，蜀土不可復矣。

蒙古忽必烈還京兆，以姚樞爲京兆勸農使，教民耕植。

二月，蒙古汪德臣攻拔蜀要地紫金山。

十一月，蒙古忽必烈以廉希憲爲京兆宣撫使。

本年，蒙古主擢史樞征行萬户，配以真定、相、衛、懷、孟諸軍，駐唐、鄧。

蒙古主詔張柔鎮亳州，率山前八軍城之。

趙孟頫生〔一〕。馬端臨生〔二〕。

譜主事蹟：

正月，上書元仲一，希望得到元仲一提攜〔三〕。

《秋澗集》卷三五《上元仲一書記書》：「正月十四日，王惲頓首再拜白：……若僕也，蟫蠹書史，兀坐窮年，佔畢之外，百事不解，爾來二十有八年矣。」

二月，元好問與張德輝過衛〔四〕，王惲、雷膺拜二公於賓館并親承指教〔五〕。

《秋澗集》卷四五《遺山先生口誨》：「遺山先生向與頤齋張公諱德輝，字耀卿，終河東宣撫使。自汴北歸，時史相請爲皆吉秃滿作碑。過衛。先君命録近作一卷三十餘首爲贄，拜二公於賓館，同志雷膺在焉。……期以明年春，當見先生於西山，時歲甲寅春二月也。……後三十五年戊子冬十二月臘節前三日，小子再拜追述。」

《秋澗集》卷一七《追挽元遺山先生》：「文奎騰彩憶光臨，孺子何知喜嗣音。余年廿許，以時文贄於先生。公喜甚，親爲删誨，且有『文筆重于相權』、『泰山微塵』之説。即欲挈之西行，以所傳畀余，以事不克，至今有遺恨云。」

《秋澗集》卷四一《故翰林學士河東南北路宣撫使張公挽詩序》：「歲甲寅冬，先生被故經略史公召過衛，惲以諸生贄文上謁，承顧睞獨異。……公字耀卿，姓張氏，太原友城人。」

《秋澗集》卷首《文定王公神道碑銘》：「紫陽、遺山一見，爲指授所業，期以國士。」

十一月尾，和郝經相見于衛州。

《秋澗集》卷六四《祭郝奉使墓文》：「甲寅之冬，仲月之尾，公自杞來，道出鄘邶〔六〕。始覯清揚，重於夙契，把酒論交，笑談游藝。顧睞回翔，吾子可誨，臨別之語，一何勉慰。」

本年，觀右相文獻公所畫《行鹿》圖〔七〕。

《秋澗集》卷九《題右相文獻公畫鹿圖》：「蒼然角尾千金姿，我拭老眼三見之。至元甲寅年，觀王氏所藏公畫《臥鹿》一；十六年，李正之處觀所畫《行鹿》二；二十一年甲申三月十四日，於曾孫耶律義甫處又觀《三鹿圖》。」

〔一〕趙孟頫（1254—1322），字子昂，中年作孟俯，自號松雪道人，晚號水精宫道人，室名松雪齋，謚號文敏，湖州人。寶祐二年甲寅（1254）九月九日生，至治二年壬戌（1322）六月十五日卒，六十九歲。關於趙之卒年，歐陽玄《圭齋集・神道碑》作趙卒於泰定二年乙丑（1325），此說不確。《祭趙子昂承旨》（卷四三）：「乙酉之歲，定交論文，我賦孔深，公辭彌敦，俯仰三紀，獲接佩履，薦墨專特。」三紀爲三十六年，乙酉歲爲1285年，則趙卒於1321年到1322年之間無疑。又《趙孟頫繫年》（任道斌，河南人民出版社，一九八四年）亦言趙卒於至治二年壬戌（1322），楊載《楊仲弘集・

趙文敏公行狀》：「其年（壬戌）六月辛巳，薨於里第之正寢。是日，猶觀書作字，談笑如常時。」趙文敏詩、書、畫皆獨步一時。著有《松雪齋文集》、《松雪詞》等。《元史》卷一七二有傳，詳見王德毅《元人傳記資料索引》第一七三六頁所載。

〔二〕馬端臨（1254—？），字貴與，樂平人。宋丞相廷鸞子。從學於曹涇，咸淳九年漕試第一。至元間，任慈湖書院山長，歸教鄉里。延祐五年，爲柯山書院山長。至治三年，遷台州路學教授，尋引年歸。著有《文獻通考》三百四十八卷。《元史》無傳，詳見王德毅《元人傳記資料索引》第九九三頁所載。

〔三〕駱賓儒先生懷疑元仲一即張易，張易因王著刺殺阿合馬一事牽連被誅，王惲出於忌諱的緣故將「張」改爲「元」，詳見駱賓儒《A study of Wang Yun(1227—1304)：王惲研究》第二章第二節頁下注釋第41。然《秋澗集》中亦有關於張易的記載，並且也沒有改爲元仲一，如《中堂事記上》（卷八〇）載「參知政事張易，字仲一，太原交城人。資剛明尚氣，臨政善斷，符士以誠。忤之，不復與合。……十六日丁丑，上遣參知政事張易、廉右轄」即是。姑存疑。

張易，字仲一，太原交城（一作忻州）人。中統元年，拜燕京行省參政。至元三年，以中書右丞同知制國用使司事。七年，改同平章尚書省事。九年，轉中書平章，除樞密副使。十三年，兼知秘書監事。十九年，因王著刺殺阿合馬一事牽連被誅。《元史》無傳，詳見王德毅《元人傳記資料索引》第一〇五四頁、唐長孺《山居存稿》之《補元史張易傳》（北京：中華書局，一九八九年，頁五八二—五九四）所載。

〔四〕元好問（1190—1257），字裕之，號遺山，太原秀容人。金興定五年進士，歷內鄉令。正大中，爲南陽令。天興初，擢尚書省掾，頃之，除左司都事，轉行尚書省左司員外郎。金亡不仕。構野史亭，以著述存史自任，元末修《金史》多採用之。憲宗七年卒，年六十八。著有《遺山文集》四十卷、《遺山樂府》五卷、《續夷堅志》二卷，又編《中州集》十卷（附《中州樂府》一卷）、《唐詩鼓吹》十卷。《金史》卷一二六有傳，詳見王德毅《元人傳記資料索引》第二一八頁所載。

王惲與元好問的關係有些耐人尋味。從元好問與王天鐸的關係來看，二者似乎並不十分熟悉，《碑陰先友記》（卷五九）中并没有元好問的名字，以至於王天鐸只能到賓館拜見元好問，而並非將其延請至家中。從元好問與王惲實際的師生傳授角度來説，王惲受元好問親炙的記録只有本年這一次，幾乎可以説是一面之緣。《秋澗集》中提到元好問的地方很多，但與王惲多無關係，有關係的也只是王惲對元好問著述的評價、作品的題跋等。然王惲及其後人似乎對本年的這次相見很是在意，王惲在《元日示孫阿鞬六十韻》（卷三）載「遺山紫陽翁，鹿庵暨神川。四老鑄顔手，誨我扣兩端」，將元好問排在了首位；王公孺在《文定王公神道碑銘》中載「弱冠受教於鹿庵王公，詩文字畫已有聲。紫陽、遺山一見，爲指授所業，期以國士」，將元好問與王磐、楊奂提到相同的地位，似乎元好問也像王磐、楊奂一樣對王惲有長期的師授之恩。不僅如此，四庫館臣在《四庫全書總目提要》中也説「惲文章自謂學於元好問，故其波瀾意度皆不失前人矩矱，詩篇筆力堅渾，亦能嗣響遺山」，儼然以王惲爲元好問的正統接班人。事實上，王惲在師承上受王磐親炙的時間最長，王惲十七八即在蘇門從王磐問學，逮入翰林國史院後，更是與王磐朝夕相處，應當説受王磐的影響最大，《秋澗集》之《玉堂嘉話》中多處記載王磐與王惲探討文章的寫法即是佐證。另外，王惲對元好問之作品也並非全盤肯定，其在《詩夢》（卷四四）中曾載「十一月七日，與兒子輩祓除回，就枕熟睡。近四鼓，夢與姜君文卿會歷下亭。酒半酣，姜歌《鷓鴣曲》壽予，聲甚歡亮。已而，以遺山新、舊樂府爲問，余曰：『舊作極佳。晚年覺詞逸意宕，似返傷正氣。』姜以爲然」，對遺山樂府作了委婉的批評，又《與叔謙太常論書》（卷二八）中載「篆隸中追三代古，風雲重策二王功。遺山不見裴旻帖，枉着雲臺詫米雄」，似不太認同遺山對某些書畫的評價意見。由此看來，王惲及其後人强調與元好問的師承關係很有攀附之嫌。不過，王惲在存史態度上與元好問很是相同，其《秋澗集》從歷史價值上講并不遜色于元好問的《中州集》，而且王惲也是有意存史，其《烏臺筆補》完成後，「客有覽而誚予者曰：『昔人諫草，往往削而去之。子今是舉，不幾於自用昭晰，以章時事之非乎？』予曰：『客何見之晚也！裹行，言責也，人與言雖卑而微，其見於此者，皆本臺已行底至而不遺者也。故書之策，正欲表夫朝廷寬忌諱，重臺諫，顧惟蕘言，曾不少棄。見乎微，其至可知已。至於政貴有恒，辭尚體要，予雖不敏，中或有一得焉。是又不可因已陳而廢之也。』」（《秋澗集》卷八三《烏臺筆補序》），王惲主動存史的態度和作法與元好問晚年著述存史的行動如出一轍。

元好問對王惲的悉心指導應當是真實的，對王惲的褒獎也應當是發自内心的。元好問對王惲的褒獎，一方面是王惲確實已學有所成，另一方面也與元好問有意拯救斯文命脈有關。蒙古滅金過程中，儒士受到了極大的摧殘，中原文化有滅亡的危險。元好問目睹其事，心急如焚，晚年以拯救斯文命脈爲己任，以至於北上覲見忽必烈，勸其進儒學大宗師之號，這些都是爲了保護儒士、傳承中原文化。當看到王惲、雷膺等新一輩儒士熱衷於求學時，元好問由衷之歡喜也就可想而知了。關於元好問對保存中原文化的貢獻，可參考姚從吾《金元之際元好問對於保全中原傳統文化的貢獻》（《大陸雜誌史學叢刊》第二輯第三册，頁四一—五二）。

〔五〕雷膺（1225—1297），字彦正，號苦齋，渾源人。雷淵之子。丞相史天澤鎮真定，辟爲萬户府掌書記。世祖即位，授大名路宣撫司員外郎。中統二年，爲翰林修撰、同知制誥，兼國史院編修官。五年，調陝西西蜀四川按察司參議。至元二年，改陝西五路轉運司諮議。四年，參議左壁總帥府事，師還，陞承務郎、同知恩州事。憲府表薦其能，遂入拜監察御史。十一年，加奉議大夫，僉河東山西道提刑按察司事。十四年，進朝列大夫、山南湖北道提刑按察副使。十八年，轉淮西江北道提刑按察副使，以母老辭。二十年，遷行臺侍御史。二十二年，丁母憂，去官。明年，起復，授中議大夫、江南浙西道提刑按察使。年六十二致仕，歸老于山陽。二十九年，征拜集賢學士。大德元年夏六月，以疾卒于京師，年七十三。謚文穆。子肇，順德路總管府判官。孫豫，南陽府穰縣尹。《元史》卷一七〇有傳，詳見王德毅《元人傳記資料索引》第一六四五頁所載。

雷膺與王惲同在蘇門求學，亦爲王惲摯友之一，萬曆《衛輝府志》卷一四《衛輝路廟學興建記》載「初，壬子歲，故至元內相鹿庵王公、顒軒徒單公，相繼教授於內。……當時文風大盛，人材輩出，若王博文、雷膺、王復、傅爽、王持正、周貞、李儀、周鍇、季武、陶師淵、程文遠、先公諱惲，茲尤其魁傑者也」。

〔六〕該文之鄘邶代指衛州。鄘，史爲樂《中國歷史地名大辭典》第二七一五頁：「在今河南新鄉縣西南。」邶，史爲樂《中國歷史地名大辭典》第一二五四頁：「在今河南湯陰縣東南三十里邶城村。」

〔七〕右相文獻公，金人謚號文獻者有党懷英、楊雲翼二人。然據《秋澗集》所述，疑爲党懷英。党懷英，字世傑，號竹溪。據《滏水文集》卷一一《中大夫翰林學士承旨文獻公神道碑》載，党懷英詩、詞、文、書畫皆工，爲金代文脈之宗。《秋澗集》卷一八《綠毛龜詩後序》亦對党懷英多加推崇，認爲是金代命脈之正傳。

1255 乙卯年　宋理宗寶祐三年　元憲宗五年　二十九歲

當年時事：

二月，蒙古忽必烈征河內許衡爲京兆提學〔一〕。

七月，宋以吕文德知鄂州，節制鼎、澧、辰、沅、靖五州。

蒙古兀良合台自吐蕃進攻西南夷，悉平之。

十月，蒙古張柔會大師于符離，在百丈口築甬道。

本年，蒙古忽必烈遣董文用招李治。

李孟生〔二〕。　曹伯啓生〔三〕。

譜主事蹟：

三月，東如大名〔四〕，道出内黄，過宋義墓，作《過楚卿子冠軍宋義墓并序》。

《秋澗集》卷一四《過楚卿子冠軍宋義墓并序》：「乙卯春三月，予東如大名，道出内黄。鎮有廟，在民居之南，曰『項王廟』，廟之址即卿子冠軍宋義墓也。」

五月五日，於真定北郊觀看騎鞠〔五〕，作《望海潮》，呈給節度使史格。時王惲或爲史格府下賓從。

《秋澗集》卷七四《望海潮乙卯歲端午賦北郊騎鞠呈節使史侯〔六〕》：「龍沙王氣，恒山秀色，德星光動南州。使君高宴，北城佳處，薰風紅閃旗旒。兩翼擁貔貅，駭鼉鳴疊鼓，杖奮驚虬。一點星飛，畫柱得意過邊籌。貂蟬元自兜鍪，笑閭閻小子，談笑封侯。萬騎平原，千艘漢水，堂堂小試青油。賓從儘風流。喜武同張肄，書漫韓投。樂事更酬。醉魂還夢菊花秋。」

春，得一蛾眉硯，作《蛾眉研賦并序》。

《秋澗集》卷一《蛾眉研賦并序》：「乙卯春，偶得是硯於販夫之手，質名于譜，蓋歙石蛾眉之種也。……嘿齋主人行年廿有九，日從事於翰墨，將游心于道囿。」

本年，得《哀江南賦》等篇于沙麓蕭茂先家〔七〕。

《秋澗集》卷七二《題哀江南賦後示韓陳二生》：「乙卯歲，予得之于沙麓蕭茂先家，迨今歲戊子，蓋三十四年矣。」

〔一〕許衡(1209—1281)，字仲平，號魯齋，懷之河内人。曾居蘇門，與姚樞、竇默相講習。中統元年，爲國子祭酒。未幾，以病謝歸。至元二年，復召至京師，命議事中書省。四年，歸懷。五年，復召還，奏對亦秘。六年，命與太常卿徐世隆定朝儀。又詔與太保劉秉忠、左丞張文謙定官制。七年，除中書左丞。八年，爲集賢大學士，兼國子祭酒，元世祖親擇蒙古弟子俾教之。又征其弟子王梓、劉季偉、韓思永、耶律有尚、吕端善、姚燧、高凝、白棟、蘇郁、姚敦、孫安、劉安中十二人爲伴讀。十年，辭歸。十三年，詔王恂定新曆。恂以爲曆家知曆數而不知曆理，宜得衡領之，乃以集賢大學士兼國子祭酒，教領太史院事，召至京。十七年，曆成，奏上之，賜名曰《授時曆》，頒之天下。至元十八年卒，年七十三。謚文正。著有《讀易私言》一卷，《魯齋遺書》八卷附録二卷。《元史》卷一五八有傳，詳見王德毅《元人傳記資料索引》第一一二五頁所載。

許衡亦曾於蘇門講習，王惲當曾師從許衡，然《秋澗集》中未載與許衡的師承關係。

〔二〕李孟(1255—1321)，字道復，號秋谷，潞州上黨人。大德元年，詔授太常少卿，改禮部侍郎，未果。至大三年三月，特授榮禄大夫、中書平章政事、集賢大學士，同知徽政院事。仁宗嗣立，真拜中書平章政事，進階光禄大夫。延祐元年十二月，復拜平章政事。二年春，命知貢舉，及廷策進士，爲監試官。七月，進金紫光禄大夫、上柱國，改封韓國公，職任如故。尋復爲翰林學士承旨。延祐七年，降授集賢侍講學士、嘉議大夫。至治元年卒，年六十七。謚文忠。《元史》卷一七五有傳，詳見王德毅《元人傳記資料索引》第四六一頁所載。

〔三〕曹伯啓(1255—1333)，字士開，濟寧碭山人。至元中，歷仕爲蘭溪主簿。遷河南省都事、台州路治中，擢拜西臺御史，改都事。延祐元年，陞内臺都事，遷刑部侍郎。出爲真定路總管，延祐五年，遷司農丞，奉旨至江浙議鹽法。歸報，著爲令。尋拜南臺治書侍御史，俄去位。英宗立，召拜山北廉訪使。俄拜集賢學士、御史臺侍御史。泰定初，引年北歸。元統元年卒，年七十九。著有《漢泉漫稿》十卷，《續集》三卷。《元史》卷一七六有傳，詳見王德毅《元人傳記資料索引》第一一八七頁所載。

〔四〕大名、内黄，元時屬中書省之大名路。《元史》卷五八《地理志》：「大名路，上。唐魏州。五代南漢改大名府。金改安武軍。元因舊名，爲大名府路總管府。户六萬八千六百三十九，口一十六萬三百六十九。領司一、縣五、州三。州領六縣。……大名，中。倚郭。……内黄。」史爲樂《中國歷史地名大辭典》第一一二頁：「大名縣……治所在今河北大名縣東北大街鄉（舊府城）。」

〔五〕從引文之龍沙、恒山可知王惲時在真定。從衛州到真定，恰巧會經過大名，亦可爲王惲時在真定之佐證（見本年三月條、本年條〔五〕）。龍沙，《漢語大詞典》有多種解釋，其中一條即指今河北喜峰口外盧龍山後的大漠，元時真定路轄境就在今河北省。恒山，指唐恒山郡，元時改爲真定路。《元史》卷五八《地理志》：「真定路，唐恒山郡，又改鎮州。宋爲真定府。元初置總管府，領中山府，趙、邢、洺、磁、滑、相、濬、衛、祁、威、完十一州。後割磁、威隸廣平，濬、滑隸大名，祁、完隸保定，又以邢入順德，洺入廣平，相入彰德，衛入衛輝；又以冀、深、晉、蠡四州來屬。户一十三萬四千九百八十六，口二十四萬六百七十。領司一、縣九、府一、州五。府領三縣，州領十八縣。」史爲樂《中國歷史地名大辭典》第二〇七九頁：「真定路……治所在真定縣（今河北正定縣）。」

〔六〕節度使，節度使的簡稱。史侯，指史格，史格在元憲宗二年受節度使一職。

史格，字晉明，號裕齋，永清人。史天澤長子。元憲宗二年，憲宗賜天澤以衛城，授格節度使。憲宗崩，格北留謙州，五年而歸，爲鄧州舊軍萬户。既又代張弘範爲亳州萬户，而以故所將鄧州舊軍授弘範。後歷任定遠大將軍、廣西宣撫使、鎮國上將軍、廣南西道宣慰使。宋亡，拜參知政事、行廣南西道宣慰使。入覲，拜資德大夫、湖廣行中書省右丞。移江西右丞，尋復爲湖廣右丞，進平章政事。至元二十八年卒，年五十八。《元史》卷一五五有傳，詳見王德毅《元人傳記資料索引》第一二一九頁所載。

〔七〕沙麓，疑當爲沙鹿，史爲樂《中國歷史地名大辭典》第一三三六頁載「沙鹿 春秋晉地。在今河北大名縣東」，《漢語大詞典》沙鹿條載「沙鹿亦作『沙麓』。古山名。一說古地名。故址在今河北省大名縣東。」蕭茂先，大名人。爲人通介，胸襟飄瀟，能安貧樂道。曾贈王惲《哀江南賦》等數篇文章。蕭茂先得子，王惲曾寫詩祝賀。《元史》無傳，詳見《秋澗集》之《寄蕭茂先》（卷一四）、《喜蕭茂先得雄》（卷一四）、《題哀江南賦後示韓陳二生》（卷七二）。

1256 丙辰年　宋理宗寶祐四年　元憲宗六年　三十歲

當年時事：

十月，蒙古主詔劉秉忠在桓州東、灤水北之龍岡營開平府。三年而畢，後陞爲上都，以燕爲中都。

本年，蒙古兀良合台、阿朮征白蠻，獻俘闕下，詔便宜取道與蜀帥合兵。兀良合台遂出烏蠻，渡瀘江，鏟禿剌蠻三城，擊破宋兵，奪其船二百艘于馬湖江，遂通道于嘉定、重慶，抵合州，濟蜀江，與汪德臣等會。

高麗國王瞮及雲南諸國皆入朝于蒙古。

譜主事蹟：

春，平章趙璧以書來聘王天鐸，王天鐸因疾不克往。

《秋澗集》卷四九《金故忠顯校尉尚書户部主事先考府君墓誌銘》：「丙辰春，平章趙公璧以書來聘，時已疾，不克往。」

九月廿九日，王惲作《祭元神祝文》，爲父親祈福。

《秋澗集》卷六三《祭元神祝文》：「歲次丙辰九月戊戌廿九日丙辰，臣某等謹以清酌庶羞之奠，敢告于歲德之君：惟神一歲之君，百臣是統，端臨異位，獨秉威權，悔吝災祥，維神是與。臣某父某，年踰知命，心切齊家。動静之間，既乖攝養；公私之際，尤重愆違。而又庭户積殃，子孫不孝，於七月廿七日遽嬰末疾，將抵時冬，困致沉綿，力疲舉履。日因元命，躬薦愚衷，幸冀神明，蚤躋和豫。尚享！」

本年，劉伯熙卒〔一〕，王惲作《哭劉房山》以悼之。

《秋澗集》卷一四《哭劉房山》

〔一〕劉伯熙(1183—1256)，字善甫，號房山，燕人。年十六七入國學，喜爲詩文，卓犖有聲，與雷希顔齊名。不樂仕進，游公卿間，蹶弛自肆，吟諷爲樂，視世事若不足爲者。貞祐初，從乘輿入汴，金亡而復歸燕。丙辰，復如汴。元憲宗六年卒，年七十四。《元史》無傳，詳見王德毅《元人傳記資料索引》第一八三二頁所載。

王惲年少時喜愛書法，劉伯熙贈其張嘉貞《北岳碑》碑帖，并指導王惲練字。王惲對劉伯熙的書法頗爲欣賞，曾作詩贊之。詳見《秋澗集》之《題張嘉貞北岳碑後》（卷七二）、《託陶晉卿借鄭氏所藏劉房山行草效吴體出入格》（卷一九）、《復作一詩以繼前韻》（卷一九）。

1257　丁巳年　宋理宗寶祐五年　元憲宗七年　三十一歲

當年時事：

六月，蒙古以雲南平，以西南夷悉爲郡縣。加兀良合台大元帥，還鎮大理。

九月，蒙古議出師伐宋。

十月，蒙古兀良合台征服安南而還。

本年，蒙古忽必烈遭元憲宗猜忌，其所署置諸司皆廢。

譜主事蹟：

春，識侍講學士竇默於沙麓之墟。

《秋澗集》卷六四《祭侍講學士竇公文》：「丁巳春識公於沙麓之墟，辛巳夏弔公於肥縣之保。」

八月十八日，王天鐸謝世，官至金忠顯校尉。

《秋澗集》卷四九《金故忠顯校尉尚書户部主事先考府君墓誌銘》：「明年丁巳秋八月十有八日，考終牖下，享年五十有六，官至忠顯校尉。」

《秋澗集》卷四九《南鄘王氏家傳》：「丁巳秋八月，以疾終牖下。」

約在冬季，王惲因事赴汴〔一〕。

《秋澗集》卷十《河冰篇》：「庚申前三年，予以事赴汴，次中灤，值雪者三日。……時至元廿二年秋七月廿一日也。」

〔一〕疑此事當在下一年（戊午）冬。王惲父本年剛剛謝世，尚未埋葬，王惲按理來説不當離家。又，《河冰篇》作于至元二十二年，時間相隔較遠，或爲錯記。

1258 戊午年　宋寶祐理宗六年　元憲宗八年　三十二歲

當年時事：

二月，蒙古主統兵伐宋，由西蜀以入。先遣張柔從忽必烈攻鄂，趣臨安，塔察兒攻荆山，又遣兀良合台自交、廣會于鄂。

蒙古紐璘至成都。成都、彭、漢、懷安、綿等州，威、茂諸蕃悉降。

蒙古遣諸王旭烈兀伐西域。

四月，蒙古主次六盤山，分三道而進。

蒙古李壇攻海州、漣水軍，夏貴等戰卻之。

九月，蒙古主進次漢中。

十一月，蒙古主進攻大獲山，楊大淵降，蒙古以大淵爲都元帥。

蒙古李璮破海州、漣水軍。

十二月，宋詔以明年爲開慶元年。

蒙古拔隆州、雅州。

本年，鄧文原生〔一〕。

譜主事蹟：

王惲葬父王天鐸于汲縣親仁鄉之新阡，母靳氏祔焉。改葬時，王天鐸生前好友爲其加私謚曰文通先生。

《秋澗集》卷四九《金故忠顯校尉尚書户部主事先考府君墓誌銘》：「用戊午春三月，葬汲縣親仁鄉之新阡，先妣祔焉。」

《秋澗集》卷三八《祥露記》：「甫十年，不幸先君亦捐館，以治命建新阡於河西鄉。用明年百五日，奉遷二親槀殯於沁曲。」

〔一〕鄧文原（1259—1328），字善之，一字匪石，綿州人。至元二十七年，爲杭州路儒學正。大德二年，調崇德州教授。五年，擢應奉翰林文字。九年，陞修撰，謁告還江南。至大元年，復爲修撰，預修《成宗實録》。三年，授江浙儒學提舉。皇慶元年，召爲國子司業。延祐四年，陞翰林待制。五年，出僉江南浙西道肅政廉訪司事。六年，移江東道。至治二年，召爲集賢直學士。三年，兼國子祭酒。泰定元年，兼經筵官，以疾乞致仕歸。二年，召拜翰林侍講學士，以疾辭。四年，拜嶺北湖南道肅政廉訪使，以疾不赴。致和元年卒，年七十。謚文肅。

1259 己未年　宋理宗開慶元年　元憲宗九年　三十三歲

當年時事：

七月，元憲宗殂於釣魚山。

八月，蒙古忽必烈遣楊惟中、郝經宣撫京湖、江淮。

九月，蒙古入瑞州。

宋詔諸路出師以禦蒙古。以賈似道爲右丞相兼樞密使，屯漢陽以援鄂。

十一月，蒙古圍鄂州。

蒙古阿藍答兒等謀立阿里不哥。郝經勸忽必烈回師争位，從之。蒙古聲言直趨臨安，賈似道大懼，遣使求和，忽必烈兵還，鄂州圍解。

十二月，宋詔改明年爲景定元年。

蒙古忽必烈還至燕京。

譜主事蹟：

三月，同王柔克濟河[一]，中流風雨大作，幾覆者再。

《秋澗集》卷七四《水龍吟（七）》：「己未春三月，同柔克濟河，中流風雨大作，幾覆者再。」

冬，王昌齡卒，王惲作《王衛州挽章公諱昌齡字顯之滄州人》以悼之。

《秋澗集》卷一六《王衛州挽章公諱昌齡字顯之滄州人》

《秋澗集》卷四七《故真定五路萬户府參議兼領衛州事王公行狀》：「東歸，以是年十月廿日卒於虢縣之斜坡里，春秋六十有三。越十一月，葬於汲縣王尚村之西原。」

〔一〕王柔克，王惲在蘇門讀書時的同舍郎，與王惲、王復等人交好。後或官竹監使、提舉之職，因貪污事發，於至元二十二年九月二十四日在關王廟自經而亡，王惲作詩悼之。詳見《秋澗集》之《西溪始泛同王子初訪王柔克》（卷二）、《秋漲後晚訪王柔克書舍》（卷一四）、《弔王提舉柔克乙酉九月廿四日自經關王廟内》（卷一八）。

1260　庚申年　宋理宗景定元年　元世祖中統元年　三十四歲

當年時事：

三月，宋賈似道匿議和、納幣之事，以少傅、右丞相召入朝。

蒙古忽必烈在開平即位。

四月，蒙古立中書省，以王文統爲平章政事〔一〕，張文謙爲左丞。

蒙古以翰林侍讀學士郝經爲國信使，使于宋。

蒙古主命劉秉忠及許衡定内外官制。

蒙古阿里不哥自稱帝于和林。

五月，蒙古以王鶚爲翰林學士承旨，李治、徒單公履、高鳴等爲學士〔二〕。

蒙古主建元中統。蒙古有年號自此始。

蒙古立十路宣撫司。

七月，蒙古以燕京路宣慰使禡禡行中書省事〔三〕，燕京路宣慰使趙璧平章政事，張啓元參知政事〔四〕，王鶚翰林學士承旨兼修國史。

郝經被拘于真州忠勇軍營。

蒙古主自將討阿里不哥。

十月，蒙古初行中統寶鈔。

十二月，蒙古以八思巴爲國師。

譜主事蹟：

六月，王惲上書張文謙，希求得到任用。

《秋澗集》卷六八《上張左丞啓》：「中統元年六月日，衛人王某謹齋沐頓首再拜，啓事於中書左丞、宣撫相公閤下：……少得見知，倏喜顯名於韓狀；如蒙所請，曾點終老於孔門。」

五月至七月五日間〔五〕，姚樞宣撫東平，辟王惲爲詳議官。

《元史》卷一六七王惲本傳：「中統元年，左丞姚樞宣撫東平，辟爲詳議官。」

《秋澗集》卷首《文定王公神道碑銘》：「中統建元，左丞姚公宣慰東平，辟充詳議官。」

七月六日，給左丞姚樞上書，以謝知遇之恩。

《秋澗集》卷六八《上姚敬齋啓》：「中統元年七月六日，席生王某謹齋沐頓首再拜，致啓于尚書宣撫先生閤下……顧惟孱劣，曷稱提撕。……將摳衣於不日，終瀝膽以謝誠。……戴德若天，酬恩無地。」

秋，應辟東魯。道出開州〔六〕，作《題開州驛亭壁并序》。

《秋澗集》卷二七《題開州驛亭壁并序》：「庚申秋，予應辟東魯，道出是邦，按轡周覽，想河流之奔洶，仰壁壘之雄峻，斯亦宋之金湯也。」

《秋澗集》卷六二《先祖妣韓氏祭文》：「中統元年庚辰秋九月丙寅朔十有一日丙子，男孫某等謹以清酌庶羞，遣奠于祖妣韓氏之靈……庚申之秋，應辟東魯，力辟幕官，唯曹是主。慮其不淑，庶獲奔赴，罔遂所求，心不遑處。」

九月九日，王惲祖妣韓氏謝世。

《秋澗集》卷四九《南鄘王氏家傳》：「大元中統庚申重九日，以疾終安仁里，享年七十有六，越三日，祔葬玄堂祖柩之左。」

九月十一日，葬祖妣韓氏，并作《先祖妣韓氏祭文》。

《秋澗集》卷六二《先祖妣韓氏祭文》：「中統元年庚辰秋九月丙寅朔十有一日丙子，男孫某等謹以清酌庶羞，遣奠于祖妣韓氏之靈。」

《秋澗集》卷四九《南鄘王氏家傳》：「大元中統庚申重九日，以疾終安仁里，享年七十有六，越三日，祔葬玄堂祖柩之左。」

九月十一日後〔七〕，王惲奉東平宣撫司之薦，往燕京應中書省之選。

《秋澗集》卷八〇《中堂事記上》：「庚申年春三月十七日，世祖皇帝即位於開平府，建號爲中統元年。秋七月十三日，立行中書省於燕京，劄付各道宣撫司取儒士吏員通錢穀者各一人，仍令所在津遣乘驛赴省，惲亦忝預其選。」

《秋澗集》卷八二《中堂事記下》（八月）廿七日丁巳條：「自中元九月奉檄北上，至是年辛酉九月，凡十有三月，實歷三百八十四日。」

十月，王惲至燕，後被擢爲中書省掌記。王惲任掌記一職約十個月，於中統二年六月十五日左右轉權中書省詳定官，又於中統二年七月二十七日授翰林修撰〔八〕。

《秋澗集》卷八〇《中堂事記上》：「是年冬十月至燕，以三書投獻相府，大率陳爲學行己、逢辰致用之意，頗蒙慰獎，令隨省通知計籍，使綜練衆務，日熟聞見焉。」

《秋澗集》卷八二《中堂事記下》：「（中統二年六月十一日）都堂置酒宴世子植等於西序。……掌記王惲、通譯事李顯祖，皆地座西向。」

《秋澗集》卷二七《故開府儀同三司中書左丞相贈太尉謚忠武史公挽詞有序》：「逮中統建號之明歲，公入當鈞軸。時某掌記中堂館門下者半歲，首奏擢除翰林修撰兼内省都司。」

《秋澗集》卷一《鶴媒賦并序》：「中統二年，予在上都掌記中堂。」

《秋澗集》卷八二《中堂事記下》「（六月）十五日乙丑」條：「時惲管陳言文字，就命日左右，楊相權供中舍之職。」

《秋澗集》卷八二《中堂事記下》「七月廿七日丁亥」條：「前大名路宣撫司幕官雷膺，前東平路宣撫司同議、權詳定官王惲同日授翰林修撰。」

《秋澗集》卷九三《玉堂嘉話卷第一》：「大元中統二年秋七月，惲自中省詳定官用兩府薦，謂内外兩省。授翰林修撰。」

十月二十一日，作《祭王參議文》，致祭王昌齡。

《秋澗集》卷六二《祭王參議文》：「維中統元年十月甲寅朔二十一日甲戌，王惲謹以清酌之奠，致祭于參議先生之靈。」

十一月一日，王惲上書張啓元，致效用之意。

《秋澗集》卷三五《上張右丞書》：「中統元年冬十一月朔，布衣王惲謹齋沐頓首再拜，致書于右轄相公閣下。」

十一月十日，王磐棄職，行中書省令王惲作書留之。王惲建議不若從其所好，事遂止。

《秋澗集》卷八〇《中堂事記上》：「（十一月）癸酉。濟南宣撫司申宣撫副使王磐先生字文炳，永年人，前進士第，道號鹿庵，□至翰林承旨□士致仕。棄職去。相府以惲係王席生，令作書，云省堂意招留之。乃執覆曰：『鹿庵先生人品高邁，宜膺大受，不可處之人下，雖招之，恐終不應，不若從其好。』遂止。」

十一月十日，堂議欲覆實所會東平路民賦帳册事，王惲勸止。

《秋澗集》卷八〇《中堂事記上》：「（十一月癸酉）初行六部，所會東平路民賦帳册，或有言未盡者。堂議欲覆實之，令周止、劉芳、王惲等置局磨勘，都事劉郁領其事於上。惲等力言其不可，不允。至於再三，曰：『往事不宜究問，此若一行，非徒無益，適足取怨，兼衆怒不可犯也，宜詳思。』遂寢。」

本年，游瓊華島〔九〕，作詩以記。

《秋澗集》卷一四《游瓊華島中統元年作》。

本年，初識中書左丞董文炳〔一〇〕。

《秋澗集》卷六三《左丞董公祭文》：「至元十六年歲次己卯九月乙巳朔越十有三日丁巳，朝列大夫、燕南河北道提刑按察副使、汲郡王惲，謹以清酤嘉肴之奠，致祭于故資德大夫、中書左丞、簽書樞密院事，贈金紫光禄大夫、平章政事、謚忠獻董公之靈……接樽酒於中統之首，與賓筵於至元之春。」

〔一〕王文統，字以道，益都人。曾爲李璮幕客。中統元年，立中書省，爲平章政事。中統三年二月，李璮反，坐與璮通謀，與子蕘並伏誅。而元之立國，其規模法度，王文統之功爲多。《元史》卷二〇六有傳，詳見王德毅《元人傳記資料索引》第一五九頁所載。

〔二〕高鳴（1209—1274），字雄飛，真定人。諸王旭烈兀將征西域，遣使召之，爲彰德路總管。世祖即位，爲翰林學士，兼太常少卿。至元五年，爲侍御史。九年，遷禮部尚書。十一年卒，年六十六。有文集五十卷。《元史》卷一六〇有傳，詳見王德毅《元人傳記資料索引》第一〇〇六頁所載。

〔三〕禡禡，資嚴厲，凛然不可犯。中統元年三月，爲燕京路宣撫使。中統元年七月，就用爲行省長官。《元史》無傳，詳見《元史》卷四、《元史》卷二〇六、王德毅《元人傳記資料索引》第二四六一頁所載。

〔四〕張啓元，中統元年，授西京宣撫使，尋入爲中書參政。二年，進右丞。至元初，陞平章政事。《元史》無傳，詳見王德毅《元人傳記資料索引》第一一五一頁所載。

〔五〕五月至七月五日間。姚樞就任東平路宣撫使在本年五月，王惲致信姚樞表示被提攜之謝意在本年七月五日，則王惲被辟爲詳議官就在五月至七月五日間。

〔六〕開州，元時屬大名路，治所在今河南濮陽市。詳見《元史》卷五八大名路條、史爲樂《中國歷史地名大辭典》第二八八頁。

〔七〕九月十一日後。九月十一日時，王惲尚在家鄉，爲祖母之喪事忙碌，故其應中書之試在九月十一日後。

〔八〕可參考温海清《王惲中統初年的身份問題》（《中國史研究》二〇一〇年第二期，頁一四〇）、蔡春娟《李璮、王文統事件前後的王惲》（《中國史研究》二〇〇七年第三期，頁一〇五—一一〇）、袁冀《元王惲驛赴上都行程考釋》（《大陸雜誌史學叢刊》第三輯第三册，頁三七二—三八〇）。

〔九〕瓊華島，《大清一統志》卷二《京城下》載「瓊華島，在西苑太液池上」，史爲樂《中國歷史地名大辭典》第二四八二頁：「又名瓊島。即今北京市北海公園南部瓊華島。金爲御園的一部分。」

〔一〇〕董文炳（1217—1278），字彦明，藁城人。董俊長子。中統元年，宣慰燕南諸道。二年，擢山東東路宣撫使。方就道，會立侍衛親軍，即遥授侍衛親軍都指揮使。三年，爲山東東路經略使。至元三年，爲鄧州光化行軍萬户、河南等路統軍副使。七年，改山東路統軍副使，治沂州。九年，遷樞密院判官，行院事於淮西。十年，拜參知政事。十一年，拜資德大夫、中書左丞。十五年卒，年六十二。贈金紫光禄大夫、平章政事，謚忠獻。《元史》卷一五六有傳，詳見王德毅《元人傳記資料索引》第一六〇四頁所載。

1261 辛酉年　宋理宗景定二年　元世祖中統二年　三十五歲

當年時事：

六月，高麗國王倎，更名植，遣其世子愖奉表入朝於蒙古。

七月，蒙古初設翰林國史院，王鶚請修遼、金二史，從之。

蒙古主諭將士，舉兵攻宋。

八月，蒙古封順天萬户張柔爲安肅公，濟南萬户張榮爲濟南公。

十月，蒙古主以阿里不哥違命，自將討之。

十一月，阿里不哥北遁。

蒙古罷十路宣撫使，止存開元路。

十二月，庚寅，蒙古封皇子真金爲燕王，領中書省事。

譜主事蹟：

二月五日，行省官奉旨北上，王惲隨行[一]。

《秋澗集》卷八〇《中堂事記上》：「行省官奉旨北上。」

二月八日，與周止遇史天澤於居庸南口[二]**，復前次北口店，奉旨北還。當日，遇張柔於中店。**

《秋澗集》卷八〇《中堂事記上》：「惲與偕行者周定夫巳刻遇河南經略使史公於居

庸南口，相與迎謁道左。……前次北口店，復有旨：『山北寒沍，可緩來。』遂還。是日，遇張國公於中店，説見賫《亡金實録》赴省呈進，省官時繕寫進讀《大定政要》，得此，遂更爲補益之。」

《元史》卷一四七《張柔傳》：「二年，以《金實録》獻諸朝，且請致仕，封安肅公，命第八子弘略襲職。」

二月二十一日，堂議命王惲持省檄，催史天澤率軍往援海州，啓行後又止。

《秋澗集》卷八〇《中堂事記上》：「二十一日己亥未刻，淮海都督府中宋人圍我海州，堂議飛奏外。命惲賫省檄馳海青傳催，發經略史公，令率河外諸軍往援。既啓行，隨得報，云宋人已退走，遂止。」

二月二十二日，役來，命闔省北上，王惲隨行。

《秋澗集》卷八〇《中堂事記上》：「二十二日，役來，趣闔省北上。」

三月五日，與同寮發自燕京。是夕，宿通玄北郭。

《秋澗集》卷八〇《中堂事記上》：「越三月壬戌五日丙寅，未刻，丞相禡禡與同寮發自燕京。是夕，宿通玄北郭。偕行者：都事楊恕〔三〕，提控朮甲謙〔四〕，詳定官周止，省掾王文蔚〔五〕、劉傑〔六〕。」

三月六日，午憇海店。是晚，宿南口新店。

《秋澗集》卷八〇《中堂事記上》：「六日丁卯，午憩海店，距京城廿里。凡省部未絶事務，於此悉行決遣。是晚，宿南口新店，距海店七十里。」

三月七日卯刻，入居庸關。是夜，宿北口軍營。

《秋澗集》卷八〇《中堂事記上》：「戊辰，卯刻，入居庸關。……午憩姚家店。是夜，宿北口軍營。」

三月八日辰刻，度八達嶺。出北口，午憇棒椎店。午飯榆林驛。是夜，宿懷來縣。

《秋澗集》卷八〇《中堂事記上》：「己巳，辰刻，度八達嶺。於山雨間俯望燕城，殆井底然。出北口，午憩棒椎店。……午飯榆林驛，其地大山北環，舉目已莽蒼沙磧，蓋古嬀川地也。是夜，宿懷來縣，南距北口五十三里。」

三月九日，泊統墓店。是夜，宿雷氏驛亭。

《秋澗集》卷八〇《中堂事記上》：「庚午，泊統墓店，詢其名，土人云店北舊有統軍墓，故稱。是夜，宿雷氏驛亭」

三月十日午刻，入宣德州。是夜，宿考工官劉氏第。

《秋澗集》卷八〇《中堂事記上》：「辛未，午刻，入宣德州。申刻，使者也鮮乃至，傳旨趣令諸官速赴行殿。是夜，宿考工官劉氏第。」

三月十一日，候禡禡，爲一日留。距雷氏驛九十里。

《秋澗集》卷八〇《中堂事記上》：「十一日壬申，候禡相，爲一日留，蓋有所需也。距雷氏驛九十里。」

三月十二日，值雪，宿青麓。

《秋澗集》卷八〇《中堂事記上》：「癸酉，行六十里，值雪，宿青麓。」

三月十三日，至定邊城。是夜，宿黑崖子。

《秋澗集》卷八〇《中堂事記上》：「十三日甲戌，至定邊城，憩焉，蓋金所築故城也。是夜，宿黑崖子，距青麓九十里。」

三月十四日，抵確場峪。是夜，露宿雙城北十里小河之東南。

《秋澗集》卷八〇《中堂事記上》：「十四日乙亥，抵確場峪，蓋金初南北互市之所也。是夜，露宿雙城北十里小河之東南，距黑崖甸北一百有五里。」

三月十五日停午，至察罕諾爾行宫。亂灤河而北，次東北土婁下。

《秋澗集》卷八〇《中堂事記上》：「十五日丙子停午，停午，至察罕腦兒，時行宫在此。申刻，大風作，玄雲自西北突起，少頃四合，雪華掌如，平地尺許。亂灤河而北，次東北土塿下，羣山糾紛，川形平易，因其勢而廣狹焉。」

三月十六日，張易、廉希憲前來傳旨〔七〕**，令拜覲者皆俟。故留八日而發，距雙城七十里。**

《秋澗集》卷八〇《中堂事記上》：「十六日丁丑，上遣參知政事張易、廉右轄。廉名希憲，字介甫，瀚海人，資沉毅，臨大事不可奪其廉正，有大臣風節。傳旨慰諭行省官，時御道不啓，拜覲者皆俟。故留八日而發。距雙城七十里。」

三月二十三日，次鞍子山。

《秋澗集》卷八〇《中堂事記上》：「二十三日甲申，次鞍子山，南距灤河四十里。」

三月二十四日，次桓州故城。

《秋澗集》卷八〇《中堂事記上》：「二十四日乙酉，次桓州故城。西南四十里有李陵故臺，道陵勑建祠宇，故址尚在。」

《秋澗集》卷七三《題漢使任少公招李陵歸漢圖後》：「中統辛酉春，予扈蹕北上，次桓之北山，或曰此李陵臺也。裴回四顧，朔風邊草，爲之凄然。」

三月二十六日，距鞍子山廿有五里。

《秋澗集》卷八〇《中堂事記上》：「二十六日丁亥，……距鞍子山廿有五里。是日，完州人高道，字道之，來自和林城。」

三月二十七日戊子，次新桓州。

《秋澗集》卷八〇《中堂事記上》：「二十七日戊子，次新桓州，西南十里外南北界壕尚宛然也。」

三月二十八日，飯新桓州。未刻，扈從鑾駕入開平府。

《秋澗集》卷八〇《中堂事記上》：「二十八日己丑，飯新桓州。未刻，扈從鑾駕入開平府，蓋聖上龍飛之地。」

春，見靖應真人姜善信〔八〕**。**

《秋澗集》卷六三《祭靖應真人姜公文》：「某以中統元載列職省郎，得掌綸命。帝遣使臣奉宣詔旨，起公於晉，有『遐想仙標，載勤馹乘』之語，眷眷之意，何其隆信者哉！逮明年春，獲拜下風，竇玄之宫。」

四月四日向巳，王惲隨竇默、許衡等探望雲叟公（當爲姚樞）〔九〕**，茶畢而退。**

《秋澗集》卷八〇《中堂事記上》：「（四月）四日乙未，頗覺暑氣。是日向巳，惲從徵君竇、許、李，洎九道宣撫候雲叟公疾于私第，茶畢而退。」

四月十日，王文統、張文謙、廉希憲三相洎賈居貞會議政事，時王惲亦在座。

《秋澗集》卷八一《中堂事記中》：「十日辛丑，王、張、廉三相洎賈郎中會議政事，因論功利等事，且曰：『世代下衰，其勢有不得不爾者。』時惲亦預坐，因徐起而言曰：『功利既不能弛，心與術亦不可不辨也。且心以居正爲體，術以應變爲用，終之體不失而有成者爲上。此大臣所先務也。』三相愕而起。」

四月十二日，王惲時從王鶚探望趙璧。

《秋澗集》卷八一《中堂事記中》：「（十二日癸卯）平章趙璧以軍儲事被譴，胥靡於家，甚嚴。惲時從承旨王公上謁，趙公心雖惕厲，氣量裕如也。從而不去者，唯門下士李革在焉。趙事爲結束平糴事，李九山謂此事蓋意起於陳德秀，禍成於杜彥深，公實不知也。藺仁輔云。」

四月十三日卯刻，會廉希憲府第。

《秋澗集》卷八一《中堂事記中》：「十三日甲辰卯刻，會廉右丞第。」

四月十四日，再議民賦事。

《秋澗集》卷八一《中堂事記中》：「十四日乙巳，雨，午刻開齋。會楊宣撫果、張宣撫德輝、劉宣撫肅、張左丞再議民賦事，蓋有所未盡故也。」

四月十五日巳刻，廉希憲、張易會王文統府第，呼金齒蠻使人，問其來庭之意及國俗地理等事。既而，上命劉芳使其國〔一〇〕，都堂命王惲草詔其辭。

《秋澗集》卷八一《中堂事記中》：「（十五日丙午）是日巳刻，廉右丞、張參政會王相第，呼金齒蠻使人，問其來庭之意及國俗地理等事。……上命中山人劉芳借職兵部郎中使其國，都堂命惲草詔其辭。」

四月二十日晚，堂命都司楊恕、提控趙謙同王惲等磨勘工匠支銷等簿，達曙不寐。

《秋澗集》卷八一《中堂事記中》：「（二十日晚）堂命都司楊恕、提控趙謙同惲等磨勘工匠支銷等簿，達曙不寐。」

四月廿一日，都堂令惲檢討唐人置信牌鎖長官廳事。

《秋澗集》卷八一《中堂事記中》：「廿一日壬子，都堂令惲檢討唐人置信牌鎖長官廳事。」

四月三十日未刻，堂命王惲草宣諭大理及哈喇章俾還本土手詔。王文統讓王文蔚、王惲用棋方抹子通類比附，估計九通所造狐貂衣裘價值高下，孰省孰費。

《秋澗集》卷八一《中堂事記中》：「（三十日辛酉）未刻，堂命惲草《宣諭大理及合剌章俾還本土手詔》……是日，九通所造狐貂衣裘，其數畢具，王相命省掾王文蔚并惲用棋方抹子通類比附，使見估直高下，孰省孰費，且曰：『茲蓋史臣年表遺法，固非吏輩所能知也。』蓋有所謂而云。」

五月五日，都堂令王惲草《移宋三省牒文》。

《秋澗集》卷八一《中堂事記中》：「（五月五日）左司都事楊恕傳都堂鈞旨，令惲草《移宋三省牒文》。」

五月八日，都堂命王惲編類歷代水利、營屯、田、漕運、錢幣、租庸調等法，及漢唐已來宮殿制度等事。

《秋澗集》卷八一《中堂事記中》：「（八日己巳）都堂命惲編類歷代水利、營屯、田、漕運、錢幣、租庸調等法，及漢唐已來宮殿制度等事。」

五月九日，命王惲討論古今諸侯王印制。

《秋澗集》卷八一《中堂事記中》：「（九日庚午）皇弟摩哥大王世子昌童封永寧王，仍改父王玉寶爲金印。命惲討論古今諸侯王印制，遂製紐爲駝，作三臺，其文曰『永寧王印』。」

五月十一日，王惲參與堂議受命璽事。

《秋澗集》卷八一《中堂事記中》：「十一日壬申，堂議曰：『古者天子有八寶，蓋所以崇天授而鎮萬方也。今朝廷所用止一寶而已，欲議奏令印工季并餘寶皆刻而爲之，用古文奇篆，殆受命璽然。』惲曰：『此非可輕議也，又務繁，需再議焉。』」

五月廿一日，闔省大燕。是晚，承旨王鶚命王惲賫所撰制詞呈省。

《秋澗集》卷八一《中堂事記中》：「廿一日壬午，晴，暑。闔省大燕，慶新除也。……是晚，承旨王公命惲賫所撰制詞呈省。」

五月廿五日，令王惲與工掾李鼎計勘鐵貨事〔一一〕。

《秋澗集》卷八一《中堂事記中》：「（廿五日丙戌）仍令惲與工掾李鼎計勘一歲常課所造幾何、横造幾何，一歲通可用鐵幾何，在都廣備庫見有鐵幾何，且可支幾年用度，其外路應有鐵貨可支幾年用度。」

六月十一日，都堂置酒宴高麗世子植等於西署〔一二〕，王惲在其中。

《秋澗集》卷八二《中堂事記下》：「十一日辛丑，都堂置酒宴世子植等於西序。其押燕者：右丞相史公、左丞相忽魯不花、王平章、張右丞、張左丞、楊參政、姚宣撫、賈郎中、高聖舉，從西榻南頭至東北作曲肘座；掌記王惲、通譯事李顯祖，皆地座西嚮；其高麗世子與參政李藏用字顯甫、尚書李翰林直學士南榻座，亦西嚮；又有龍舒院書狀等官凡六人，尚書已下三人，皆襪而登席，相次地坐。」

六月十四日，劉秉忠與史天澤會於行館，命諸公賦詩。王惲或於此時作《上太保劉公詩中統二年》。

《秋澗集》卷八二《中堂事記下》：「十四日甲子，藏春來自南庵。午刻，會食史相行館。寥休以灑墨、玉盃斝贈公。及觀所作玉鏡，命諸公賦詩，西庵有『幸自得辭塗抹手，照人無用太分明』之句，仲晦爲忻然也。」

《秋澗集》卷一六《上太保劉公詩中統二年》。

六月十五日左右，王惲始擔任權詳定官之職（詳見年譜三十四歲十月條）。

《秋澗集》卷八二《中堂事記下》：「時惲管陳言文字，就命日左右，楊相權供中舍之職。」

《秋澗集》卷八二《中堂事記下》七月廿七日丁亥條：「前大名路宣撫司幕官雷膺，前東平路宣撫司同議、權詳定官王惲同日授翰林修撰。」

六月十八日，趙謙〔一三〕得腦瘍，王惲與楊誠之求療於太醫王儀之，并親自照料，直至七月二十五日趙謙謝世。

《秋澗集》卷八二《中堂事記下》：「十八日戊辰，權中省都事趙謙得腦瘍極熾，惲與楊都司誠之求療於太醫王儀之。遂以真定麻澤民與視，凡三往，諾焉。踵及門中，使促而去之。」

《秋澗集》卷四九《故權左司都事趙君墓銘》：「君諱謙，字和之，世爲蓋州人。中統元祀，用薦者言，以材幹補行臺左三房提控令史。二年春，考政上都，與予同遊居者數月，用是情好日洽。……夏六月，闔臺南還，君爲中省苛留，乃以都司擬之，作駐冬計。君怫然不樂，求亟去甚鋭，事業已不許。信宿，疽發於腦户，呻吟無聊，殆不能堪，醫庸藥妄，一刺而肆裂。越三日，予與楊易州恕謀曰：『常山瘍醫麻澤民，今之俞跗也。適召至，若禱於院使王君儀之，可一來救藥。』凡三往，得請。踵及門，中使趣去之，自是内侍不出者幾浹旬。後五日，夜聞君聲澌嘶，執燭起視，向壁卧，頭岑岑不舉矣。比明，氣惡達户外，傔從止一老傖，戇且愚，瞪不知若何。訪求知故，無一人。予惻然感傷，冒臭惡，易衣衾，視其疾緩急，困則對榻衣寢。自疾亟迄蓋棺，凡五旦夜。得年五十有七，實中統二年七月廿有五日也。」

六月十九日己巳，堂議以左司都事授王惲，王惲辭不受〔一四〕。

《秋澗集》卷八二《中堂事記下》：「十九日己巳，堂議選中省兩司都事，遂以左司授惲，此出史、楊二公雅意。辭曰：『據某何人，過蒙擢用，得文翰職足矣。』」

《秋澗集》卷首《文定王公神道碑銘》：「尋被中書，特授翰林修撰、同知制誥，兼修國史院編修官。……既而，兼中書省左司都事。」

《元史》卷一六七王惲本傳：「二年春，轉翰林修撰、同知制誥，兼國史院編修官，尋兼中書省左右司都事。」

《秋澗集》卷九三《玉堂嘉話序》：「中統建元之明年辛酉夏五月，詔立翰林院於上都，故狀元文康王公授翰林學士承旨。……其年秋七月，授翰林修撰、同知制誥，兼國史院編修官。……再閲月，蒙二府交辟，不妨供職，兼左司都事。」

《秋澗集》卷四一《故翰林學士河東南北路宣撫使張公挽詩序》：「逮中統辛酉，先生自河東宣撫改授翰林學士兼中書省參議。其秋，惲亦以都司就列，機務之暇，接論思殊款。」

七月十七日，大司農左三部尚書賽典只改授平章政事，王惲爲之制辭。

《秋澗集》卷八二《中堂事記下》：「大司農、左三部尚書賽典只改授平章政事，制辭曰：『兩朝眷遇，凡事精勤。常辦集於軍前，能經營於意外。欲旌成績，宜處台司。當奉至公，用遵大體。盡爾贊襄之力，副予委任之誠。至於辦集，經營當時。』論者謂於公甚爲切當。公遂置酒，重以潤筆爲答，惲謝不敏。」

七月十八日，翰林國史院保雷膺與王惲充本院屬官。

《秋澗集》卷八二《中堂事記下》：「十八日戊寅，翰林國史院保雷膺與惲充本院屬官。」

七月廿五日，趙謙卒，惲爲棺斂，并請于賈居貞〔一五〕**，蒙賻錢千五百緡。**

《秋澗集》卷八二《中堂事記下》：「廿五日乙酉，權中省都事趙謙終於上都客舍，惲爲棺斂，并封視隨行衣裝，請於郎中賈君仲明，蒙賻錢千五百緡。」

《秋澗集》卷四九《故權左司都事趙君墓銘》：「自疾亟迄蓋棺，凡五旦夜。得年五十有七，實中統二年七月廿有五日也。嗚呼哀哉！以義以友，喪無歸，責寔在我。既斂，詣堂中請曰：『吏趙謙以官守客死，禮以公給喪。』郎中賈君仲明憐之，官爲賻緡錢千。」

七月廿六日，王惲爲趙謙護喪，出東門，郊外遇趙謙表親徐貞，付之，俾輤載歸燕。

《秋澗集》卷八二《中堂事記下》：「廿六日丙午，遣送趙君，焚於都城東十里外。回，適趙氏親知徐總管者至，其僕與所封裝篋付焉。」

《秋澗集》卷四九《故權左司都事趙君墓銘》：「躬爲護喪，出郡城東門郊外，適表親徐貞者至，付之，俾輤載歸燕。」

七月廿七日，王惲與雷膺同日授翰林修撰〔一六〕**、同知制誥，兼國史院編修官。**

《秋澗集》卷八二《中堂事記下》：「前大名路宣撫司幕官雷膺，前東平路宣撫司同議、權詳定官王惲同日授翰林修撰。」

《秋澗集》卷首《文定王公神道碑銘》：「尋被中書，特授翰林修撰、同知制誥，兼修國史院編修官。」

《元史》卷一六七王惲本傳：「二年春，轉翰林修撰、同知制誥，兼國史院編修官，尋兼中書省左右司都事。」

《秋澗集》卷九三《玉堂嘉話序》：「中統建元之明年辛酉夏五月，詔立翰林院於上都，故狀元文康王公授翰林學士承旨。……其年秋七月，授翰林修撰、同知制誥，兼國史院編修官。」

《秋澗集》卷九三《玉堂嘉話卷一》：「大元中統二年秋七月，惲自中省詳定官用兩府薦，謂内外兩省。授翰林修撰，……二詞參政楊公筆也。既拜命，謁承旨王公於寓館。」

《秋澗集》卷二七《故開府儀同三司中書左丞相贈太尉謚忠武史公挽詞有序》：「逮中統建號之明歲，公入當鈞軸。時某掌記中堂館門下者半歲，首奏擢除翰林修撰兼内省都司。」

七月廿九日，王惲上書耶律鑄，謝授翰林學士、同知制誥，兼充國史院編修官事。

《秋澗集》卷六八《授翰林修撰同知制誥兼充國史院編修官謝中書省啓》：「中統二年秋七月廿九日，王某謹齋沐頓首百拜，奉啓事于中書門下：……茲蓋伏遇中書相公閤下，柱石中朝，風雲潛邸。羽翼四人之勳業，文章兩漢之精華。秩乃代天，門無棄物。父子傳温國之學，書史備鄴侯之籤。」

八月五日，承旨王鶚命王惲與某官同撰釋奠諸文，并得王鶚指教。

《秋澗集》卷八二《中堂事記下》：「五日己亥，承旨命惲與某同撰釋奠諸文。某人所撰中涉論議，公曰：『文自有體，此等文字皆是贊頌功德，不當如是。』徐莞爾曰：『不知謂我云何。至於散文亦有三説：入作須若虎首，取其猛而重也；中如豕腹，取其□釀多也；末同蠆尾，取其臨出螫而毒也。此雖常談，亦可爲之法也。』」

八月十五夜，與伯禄、宋筠會于太醫使王宜之家〔一七〕。

《秋澗集》卷十《中秋吟》：「中統二年，予客上都，館于太醫使王宜之家。中秋夜，伯禄宣慰攜酒相過，仝會者館主王丈洎省郎宋庭秀。近人來索舊賦，亂道，今亡之矣，因追作是詩以寄。」

八月十九日辰刻，同雷膺、游顯赴南平山辭別劉秉忠〔一八〕**，未得見。**

《秋澗集》卷八二《中堂事記下》：「十九日己酉，辰刻，同雷彦正、游宣撫子明名顯，以塔剌弘行，終揚州行省平章政事。赴南平山辭藏春上人，時入壇，不克見。游於庵門外，大呼曰：『師父，顯等謹來拜辭。』時丞相史公第四子杠侍上人於此，遂置酒相別。比回，朔風振野，吹砂礫射人，殆勁矢然，寒已不可勝矣。」

八月廿日，辭别諸相南歸。

《秋澗集》卷八二《中堂事記下》：「廿日庚戌，詣都堂，辭諸相南歸。」

八月廿一日辰刻，由上都西門出。是夜，宿桓州。

《秋澗集》卷八二《中堂事記下》：「廿一日辛亥辰刻，由都西門出。是夜，宿桓州。」

八月廿二日，抵舊桓州。

《秋澗集》卷八二《中堂事記下》：「廿二日壬子，抵舊桓州。」

八月廿三日，前次牛羣頭，夜半宿山南農家。

《秋澗集》卷八二《中堂事記下》：「廿三日癸丑，前次牛羣頭，取直東南，下崖嶺。夜半宿山南農家。」

八月廿四日，宿雲州張繼先家。

《秋澗集》卷八二《中堂事記下》：「明日甲寅，宿雲州張繼先家。」

八月廿五日，入寒山峪。遇大雨，憩寒山遞鋪。登靖邊北嶺。投宿碧落崖下。

《秋澗集》卷八二《中堂事記下》：「廿五日乙卯，自望雲沿龍門河南行入寒山峪，遇大雨，憩寒山遞鋪。午齋，渡泥澗，人馬縋而下，挽而上。登靖邊北嶺，有虎突起澗東，嘯而去，人馬爲辟易。投宿碧落崖下，崖峻絶，方廣如畫屏然。泉流縈帶，環山根一匝。秋稼已熟，黄雲滿川，蓋朔方之武陵溪也。」

八月廿六日，下十八骨了，抵田家止宿。

《秋澗集》卷八二《中堂事記下》：「廿六日丙辰，下十八骨了，泥滑不能騎。比至平地，僕馬爲痡矣。行約兩舍，抵田家止宿。」

八月廿七日，宿北口小店。

《秋澗集》卷八二《中堂事記下》：「廿七日丁巳，宿北口小店。」

八月廿八日，踰灰嶺，試桃花峪温湯。是晚，宿新店。

《秋澗集》卷八二《中堂事記下》：「明日，踰灰嶺，試桃花峪温湯，山間殊有奇觀，石爲盤渦，如碧玉盆者非一，壽藤灌木交蔭左右，其水泉蓋潞河之上源也。是晚，宿新店。」

八月廿九日，至燕。

《秋澗集》卷八二《中堂事記下》：「又二日，至燕粤。自中元九月奉檄北上，至是年辛酉九月，凡十有三月，實歷三百八十四日。」

十月，王惲作《姜真人手詔》，時爲左司都事〔一九〕。

《秋澗集》卷九三《玉堂嘉話卷之一》：「冬十月，侍中和者思傳旨：『都堂與文字召静應姜真人去者。』惲時爲左司都事，宰相命具詔草，其詞曰：『静以知來，智能藏往。念前言之有效，方庶事之惟幾。遐想仙標，載勤馹傳。憣然而至，暫辭嘉遁之鄉；罄爾所懷，與復細氈之論。』」

十一月，王惲以事東走幕府，作《飛豹行》。

《秋澗集》卷六《飛豹行》：「中統二年冬十有一月，大駕北狩時在魚兒泊，詔平章塔察公以虎符發兵于燕。既集，取道居庸，合圍於湯山之東，逐飛豹取獸，獲焉。時予以事東走幕府，駐馬顧眄，亦有一嚼之快，因作此歌以見從獸無厭之樂也。予時爲左司都事。」

《元史》卷四：「十一月壬戌，大兵與阿里不哥遇于昔木土腦兒之地，諸王合丹等斬其將合丹火兒赤及其兵三千人，塔察兒與合必赤等復分兵奮擊，大破之，追北五十餘里。帝親率諸軍以躡其後，其部將阿脱等降，阿里不哥北遁。……癸酉，駐蹕帖買和來之地。以尚書怯烈門、平章趙璧兼大都督，率諸軍從塔察兒北上。分蒙古軍爲二，怯烈門從麥肖出居庸口，駐宣德德興府；訥懷從阿忽帶出古北口，駐興州。帝親將諸萬户漢軍及武衛軍，由檀、順州駐潮河川。」

十二月，馳奏行宫。

《秋澗集》卷三八《徵夢記》：「馳奏中統二年十二月爲都事時事。行宫，有『雪漠三更，雲輜萬兵』之作。」

〔一〕關於王惲此次上都之行，袁冀《元王惲驛赴上都行程考釋》（《大陸雜誌史學叢刊》第三輯第三册，頁三七二—三八〇）、賈敬顔《王惲〈嶺北紀行〉疏證稿》（《元史論叢》第五輯，頁二四五—二五六）對地名、官職等皆有詳細考釋，可參考。本文之地名、官職考釋從略。

〔二〕周止，字定夫，濱州人。事世祖潛邸，至元間官至右司都事。除河南憲僉，陞遼東憲副。十三年，官江東宣慰副使。歷湖南、湖北兩道按察使。以翰林侍讀學士致仕。《元史》無傳，詳見王德毅《元人傳記資料索引》第六一五頁所載。

〔三〕楊恕，字誠之，平定樂平人。金禮部尚書楊雲翼子，登進士第。中統二年，任燕京行省左司都事。歷翰林待制，終知易州。《元史》無傳，詳見王德毅《元人傳記資料索引》第一五二〇頁所載。

〔四〕朮甲謙，字和之，遼東人。中統元年，任燕京行省提控令史。詳見《秋澗集》卷八〇《中堂事記上》。

〔五〕王文蔚，字仲玉，東平人。中統元年，官燕京行省左房省掾。終濟南經歷官。《元史》無傳，詳見《秋澗集》卷八〇《中堂事記上》。

〔六〕劉傑，字漢卿，號萊山，益都人（今山東壽光市）。中統元年，官燕京行省左房省掾。累遷知潞州，仕至杭州路總管。《元史》無傳，詳見王德毅《元人傳記資料索引》第一七九一頁所載。

〔七〕廉希憲（1231—1280），一名忻都，字善甫（一字介甫），號野雲，畏兀兒人。布魯海牙子。元憲宗四年，爲京兆宣撫使。中統元年，爲京兆四川宣撫使。弭亂有功，爲中書右丞，行秦蜀省事，進平章，關中大定。召爲中書平章，改左丞。至元七年，與左丞相耶律鑄同罷。十一年，爲北京行省平章政事。十二年，行省荆湖。十四年春，召還京師。十六年春，賜鈔萬貫，詔復入中書，希憲稱疾篤。十七年十一月十九日卒，年五十。謚文正。《元史》卷一二六有傳，詳見王德毅《元人傳記資料索引》第一五〇七頁所載。

〔八〕姜善信（1197—1274），字彦誠，趙城人。道士，道號靖應。世祖在潛邸，召問事，多驗。世祖即位，凡三徵召，應對多善政。至元十一年卒，年七十八。卒後，王惲作《祭靖應真人姜公文》以悼之。《元史》無傳，詳見《秋澗集》之《祭靖應真人姜公文》（卷六三）、《玉堂嘉話卷之一》「冬十月，侍中和者思傳旨」條（卷九三），王德毅《元人傳記資料索引》第七四三頁所載。

〔九〕雲叟公，當爲姚樞。《秋澗集》卷七二《龍門寺題名》載「余聞龍門久矣，嘗讀故相雲叟公題名，風煙形勝盡在目中，終以不得一往爲曠。今歲冬，適諸君以事會共，遂成此遊」，《秋澗集》卷七四《望海潮・二爲故相雲叟公壽》載「蘇嶺雲霞，西溪梅竹，風煙畫出共城」，可知此人曾爲元丞相，且與蘇門有很深的情節。又《秋澗集》卷八〇《中堂事記上》「（四月）四日乙未，頗覺暑氣。是日向巳，惲從徵君竇、許、李，洎九道宣撫候雲叟公疾于私第，茶畢而退」，可知其與王惲、竇默、許衡、九道宣撫都有很深的交情。從前面兩點分析，唯有姚樞符合這些條件。姚樞曾在蘇門講學，與竇默、許衡往來甚密，而王惲爲其門生。姚樞於中統元年拜東平宣撫使，故與其他九道宣撫使相互熟悉。至元四年，姚樞拜中書左丞，故有故相之説。綜上，此處之雲叟公當爲姚樞無疑。

〔一〇〕劉芳，字世傑，中山人。中統二年，借職兵部郎中使大理，至吐蕃，遇害。《元史》無傳，詳見《秋澗集》卷八〇《中堂事記上》、王德毅《元人傳記資料索引》第一七七八頁所載。

〔一一〕李鼎，字器之，相人。中統元年，官燕京行省右房省掾。詳見《秋澗集》卷八〇《中堂事記上》。

〔一二〕高麗世子植，《元史》卷六、卷七、卷八皆作「高麗世子王愖」，其父作「高麗國王王禃」，而《續資治通鑑》卷一七六載「（六月）高麗國王倎，更名植，遣其世子愖奉表入朝于蒙古」。王惲此處所記或誤。

〔一三〕趙謙（1205—1261），君諱謙，字和之，蓋州人。中統元年，以材幹補行臺左三房提控令史。中統二年六月。官中省權左司都事。中統二年七月廿五日卒，年五十七。王惲爲之撰寫墓銘。《元史》無傳，詳見王德毅《元人傳記資料索引》第一七一〇頁所載。

〔一四〕關於王惲受翰林修撰和左司都事的先後順序，除此條外，《秋澗集》、《元史·王惲本傳》中都作先授翰林修撰，後任中書省左司都事。從本條記載看，王惲在辭讓時説「據某何人，過蒙擢用，得文翰職足矣」，這可以有兩種解釋：一，王惲已經得到了翰林修撰一職，再擔任左司都事有過蒙擢用之嫌，故辭；二，王惲的理想是做翰林修撰，對左司都事的任命不感興趣，在辭讓左司都事的同時，委婉地表達了自己想要擔任翰林修撰一職的想法。事實上，這兩條解釋都難以成立。王惲受翰林修撰一職在本年七月，其在六月時根本没有擔任翰林修撰一職，故第一條解釋不成立。至于第二條解釋，我想王惲受王天鐸熏陶，不會不通官場規則，所以王惲絶不會在出仕初期就對上司的任命挑三揀四，故第二條解釋也是難以成立的。那比較合理的解釋就是，這一條記載並非王惲《中堂事記》原稿中的內容，是王惲或其後人在後來整理文集時加入的。

關於王惲或其後人在後來曾對《秋澗集》整理修改的問題，駱賓儒《A study of Wang Yun(1227—1304)》：王惲研究》第四章第一節之《中堂事記》條亦有轉述，稱王惲在晚年曾對《中堂事記》作增改潤飾，并以胡祗遹、元世祖、李謙三人的例子來闡釋。筆者以爲，某人對《中堂事記》的增改潤飾還有其他方面的證明。《中堂事記上》二月條載「是日，遇張國公於中店，説見賫《亡金實録》赴省呈進，省官時繕寫進讀《大定政要》，得此，遂更爲補益之」，此處之張國公指張柔，事實上，張柔拜蔡國公是在至元四年（見《元史》卷一四七張柔本傳），本年二月即稱國公，明顯是後來修改所致。又《中堂事記》中有多處「王相」的稱謂，結合當時史實可知，此「王相」即指王文統，然《中堂事記》中又有多處明確稱呼王文統爲「平章王文統」，可知此「王相」之稱謂亦爲後來所改。又通觀《中堂事記》各月日間的關係，會發現很多日子的干支記載與實際不符，現列舉如下：中統二年正月之「十日壬子」、「丁巳元夕」皆誤，當作「十日壬寅」、「丁未元夕」；中統二年六月十二日至廿八日干支作「十二日壬戌」、「十三日癸亥」、「十四日甲子」、「十五日乙丑」、

「十六日丙寅」、「十八日戊辰」、「十九日己巳」、「廿五日甲戌」、「廿七日丙子」、「廿八日丁丑」，皆誤，當作「十二日壬寅」、「十三日癸卯」、「十四日甲辰」、「十五日乙巳」、「十六日丙午」、「十八日戊申」、「十九日己酉」、「廿五日乙卯」、「廿七日丁巳」、「廿八日戊午」；中統二年七月「廿六日丙午」、「三十日庚戌」皆誤，當作「廿六日戊戌」、「三十日庚寅」；中統二年無閏月，然《中堂事記下》中卻有先後「秋七月丙申辛酉朔」、「七月廿七日丁亥」兩處記載，與其他各處月份只出現一處的習慣相悖，容易讓人有本年閏七月的感覺；中統二年八月前四日，已經明確用「秋八月丁酉辛卯朔」、「二日壬辰」、「癸巳」、「甲午」標明，隨後卻又出現了「四日乙未」、「五日己亥」、「六日丙申」三日，其「四日乙未」純屬多出之日，而「五日己亥」與前後兩日明顯不合，亦屬後來强加之條目。需要指出的是，以上各日干支之誤各版本皆同，并無異文，説明這種錯誤歷來就有，一以貫之。

以上干支錯誤之處説明皆有後來添補之嫌，理由如下：王惲編寫《中堂事記》的依據是「當時直省日録」（《秋澗集》卷八〇《玉堂嘉話序》），即是日録，則關於時日的記載自然不會有錯，更不會出現像上文中統二年八月條如此低級的錯誤；退一步講，即使王惲所據日録有個别筆誤之處，王惲在編寫《中堂事記》時定會糾正，不會出現如此多不可思議的錯誤；如將以上各條删去，《中堂事記》之計日不但無誤且整體脈絡清晰，以中統二年七月條爲例，如去掉「廿六日丙午」、「三十日庚戌」兩條和「七月廿七日丁亥」之「七月」兩字，則中統二年七月之記載不但完整，而且也沒有錯誤記日，更不會給人以中統二年閏七月的錯覺。

以上錯誤記日中所記載之内容，基本分爲三類：或爲聖旨、制辭一類，或僅與王惲有關，或與「王相」有關。以上錯誤記日中所記載之内容，有的在《秋澗集》中可以找到相似的記載，有的則不能。《中堂事記下》「（八月）四日乙未」條之内容，與《授賀某宣諭大理國制》只有個别字不同，而《中堂事記下》「（六月）十二日壬戌」條之内容，則在《秋澗集》中無任何相似内容。綜上，筆者以爲，《中堂事記》後來確實有過增改潤飾，其所據材料有的尚存，有的已佚。

至於何人對《中堂事記》作了改動，筆者的意見更傾向于王公孺，甚至是王笴，而非王惲。一是王惲生前并不知道其文集會由官方版印，因此對於文中需要避諱的地方沒有必要進行掩飾修改；二是王惲如果修改的話，必定非常從容，又因爲其爲當事人，有些事還是能記憶起來的，不會出現文中如此多明顯的錯誤。而王公孺則不然，據《秋澗集》後序知，王惲大德八年（1304）死後，其子王公孺为之整理遺稿，以體分類，編次爲一百卷，近百萬字。編成後家貧無力刊播，直到王惲逝世十五年後的延祐六年（1319），長孫王笴取王惲遺稿，告之公孺：「朝廷公議：先祖資善府君，平生著述，光明正大，關係政教，嘗蒙乙覽，致有弘益，堂移江浙行省給公帑刊行，以副中外願見之心。」王公孺和王笴都有可能對《中堂事記》甚至整部《秋澗集》進行修改，又因時間倉促，裏面出現低級錯誤的可能就比較大。當然，《中堂事記》中的干支記日錯誤，很大程度上當是因爲王公孺或王笴並非當事人，不能對某些事情做出準確的定位，只能就《秋澗集》中其他部分或其他文字記載中照抄過來所致。

〔一五〕賈居貞（1218—1280），字仲明，真定獲鹿人。中統元年，授中書左右司郎中。至元元年，參議中書省事，詔與左丞姚樞行省河東山西。五年，再爲中書郎中，改給事中。同丞相史天澤等纂修國史。十一年，丞相伯顔伐宋，居貞以宣撫使議行省事。十二年春，以僉行省事留鄂。十四年，拜湖北宣慰使。十五年，遷江西行省參知政事。十七年卒，年六十三。《元史》卷一五三有傳，詳見王德毅《元人傳記資料索引》第一六三四頁所載。

〔一六〕翰林修撰，從六品。《元史》卷八七《百官志》：「翰林兼國史院，秩正二品。……修撰三員，從六品；」

〔一七〕伯禄，曾爲宣慰，其他待考。宋筠，字庭秀，大名人。中統元年，官燕京行省左房省掾。詳見《秋澗集》卷八〇《中堂事記上》。王宜之，中統二年，官太醫使。或即王儀。王儀，字儀之，林慮人。中統二年八月，授太醫使判兼教授。詳見《秋澗集》卷八二《中堂事記下》。

〔一八〕游顯（1210—1283），字子明，許州臨潁人。中統初，授大名宣撫使。歷益都、南京、大都三路總管。至元六年，除河南路按察使。改總管襄陽水軍萬户，遷陝西按察使。從伯顔攻宋，授平江路宣撫使。宋亡，改浙西宣慰使。至元十九年，拜江淮行省平章。至元二十年卒，年七十四。《新元史》卷一六七有傳。

〔一九〕左司都事，隸中書省，正七品。《元史》卷八五《百官志》：「左司，郎中二員，正五品；員外郎二員，正六品；都事二員，正七品。」

1262 壬戌年　宋理宗景定三年　元世祖中統三年　三十六歲

當年時事：

正月，劉整率所部朝於蒙古，吕文德遂復瀘州。

二月，蒙古始定中外官俸，命大司農姚樞赴中書議事及講定條格。

蒙古江淮大都督李璮反，獻山東郡縣于宋。

蒙古王文統與子蕘坐與李璮通謀，並就戮。

三月，蒙古命史樞、阿朮各將兵赴濟南討李璮。李璮退保濟南。

七月，李璮之亂被平，三齊復爲蒙古所有。

史天澤、張柔、嚴忠濟子弟皆罷兵權。

十二月，蒙古立十路宣慰司。

譜主事蹟：

春，王惲因受李璮、王文統事件之牽連，雖得史天澤辨明，但仍被罷職。王惲被免職後，或於本年七八月間才返鄉。至元元年史權移鎮東魯，方才辟王惲充幕官。而從此時到至元五年擔任監察御史，歷時七年左右。

《秋澗集》卷六三《故吏部尚書高公祭文至元十五年閏十一月十一日大雪中拜奠》：「惟中統壬戌之春，惲以事累，退耕于壟畝者再罹寒暑。」

《秋澗集》卷二七《故開府儀同三司中書左丞相贈太尉謚忠武史公挽詞有序》：「逮中統建號之明歲，公入當鈞軸。時某掌記中堂館門下者半歲，首奏擢除翰林修撰兼内省都司。既而，以事詿，得公辨明免歸。至元改元，總尹都督移鎮東魯，辟某充幕官，遵公命也。」

《秋澗集》卷四一《汲郡圖志引》：「中統建元之三年，予自堂吏來歸。」

《秋澗集》卷七五《木蘭花慢（三）》：「歎西山歸客，又愁裏，過清明。記幕燕巢傾，朝堂人去，往事堪驚。行藏固非人力，頓塵纓、終愧草堂靈。……憔悴中堂故吏，醉來老淚縱横。」

《秋澗集》卷三五《上御史臺書》：「若惲也，草茅一介，遭遇明時，違遠朝廷，蓋八年于兹。」

五月，同徐世隆〔一〕、劉郁〔二〕、張著觀孔履〔三〕，作《孔履記》。

《秋澗集》卷三六《孔履記》：「孔子歿千有八百餘歲，小子惲獲拜履綦於先進趙公學舍〔四〕。……中統三年夏五月，同宣撫徐世隆、都司劉郁、幽陵張著觀，汲郡王惲拜手稽首而爲之記。」

七月，作《中統神武頌并序》。

《秋澗集》卷一《中統神武頌并序》：「維三年春王正月，逆壇悖負天恩，扞我大刑，……於是命將致討，天戈一麾，不五月而克清大憝。……臣惲忝屬太史，親覩盛事，頌聲不作，咎將曷歸？敢綴緝所聞，謹撰《中統神武頌》一首，凡千有一百二十四字。」

《元史》卷五：「（中統三年七月）甲戌，李壇窮蹙，入大明湖，投水中不即死，獲之，併蒙古軍囊家伏誅，體解以徇。」

九月廿九日，爲王昌齡作行狀。

《秋澗集》卷四七《故真定五路萬户府參議兼領衛州事王公行狀》：「中統三年秋九月廿有九日，門下王某謹狀。」

十二月除夕，作《壬戌歲除夜》。

《秋澗集》卷三六《壬戌歲除夜》。

約於本年〔五〕，爲太一教二代師蕭道熙作行狀〔六〕。

《秋澗集》卷四七《太一二代度師贈嗣教重明真人蕭公行狀》：「師諱道熙，字光遠，本姓韓氏。……越乙卯春，具大招之禮，葬衣冠於祖塋之側。今皇帝登極之三祀，光崇玄化，貞常師以祖德範圍，請謚於朝，追贈『嗣教重明真人』。」

〔一〕徐世隆，字威卿，陳州西華人（今屬河南省）。弱冠登金正大四年進士第，辟爲縣令。金亡，嚴實招致東平幕府，俾掌書記。中統元年，擢燕京等路宣撫使。二年，移治順天。至元元年，遷翰林侍講學士，兼太常卿，朝廷大政諮訪而後行，詔命典册多出其手。七年，遷吏部尚書。九年，爲東昌路總管。十四年，起爲山東提刑按察使。十五年，移淮東。十七年，召爲翰林學士，又召爲集賢學士，皆以疾辭。年八十卒。所著有《瀛洲集》百卷，文集若干卷。《元史》卷一六〇有傳，詳見王德毅《元人傳記資料索引》第九〇五頁所載。

《元史》卷一六〇徐世隆本傳載「三年（案：誤，當爲二年），宣撫司罷，世隆還東平，請增宮縣大樂、文武二舞，令舊工教習，以備大祀，制可。除世隆太常卿以掌之，兼提舉本路學校事」，《元史》卷五載「（中統二年十一月）罷十路宣撫司，止存開元路」，可知徐世隆在中統二年時已經回到東平。

〔二〕劉郁，字文季，號歸愚，渾源人。劉祁之弟。中統元年，官中書省左司都事。中統二年正月被譴，既而辭退。至元初，出尹新河。召拜監察御史。卒年六十一。能文辭，工書翰，著有《西使記》一卷。《元史》無傳，詳見王德毅《元人傳記資料索引》第一七八三頁所載。

〔三〕張著，幽陵人。幽陵，史爲樂《中國歷史地名大辭典》第一八九七頁載「亦名幽州。相當今北京市、河北北部及遼寧一帶。」

〔四〕趙公，或指趙澄，見本年譜二十四歲條〔四〕。

〔五〕徒單公履《太一二代度師贈嗣教重明真人蕭公墓碑銘》作於中統五年二月，且參考了王惲所作之行狀，故王惲作行狀的時間當在中統三年至五年之間。詳參《道家金石略》頁八四三—八四五《太一二代度師贈嗣教重明真人蕭公墓碑銘》。

〔六〕蕭道熙，字光遠，本姓韓，衛州人。金大定六年，任太一教二代掌教。大定二十六年秋，讓太一教掌教於蕭志沖，後不知所終。蒙古中統三年，追授尊號太一教嗣教重明真人。《元史》無傳，詳見《秋澗集》卷四七《太一二代度師贈嗣教重明真人蕭公行狀》、陳垣《南宋初河北新道教考》卷四《二祖蕭道熙三祖蕭志沖之道行第二》。

1263 癸亥年　宋理宗景定四年　元世祖中統四年　三十七歲

當年時事：

三月，蒙古始建太廟於燕京。

五月，蒙古初立樞密院，以皇子燕王真金守中書令兼判樞密院事。

蒙古陞開平府爲上都。

六月，蒙古以線真爲中書右丞相，塔察兒爲中書左丞相。

譜主事蹟：

六月一日，召井工鑿井於舍南隙地。六月十日，井成，作《新井記》。時退隱汲縣。

《秋澗集》卷三六《新井記有銘》：「中統四年夏六月朔，召井工鑿井於舍南隙地，告成於是月上旬之戊午，凡用錢布四千五百，役傭三十六，甃甓三千二百，其深四尋有二尺。」

十二月十五，與客游衛州霖落山〔一〕，作《游霖落山記》。《遊霖落山雜詩》或作於此時。時退隱汲縣。

《秋澗集》卷三六《游霖落山記》：「州西北四十里，有山曰霖落，寺曰香泉者。……王子與客循東崖而下，抵霖落山足，仰看青壁，斗絶如削，今謂之「捨身崖」者是也。……癸亥冬十二月望日記。」

《秋澗集》卷二四《遊霖落山雜詩》。

〔一〕霖落山，雍正《河南通志》卷七載「霖落山在府城西北三十里，上有香泉寺，古浮圖亭」，《大清一統志》卷一五八載「霖落山在汲縣西北三十五里，傳郡諸山獨此最稱幽勝，重巒疊巘，瑰特千狀。一作林落山。中有獅子巖、香泉」。

1264 甲子年　宋理宗景定五年　元世祖中統五年、至元元年　三十八歲

當年時事：

正月，蒙古立諸路平準庫。

三月，蒙古立漕運司。

四月，宋以夏貴爲四川安撫制置使，兼知重慶府。

七月，蒙古阿里不哥等自歸於上都，釋不問。其謀臣不魯花等伏誅。

八月，蒙古立諸路行中書省。

蒙古行新立條格，併州縣，定官吏員數，分品從官職，給俸禄，頒公田，計日月以考殿最。

蒙古定都于燕，改燕京爲中都。

蒙古詔改中統五年爲至元元年。

九月，蒙古立翰林國史院。

十月，宋理宗崩，宋度宗即位。

十二月，宋詔改明年爲咸淳元年。

譜主事蹟：

三月十二日夜，陪徒單文與雷彦正夜語〔二〕，作《鷓鴣引(二)》。時退隱汲縣。

《秋澗集》卷七六《鷓鴣引(二)》：「和周幹臣韻。中統五年三月十二日夜，陪徒單文與雷彦正夜語。」

五月十五日，作《名王氏子説》。時退隱汲縣。

《秋澗集》卷四六《名王氏子説》：「王氏子嘗以小學從予，一日來求其名與字，……故用構名汝，以德基字之。中統甲子夏五月望日書。」

五月廿九日，王惲得知季武卒，作《哀友生季子辭并序》以悼之。時退隱汲縣。

《秋澗集》卷六五《哀友生季子辭并序》：「中統五年甲子歲夏五月廿有九日晝漏盡三十刻，府從事周貞以友生季子之喪來告。……君諱武，字子文，世爲青齊人，得三十有四。遂援毫寓哀，以畢其辭。」

八月，史權移鎮東魯〔二〕，辟王惲充幕官。

《秋澗集》卷二七《故開府儀同三司中書左丞相贈太尉謚忠武史公挽詞有序》：「至元改元，總尹都督移鎮東魯，辟某充幕官，遵公命也。」

《秋澗集》卷二九《濟河道中今稱爲齊河蓋偶忘點水耳地名耿濟後漢耿弇破張布於此故名》：「甲子東遊入泰安，封壇日觀總躋攀。誰知二十年來後，卻向齊西看泰山。」

本年，在東平時曾與王脩甫游〔三〕。

《秋澗集》卷一六《挽王脩甫》：「時客死于燕。君有《燕都懷古詞》，内有『恨滿西山秋色』之句，至元元年在東平時屢向余道。」

本年，作《衛州胙城縣靈虛觀碑》，紀念李仲美之功〔四〕。

《秋澗集》卷五三《衛州胙城縣靈虚觀碑》：「師諱仲美，秦原月山人。……既受璽，特加師玄微真人號，且膺寶冠霞帔之寵，世以酒李先生行云。甲寅夏六月，羽化於燕之長春宫。……后十有二年，志安等圖爲不朽，用光昭師德，遂以禮幣來謁曰：『先師教之所及，師之所在也。然過化存神，興修道宇之自，無文以詔來者，責其誰歸？吾子屬列太史，鄉枌盛事，幸爲我論道之，敢再拜以請。』」

〔一〕「陪徒單文與雷彦正夜語」，疑「徒單文」當爲「徒單公」，即徒單公履。徒單文、徒單文與，皆無考，《秋澗集》中也只出現了這一次。徒單公履，見本年譜二十六歲條三。《元史》卷六載「（至元二年十二月）癸酉，召張德輝於真定，徒單公履於衛州」，可知其在至元初年曾居衛州。

〔二〕史權，字伯衡，永清人。史天倪次子。元憲宗二年，代史天澤以萬户。中統元年，授真定河間濱棣邢洺衛輝等州路並木烈紇軍兼屯田州城民户沿邊鎮守諸軍總管萬户。授河南等路宣撫使，未上，賜金虎符，充江漢大都督，總制軍馬，總管屯田萬户。中統三年，授權鎮國上將軍、真定等路總管，兼府尹。徙東平，又徙河間。卒。《元史》卷一四七有傳，詳見《秋澗集》卷五四《大元故真定路兵馬都總管史公神道碑銘并序》、王德毅《元人傳記資料索引》第二三四頁所載。

〔三〕王脩甫，待考。王惲在《秋澗集》中對其曾有稱讚，詳見《秋澗集》卷《贈王脩甫》（卷一四）、《挽王脩甫》（卷一六）、《水調歌頭·三送王脩甫東還》（卷七四）。

〔四〕李仲美（1169—1254），秦原月山人。全真教道士，人稱酒李先生。元定宗元年，預大醮於燕京，加號玄微真人。元憲宗四年六月，羽化於燕之長春宫，年八十六。

1265 乙丑年　宋度宗咸淳元年　元世祖至元二年　三十九歲

當年時事：

二月，蒙古以蒙古人充各路達魯花赤，漢人充總管，回回人充同知，永爲定制。

三月，宋葬理宗于永穆陵。

本年，何中生〔一〕。

譜主事蹟：

二月四日，王惲岳母桑氏卒，巹顯等合葬王惲岳父推德、岳母桑氏于古郭里。

《秋澗集》卷五九《管勾推公墓碣銘》：「公諱德，字濟之，姓推氏。……配桑氏，鄉進士彥周之女，壼儀母道，有承平故家風範。生女子三人：長適司候張顯，仲女鉅家李氏，季歸王某。後公五年卒，壽八秩，巹顯等合葬古郭里柏門山南原殿士桑君塋西南隅，實至元二年二月四日也。」

九月，王惲在張耀卿處觀《僧傳古坐龍圖》。王惲與張耀卿在山東相聚有兩月左右。

《秋澗集》卷七《僧傳古坐龍圖巖東平所藏至元二年秋九月張簽省耀卿處觀七年閏十一月甲戌公退馬上偶得時秋苦旱冬天無雪》。

《秋澗集》卷四一《故翰林學士河東南北路宣撫使張公挽詩序》：「至元二年，公以前東平宣慰起復，簽山東等路行省事，適惲從事在魯，又奉間燕者兩月。」

本年，王惲同郝禎同在史權幕下〔二〕，王惲曾謁拜郝禎之父郝瑨。

《秋澗集》卷五四《資德大夫中書右丞益津郝氏世德碑銘有序》：「至元十七年，中奉大夫、參知政事禎，進拜資德大夫、中書左丞，被二品命服，中外具瞻，越郝氏惟煒。……珂早世，藁場府君瑨即資德之顯考也。……至元乙丑，某同資德在東平史侯幕，獲陞堂謁拜，時敦武府君壽期頤，氣貌魁偉。」

本年，以事抵蒲州，遊覽中條山〔三〕。

《秋澗集》卷二六《蒲中十詠爲巖卿師君賦并序》：「中條山水雄秀，照映河華。予兩年以事抵蒲，略獲遊賞，然雲煙勝概旦夕不去其懷，嘗思以數語道其髣髴，心在而未暇也。」

〔一〕何中（1265—1332），字太虛，一字養正，撫之樂安人。少穎拔，其學弘深該博。至順二年，爲龍興郡學師。至順三年六月卒，年六十八。著有《易類象》二卷、《書傳補遺》十卷、《通鑒綱目測海》三卷、《知非堂稿》十七卷、《通書問》一卷。《元史》卷一九九有傳，詳見王德毅《元人傳記資料索引》第一〇二七頁所載。

〔二〕郝禎，益津人，徙真定。阿合馬黨羽。至元十三年，由中書郎中陞參政。十七年，陞左丞。十九年，與阿合馬同爲王著所殺。《元史》無傳，詳見王德毅《元人傳記資料索引》第九六八頁所載。

〔三〕中條山，元時屬蒲州，史爲樂《中國歷史地名大辭典》第三九一頁載「又名雷首山。在今山西西南部，黃河與涑水、沁河間」。蒲州，見本年譜十五歲條〔六〕。

1266 丙寅年　宋度宗咸淳二年　元世祖至元三年　四十歲

當年時事：

二月，蒙古以廉希憲爲中書平章政事，張文謙爲中書左丞，史天澤爲樞密院副使。

六月，蒙古立漕運司。

十月，蒙古太廟成，丞相安童、伯顔言祖宗世數、尊謚、廟號，增祀四世各廟神主，配享功臣法服、祭器等事，皆宜定議，蒙古主命平章政事趙璧等集群臣，議定烈祖、太祖、太宗、朮赤、察合台、睿宗、定宗、憲宗爲八室。

十一月，蒙古詔禁天文、圖讖等書。

本年，袁桷生〔一〕。干文傳生〔二〕。

譜主事蹟：

三月之前，王惲參拜孔廟，作《拜奠宣聖林墓》。

《秋澗集》卷二《拜奠宣聖林墓》：「羌予不惑年，行己得夷隘。今歲客東魯，似爲神所介。……恨生千年後，今夕備掃灑。」

三月，王惲因眼疾自東魯歸家〔三〕。王惲在東魯作幕客有近三年時間，期間結識李

仲明萬户〔四〕。

《秋澗集》卷一《茹野菊賦并序》：「丙寅春三月，予以司明告病，避忌食物，無可供嚼嚙者，家人輩采菊芽爲蔬。」

《秋澗集》卷四一《文府英華叙》：「至元三年，予自魯返衛。居閑，痛悼墮窳，日以書史振勵厥志。」

《秋澗集》卷六《雁門公子行贈李仲明萬户》：「蹇予三年東魯客，塵滿青衫鬢雙白。書生無策伴侯鯖，尺蠖泥蟠甘退縮。此時全君幕中游，袖手旁觀看超越。」

《秋澗集》卷二七《故開府儀同三司中書左丞相贈太尉謚忠武史公挽詞有序》：「拂衣歸去老田園，木屑�頭苦見憐。尺一起爲蓮幕客，東平門下又三年。」

本年（當在八月中），代陳祐作《聖壽節賀表》。時退隱汲縣。

《秋澗集》卷六八《聖壽節賀表至元三年》：「臣等猥領郡符，恩崇天造，進乏千秋之金鑑，遥稱萬歲之霞觴。」

《秋澗集》卷六八《聖壽節賀表至元十七年八月初二作》：「臣等叨持使節，違遠天威。」

《元史》卷四：「世祖聖德神功文武皇帝，諱忽必烈，……以乙亥歲八月乙卯生。」

王惲歸家後，日以經史自娱，于九月左右著成《汲郡志》，九月九日作《汲郡圖志引》。

王惲作《汲郡志》，曾得趙澄的大力支持。時退隱汲縣。

《秋澗集》卷四一《汲郡圖志引》：「中統建元之三年，予自堂吏來歸。閑中紬繹經史，得先人所藏遺書，淚灑行間，慨嘆久之，曰：『精爽不昧，有繼志述事，庶少慰爾。』……復著《辨論》等篇，凡若干卷，題之曰《汲郡志》。……時至元丙寅秋九月重陽日引。」

《秋澗集》卷二四《挽趙教授公浄》：「因著圖經大起予，發揚潛德到幽墟。案頭幾卷遺編在，愛惜過於汲冢書。時予作《汲郡志》，乃類集蘇門事迹一編，甚詳，悉見贈，故云。」

王惲祖母的侄女韓氏自許昌至淇上，住數月后南歸。九月十一日，王惲爲之作《春從天上來》。時退隱汲縣。

《秋澗集》卷七五《春從天上來》：「承御韓氏者，祖母之姪也，……大元至元三年，弟澍爲汲令，自許迎致淇上者累月。……今將南歸，贅兒子醜於許，既老且貧，靡所休息，而抱秋娘長歸金陵之感。迺爲賦此，庶幾攄瀉哀怨，洗亡國之愁顏也。……歲丙寅秋九月重陽后二日，翰林修撰王惲引。」

《秋澗集》卷六〇《故將仕郎汲縣尹韓府君墓表》：「府君姓韓氏，諱澍，字巨川。……至元二年，轉官制行，積前後勞，授以縣尹。」

《秋澗集》卷三六《博望侯廟辯記》：「至元四年，外叔韓澍來官。」

《秋澗集》卷三六《殷太師廟重建外門記》：「維皇朝至元元年，郡侯渤海王復命汲縣令葛祐作新太師之祠，奉明詔而緝廢典也。越明年春二月，神宇甫完，移治令下。逮夏五月，郡人韓澍來令兹邑，奠謁祠下，顧瞻臺門未克完具，殆無以稱新宮而揭虔敬。」

秋，王惲買田于清水之南〔五〕，墾斸樹藝。時退隱汲縣。

《秋澗集》卷三六《社壇記》：「至元三年秋，予買田於清水之南，墾斸樹藝。」

十二月，子王公孺與石氏定親。時退隱汲縣。

《秋澗集》卷六三《告家廟文》：「先以丙寅歲十有二月，爲子公孺聘婦，得宣差石君之第三女。」

本年，陳祐授衛輝路總管〔六〕，王惲與之日夕游從燕處。時退隱汲縣。陳祐在衛州居官達四年之久。

《秋澗集》卷六五《故中奉大夫浙東宣慰使趙郡陳公哀辭》：「初，癸丑歲，公侍謀漢邸，聞走名而喜之。及尹洛師，一見殆平生歡。至元三年，以邦伯釐衛，日夕得游從燕處，爲文章往復，時或持論古今，傾底裏無間。至於振衰礪懦，長予志殊鋭，四載間猶一日也。」

《元史》卷一六八陳祐本傳：「(至元)三年，朝廷以祐降官無名，乃賜虎符，授嘉議大夫、衛輝路總管。……六年，置提刑按察司，首以祐爲山東東西道提刑按察使。」

本年，王惲開始編撰《文府英華》。時退隱汲縣。

《秋澗集》卷四一《文府英華敘》：「至元三年，予自魯返衛。居閑，痛悼墮窳，日以書史振勵厥志。……遂斷自戰國已上，迄于金，取其文字粲然、適用於當世，觀法於後來者，得若干首，題曰《文府英華》，非敢妄意去取，第類集以廣怡説。」

〔一〕袁桷(1266—1327)，字伯長，慶元人。大德初，爲翰林國史院檢閲官。陞應奉翰林文字、同知制誥，兼國史院編修官，請購求遼、金、宋三史遺書。歷兩考，遷待制。又再任，拜集賢直學士。久之，移疾去官。復仍以直學士召入集賢，未幾，改翰林直學士、知制誥同修國史。至治元年，遷侍講學士。泰定初，辭歸。泰定四年卒，年六十二。謚文清。著有《清容居士集》五十卷、《延祐四明志》十七卷。《元史》卷一七二有傳，詳見楊亮《袁桷年譜》、王德毅《元人傳記資料索引》第九五〇頁所載。

〔二〕干文傳(1276—1353)，字壽道，號仁里，晚號止齋，平江人。登延祐二年乙科，授同知昌國州事，累遷長洲、烏程兩縣尹，陞婺源知州，又知吴江州。至正三年，預修《宋史》，書成，賞賚優渥。擢集賢待制。以嘉議大夫、禮部尚書致仕。至正十三年卒，年七十八。《元史》卷一八五有傳，詳見王德毅《元人傳記資料索引》第二一頁所載。

〔三〕王惲自東魯歸家，還可能是因爲史權從東平徙河間之故。《元史》卷一四七史權本傳：「會天澤言一門不可兼掌兵民之柄，乃授權鎮國上將軍、真定等路總管，兼府尹。徙東平，又徙河間。卒。」其中没有寫出史權徙河間的準確時間，史權或於至元三年三月左右從東平徙河間。

〔四〕李仲明，萬户，其他待考。

〔五〕清水，史爲樂《中國歷史地名大辭典》第二四一八頁：「上游即今河南衛輝市以上的衛河。……隋後自今新鄉市以下成爲永濟渠的一部分，清水之名漸廢。」

〔六〕陳祐（1222—1277），一名天祐，字慶甫，號節齋，趙州寧晉人。元憲宗三年，爲穆王府尚書。中統元年，爲河南府總管。至元二年，改南京路治中。三年，授嘉議大夫、衛輝路總管。六年，爲山東東西道提刑按察使。阿合馬怒其忤己，除祐僉中興等路行尚書省事。十三年，授南京總管，兼開封府尹。十四年，遷浙東道宣慰使。檢覆民田，及至新昌，爲玉山賊所害，年五十六。謚忠定。《元史》卷一六八有傳，詳見王德毅《元人傳記資料索引》第一二八一頁所載。

1267 丁卯年　宋度宗咸淳三年　元世祖至元四年　四十一歲

當年時事：

二月，蒙古改經籍所爲弘文院。

八月，蒙古都元帥阿朮侵襄陽，遂入南郡，取僊人、鐵城等柵。

九月，蒙古王鶚請立選舉法，詔議舉行，有司難之，事遂寢。

十月，蒙古定品官子孫廕叙格。

十一月，蒙古主命阿朮與劉整經略襄陽。

十二月，宋以吕文焕改知襄陽府兼京西安撫副使。

譜主事蹟：

三月初，陪陳祐、王復泛舟清水。時退隱汲縣。

《秋澗集》卷一五《至元四年歲在丁卯暮春之初陪陳王二郡侯泛舟清水兼攜妓樂》。

五月前後，讀元好問《鏡略》書，五月三日作《帝王鏡略序》。時退隱汲縣。

《秋澗集》卷四一《帝王鏡略序》：「近讀遺山先生《鏡略》書，所謂立片言而得要者也。……至元四年歲丁卯重午前二日題。」

五月十五日，天降冰雹，作《大雹行至元四年五月十五日也》以紀。時退隱汲縣。

《秋澗集》卷六《大雹行至元四年五月十五日也》。

六月二十日，祭汲縣縣西平成鄉龍神，作文以紀。時退隱汲縣。

《秋澗集》卷六二《謝龍神文》：「維至元四年歲次丁卯夏六月丁巳朔廿日丙子，翰林修撰、郡人王惲，謹以香酒之奠，敬祭于縣西平成鄉龍公之神。」

六月二十三日，爲子公孺聘婦展禮幣事，作《告家廟文》。時退隱汲縣。

《秋澗集》卷六三《告家廟文》：「維至元四年歲次丁卯六月丁巳朔廿三日己卯，孝曾孫王惲等謹以香酒時果之奠，……先以丙寅歲十有二月，爲子公孺聘婦，得宣差石君之第三女。兹者往之女家，躬展禮幣。今龜告吉日，維斯時廟授有儀，式伸虔告。尚享！」

六月二十四或二十五日，王惲受其外叔韓澍之囑，作《博望侯廟辯記》。時退隱汲縣。

《秋澗集》卷三六《博望侯廟辯記》：「至元四年，外叔韓澍來官，數以廟辯見囑……歲丁卯壯陽月夏至後三日〔二〕，郡人王惲記。」

六月左右，王惲築醉經堂。六月中伏日，作《醉經堂記》。時退隱汲縣。

《秋澗集》卷三六《醉經堂記》：「王子築室於中唐，既落成，揭之曰『醉經』。……時至元丁卯夏六月中伏日，經堂主人王仲謀父記。」

七月三日，作《文府英華叙》。王惲至元三年三月自魯返衛，至至元四年秋，著成《文府英華》。時退隱汲縣。

《秋澗集》卷四一《文府英華叙》：「至元三年，予自魯返衛。居閑，痛悼墮窳，日以書史振勵厥志。……遂斷自戰國已上，迄于金，取其文字粲然、適用於當世，觀法於後來者，得若干首，題曰《文府英華》，非敢妄意去取，第類集以廣怡説。……四年丁卯秋孟三日引。」

七月，作《王氏藏書目録序》。或於此時作《詛蠹魚文并序》。時退隱汲縣。

《秋澗集》卷四一《王氏藏書目録序》：「至元四年秋七月，曝書于庭，與兒子孺校而帙之，則各從其類也。述《書傳目録叙》。」

七月，應運副楊君之請〔二〕，急于爲之作《楊氏塑馬記》。時退隱汲縣。

《秋澗集》卷三六《楊氏塑馬記》：「至元二年春三月，運副楊君祝香濟瀆，道宿承恩，夢人驅乘馬而西，寤而異之。及投誠沇海，出紵衣以賜，因默祝曰：『幽靈如此，當復來以答神貺。』越翼日，馬無病而斃，即火之，俾授陰策。明年春，再走祠下，追念驥德與相之權奇，有足見于土木而聳陰騭之儀者。迺命工塑，設於神庭之右，驤首振鬣，勢殆躍如。既而，楊再拜，請記於予。……至元丁卯秋七月日記。」

八月十七日，爲祭奠王惲父謝世十週年，王惲攜家人昭告家廟，并作《告家廟文》。時退隱汲縣。

《秋澗集》卷六三《告家廟文》：「維至元四年八月丙辰十七日壬申，孝子惲、忱等謹以清酌百羞之奠，敢昭告于皇顯考忠顯府君、顯妣縣君靳氏之靈：嗚呼哀哉！維丁巳歲八月至今年丁卯秋仲，府君捐館十週星矣，寔至元四年秋八月丙辰朔十有八日癸酉也。」

本年（當在八月中），代替衛輝路總管陳祐等作《聖壽節賀表》。時退隱汲縣。

《秋澗集》卷六八《聖壽節賀表至元四年》：「臣某等心馳魏闕，職限侯藩。阻振鷺以陪庭，儼天威之在上。千官欽至，傳聞置酒於南宮；萬歲稱觴，第切瞻光於北極。」

《秋澗集》卷六八《聖壽節賀表至元十七年八月初二作》：「臣等叨持使節，違遠天威。」

《元史》卷四：「世祖聖德神功文武皇帝，諱忽必烈，……以乙亥歲八月乙卯生。」

九月九日，作《殷太師廟重建外門記》。時退隱汲縣。

《秋澗集》卷三六《殷太師廟重建外門記》：「維皇朝至元元年，郡侯渤海王復命汲縣令葛祐作新太師之祠，奉明詔而緝廢典也。越明年春二月，神宇甫完，移治令下。逮夏五月，郡人韓澍來令茲邑，奠謁祠下，顧瞻臺門未克完具，殆無以稱新宮而揭虔敬。……既而，主縣簿高顯洎其屬願以事文諸廟石，遂再拜請書於惲。……至元丁卯秋九月重九日謹記。」

九月十四日，王惲陪同衛輝府總管陳祐等祭祀比干廟，作《陪總管陳公肇祀商少師比干廟》。《比干廟》或也作於此時。時退隱汲縣。

《秋澗集》卷三六《殷少師比干廟肇祀記》：「總管趙郡陳公治衛之明年，政平訟理。……得秋九月十有四日戊戌夜漏下四十刻，公乃延郡之賓友洎府之幕屬畢集于祠下。……從祀者凡十有九人，對越靈威，精魂動盪，殆肅如也。」

《秋澗集》卷二《陪總管陳公肇祀商少師比干廟》。

《秋澗集》卷二四《比干廟》。

十月，作《社壇記》。時退隱汲縣。

《秋澗集》卷三六《社壇記》：「至元三年秋，予買田於清水之南，墾斸樹藝。且歷歲時，得田二百餘畝，方之圭潔，蓋以倍蓰矣。若夫水土之賜，莫非君恩，乾溢豐凶，寔維神所托焉，是不可不明乎本。觀衛土所宜，惟棠爲然，故于舍之西南若干步就其木以爲神，表著之位，春祈秋報，用安以妥。……時四年丁卯冬十月也。」

十月，王惲作《殷少師比干廟肇祀記》，記録衛輝路總管陳祐率幕屬等祭祀比干廟事。時退隱汲縣。

《秋澗集》卷三六《殷少師比干廟肇祀記》：「總管趙郡陳公治衛之明年，政平訟理。……得秋九月十有四日戊戌夜漏下四十刻，公乃延郡之賓友洎府之幕屬畢集于祠下。……從祀者凡十有九人，對越靈威，精魂動盪，殆肅如也。……既而，府從事李端告予曰：『公自下車，迹其善政有不可揜焉者，其於事神治人可謂備矣，宜文諸廟石以旌厥美。』衛人王惲偉其言而嘉之，於是乎記。至元丁卯冬十月也。」

本年，孟攀鱗卒，王惲作《孟待制駕之哀辭》以悼之。時退隱汲縣。

《秋澗集》卷一六《孟待制駕之哀辭》。

〔一〕夏至，二十四節氣之一。在西曆六月二十一日或二十二日。

〔二〕楊君，待考。

1268 戊辰年　宋度宗咸淳四年　元世祖至元五年　四十二歲

當年時事：

七月，蒙古置御史臺，以塔察兒爲御史大夫，以高鳴爲侍御史。

八月，蒙古以劉整爲都元帥，與阿朮同議事。宋守將呂文煥告急。

十月，蒙古以火禮霍孫、獨胡剌充翰林待制兼起居注。

譜主事蹟：

年首，作《戊辰門帖子》，表明其從政心跡。時退隱汲縣。

《秋澗集》卷二四《戊辰門帖子》：「里人莫訝三冬蟄，一寸丹心用有時。」

後正月七日〔一〕，作《戊辰後正月七日雪》，描寫雪後美景。時退隱汲縣。

《秋澗集》卷二四《戊辰後正月七日雪》：「北風一雪麥田空，坑谷堆平滿棘叢。近日化工無棄物，總將春澤到蒿蓬。」

春，命家僮植柳于洄溪之上。《洄溪記有銘》或作於此時。時退隱汲縣。